DIVINA
COMMEDIA

神
曲

插图纪念版

［意大利］ 但丁 著

DANTE ALIGHIERI

［法］ 多雷 绘
GUSTAVE DORÉ

田德望 译

序
PREFACE

我们在中国读《神曲》

文铮

2021 年是但丁逝世七百周年，全世界都在以各种形式隆重纪念这位中世纪晚期的伟大诗人。

《神曲》是人们记住和纪念但丁的重要理由，但丁之名因此而广泛传扬，直至今日这首长达 14233 行的诗歌仍被不断翻译和改编成各种文字，从十四世纪的亚平宁半岛穿越时空，跨越世界各种文化，不断散发魅力，焕发新生。

但丁·阿利吉耶里 1265 年生于意大利的佛罗伦萨，双子座，具体出生日期众说纷纭，1321 年 9 月 13 日深夜至 14 日凌晨在腊万纳逝世。他写《神曲》用了很长时间，一般认为是从 1307 年至 1321 年的夏天，但也有人说可能始于 1302 年年初，也就是他被流放的前夕——他的政治生活乃至人生轨迹即将发生重大转折的时候。作为诗人，但丁感情极为丰沛，他的才情和历史地位丝毫不逊于被他奉为精神导师的古罗马诗人维吉尔，但作为生活中的凡人，他情绪的流动性不强，特别是面对爱情的时候，无论是自己的，还是别人的，常会情滞语塞，甚至产生幻觉。作为政治家，他的理想主义思想使他在处理实际问题时不谙就里，最终因政治斗争失败而被逐出佛罗伦萨，终生未返回家乡。作为思想家，他批判教会，鼓吹政教分离的世界帝国，向往民族国家的统一，这在当时都是非常超前的思想，奏响了新时代的序曲。作为一名虔诚的天主教徒，他用《神曲》形象化了阿奎那的神学理论，也以自己的终极理想感悟了世人。

《神曲》伴随着但丁的流亡经历，见证了他的峥嵘岁月。在《天国篇》第十七章中，当但丁回想起自己在意大利各地的漂泊经历时，深为自己做出的正确选择而感到骄傲。尽管他一生未能实现自己的爱情与政治理想，但却通过创作《神曲》获得了理想中的安宁，到达了那个欢悦的天国——基督教中天堂的最高处，甚至还在全诗的最后一章让自己见到了以三位一体（圣父、圣子和圣灵）

形式呈现的上帝。

然而，面对《神曲》中浓郁的中世纪文化色彩和强烈的宗教意识，现代读者通常会敬而远之，因为现实主义的生活态度与欣赏习惯会时时处处提醒我们要克服虚幻想象，远离彼岸世界。不过，面对但丁这样的叙事大师和《神曲》营造的梦幻世界，我们完全可以纯粹为了寻求审美的快感而忽略相关的知识、文化和思想，满足于那些光怪陆离的故事、美妙的场面和精妙的修辞，沉浸在作者为我们营造的或恐怖或神圣的氛围中。就像铁杆但丁迷 T.S. 艾略特告诉我们的那样，没必要为了阅读《神曲》而去接受但丁的哲学和神学思想。

阅读《神曲》的另一个困难是缺乏想象力。这在当今世界是很好解决的问题，在这个媒介异常发达的时代，我们在阅读文字时的空白完全可以被形形色色的图像所弥补，无论是地狱复杂的结构和狰狞的鬼怪，还是天堂炫目的光影和轻盈的天使，以及但丁对弗兰齐斯嘉·达·里米尼的无尽哀悯，乌格利诺伯爵食子之肉后的痛彻心扉……绘画、雕塑、影视，甚至电子游戏都能为我们生动地诠释和再现。

尽管关于《神曲》的图像自作品问世以来就层出不穷，但自 1861 年以后，全世界大多数读者对那个神奇世界的想象都被一位画家框定了，就像我们这个时代的大多数中国观众在想到《红楼梦》时，眼前出现的都是 1987 年版电视剧中的人物形象一样。这位画家就是法国的古斯塔夫·多雷，为了纪念但丁诞辰六百周年，这位法国当时最优秀的木刻版画家为《神曲·地狱篇》刻制了全套的木版画插图，取得了极大的成功，一时风靡欧洲，无情碾压了他之前几个世纪所有的《神曲》插图，当然也包括波提切利和威廉·布莱克的作品。到 1865 年时，多雷已一鼓作气完成了《炼狱篇》与《天国篇》的插图，从那时起，直至现在，总有不少的读者是因为多雷的插图才爱上《神曲》的，而不是相反。

但丁除了是一位叙事大师，更是一位空间结构大师，毫不夸张地说，基督教教义中地狱和天堂的概念因但丁的描述而变得更加形象和具体。能充分领会但丁意图，淋漓尽致还原其想象的人恐怕非多雷莫属，他用木版定格了但丁的灵魂，将复杂甚至混乱到极致的场景理性地呈现给读者，同时还能捕捉到瞬间的情感，体现人物的语言。多雷简直就是受但丁之托来沟通古代与现代世界，使《神曲》继续保持生命力的使者。

当然，为了更深入地理解《神曲》，我们需要阅读大量的评论和注解，幸运的是，很多这样的

信息我们同样可以在网上找到。此外，我们还要详细研究诗歌语言与风格之美，体会三连韵的节奏（即每三行十一音节诗句为一组，循环往复，这是意大利语古典诗歌最常见的韵律形式之一），感受诗歌中巧妙至极的明喻和隐喻。说实话，《神曲》的很多妙处只能在原著中才能尽显，然而即使在各种语言的译本中，但丁也同样能传达出他巨大的能量和简约洗练的风格，以及他对于人性的总体观念。然而，无论世界如何千差万别，人们都能领悟到但丁所展现的文化，难怪庞德和艾略特他们认为《神曲》的确是一部适合于每个人的作品，每个人都能从中发现自己的本性和希望，觉察自己的错误，明确自己的伟大事业，感受到认知世界万物的张力，也认识到我们人类的局限。

我们绝大多数中国人对于但丁的认识只是中学历史教材中引用的恩格斯的那句话："但丁是中世纪的最后一位诗人，同时又是新时代的最初一位诗人。" 很多人都不知道，这句话出自1893年意大利文版《共产党宣言》的序言。其实，在恩格斯发表这篇序言之前，但丁的名字就已进入中国人的视野了，就目前发现的史料来看，英国传教士、汉学家艾约瑟在其1886年出版的中文著作《欧洲史略》中最早提及了但丁的名字（丹低亚利结理）。

十九世纪末，中国在内忧外患的双重压力下寻求着民族复兴的出路。戊戌变法失败后，梁启超避祸于日本，在那里宣扬民族意识，鼓吹君主立宪的改良思想。梁启超感到，自己与被放逐的但丁有着相同的际遇，此时但丁在他心目中的形象，不但是爱国诗人，还是精神导师和效法的榜样，这种崇敬之情与其说来自但丁，不如说是来自刚刚完成民族复兴伟业的意大利民族国家。

在日本留学的鲁迅弃医从文，决定把文学作为毕生事业，以唤起中国民众觉醒。在他看来，意大利历史上虽然处于长期分裂的状态，但第一个用意大利语创作文学作品的但丁是意大利民族的灵魂和心声，而意大利语则能成为凝聚意大利民族的力量。

由于时代的特点，身处社会激烈变革之中的中国知识分子对但丁的关注往往侧重于他的政治观点和民族意识，在这一点上，胡适与鲁迅是一致的。1917年胡适在发动白话文运动的檄文《文学改良刍议》中明确指出，中国要效法十四世纪的意大利，用"俚语"创作"活"文学作品，取代用文言创作的"死文学"，从而像但丁"创造"意大利语那样，创立以白话为基础的、口语与书面语一致的中国话。总之，胡适也想借助语言和文学的力量，唤起中国民众的民族意识。

与鲁迅和胡适相比，老舍对但丁的接受更体现在他对《神曲》文学价值的肯定上。老舍坦言自己一度是但丁迷，读了《神曲》才明白了何谓伟大的文艺。他认为《神曲》是所有对文学感兴趣的

人都应该认真阅读的作品，这关涉文学如何进入人们精神生活的问题。

老舍的这一观点曾在巴金身上得到了印证。巴金在因遭受政治迫害而被关押期间，《神曲》成为他生命的支点与精神的寄托：

> 1969年我开始抄录、背诵但丁的《神曲》，因为我怀疑"牛棚"就是"地狱"。这是我摆脱奴隶哲学的开端。没有向导，一个人在摸索，我咬紧牙关忍受一切折磨，不再是为了赎罪，却是想弄清是非。我一步一步艰难地走着，不怕三头怪兽，不怕黑色魔鬼，不怕蛇发女怪，不怕赤热沙地——我经受了几年的考验，拾回来"丢开"了的"希望"，终于走出了"牛棚"。（《随想录》第74章《十年一梦》）

整整一百年前的1921年是中国对于但丁及其作品译介和研究的重要一年。在但丁逝世六百周年之际，上海《小说月报》杂志开辟专栏纪念，并刊登了钱稻孙以楚辞体翻译的《神曲》片段，标题为《神曲一脔》，这是中国第一个正式发表的《神曲》译本。

《神曲》的第一个中文全译本出自数学和物理学家王维克之手，由于抗日战争的离乱，直到1948年才完全出版。几乎与此同时，上海诗人朱维基也出版了自己的《神曲》译本。这两个译本，一个是散文体，一个是现代诗歌体，终于让中国读者领略了《神曲》的全貌。然而遗憾的是，二位译者都未能从意大利文原文移译，而是转译自英文、法文等译本。

时隔近四十年后，从但丁原文翻译《神曲》的使命落在了田德望先生的肩上。早在二十世纪二十年代末，还在清华大学读书的田先生就爱上了《神曲》，并为此自学了意大利语。不久之后，他考入清华大学研究院外国语言文学研究所，用英文撰写了毕业论文《但丁的〈神曲〉和弥尔顿的〈失乐园〉中的比喻的比较研究》。在吴宓教授的建议下，田先生前往意大利佛罗伦萨大学，研究但丁和文艺复兴文学，并获得博士学位。1939年回国后，田先生曾在武汉大学开设了国内第一门《神曲》研读课程。后来由于工作关系，田先生一直从事德语教学，直到退休以后，在老友冯至的诚邀下，才以七十三岁的高龄开始了这项艰巨的工程，翻译工作多次因译者的健康原因而中断，最后经受癌症折磨的田先生坚持译完《天国篇》，但在出版前就与世长辞了。

田先生对翻译的要求非常严格，尤其对于注释格外重视，他注释的内容几乎是原诗的三倍，总

量超过六十万字，为我们阅读和研究《神曲》提供了丰富的参考资料。因此，田译《神曲》也被视为最忠实严谨的中文译本，尤其受到学人的青睐。在《地狱篇》出版后，田译本就已经赢得了很高的声誉。田先生因此获得了全国优秀文学翻译彩虹奖，还获得了意大利文化遗产部授予的意大利国家翻译奖。1998年，意大利总统斯卡尔法罗访华时，亲自登门授予田先生意大利一级骑士勋章。

但丁曾说过，凡是按照音乐规律来调配成和谐体的作品，都不能从一种语言译成另一种语言而不至于完全破坏它的优美与和谐。要知道，但丁那个时代的一些诗歌就像我们的宋词一样，是要唱出来的，有着严格的音律规则，即便是《神曲》这样用来朗诵的长诗，也非常讲究韵律与节奏。为了解决译本的体裁问题，田先生专门研究了一些成功的西方语言译本和此前的中文译本，并做出了自己的判断：与其为合乎格律而削足适履或添枝加叶，不如完全摆脱格律束缚，直接译为散文体，以求忠实可靠，待日后出现既有诗才而又通晓意大利文的翻译家时，再把这一世界文学名著译成诗体。治学严谨的田先生自谦不是诗人，如果勉强译成诗歌体，会误导读者，使他们认为但丁的诗也不过如此。他担心意大利谚语"译者就是叛徒"这句话会在自己身上得到验证。对于译本"美感缺失"的问题，田德望直言不讳地说："译者的目的仅在于使读者通过译文了解《神曲》的故事情节和思想内涵，如欲欣赏诗的神韵及其韵律之美，就须要学习意大利语，阅读原作。"

在田德望先生身后的这二十年，国内关注和研究但丁与《神曲》的人越来越多，新译本也不断出现，各有各的风格特色，当然也各有各的局限和缺憾，每个译本都是译者的解读方式，也有其一定的时代特征和"适用范围"。《神曲》的翻译和对于但丁的研究本就应该与时俱进。

但丁逝世七百年后，全世界仍然在读着《神曲》，我们在中国也不例外，因为在这些诗句中有我们永远关心和需要的东西，这就是《神曲》的伟大之处，它会超越时间的存在，成为活在当下的历史和分享给每个人的精神。

2021年8月18日于北京

神曲

DIVINA
COMMEDIA

地獄篇
INFERNO

在人生的中途，我发现我已经迷失了正路，走进了一座幽暗的森林。……

　　我向上一望，瞥见山肩已经披上了指导世人走各条正路的行星的光辉。这时,在那样悲惨可怜地度过的夜里,我的心湖中一直存在的恐怖情绪，才稍微平静下来。犹如从海里逃到岸上的人，喘息未定，回过头来凝望惊涛骇浪一样，我的仍然在奔逃的心灵，回过头来重新注视那道从来不让人生还的关口。

NEL MEZZO DEL CAMMIN DI NOSTRA VITA
MI RITROVAI PER UNA SELVA OSCURA,
CHÉ LA DIRITTA VIA ERA SMARRITA.

6

ED ECCO, QUASI AL COMINCIAR DE L'ERTA,
UNA LONZA LEGGERA E PRESTA MOLTO,
CHE DI PEL MACOLATO ERA COVERTA.

我使疲惫的身体稍微休息了一下，然后又顺着荒凉的山坡走去，所以脚底下最稳的，总是后面那只较低的脚。瞧！刚走到山势陡峭的地方，只见一只身子轻巧而且非常灵便的豹在那里，身上的毛皮布满五色斑斓的花纹。它不从我面前走开，却极力挡住我的去路，迫使我一再转身想退回来。

这时天刚破晓，太阳正同那群星一起升起，这群星在神爱最初推动那些美丽的事物运行时，就曾同它在一起；所以这个一天开始的时辰和这个温和的季节，使我觉得很有希望战胜这只毛皮斑斓悦目的野兽；但这并不足以使我对于一只狮子的凶猛形象出现在面前心里不觉得害怕。只见它高昂着头，饿得发疯的样子，似乎要向我扑来，好像空气都为之颤抖。

QUESTI PAREA CHE CONTRA ME VENISSE
CON LA TEST' ALTA E CON RABBIOSA FAME.

"那么，你就是那位维吉尔，就是那涌出滔滔不绝的语言洪流的源泉吗？"我面带羞涩的神情回答说，"啊，其他诗人的光荣和明灯啊，但愿我长久学习和怀着深爱研寻你的诗卷能使我博得你的同情和援助。你是我的老师，我的权威作家，只是从你那里我才学来了使我成名的优美风格。你看那只逼得我转身后退的野兽，帮助我逃脱它吧，著名的圣哲，因为它吓得我胆战心惊。"

VEDI LA BESTIA PER CU' IO MI VOLSI:
AIUTAMI DA LEI, FAMOSO SAGGIO.

"我认为你最好跟着我，由我做你的向导，从这里把你带出去游历一个永恒的地方，你在那里将听到绝望的呼号，看到自古以来的受苦的灵魂每个都乞求第二次死；你还将看到那些安心处于火中的灵魂，因为他们希望有一天会来到有福的人们中间。如果你想随后就上升到这些人中间，一位比我更配去那里的灵魂会来接引你……"

于是，他动身前行，我在后面跟着他。

ALLOR SI MOSSE, E IO LI TENNI DIETRO.

白昼渐渐消逝，昏黄的天色使大地上的众生都解除劳役，唯独我一个人正准备经受这场克服征途之苦和怜悯之情的战斗，我的真确无误的记忆将追述这些经历。

　　啊，缪斯啊！啊，崇高的才华呀！现在帮助我吧！啊，记载我所看到的一切事物的记忆呀！这里将显示出你的高贵。

LO GIORNO SE N'ANDAVA.

啊，温厚的曼图阿人的灵魂哪，你的美名如今仍然留在世上，并且将与世长存。我的朋友，但非时运的朋友，在荒凉的山坡上被挡住去路，吓得转身后退；据我在天上听到的关于他的消息，恐怕他迷途已经太远，我起来救他已经迟了。现在请你动身前去，以你的美妙的言辞，以一切必要的使他得救的办法援助他，让我得到安慰。我是贝雅特丽齐，是我让你去；我是从我愿意返回的地方来的；爱推动我，让我说话。

I' SON BEATRICE CHE TI FACCIO ANDARE.

18

LASCIATE OGNE SPERANZA, VOI CH'INTRATE.

由我进入愁苦之城,
由我进入永劫之苦,
由我进入万劫不复的人群中。
正义推动了崇高的造物主,
神圣的力量、最高的智慧、本原的爱
创造了我。在我以前未有造物,
除了永久存在的以外,
而我也将永世长存。
进来的人们,你们必须把一切希望抛开!

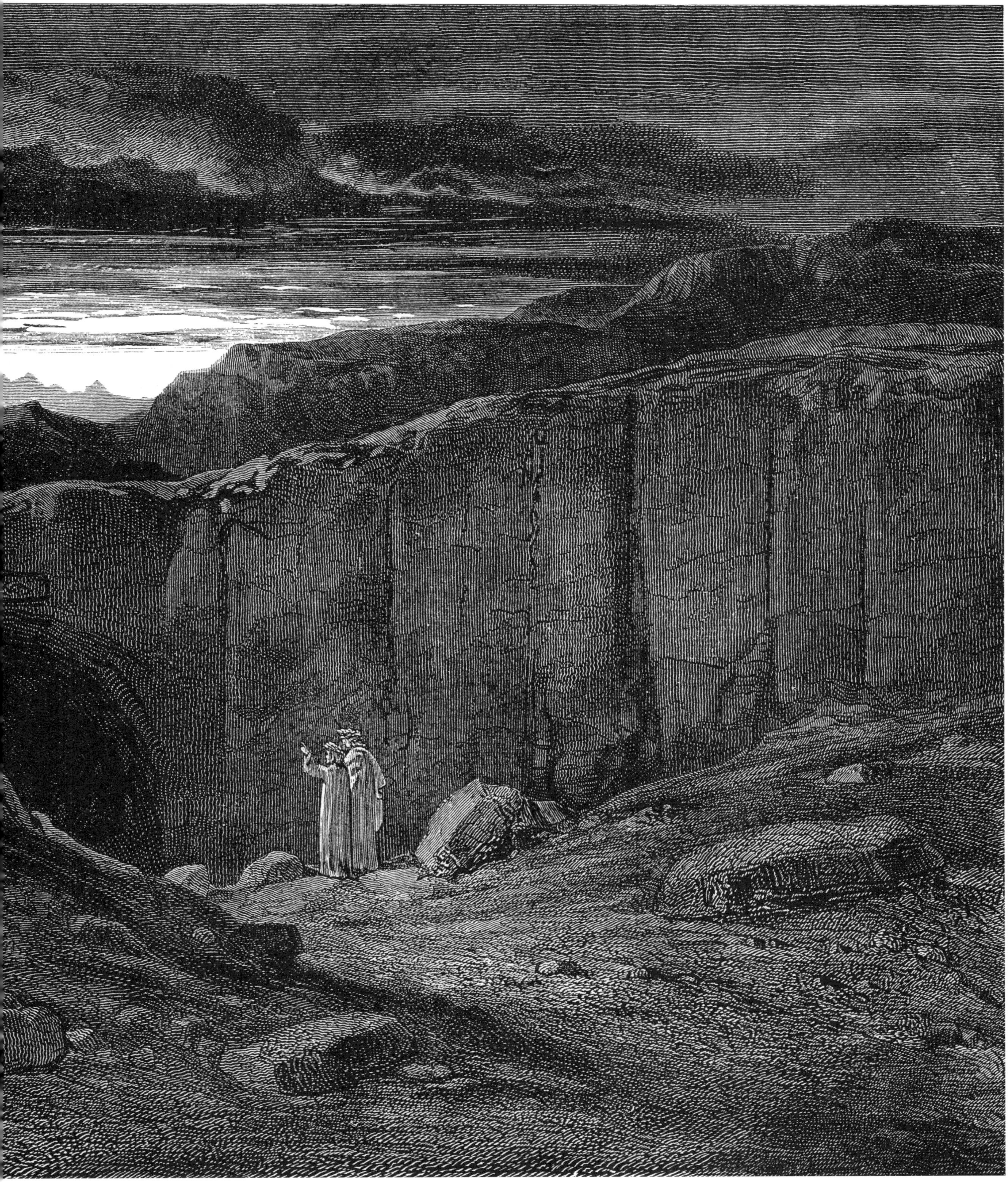

瞧！一个须发皆白的老人驾着一只船冲我们来了，他喊道："罪恶的鬼魂们，你们该遭劫了！再也没有希望见天日了！我来把你们带到对岸，带进永恒的黑暗，带进烈火和寒冰。站在那儿的活人的灵魂，你离开那些死人吧。"但是，看到我不离开，他随后就说："你将走另一条路，从别的渡口渡过去上岸，不从这里，一只较轻的船要来载你。"

我的向导对他说："卡隆，不要发怒：这是有能力为所欲为者所在的地方决定的，不要再问。"铅灰色的沼泽上这个两眼辐射着愤怒的火焰的船夫听了这话以后，毛烘烘的脸上的怒气就平静下来了。

ED ECCO VERSO NOI VENIR PER NAVE
UN VECCHIO, BIANCO PER ANTICO PELO,
GRIDANDO: «GUAI A VOI, ANIME PRAVE!».

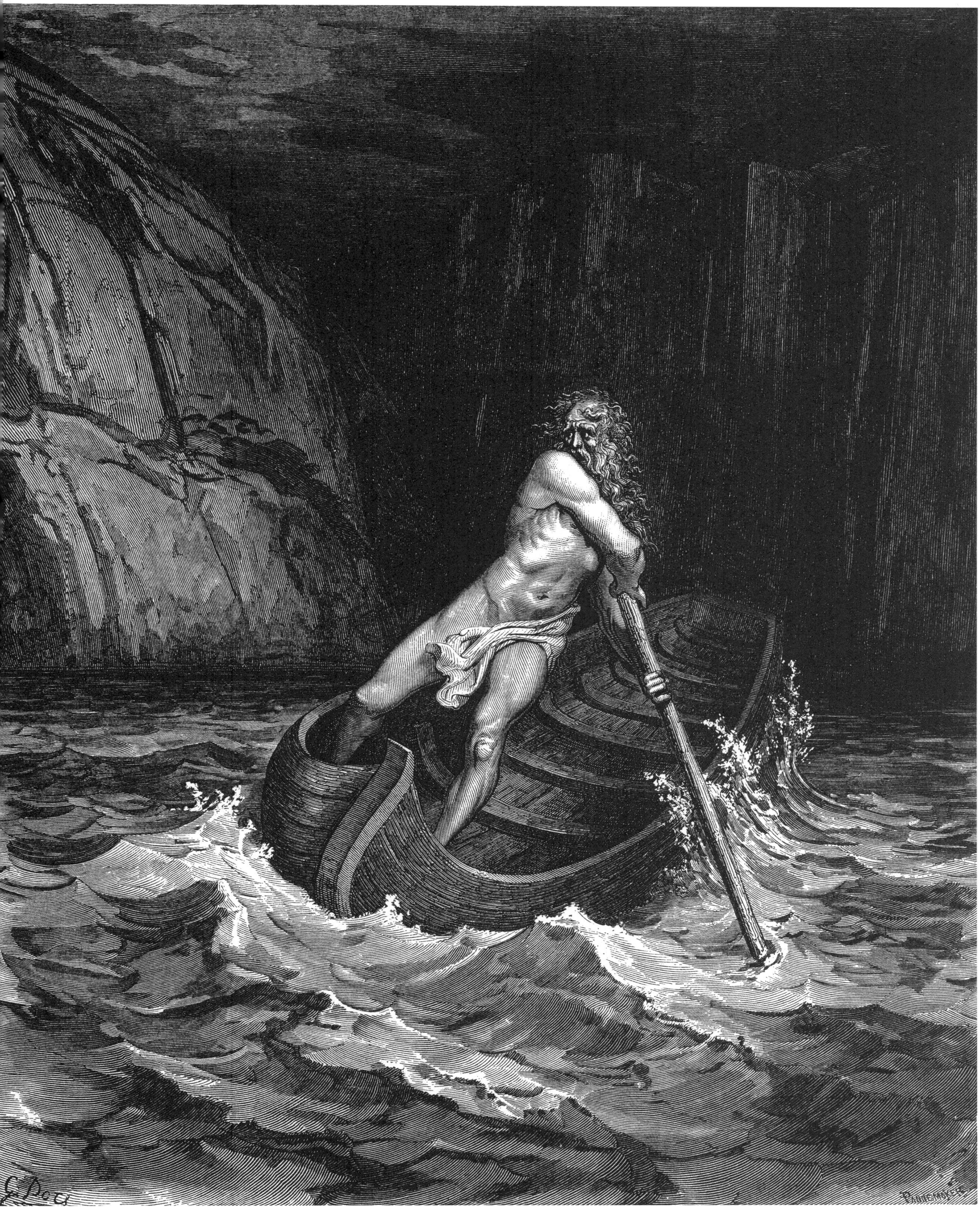

那些疲惫不堪的赤身裸体的鬼魂一听见他这残酷的话，都勃然变色，咬牙切齿。他们诅咒上帝和自己的父母，诅咒人类，诅咒自己出生的地方和时间，诅咒自己的祖先和生身的种子。然后，大家痛哭着一同集合在等待着一切不畏惧上帝的人的不祥的河岸上。魔鬼卡隆怒目圆睁，如同火炭一般，向他们招手示意，把他们统统赶上船去；谁上得慢，他就用船桨来打。

CARON DIMONIO, CON OCCHI DI BRAGIA
LORO ACCENNANDO, TUTTE LE RACCOGLIE;
BATTE COL REMO QUALUNQUE S'ADAGIA.

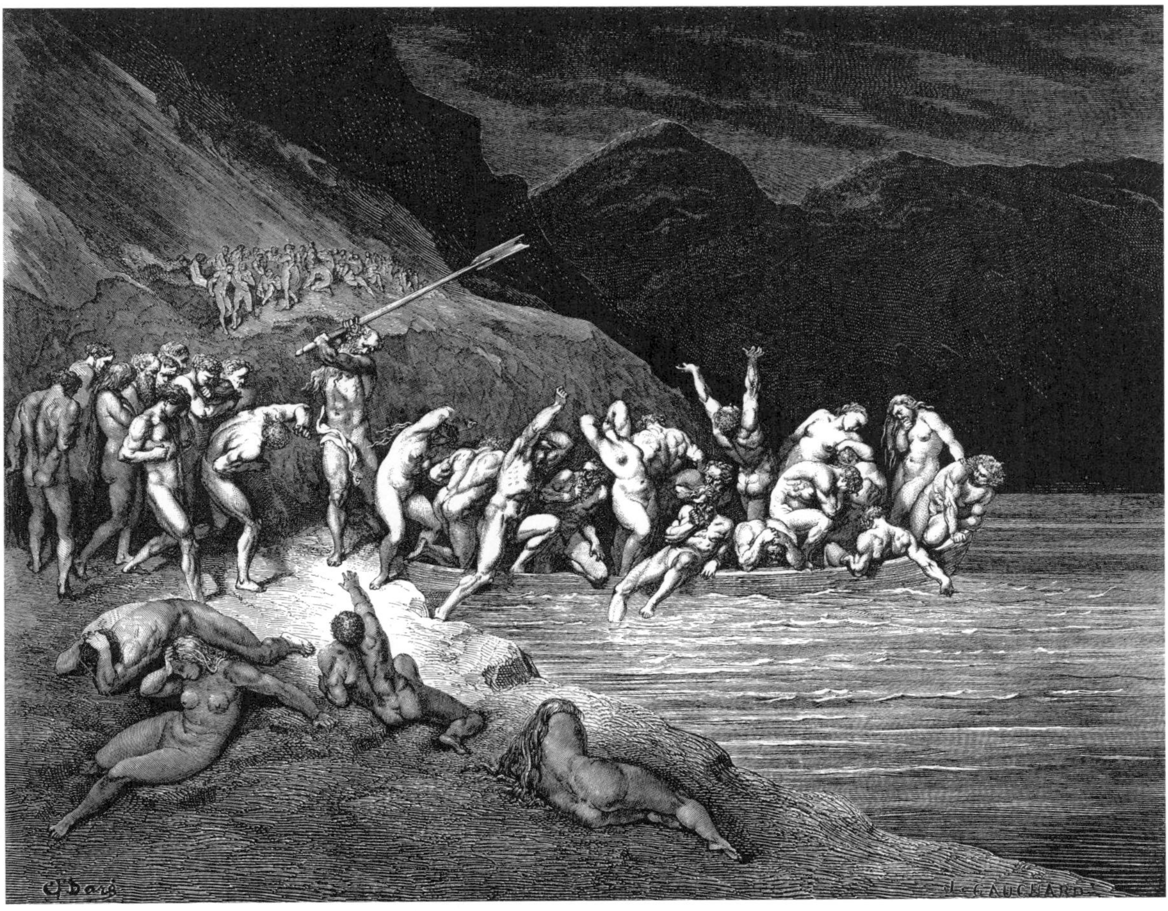

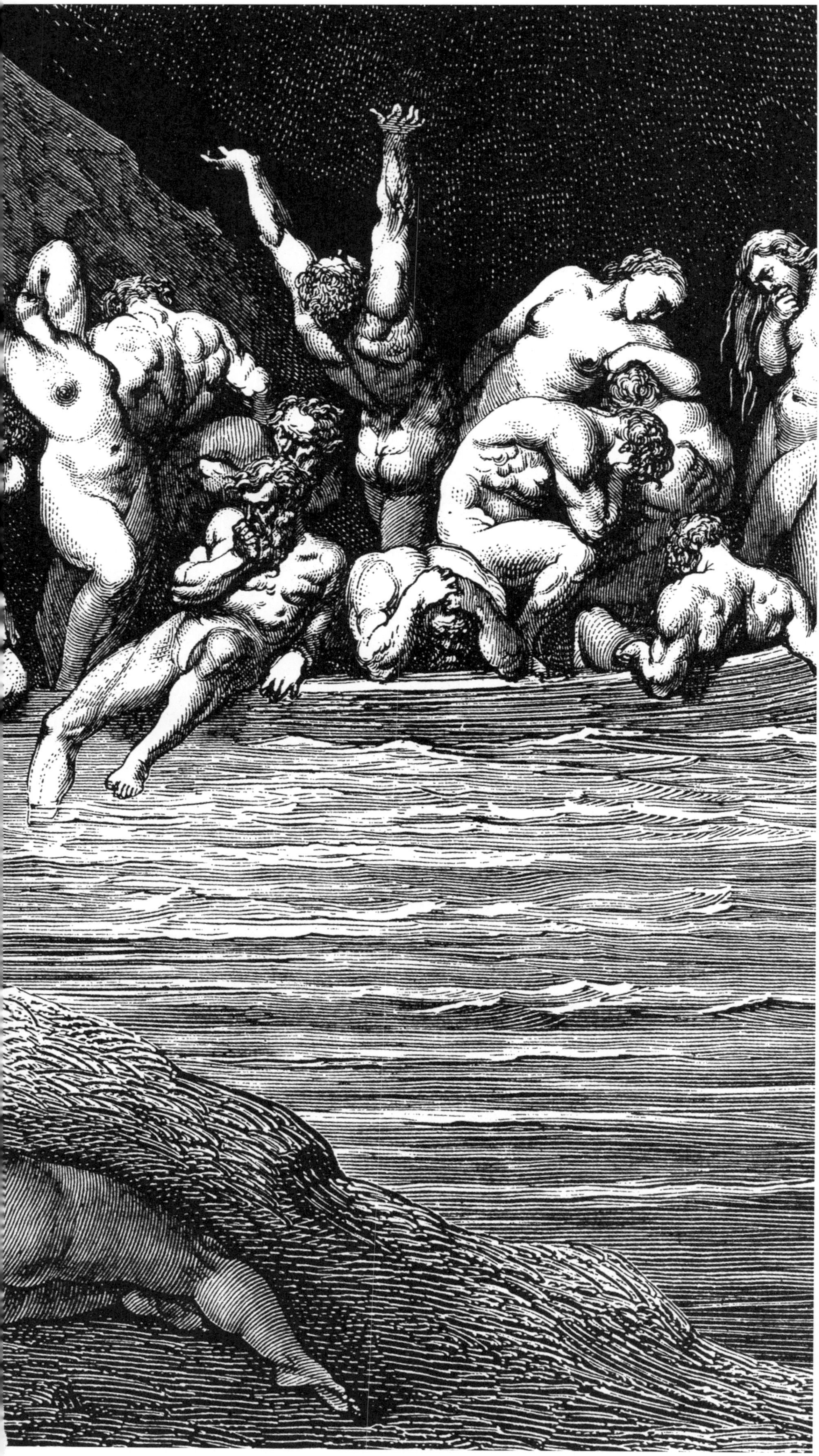

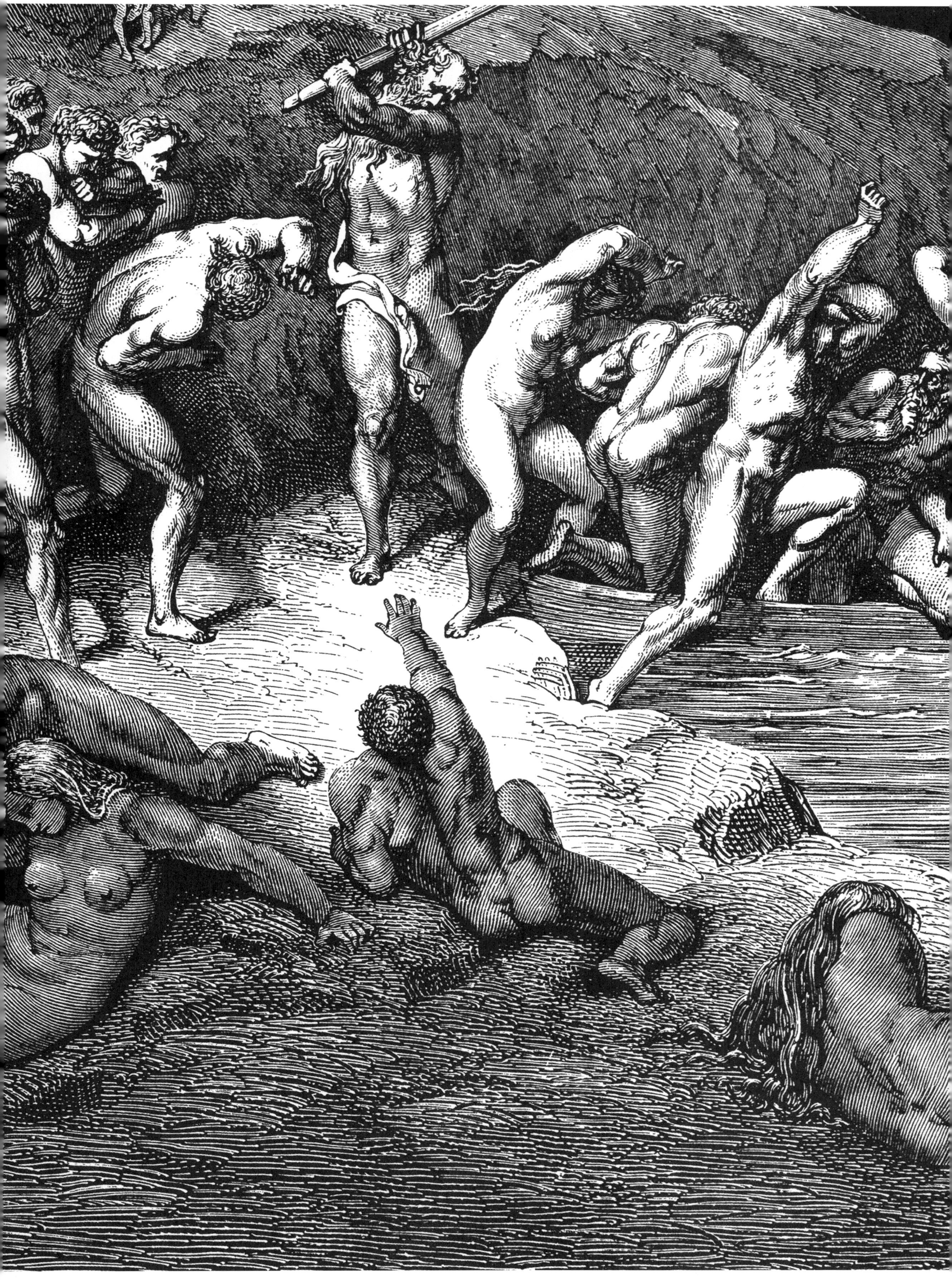

24

SEMO PERDUTI, E SOL DI TANTO OFFESI
CHE SANZA SPEME VIVEMO IN DISIO.

你不问一问你看见的这些灵魂是什么人吗？在你再往前走以前，我得先让你知道，他们并没有犯罪；如果他们是有功德的，那也不够，因为他们没有领受洗礼，而洗礼是你所信奉的宗教之门；如果他们是生在基督教以前的，他们未曾以应该采取的方式崇拜上帝：我自己就在这种人之列。由于这两种缺陷，并非由于其他的罪过，我们就不能得救，我们所受的惩罚只是在向往中生活而没有希望。

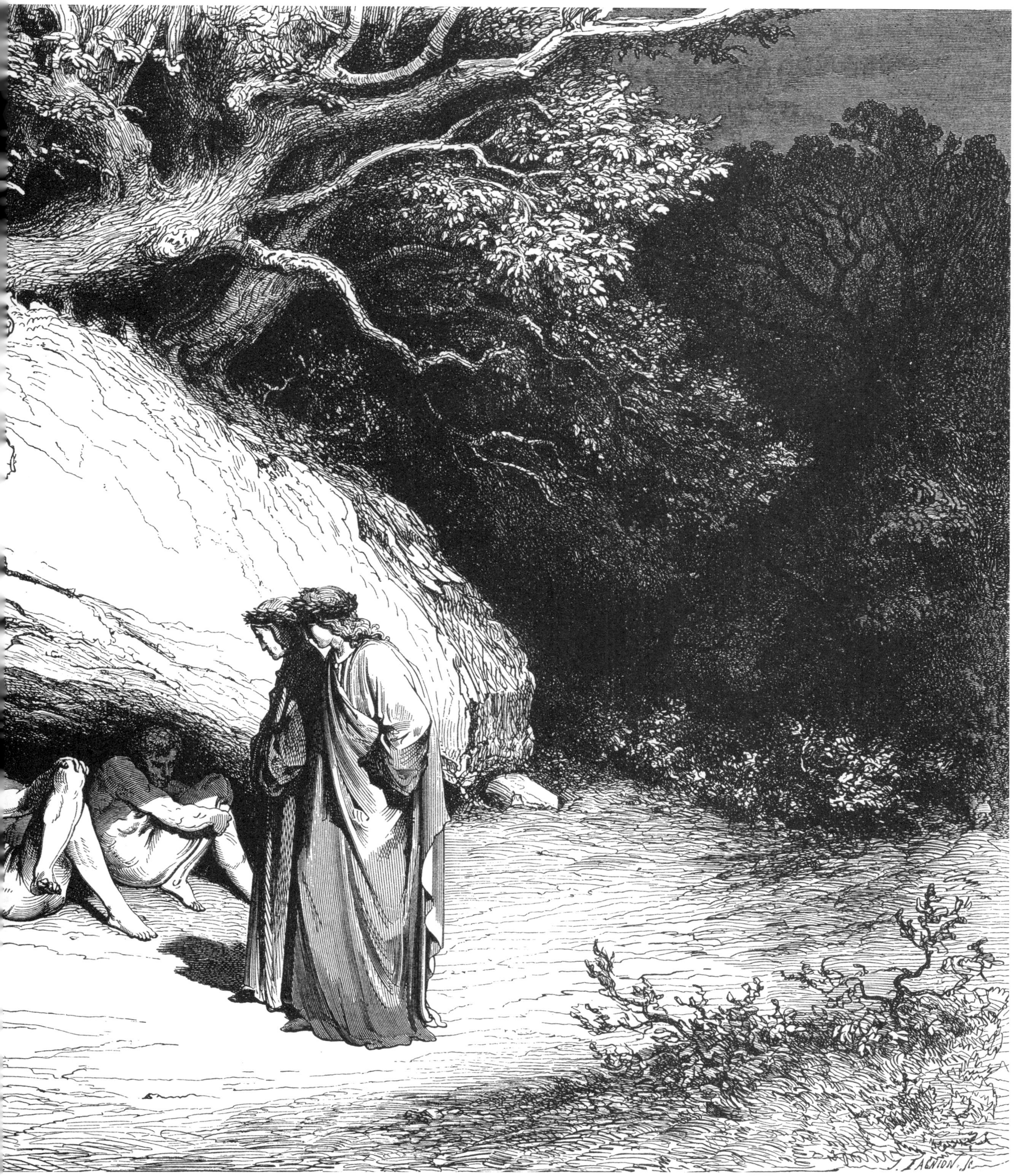

"你看手里拿着那把宝剑、像君主似的走在三个人前面的那一位：那就是诗人之王荷马；跟在他后面走来的是讽刺诗人贺拉斯；第三位是奥维德，最后一位是卢卡努斯。因为他们都和我一样有那一个声音说出来的称号，他们就都向我表示敬意，他们这样做，做得好。"我就这样看到那位创作最崇高的诗歌的诗人之王的美好的流派集合在这里，他那种诗歌像鹰一般高翔于其他种诗歌之上。他们在一起谈了一下之后，就转过身来向我表示敬意，对此，我的老师微微一笑；此外，他们还给了我更多的荣誉，因为他们把我列入他们的行列，结果，我就是这样赫赫有名的智者中的第六位。

COSÌ VID' I' ADUNAR LA BELLA SCOLA
DI QUEL SEGNOR DE L'ALTISSIMO CANTO
CHE SOVRA LI ALTRI COM' AQUILA VOLA.

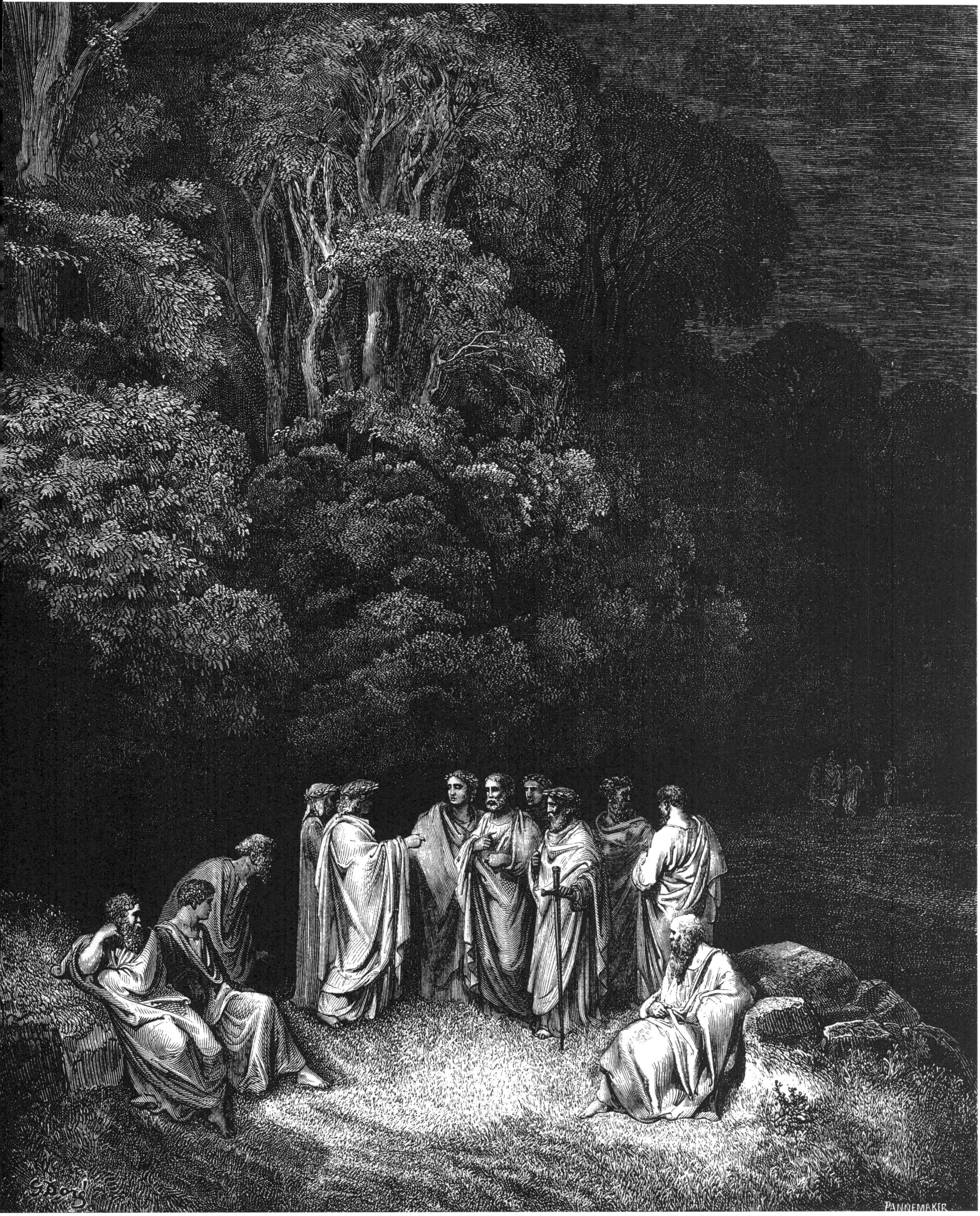
PANNEMAKER

28

STAVVI MINÒS ORRIBILMENTE, E RINGHIA:
ESSAMINA LE COLPE NE L'INTRATA;
GIUDICA E MANDA SECONDO CH'AVVINGHIA.

　　那里站着可怕的米诺斯，龇着牙咆哮：他在入口处审查罪行，做出判决，把尾巴绕在自己身上，表示怎样发落亡魂，勒令他们下去。我是说，不幸生在世上的人的灵魂来到他面前时，就供出一切罪行：那位判官就判决他该在地狱中什么地方受苦，把尾巴在自己身上绕几遭，就表明要让他到第几层去。在他面前总站着许多亡灵：个个都依次受审判，招供罪行，听他宣判，随后就被卷下去了。

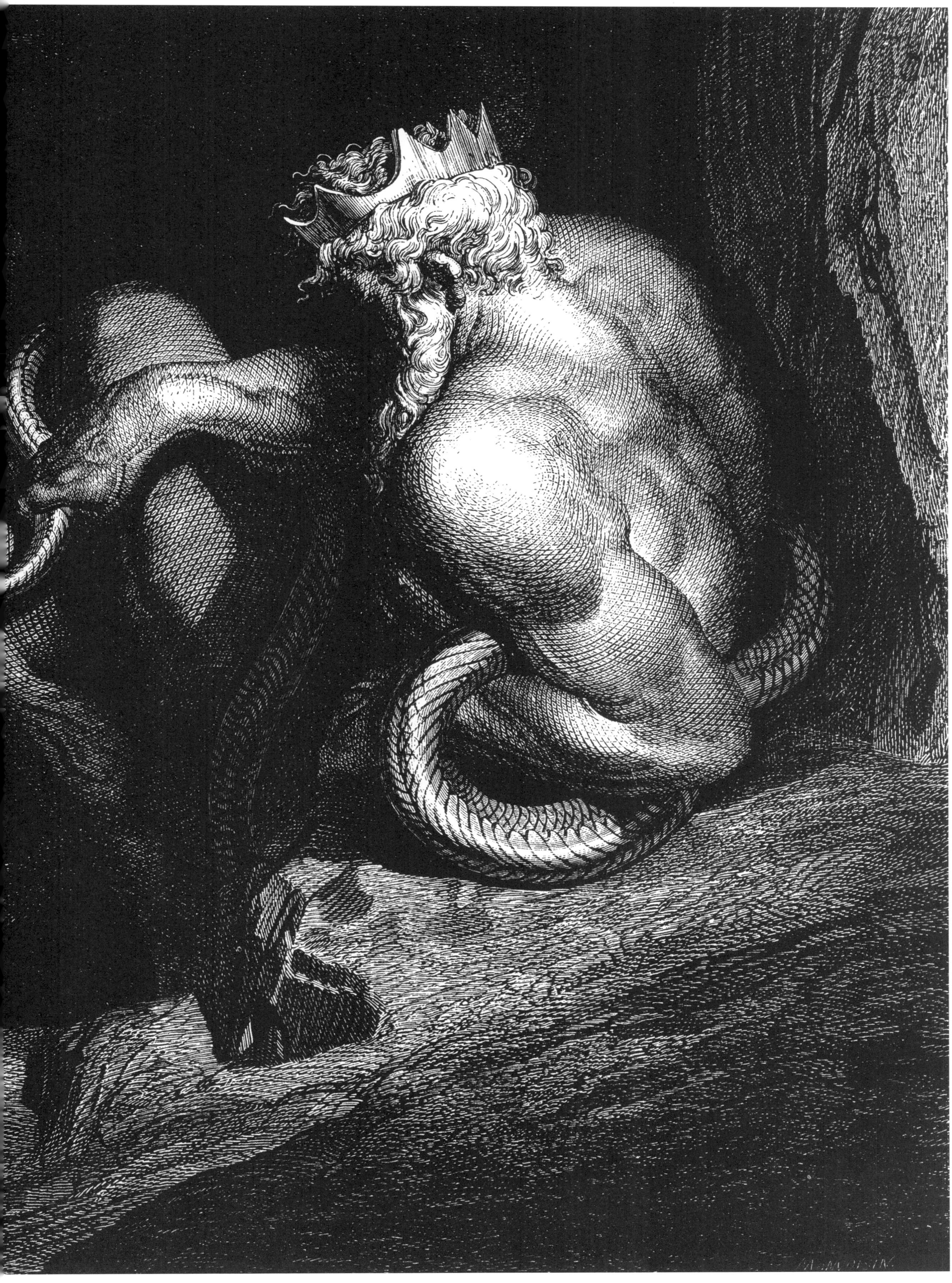

地狱里的永不停止的狂飙猛力席卷着群魂飘荡；刮得他们旋转翻滚，互相碰撞，痛苦万分。每逢刮到断层悬崖前面，他们就在那里喊叫、痛哭、哀号，就在那里诅咒神的力量。我知道，被判处这种刑罚的，是让情欲压倒理性的犯邪淫罪者。犹如寒冷季节，大批椋鸟密集成群，展翅乱飞，同样，那些罪恶的亡魂被狂飙刮来刮去，忽上忽下，永远没有什么希望安慰他们，不要说休息的希望，就连减轻痛苦的希望也没有。

LA BUFERA INFERNAL, CHE MAI NON RESTA,
MENA LI SPIRTI CON LA SUA RAPINA.

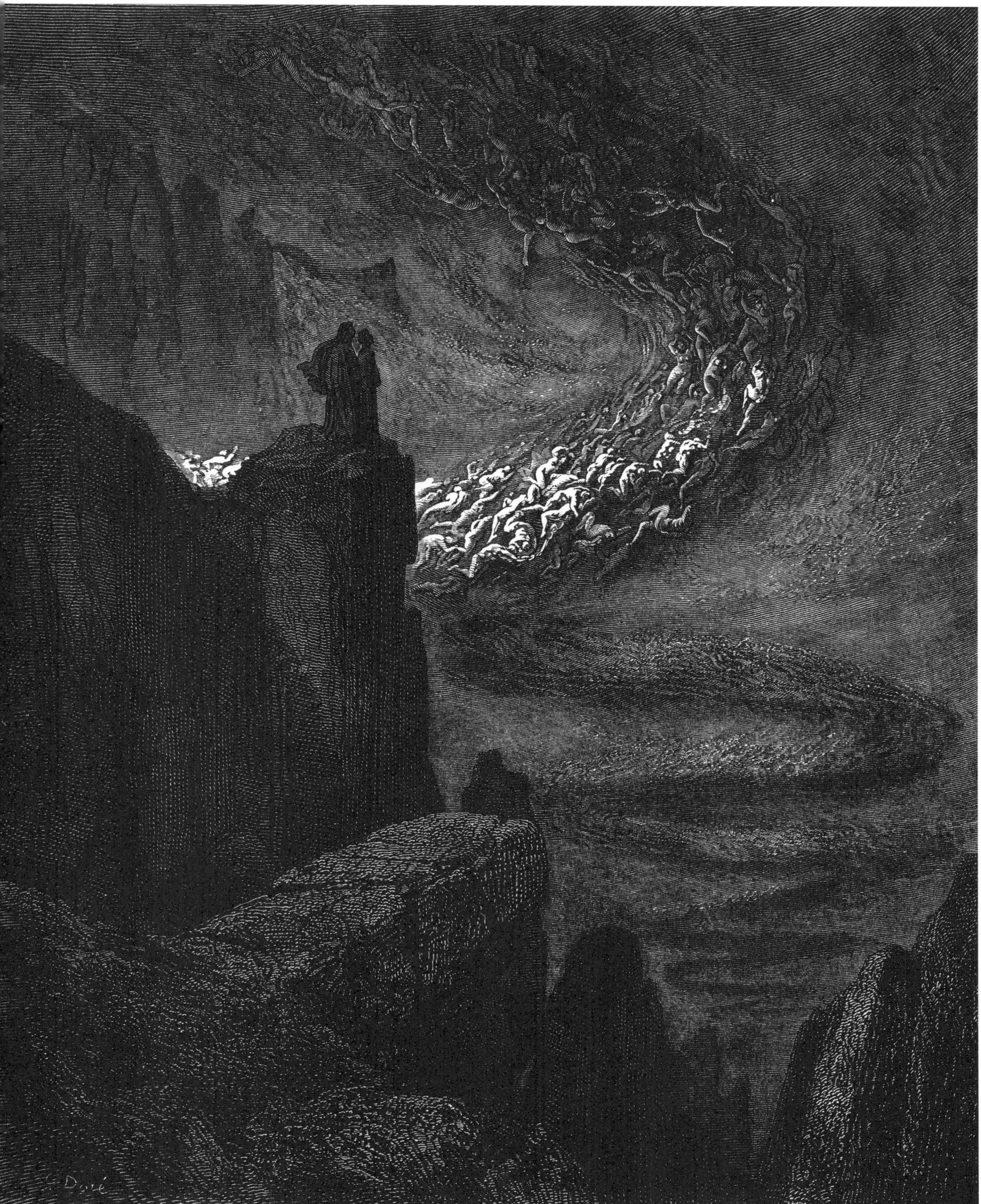
G. Doré

我开始说："诗人哪，我愿意同那两个在一起的、似乎那样轻飘飘地乘风而来的灵魂说话。"他对我说："你注意着他们什么时候离我们近些；那时，你以支配他们的行动的爱的名义恳求他们，他们就会来的。"当风刚把他们刮向我们这里时，我就开始说："受折磨的灵魂们，过来同我们交谈吧，如果无人禁止的话！"

犹如斑鸠受情欲召唤，在意愿的推动下，伸展着稳健的翅膀，凌空而过，飞向甜蜜的鸠巢，同样，那两个灵魂走出狄多所在的行列，穿过昏暗的空气向我们奔来，因为我那充满同情的呼唤是如此强烈动人。

I' COMINCIAI: «POETA, VOLONTIERI
PARLEREI A QUEI DUE CHE 'NSIEME VANNO,
E PAION SÌ AL VENTO ESSER LEGGERI».

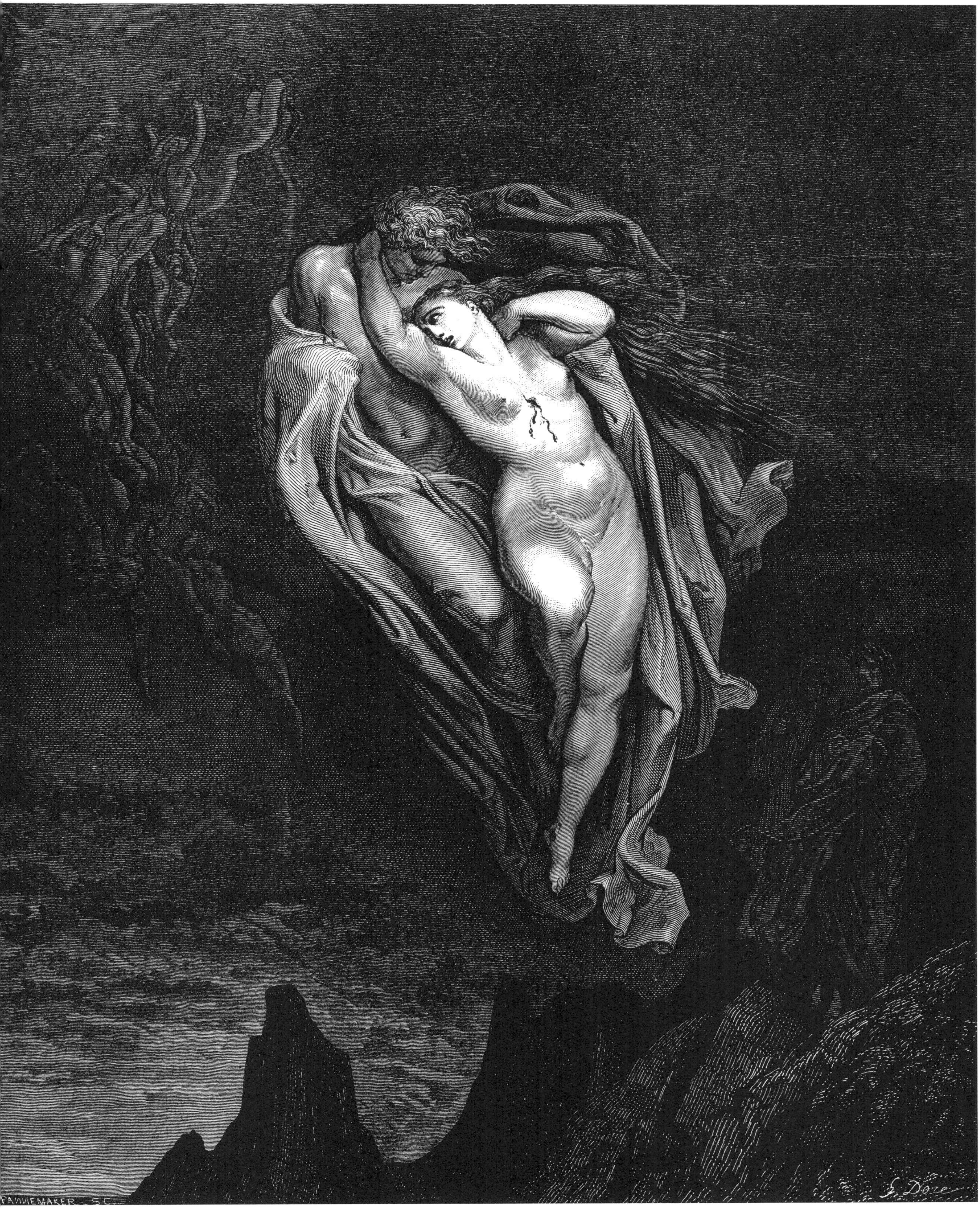
PANNEMAKER . S.C.
G. Doré

34

Amor condusse noi ad una morte.
Caina attende chi a vita ci spense.

  我出生的城市坐落在海滨，在波河汇合它的支流入海得到安息的地方。在高贵的心中迅速燃烧起来的爱，使他热恋上我的被夺去的美丽的身体；被夺的方式至今仍然使我受害。不容许被爱者不还报的爱，使我那样强烈地迷恋他的美貌，就像你看到的这样，直到如今仍然不离开我。爱引导我们同死。该隐环等待着害我们性命的人。

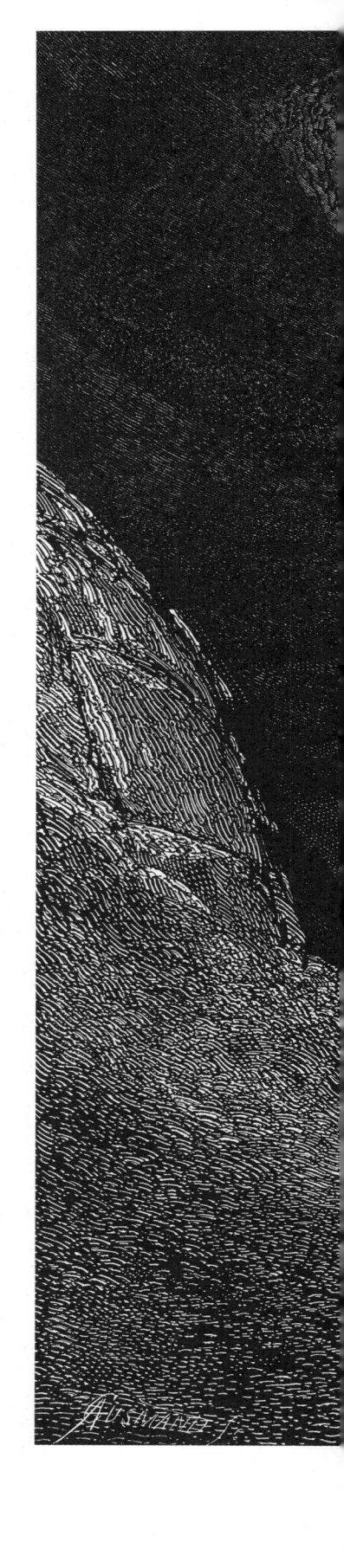

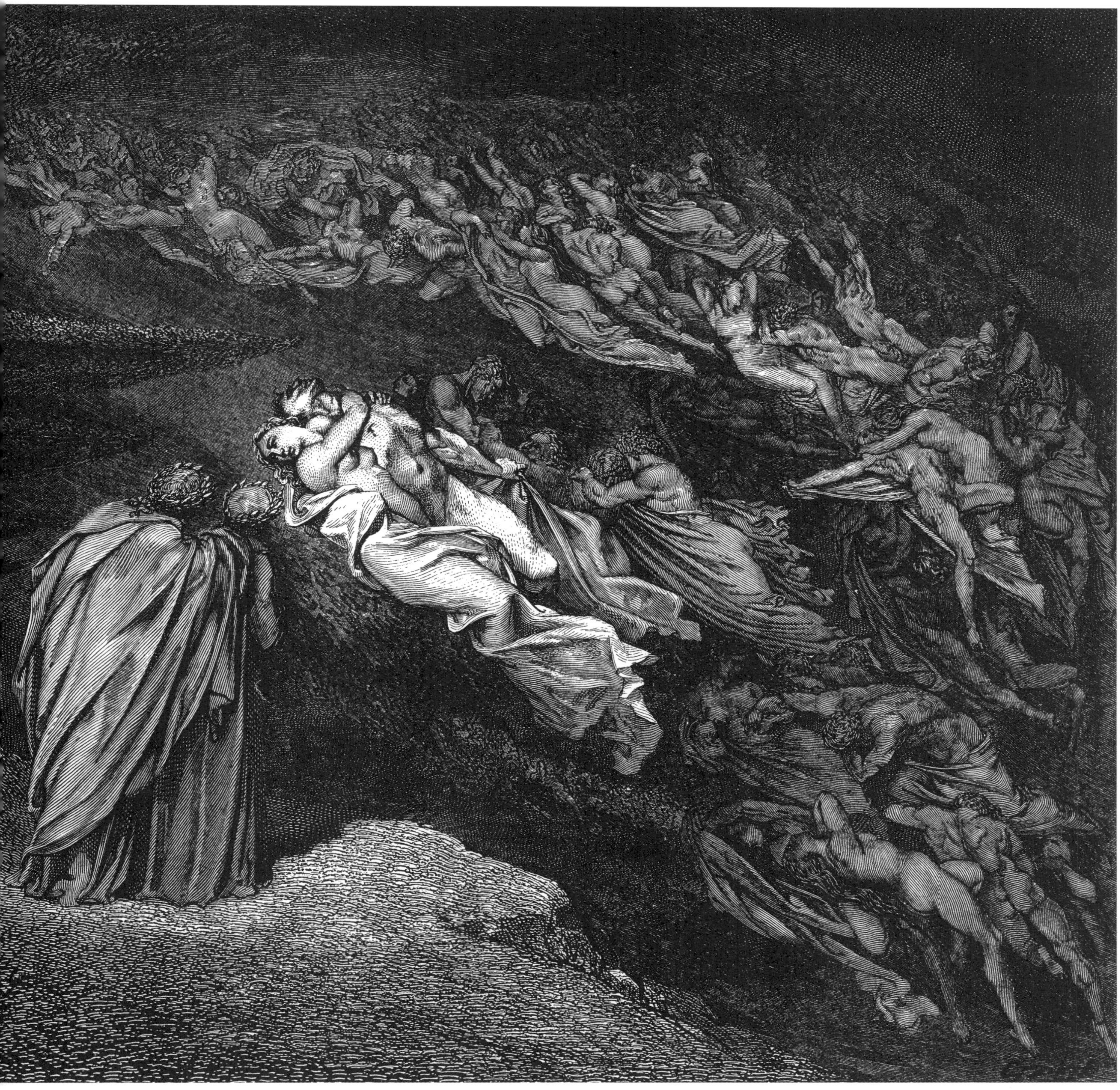

有一天，我们为了消遣，共同阅读朗斯洛怎样被爱所俘虏的故事：只有我们俩在一起，全无一点疑惧。那次阅读促使我们的目光屡屡相遇，彼此相顾失色，但是使我们无法抵抗的，只是书中的一点。当我们读到那渴望吻到的微笑的嘴被这样一位情人亲吻时，这个永远不会和我分离的人就全身颤抖着亲我的嘴。那本书和写书的人就是我们的加勒奥托：那一天，我们没有再读下去。

Quel giorno più non vi leggemmo avante.

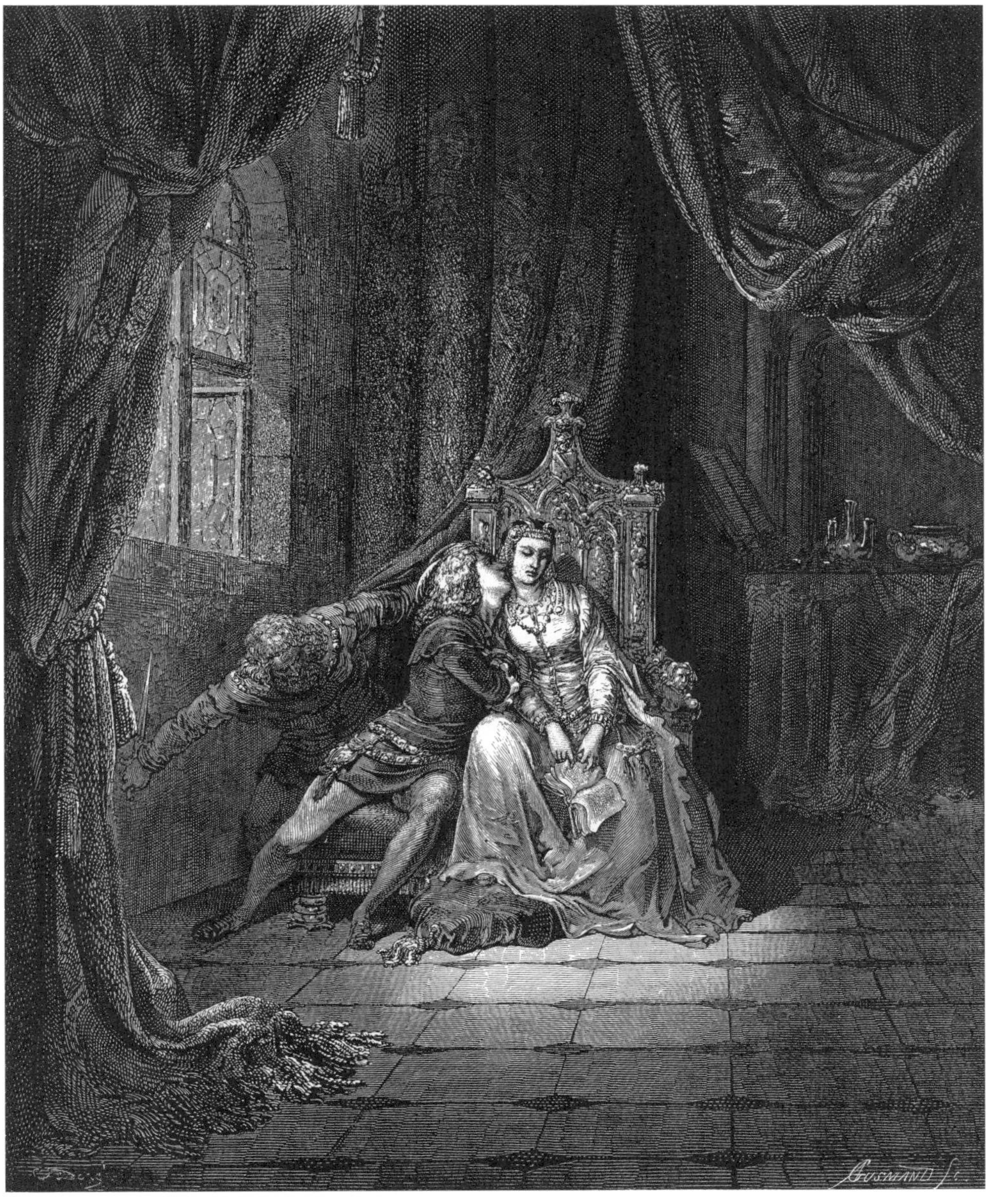

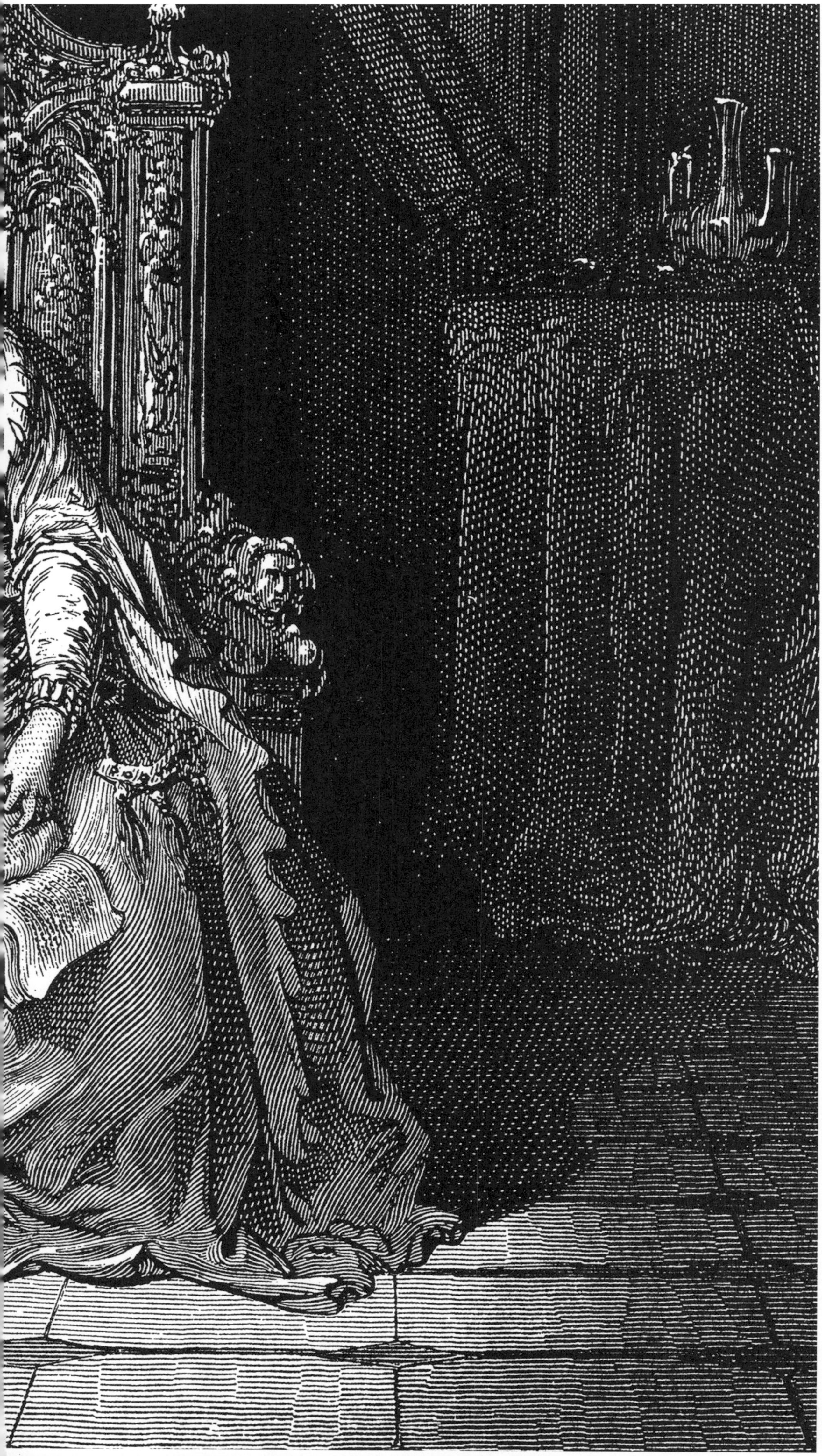

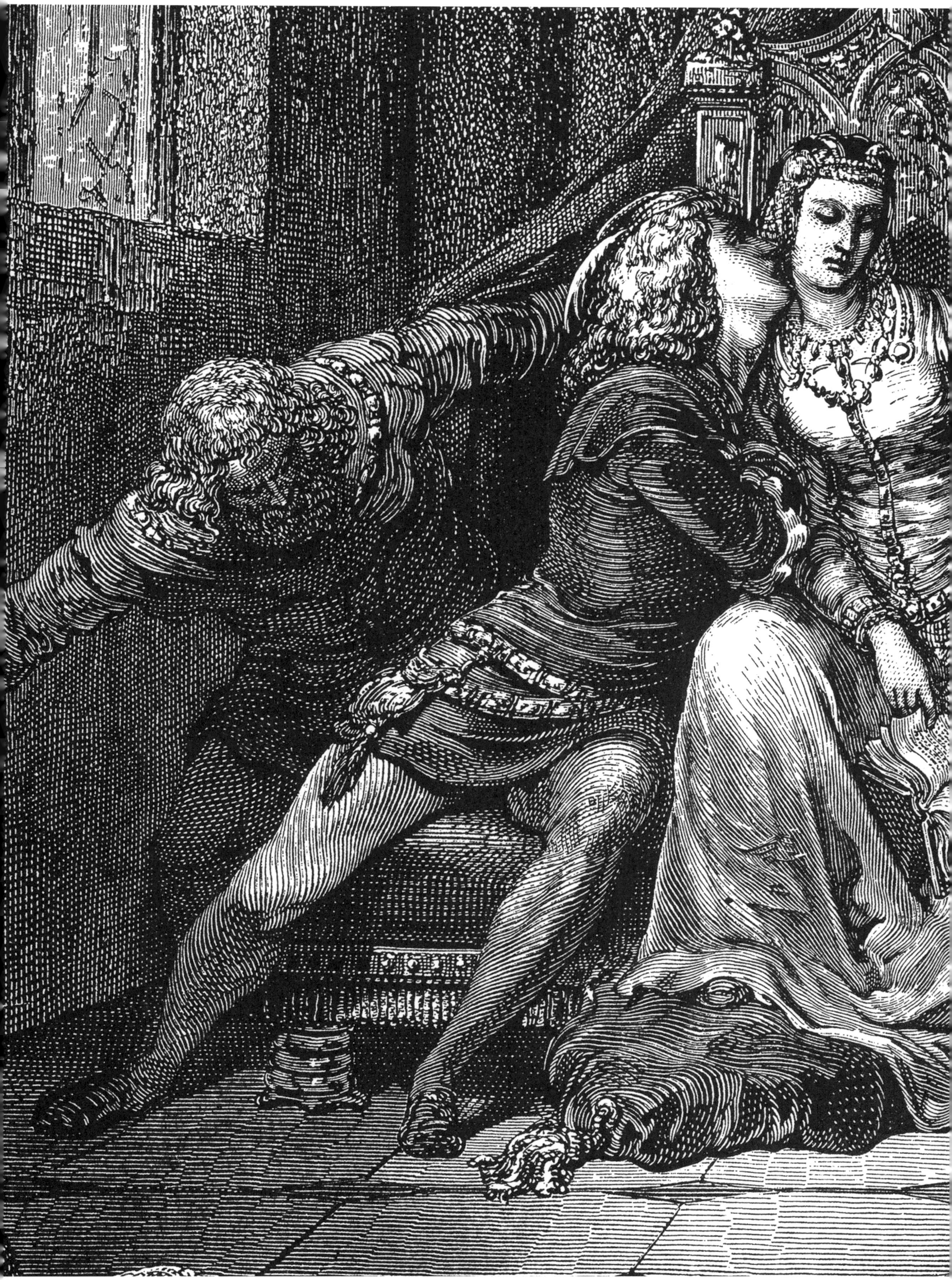

当这一个灵魂说这番话时，那一个一直在啼哭；使得我激于怜悯之情仿佛要死似的昏过去。我像死尸一般倒下了。

Io venni men così com' io morisse.
E caddi come corpo morto cade.

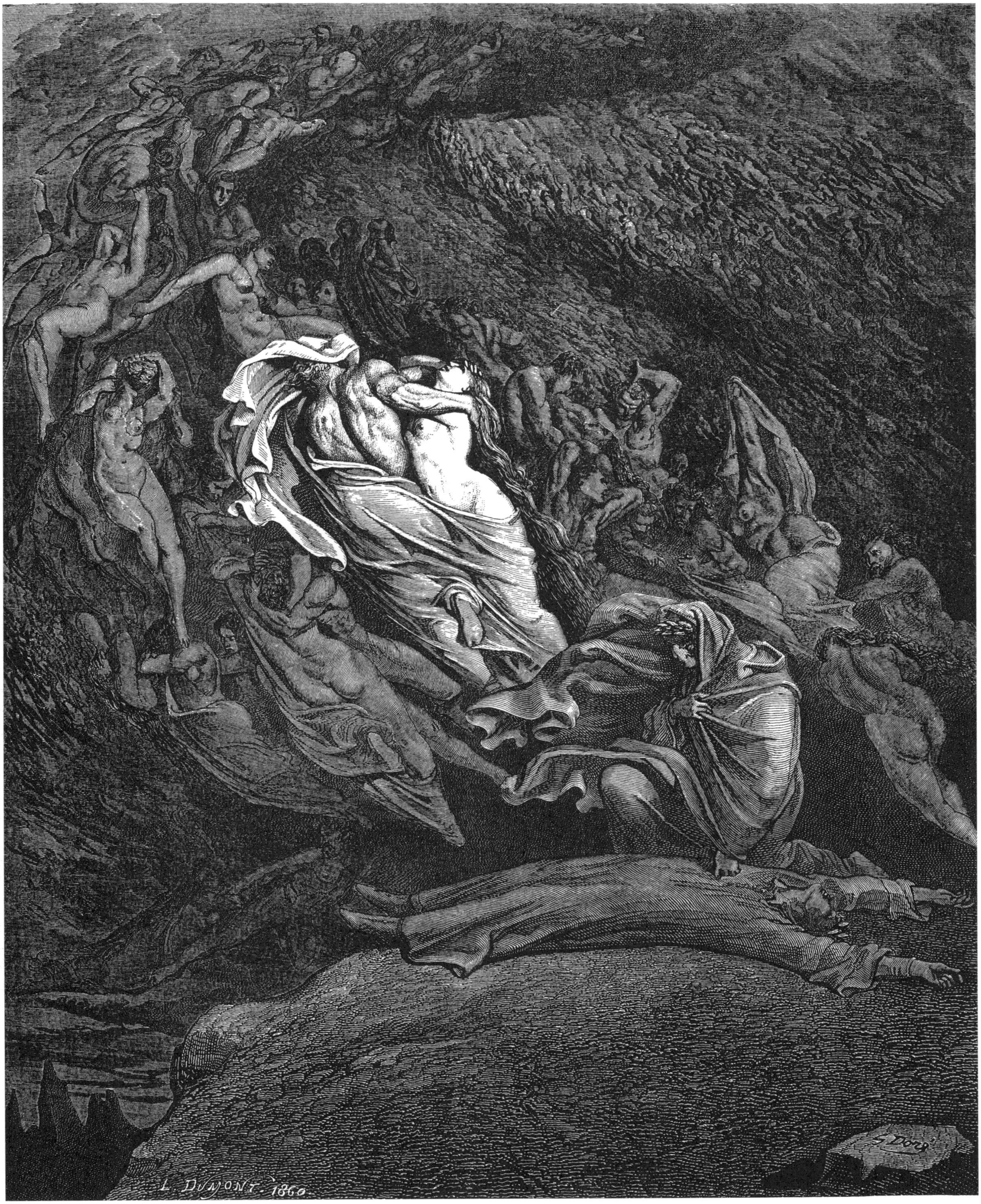
L. DUMONT 1860
G. DORÉ

40

E 'L DUCA MIO DISTESE LE SUE SPANNE,
PRESE LA TERRA, E CON PIENE LE PUGNA
LA GITTÒ DENTRO A LE BRAMOSE CANNE.

　　大虫刻尔勃路斯看到我们，就张开三个嘴，向我们龇着尖牙；它四肢百骸无不紧张颤动。我的向导张开两只手，抓起满把的泥土，扔到它的食管里。正如那猖猖狂吠着求食的狗，咬着食物后，就安静下来，因为它只顾拼命把食物吞下去，这个对着亡魂们咆哮如雷，使得他们但愿变成聋子的恶魔刻尔勃路斯，它那三副肮脏的嘴脸也这样安静下来了。

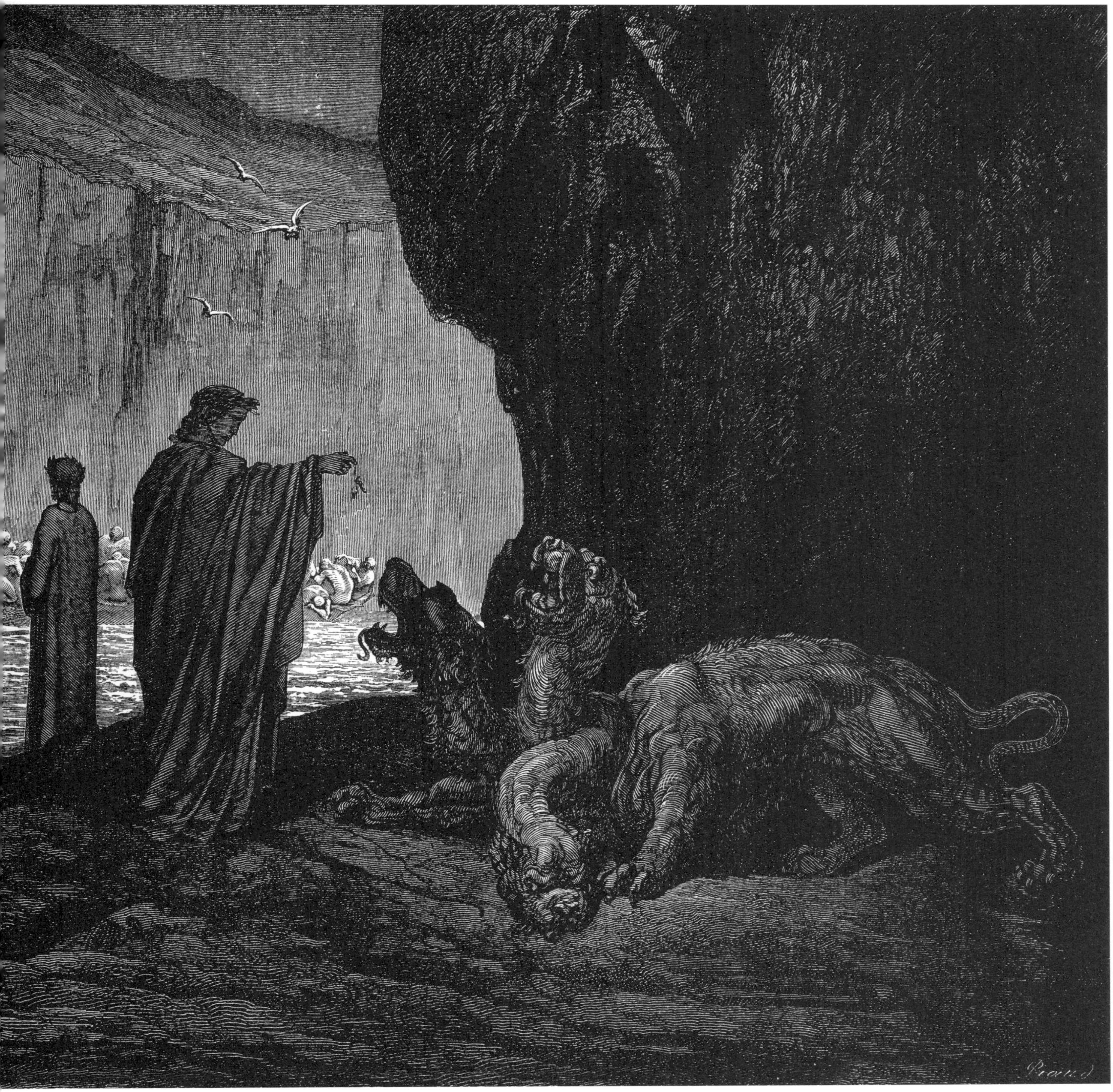

42

PER LA DANNOSA COLPA DE LA GOLA,
COME TU VEDI, A LA PIOGGIA MI FIACCO.

你那装满了忌妒的、装得口袋已经冒尖的城市，是我在世时的安身之地。你们市民们管我叫恰科：我由于放纵口腹之欲，犯了有害的贪食罪，像你所看到的这样，惨遭了雨打。悲哀的灵魂并不止我一个，因为所有这些灵魂都是由于同样的罪受同样的刑罚。

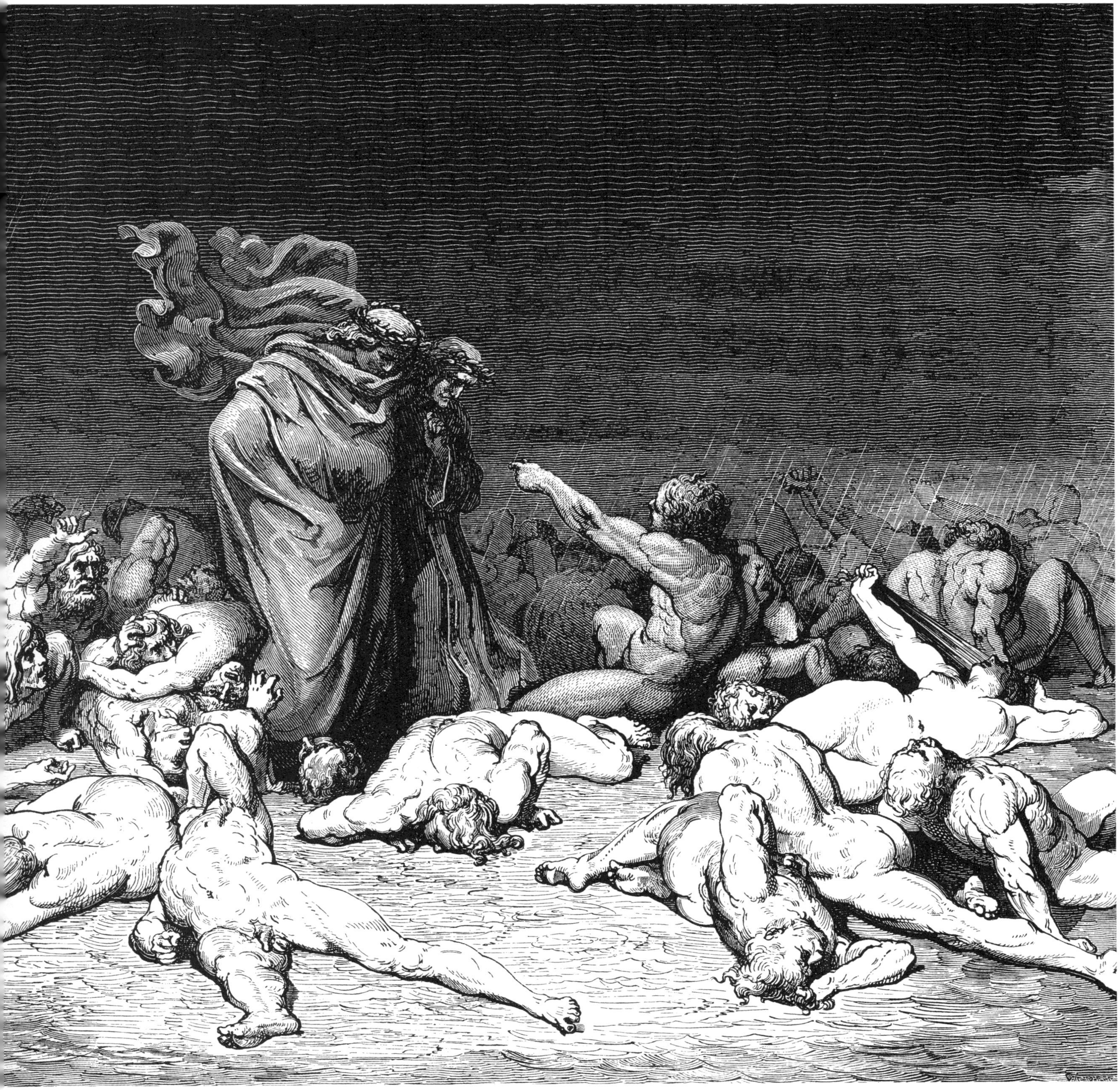

那位洞察一切的高贵的哲人安慰我说："不要让你的恐惧之情伤害你；因为不论他有什么权力，他都不能阻止你走下这巉岩。"随后就转身对着那副气得膨胀起来的面孔说："住口，该死的狼！让你自己的怒火在心中把你烧毁吧。我们并不是无缘无故来到这深渊中的：这是天上的意旨，在那里米迦勒曾惩罚那狂妄的叛乱。"如同桅杆一断，被风吹胀的帆缠结在一起落下来一样，那残酷的野兽一听这话就倒在地上了。

E DISSE: «TACI, MALADETTO LUPO!
CONSUMA DENTRO TE CON LA TUA RABBIA».

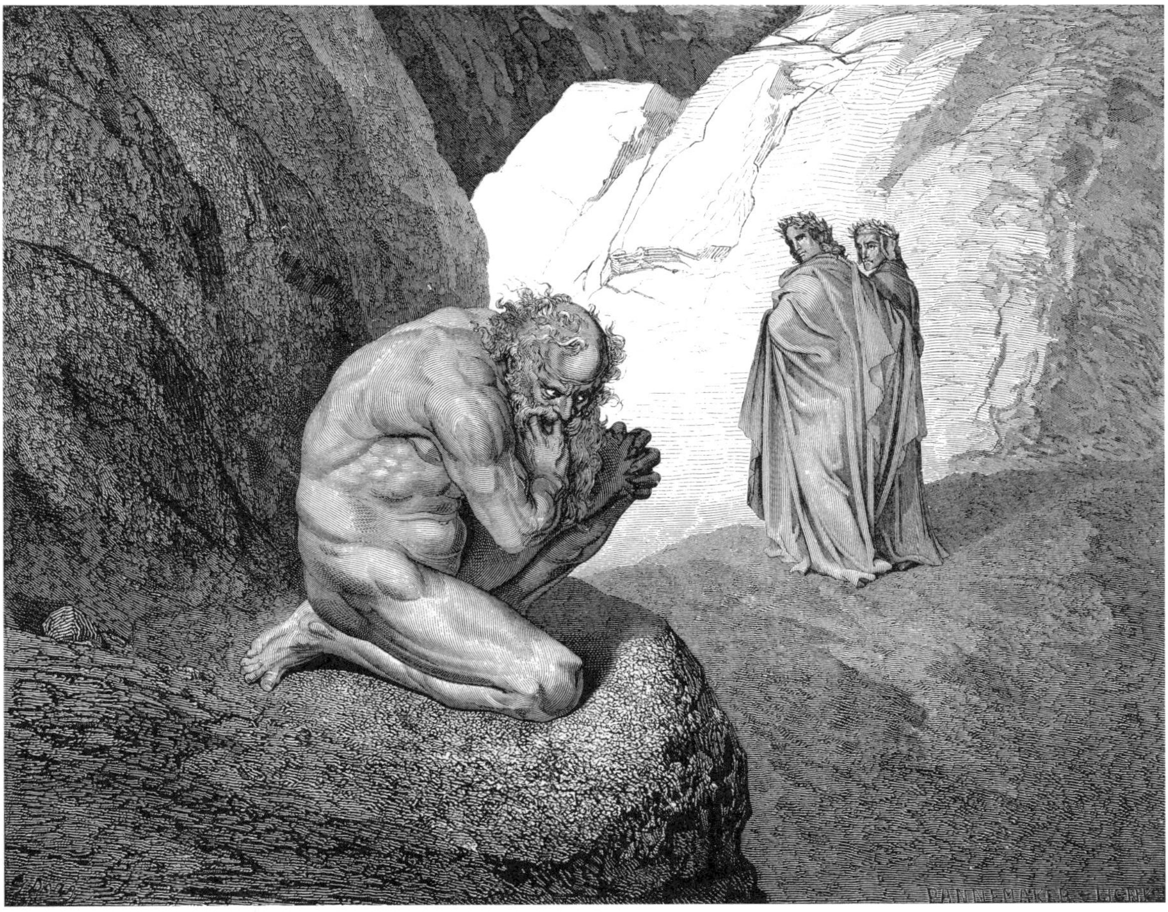

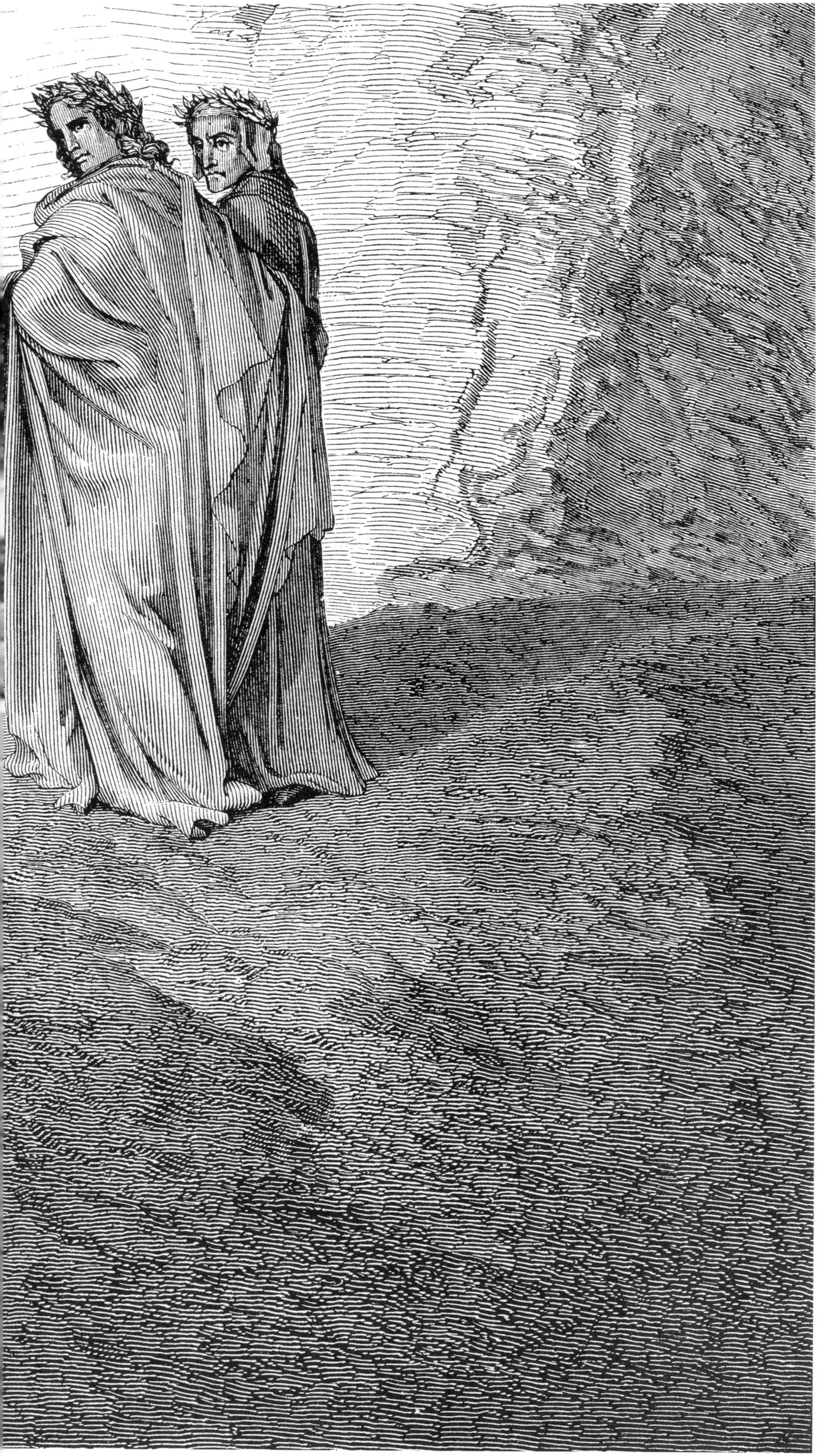

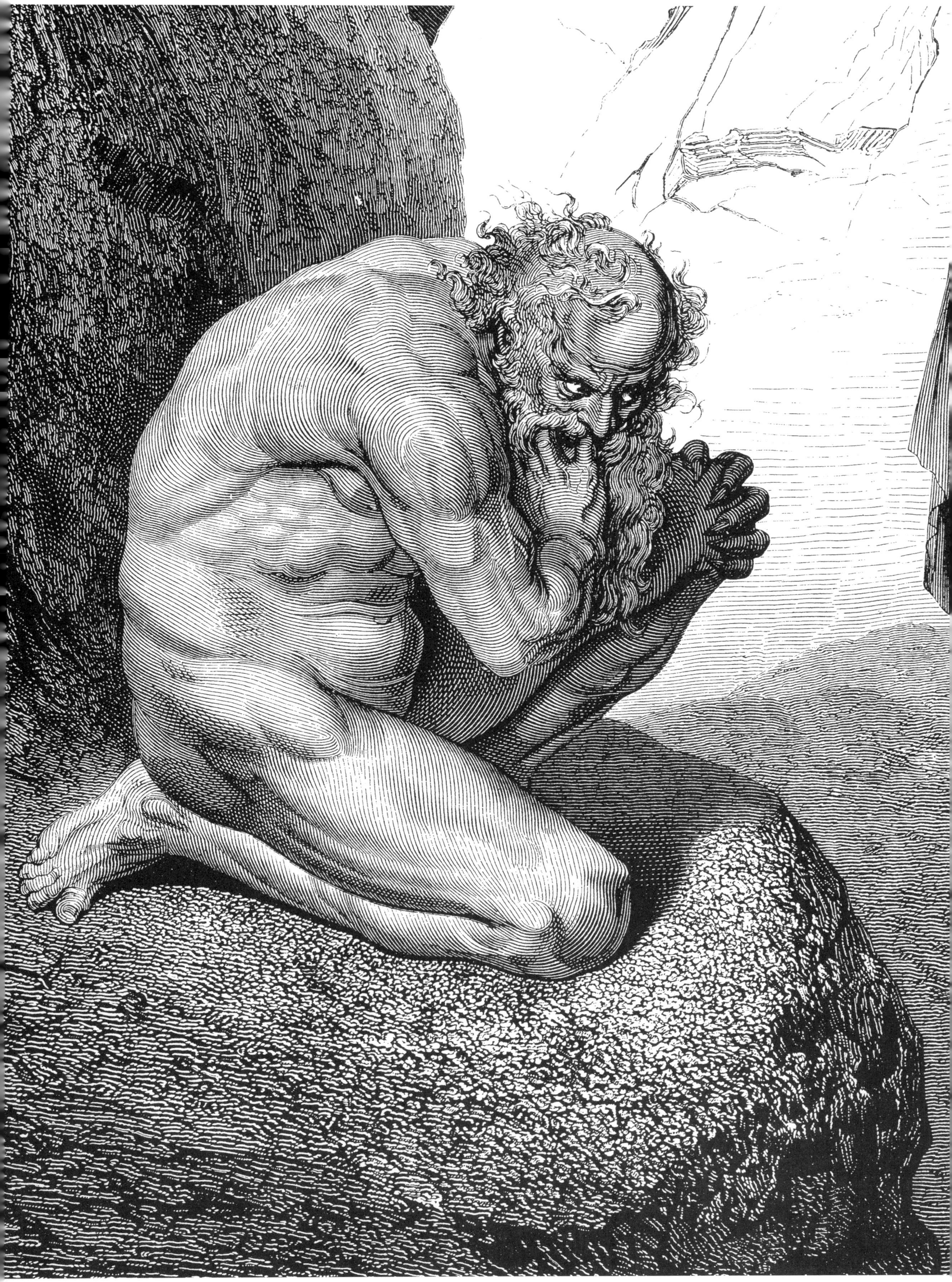

挥霍无度和一毛不拔使他们失去了美好的世界，被判处这种互相冲撞的刑罚：这是怎样的刑罚，我无须用美妙的言辞来说明了。现在，我的儿子，你可以看出，托付给时运女神的、人类互相争夺的钱财，乃短暂的骗人之物；因为，月天之下现有的和已有的一切黄金，都不能使这些疲惫不堪的灵魂中的一个得到安息。

CHÉ TUTTO L'ORO CH'È SOTTO LA LUNA
E CHE GIÀ FU, DI QUEST' ANIME STANCHE
NON POTEREBBE FARNE POSARE UNA.

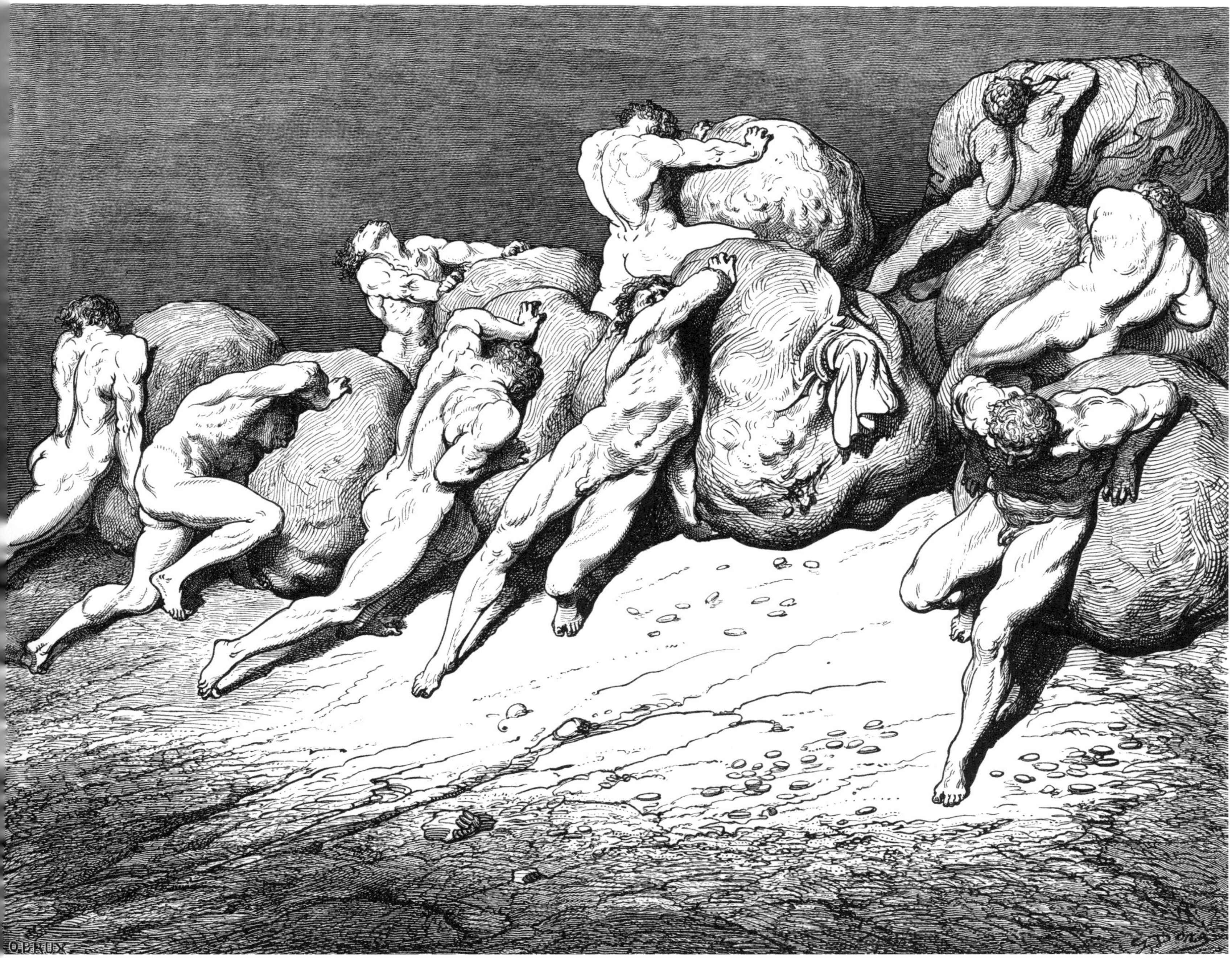

善良的老师说:"我的儿子,现在你看见那些被怒火压倒的人的灵魂了。……他们陷在烂泥里说:'我们在被阳光照得欢快的温和空气里时,心里生着闷气,郁郁不乐,如今我们在黑泥里烦恼。'他们喉咙里咯咯作响地唱出这支赞歌,因为他们无法整字整句地说。"

Lo buon maestro disse: «Figlio, or vedi l'anime di color cui vinse l'ira».

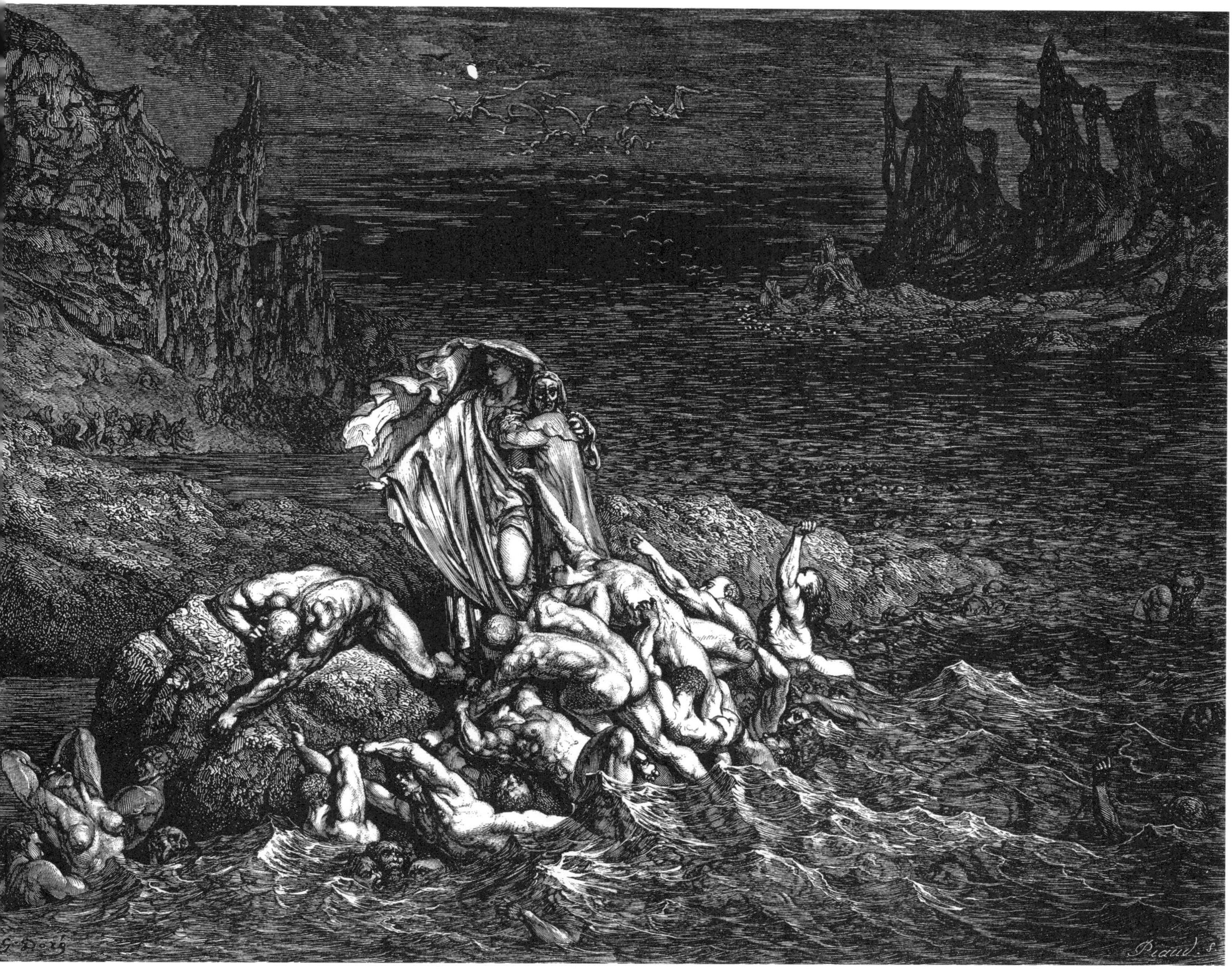

我的向导上了小船，随后让我跟着他上去；我上去后，船才像装载着什么的样子。我的向导和我刚一上了船，古老的船头就向前行驶，比往常载着别人的时候吃水更深。

SEGANDO SE NE VA L'ANTICA PRORA
DE L'ACQUA PIÙ CHE NON SUOL CON ALTRUI.

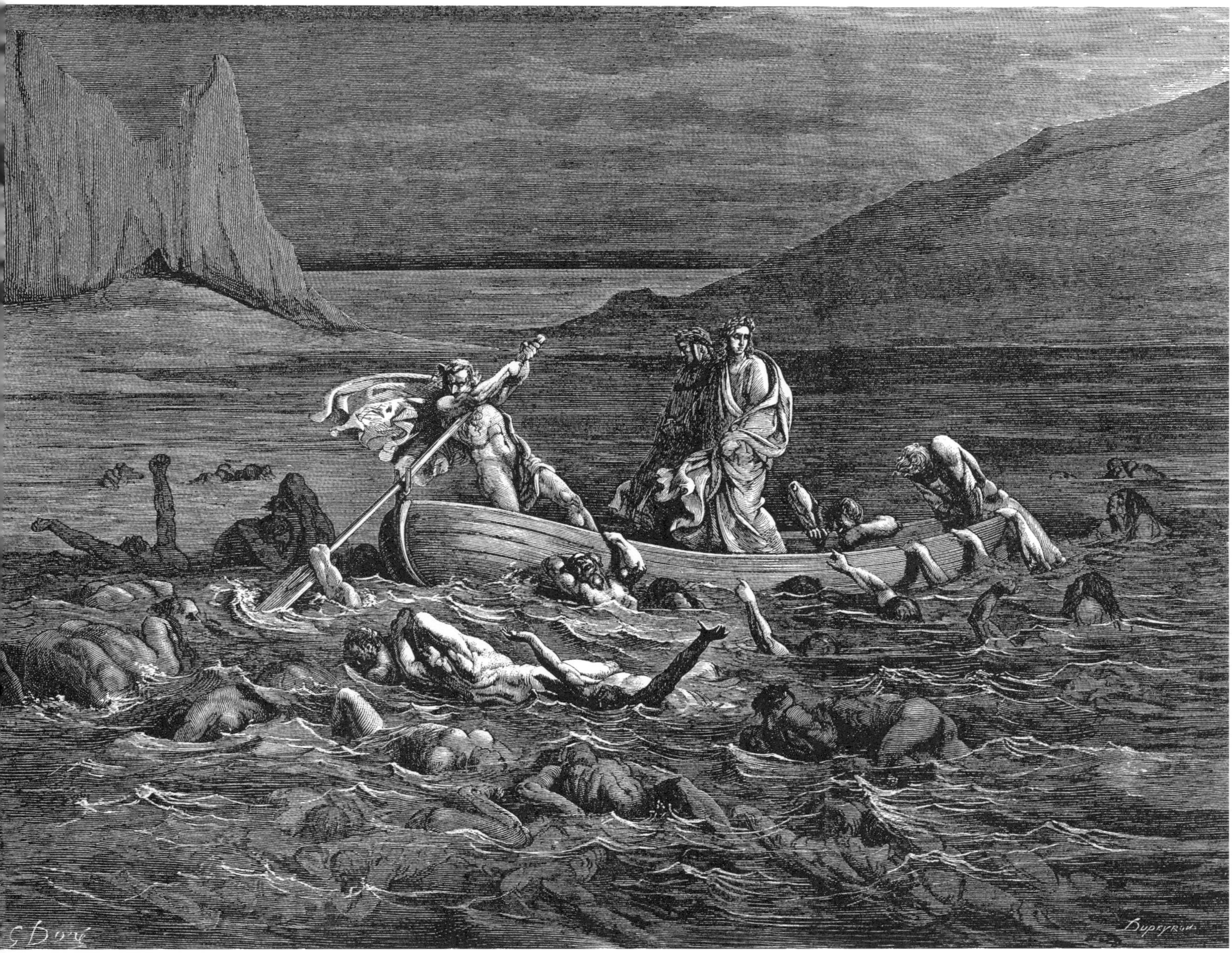
G Doré
Dupeyron

一听这话，他就把两只手伸向这小船；因此，我的机敏的老师把他推开，说："滚开，到其他的狗那里去！"随后，用双臂搂住我的脖子，吻我的脸，说："义愤填膺的灵魂哪，怀孕生下你的人有福了！那厮在阳间是个狂妄的人；没有善行使他留下美名：所以他的阴魂在这里咆哮如雷。多少人如今在世上以伟大的帝王自居，将在这里像猪一样在泥里趴着，给自己的罪行留下可怕的骂名！"

ALLOR DISTESE AL LEGNO AMBO LE MANI;
PER CHE 'L MAESTRO ACCORTO LO SOSPINSE.

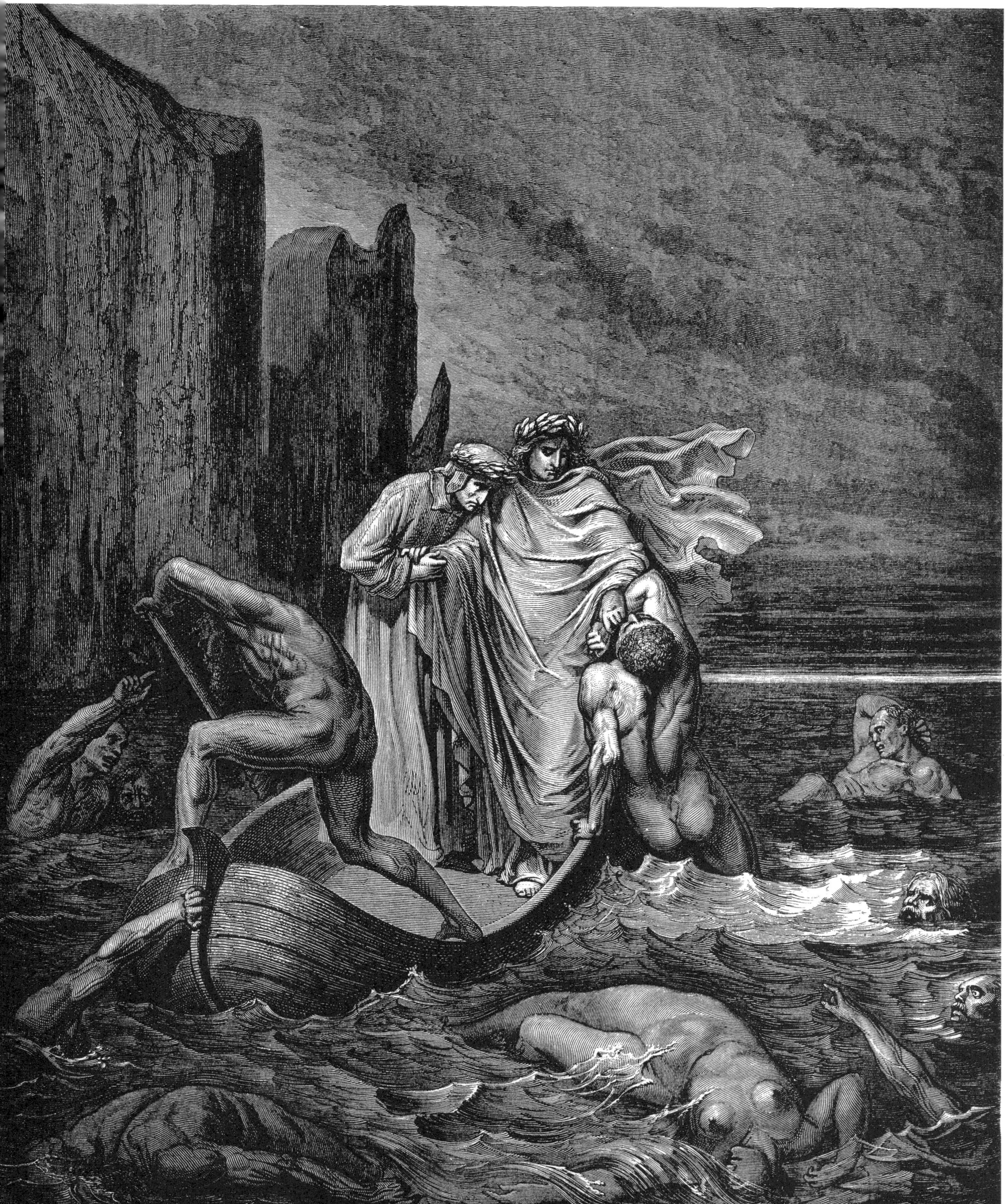
G. Doré
PANNEMAKER 1860

54

UDIR NON POTTI QUELLO CH'A LOR PORSE;
MA EI NON STETTE LÀ CON ESSI GUARI,
CHE CIASCUN DENTRO A PRUOVA SI RICORSE.

  我听不见他对他们说了什么；但他在那里没有同他们谈多久，他们就一个个争先恐后地跑回城里。我们这些敌人当着我的主人的面关上了所有的城门，把他拒之于城外，他随即转身慢步向我走来。他眼睛瞅着地，眉梢上自信的喜气已经完全消失，叹息着说："谁拒绝我进入这些愁苦的房子！"他对我说："你不要因为我烦恼就惊慌起来，因为，无论谁在里面用什么办法阻挡，我都会在这场斗争中获胜。"

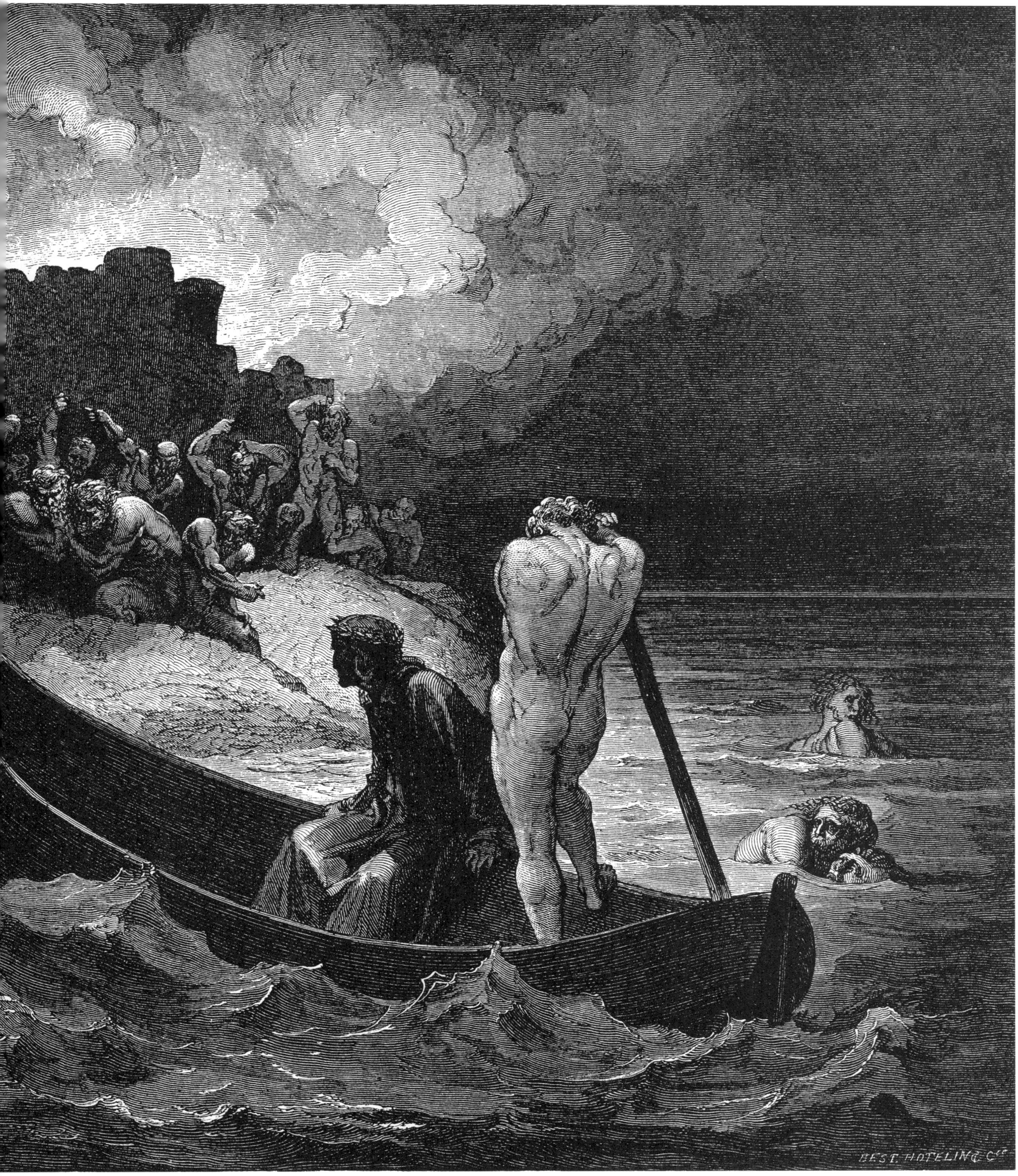
BEST. HOTELIN & C

那里霎时间忽然站着地狱里的三个浑身血污的复仇女神，四肢和举止和女人一样，腰间缠着深绿色的水蛇，她们的头发都是小蛇和有角的蛇，盘绕在凶恶的鬓角上。他认得清楚她们是永恒悲叹之国的王后的侍女，对我说："你看这三个凶恶的厄里倪厄斯。左边这个是梅盖拉；右边哭的那个是阿列克托；中间的是提希丰涅。"说了这话就沉默了。

«QUEST' È MEGERA DAL SINISTRO CANTO;
QUELLA CHE PIANGE DAL DESTRO È ALETTO;
TESIFÓN È NEL MEZZO»; E TACQUE A TANTO.

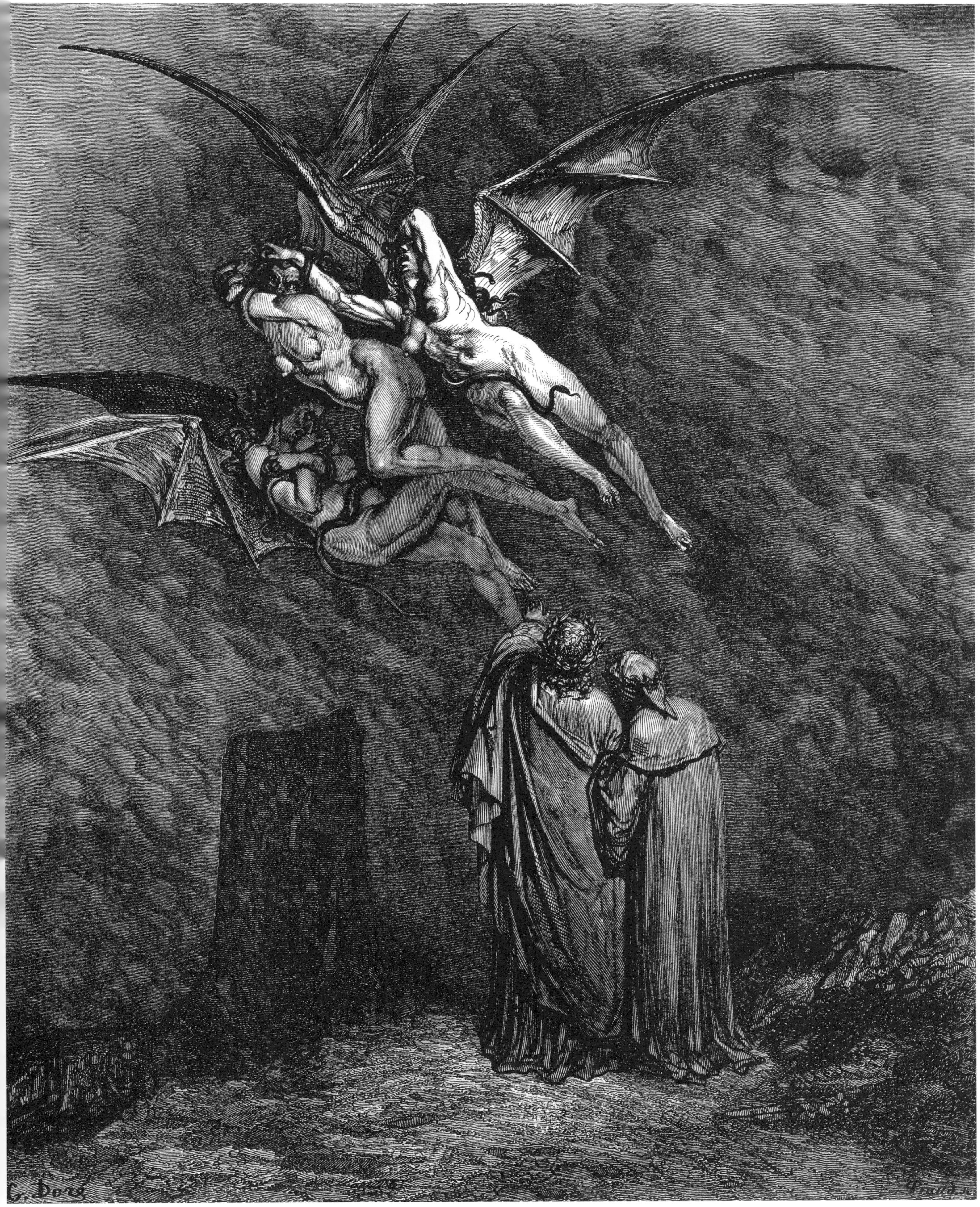

58

VENNE A LA PORTA E CON UNA VERGHETTA
L'APERSE, CHE NON V'EBBE ALCUN RITEGNO.

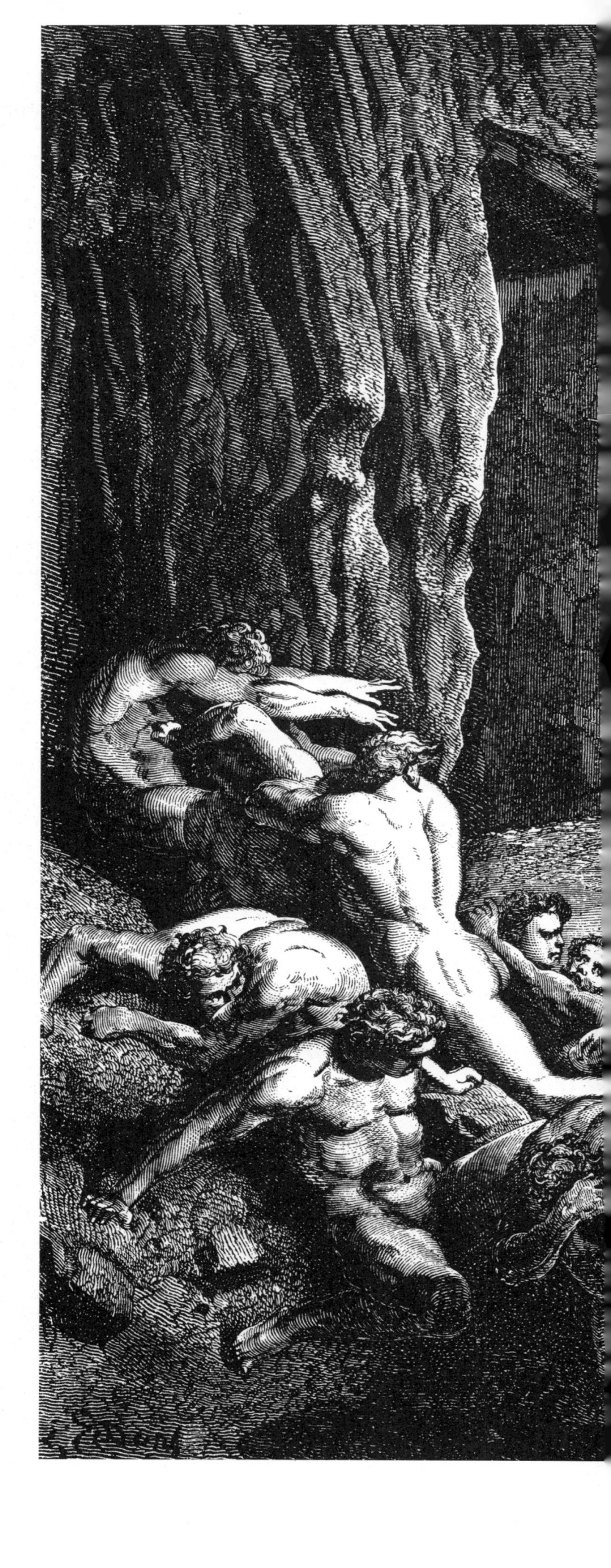

如同群蛙遇到它们的天敌蛇时，纷纷没入水中，各自缩作一团蹲伏在水底一样，我看到一千多个亡魂这样逃避一位步行走过斯提克斯沼泽而不沾湿脚跟者。他时时在面前挥动左手，拨开浓雾；似乎只有这种麻烦使他感到疲倦。我认清他是一位天使，就转身向着老师；老师示意要我肃静，向他鞠躬致敬。啊，看来，他多么愤怒啊！他来到城门前，用一根小杖开了城门，没有遇到任何抵抗。

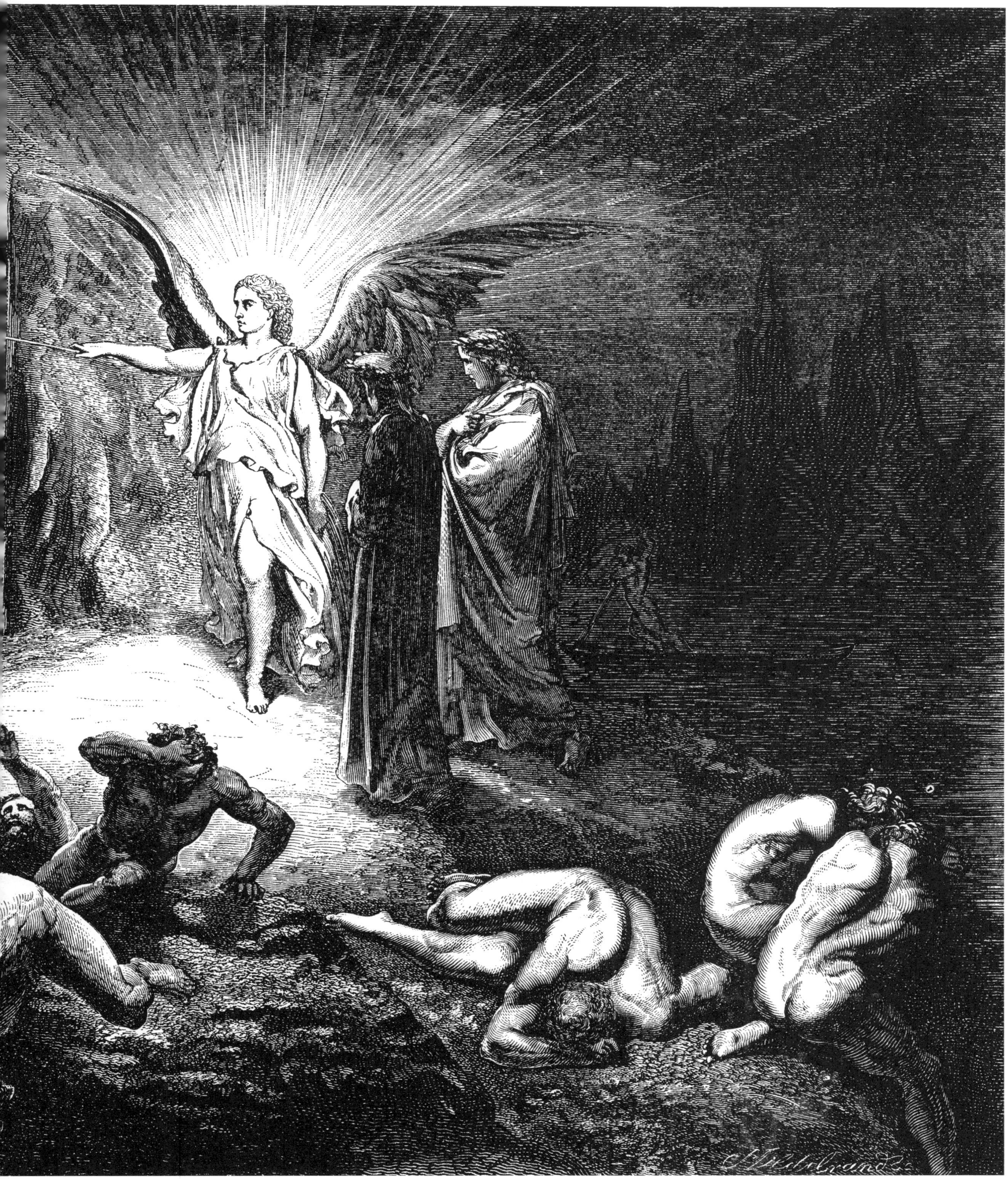

我说："老师，埋葬在那些棺椁里的、使人听到他们悲叹的那些人们都是什么人哪？"他对我说："这里都是异端祖师和他们各自的宗派的门徒，坟墓里装着的人比你所料想的要多得多。这里同类的和同类的葬在一起，坟墓的热度有的较高有的较低。"

E IO: «MAESTRO, QUAI SON QUELLE GENTI
CHE, SEPPELLITE DENTRO DA QUELL' ARCHE,
SI FAN SENTIR COI SOSPIRI DOLENTI?».

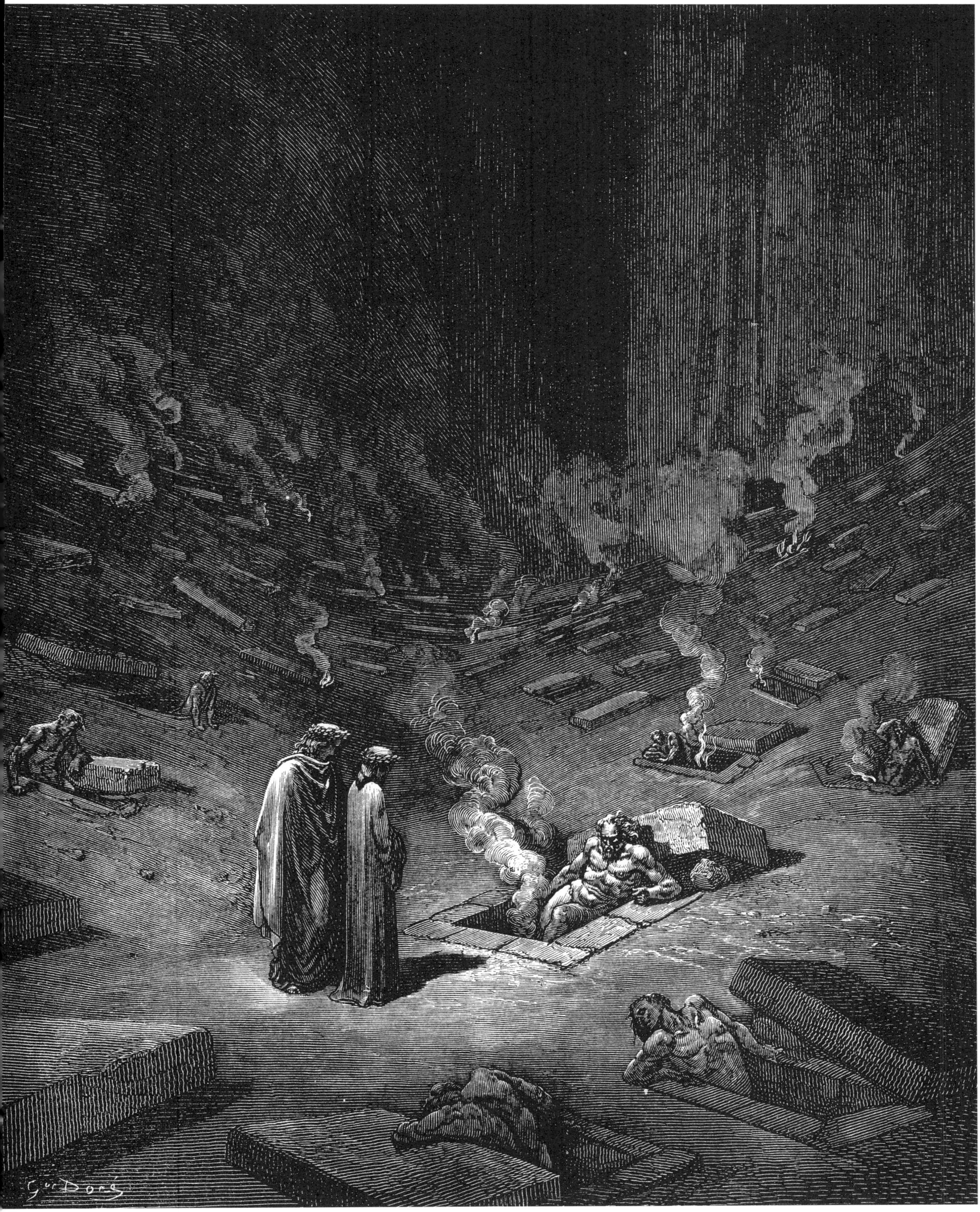

当我来到他的坟墓旁边时，他稍微看了看我，随后就带着几乎是轻蔑的表情问我："你的祖辈是什么人？"我愿意顺从他的意愿，没对他隐瞒，完全告诉了他；他听了就稍稍抬起眉头，随后说："他们激烈地反对我，反对我的祖先，反对我的党，所以我驱散了他们两次。"我回答他说："如果说他们被赶走了，他们两次都从各地回来了，您的家族却没有学好那种技术。"

COM' IO AL PIÈ DE LA SUA TOMBA FUI,
GUARDOMMI UN POCO, E POI, QUASI SDEGNOSO,
MI DIMANDÒ: «CHI FUOR LI MAGGIOR TUI?».

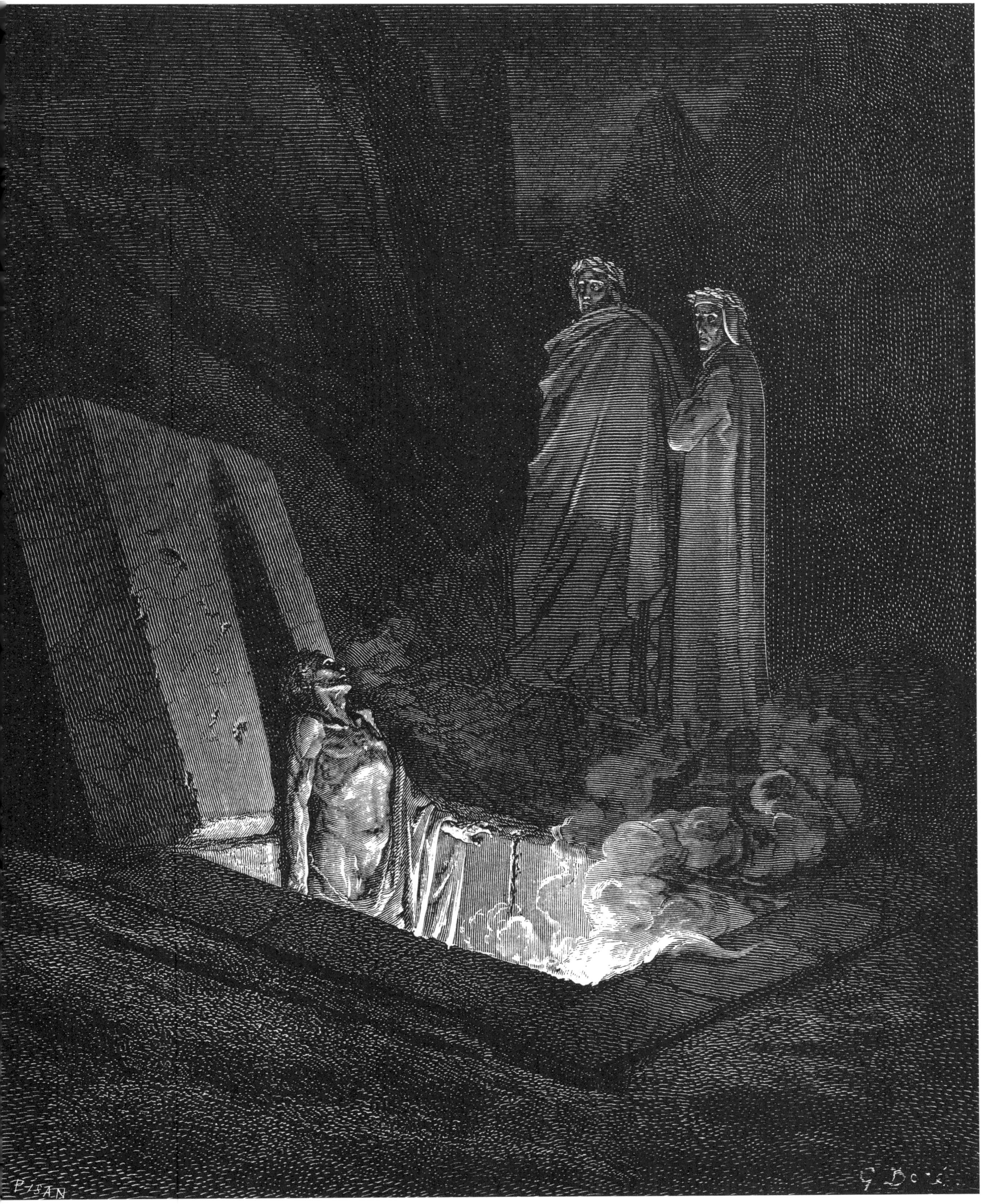
PISAN

我们来到了一道由崩塌的大块岩石形成的圆形高岸的边沿上，下面有成堆的鬼魂受更残酷的惩罚。我们在这里由于深渊中发出的臭气过于可怕，就退到一座大墓的盖子后面，我瞥见上面有铭文写着："我看守被浮提努斯引诱离开了正路的教皇阿纳斯塔修斯。"

CI RACCOSTAMMO, IN DIETRO, AD UN COPERCHIO D'UN GRAND' AVELLO, OV' IO VIDI UNA SCRITTA CHE DICEA: 'ANASTASIO PAPA GUARDO'.

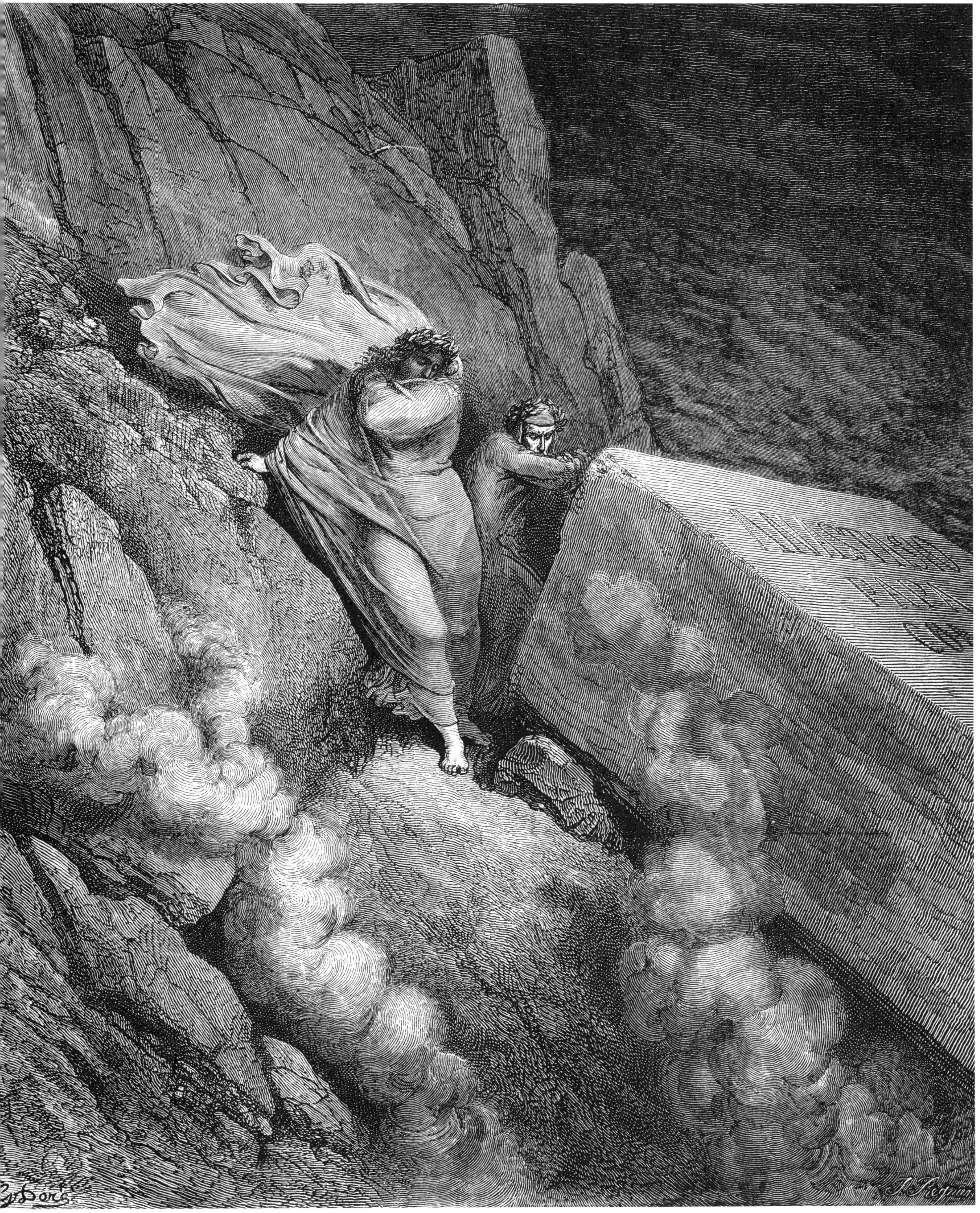

塌方从山顶开始，从那里一直到平地，崩塌的岩石给山上的人提供了一条勉强可以下山的路。我们走下深谷的路也像这种路一样：断岸的边沿上，伸开四肢趴着假牛肚里怀孕而生的、成为克里特岛的耻辱的怪物。他看见我们，就像怒火中烧的人似的自己咬自己。我的圣哲向他喝道："你大概以为，到这儿来的人是在世上把你置之死地的雅典公爵吧？滚开，畜生，因为这个人并不是受了你姐姐的教导来的，而是来看你们所受的惩罚。"

E 'N SU LA PUNTA DE LA ROTTA LACCA
L'INFAMÏA DI CRETI ERA DISTESA
CHE FU CONCETTA NE LA FALSA VACCA.

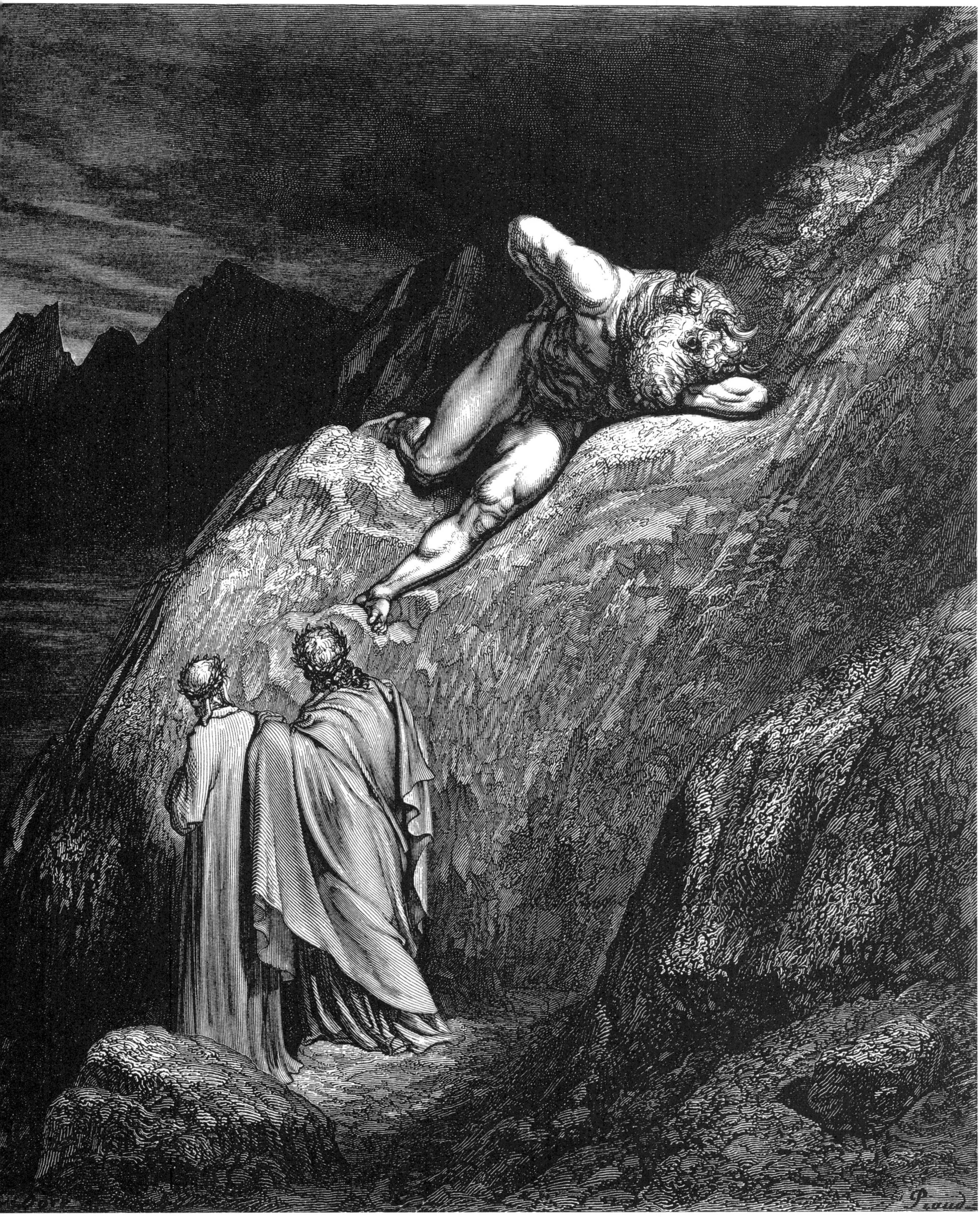

68

VEGGENDOCI CALAR, CIASCUN RISTETTE,
E DE LA SCHIERA TRE SI DIPARTIRO
CON ARCHI E ASTICCIUOLE PRIMA ELETTE.

　　高岸脚下和这道宽沟之间，有许多肯陶尔排成一队奔跑，他们带着箭，如同通常在世上出去打猎时一样。看到我们下来，他们就都站住了，有三个从队里走出来，拿着预先选好的弓箭；其中一个从远处喊道："你们走下山坡的人是来受什么苦的？就在那儿说出来，不然，我就拉弓。"我的老师说："等我们走到奇隆跟前时，我们要向他回答：你的性情总是这样暴躁，这使你遭殃。"

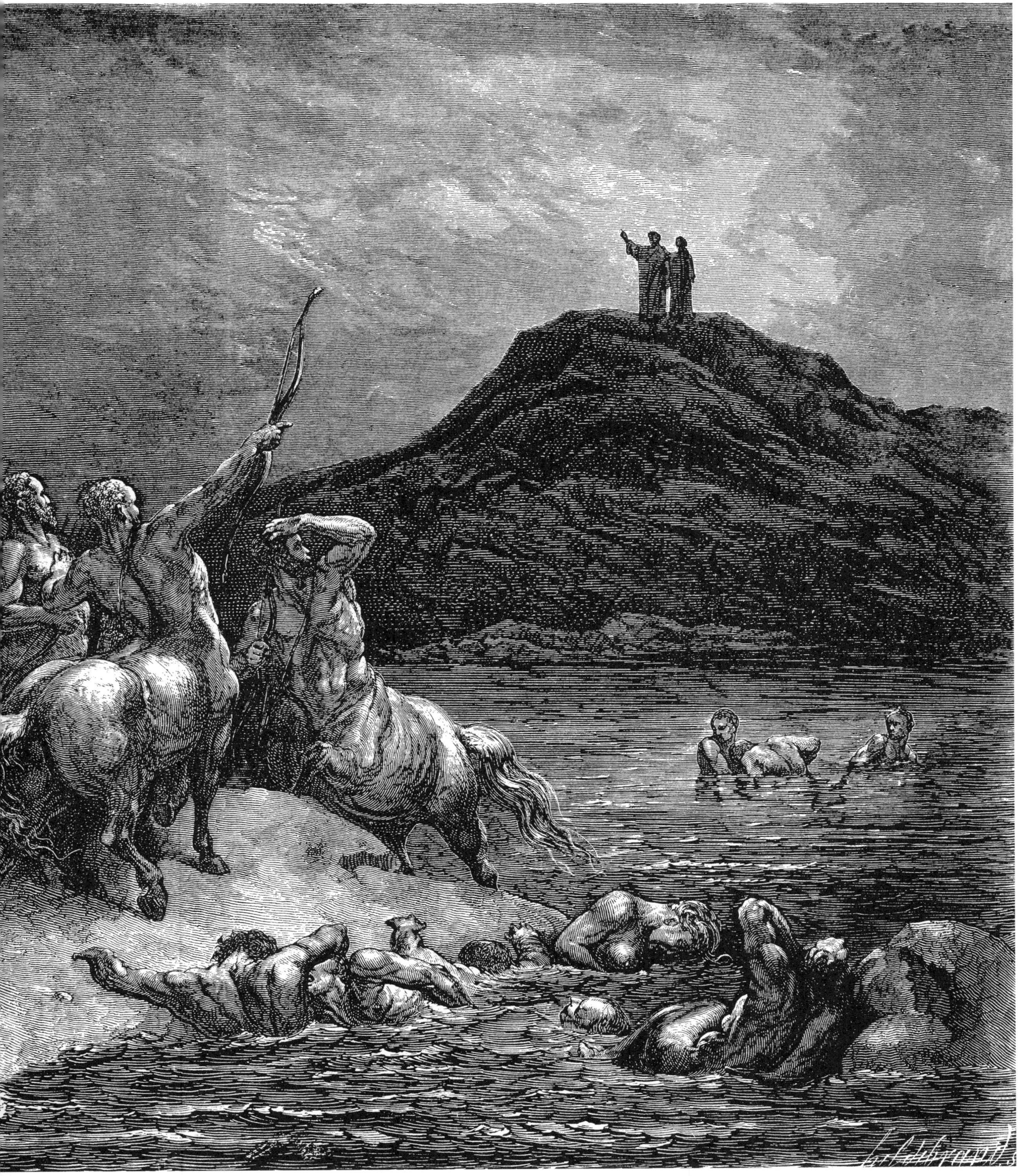

我们走近那些飞快的野兽：奇隆拿了一支箭，用箭尾把胡须向后拨到两腮上。他露出了大嘴后,对伙伴们说："你们觉察出后面那个人脚碰着什么，什么就动吗？死人的脚平常不会这样。"我的善良的向导已经站在他面前，头部只达到他那两种性质互相衔接之处的胸膛，回答说："他的确是活人，而且是这样孤零零的一个人，我必须带他来看这黑暗的深谷；引导他来这里是由于必要，而不是为了娱乐。"

CHIRÓN PRESE UNO STRALE, E CON LA COCCA
FECE LA BARBA IN DIETRO A LE MASCELLE.

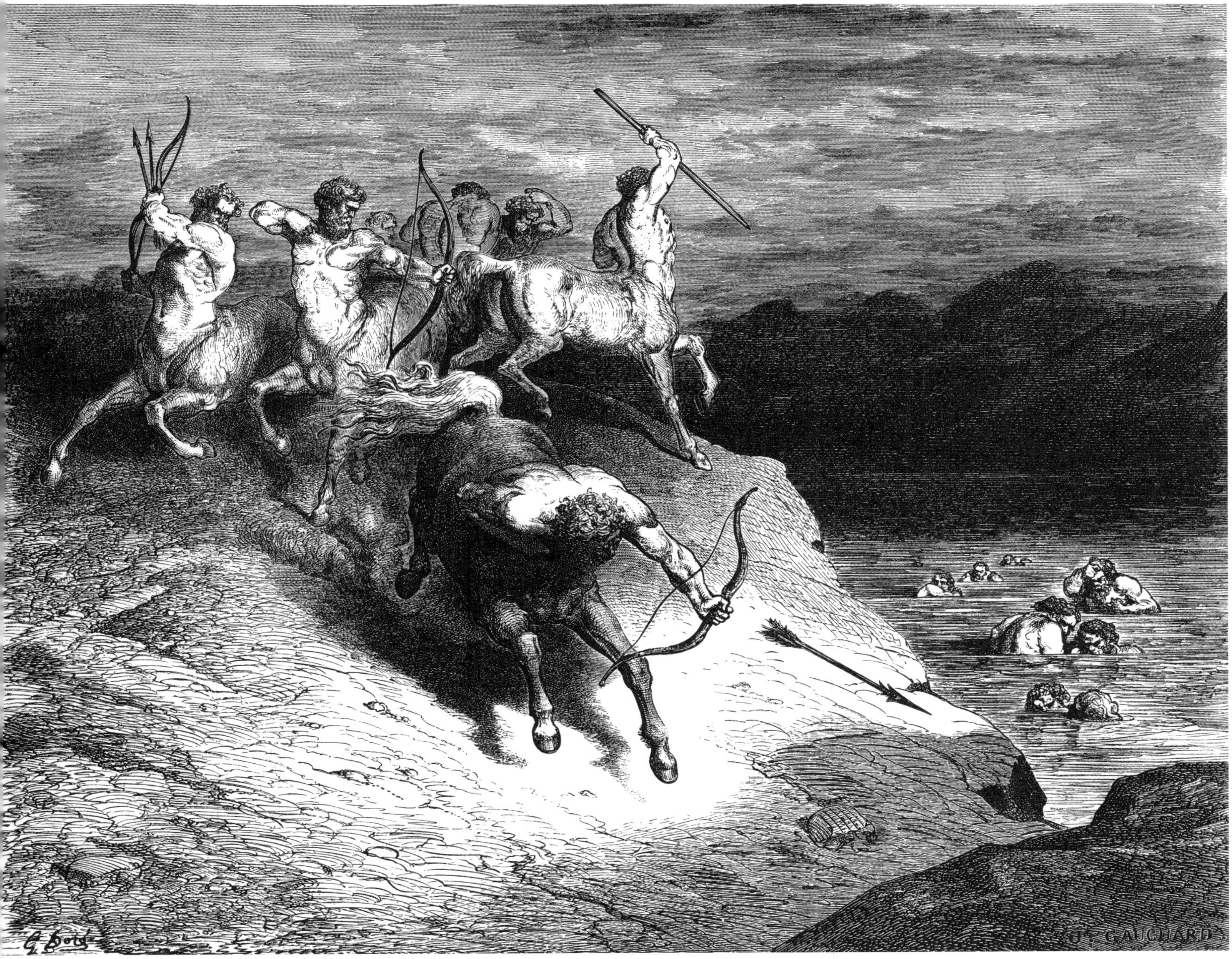
G. Doré
GAUCHARD

污秽的哈尔皮在这里做窝,她们曾向特洛亚人预言他们未来的灾难,用这种丧气的话吓得他们离开了斯特洛法德斯岛。她们有宽阔的翅膀,人颈和人面,脚上有爪,大肚子上长着羽毛;正在那些怪树上哀鸣。

FANNO LAMENTI IN SU LI ALBERI STRANI.

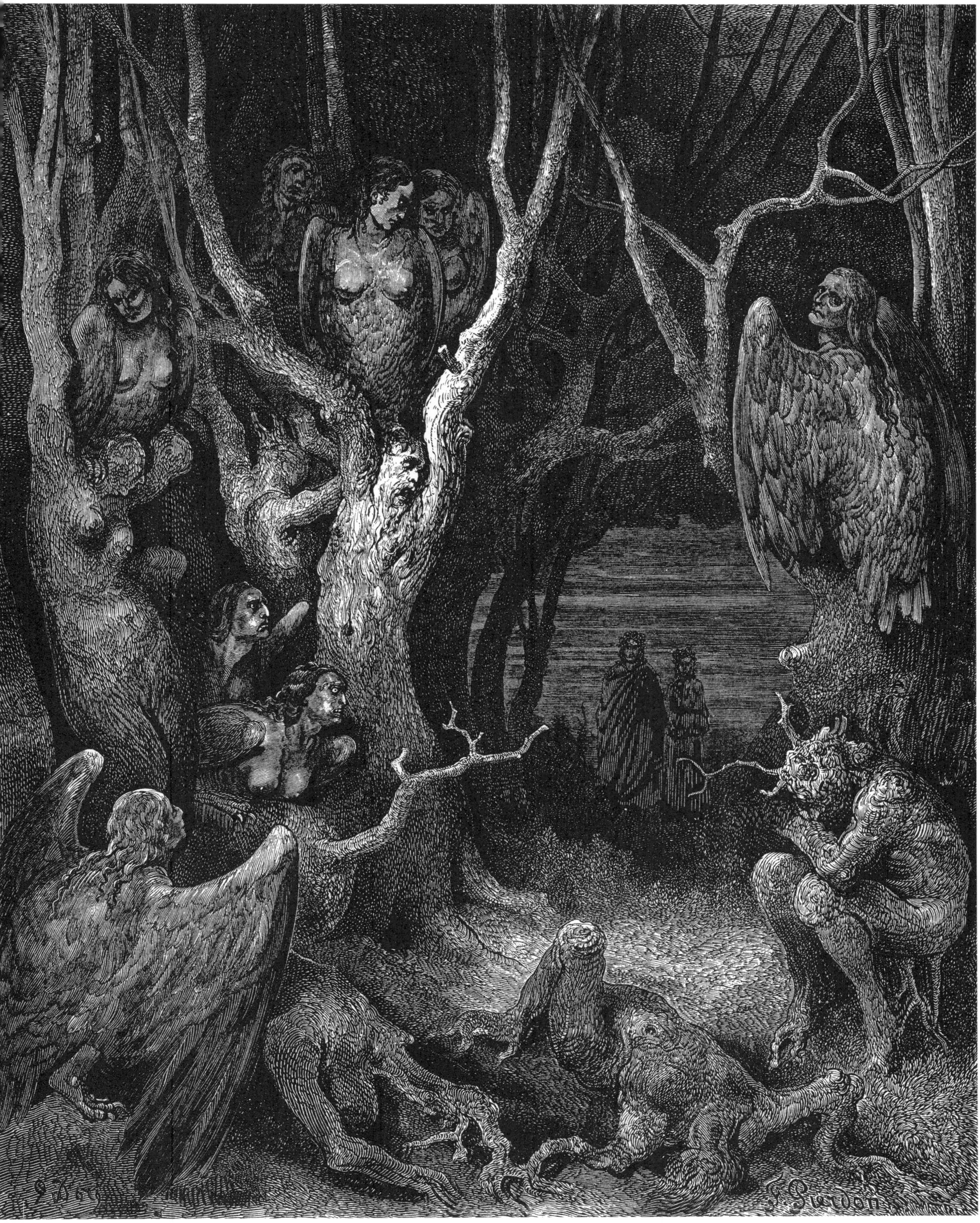

老师说："如果你把这些树当中的一棵上的小枝子随意折断一根，你的猜想就会统统打消。"于是，我把手稍微向前一伸，从一大棵荆棘上折下了一根小枝子，它的茎就喊道："你为什么折断我？"它被血染得发黑后，又开始说："你为什么撕裂我？难道你没有一点怜悯之心吗？我们从前是人，如今已经变成了树：假如我们是蛇的灵魂，你也应该比方才手软些呀。"

ALLOR PORSI LA MANO UN POCO AVANTE
E COLSI UN RAMICEL DA UN GRAN PRUNO;
E 'L TRONCO SUO GRIDÒ: «PERCHÉ MI SCHIANTE?».

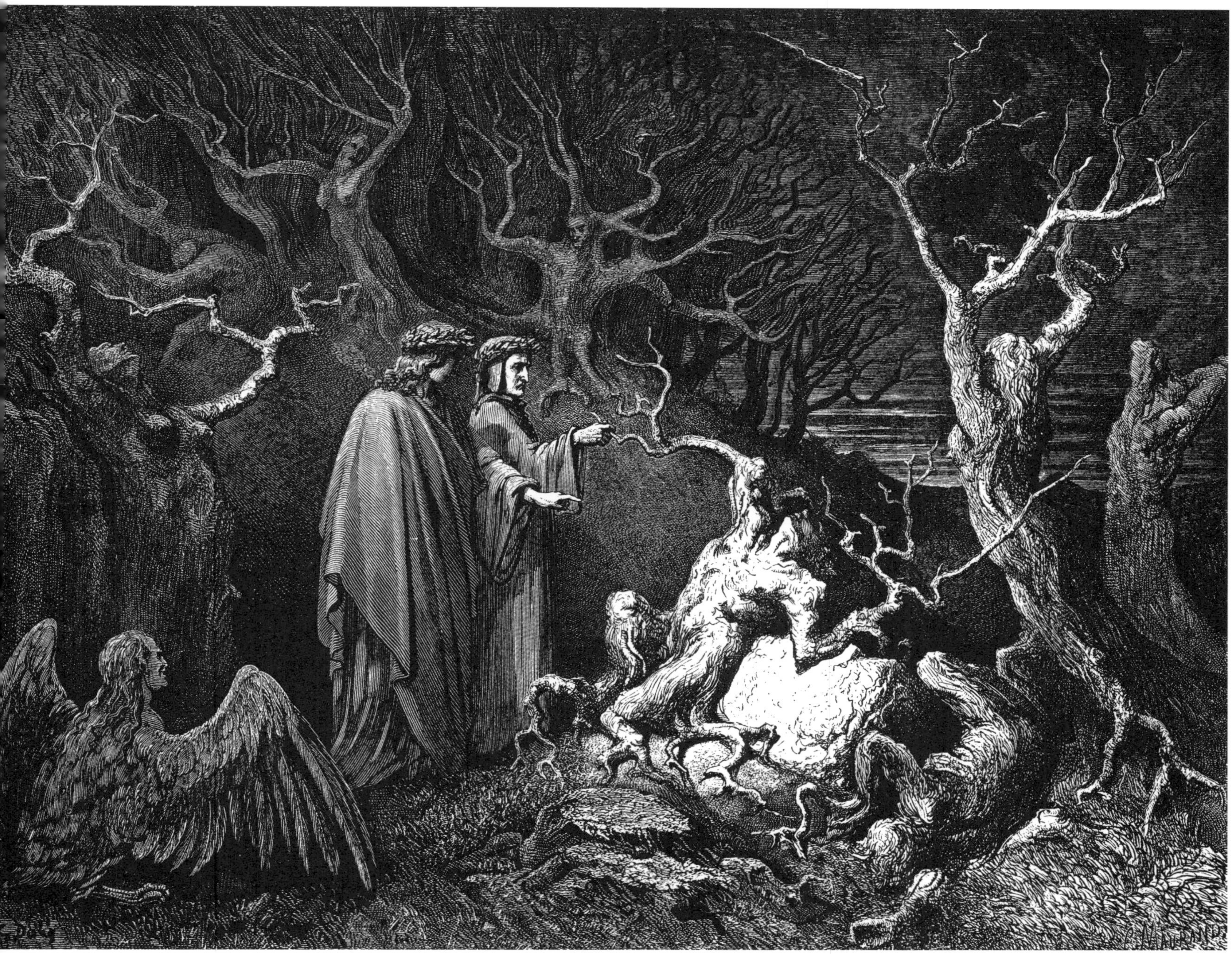

我们以为这个树干还有别的话要对我们说，正在注意听时，忽然被一阵嘈杂的声音所惊动，犹如猎人觉察到野猪和猎狗向自己埋伏的地方跑来，听到猎狗的吠声和树枝刷刷响的声音一样。看哪，左手边两个鬼魂光着身子，被抓得遍体鳞伤，正在那样拼命地奔逃，把树林里的枝柯都给碰断了。

ED ECCO DUE DA LA SINISTRA COSTA,
NUDI E GRAFFIATI, FUGGENDO SÌ FORTE,
CHE DE LA SELVA ROMPIENO OGNE ROSTA.

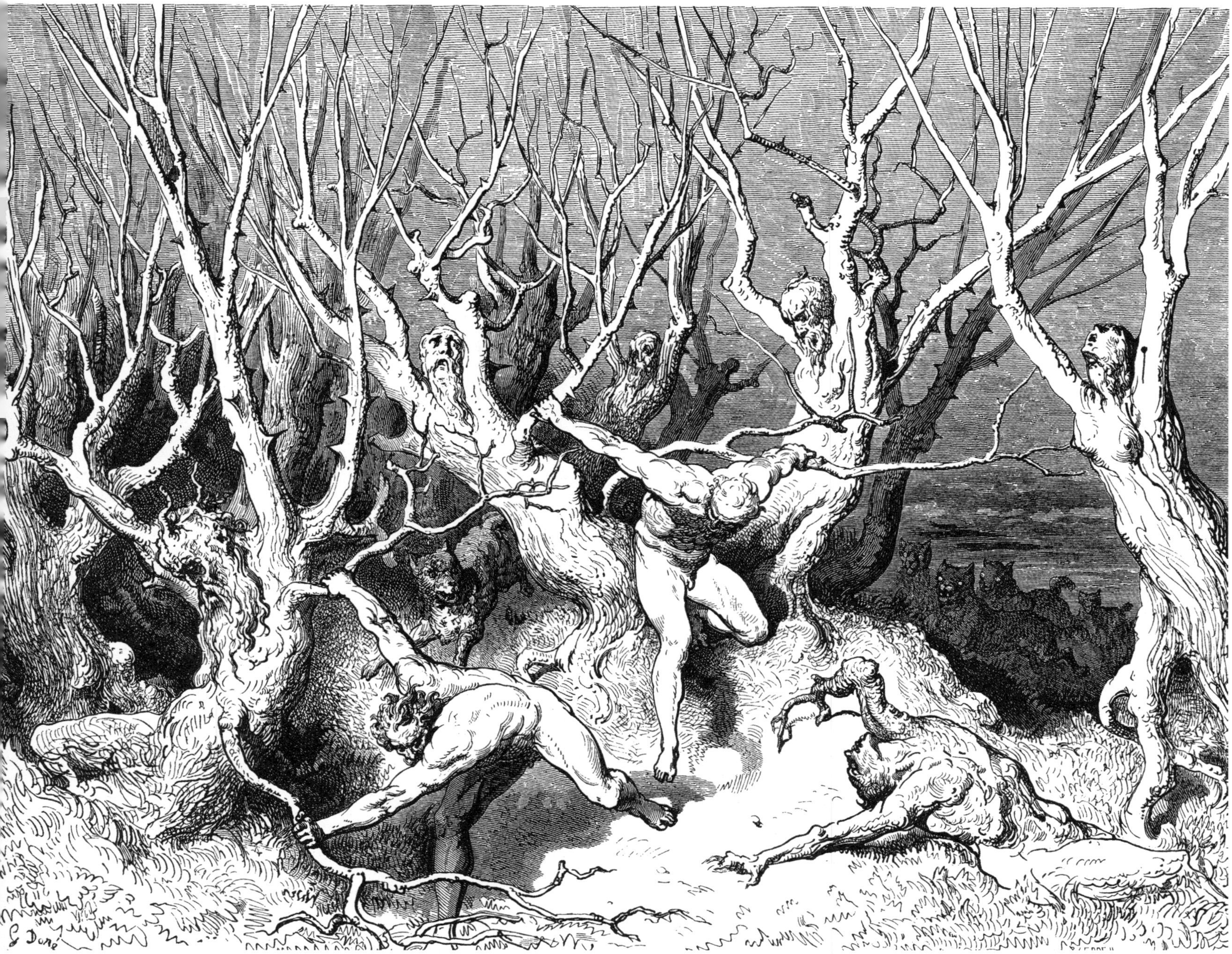

78

SOVRA TUTTO 'L SABBION, D'UN CADER LENTO,
PIOVEAN DI FOCO DILATATE FALDE.

　　整个沙地上空飘落着一片片巨大的火花，落得很慢，好像无风时山上纷飞的雪花似的。犹如亚历山大在印度那些炎热地带所见的飘落在他的军队身上的火焰一样……永恒的火雨就像这样落下来；沙地如同火绒碰上火镰一样被火雨燃起来，使得痛苦加倍。那些受苦者的手永不休息地挥舞着，一会儿从这儿，一会儿从那儿拂去身上的新火星。

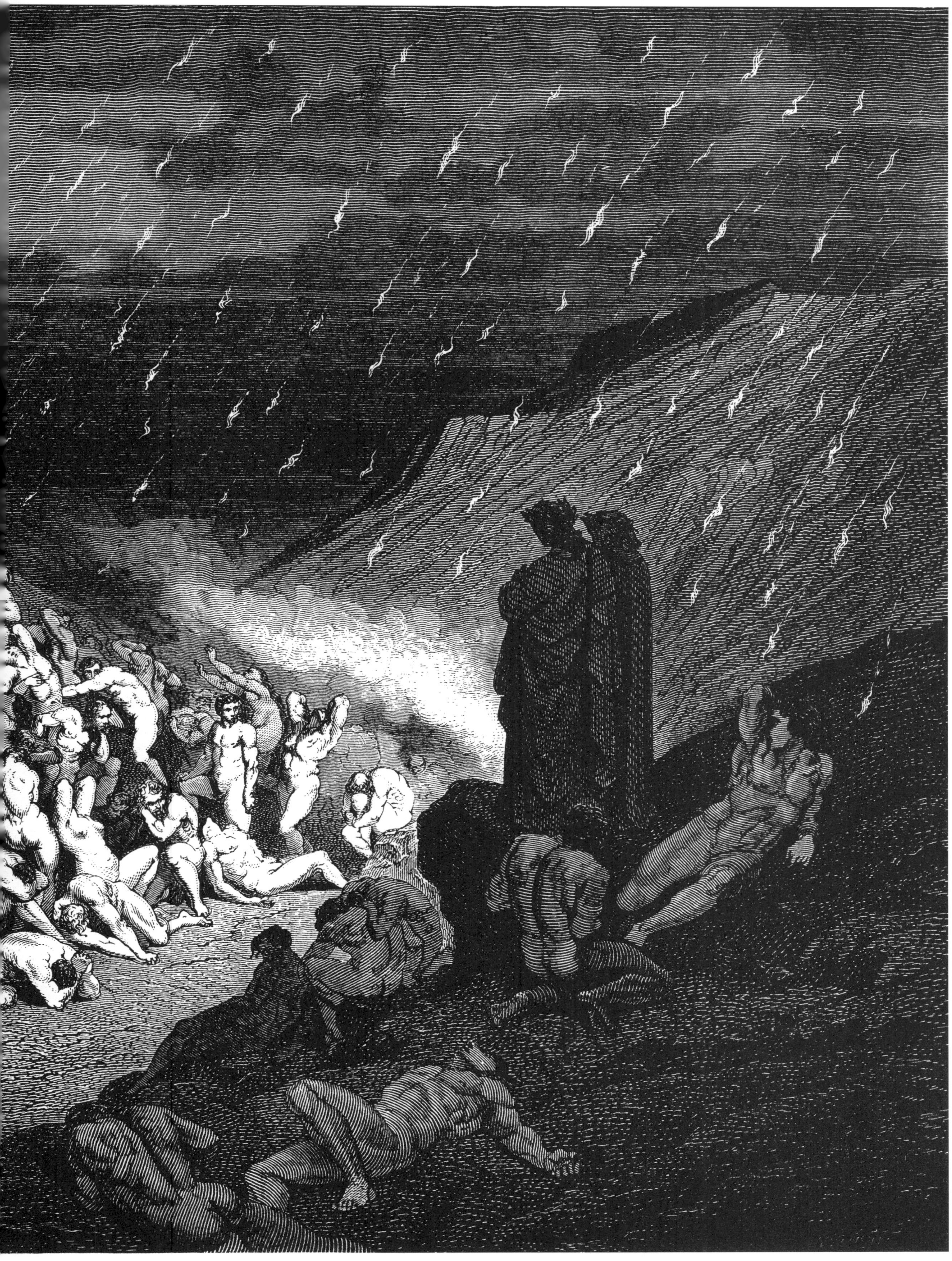

80

Rispuosi: «Siete voi qui, ser Brunetto?».

在那一伙人这样凝视下，我被一个人认出来了，他拉住我的衣裾，喊道："多么奇怪呀！"当他把胳膊向我伸出时，我定睛细看他的烧伤的脸，那被烧得破了相的面孔并没有能够阻止我的眼力认出他来；我伸手向下面指着他的脸，回答说："您在这里吗，勃鲁内托先生？"

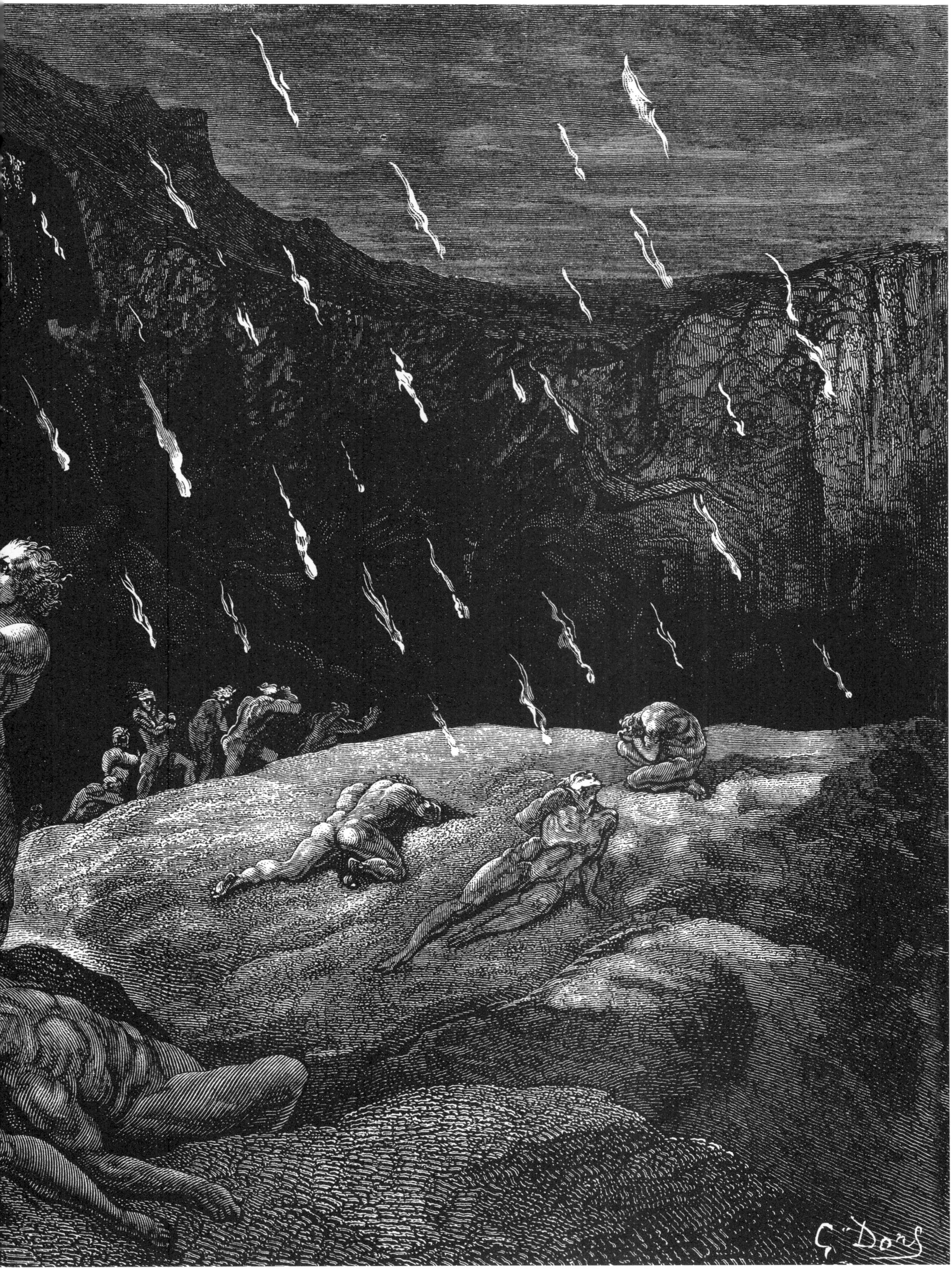
G. Doré

"你瞧，那只翻山越岭，摧毁城墙和武器的尖尾巴的野兽！瞧那个放臭气熏坏世界的怪物！"我的向导开始对我这样说；他向它示意，要它靠近我们所走的大理石路的尽头上岸。那个象征欺诈的肮脏的形象就上来了，把头和躯干伸到岸上，但没有把尾巴拖上岸来。它的面孔是正直人的面孔，外貌是那样和善，身体其余部分完全是蛇身；它有两只一直到腋下都长满了毛的有爪子的脚；背上、胸部和左右腰间都画着花纹和圆圈儿。

SEN VENNE, E ARRIVÒ LA TESTA E 'L BUSTO,
MA 'N SU LA RIVA NON TRASSE LA CODA.

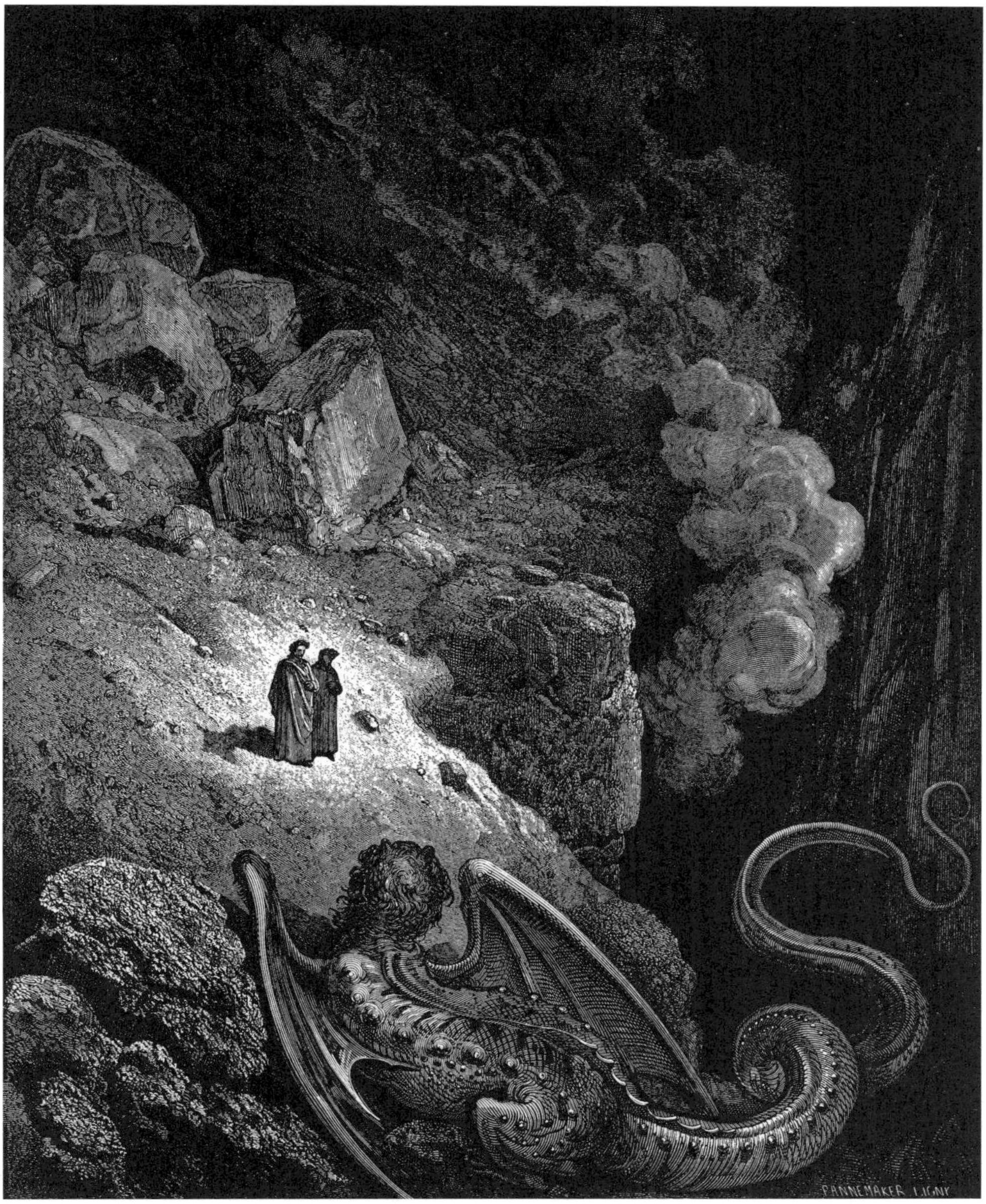
PANNEMAKER LIGNY

PANNEMAKER LIGNY

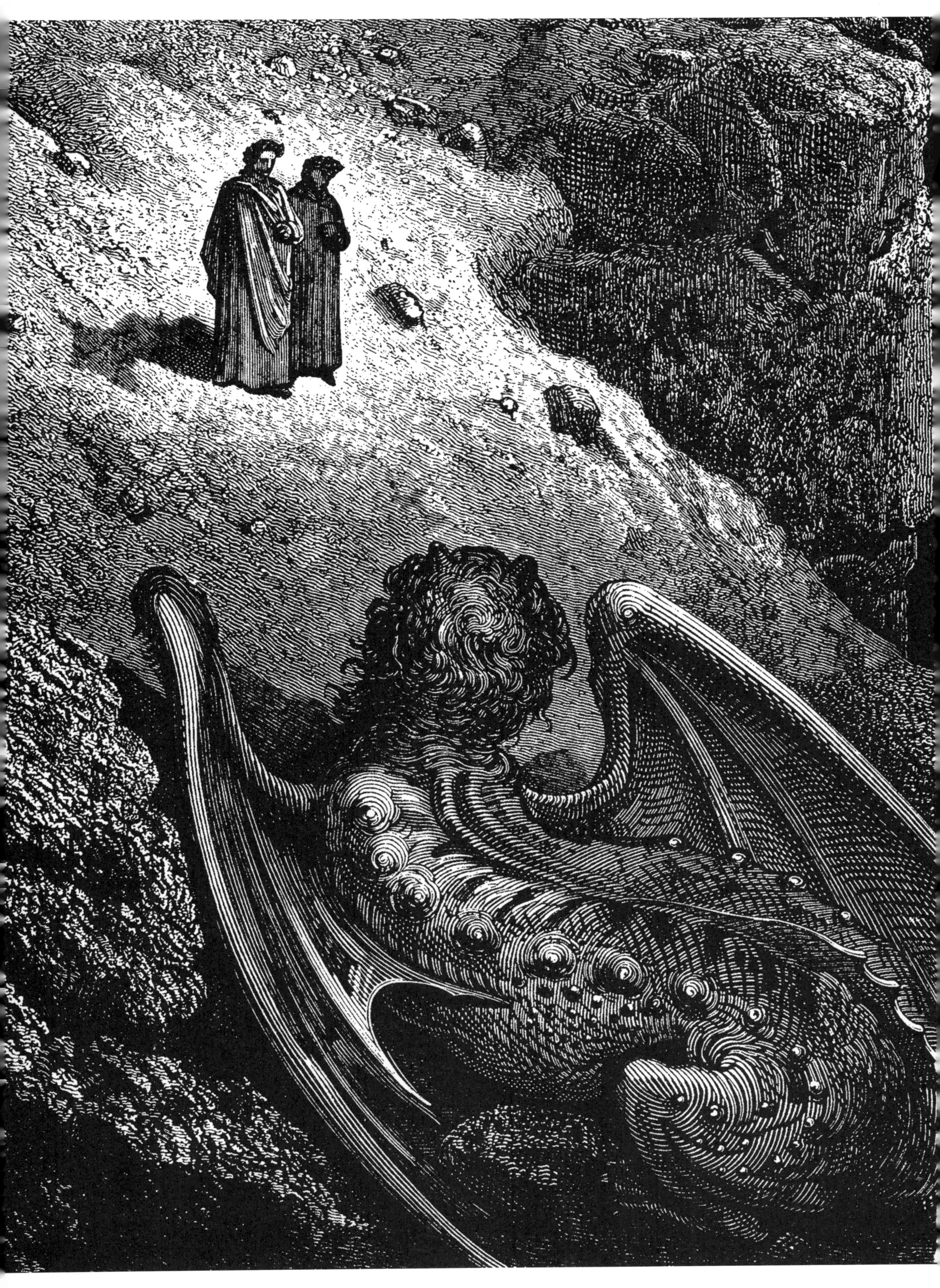

犹如小船离开岸时徐徐后退，那怪物就这样离开了那里；当它觉得自己可以完全自由转动时，就把尾巴掉转到胸部原来所在的地方，像鳗鱼似的摆动伸开了的尾巴，还用有爪子的脚扇风。……那只野兽慢慢地、慢慢地游去；它盘旋着降落，但我并不觉得，只是感到风迎面和从下边吹来。

ELLA SEN VA NOTANDO LENTA LENTA;
ROTA E DISCENDE, MA NON ME N' ACCORGO.

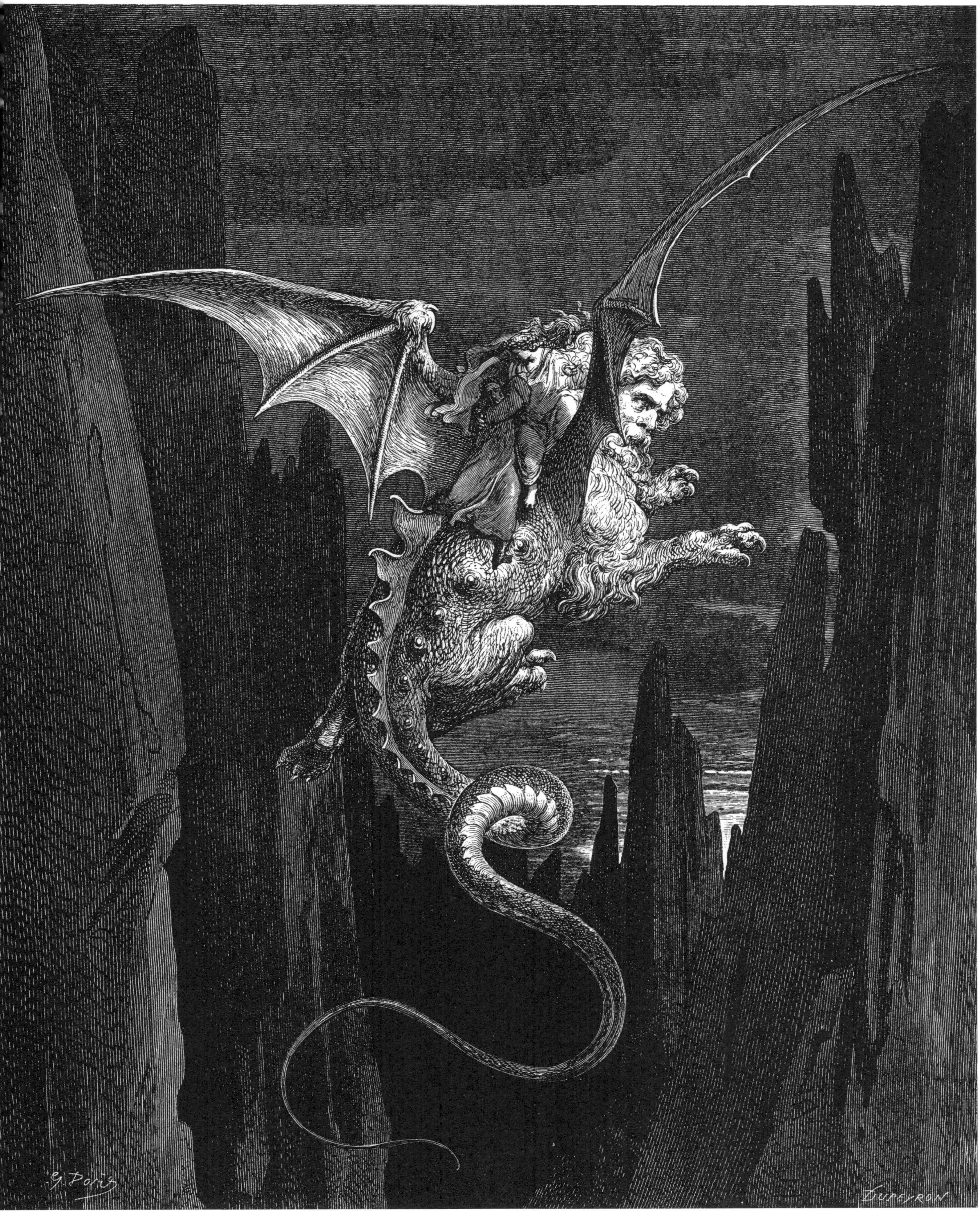
G. Doré
DUPEYRON

恶囊底的罪人都赤身露体；从当中划界，这一边的罪人都向我们迎面走来，那一边的罪人都和我们向同一方向走去，但是脚步比我们大。……我看到这边、那边的灰暗的岩石上都有长着角的鬼卒拿着大鞭子，正在后面残酷地鞭打那些罪人。哎呀，一鞭子就打得他们抬起脚跟就跑，确实没有一个人等着挨第二下或第三下的。

AHI COME FACEAN LOR LEVAR LE BERZE
A LE PRIME PERCOSSE! GIÀ NESSUNO
LE SECONDE ASPETTAVA NÉ LE TERZE.

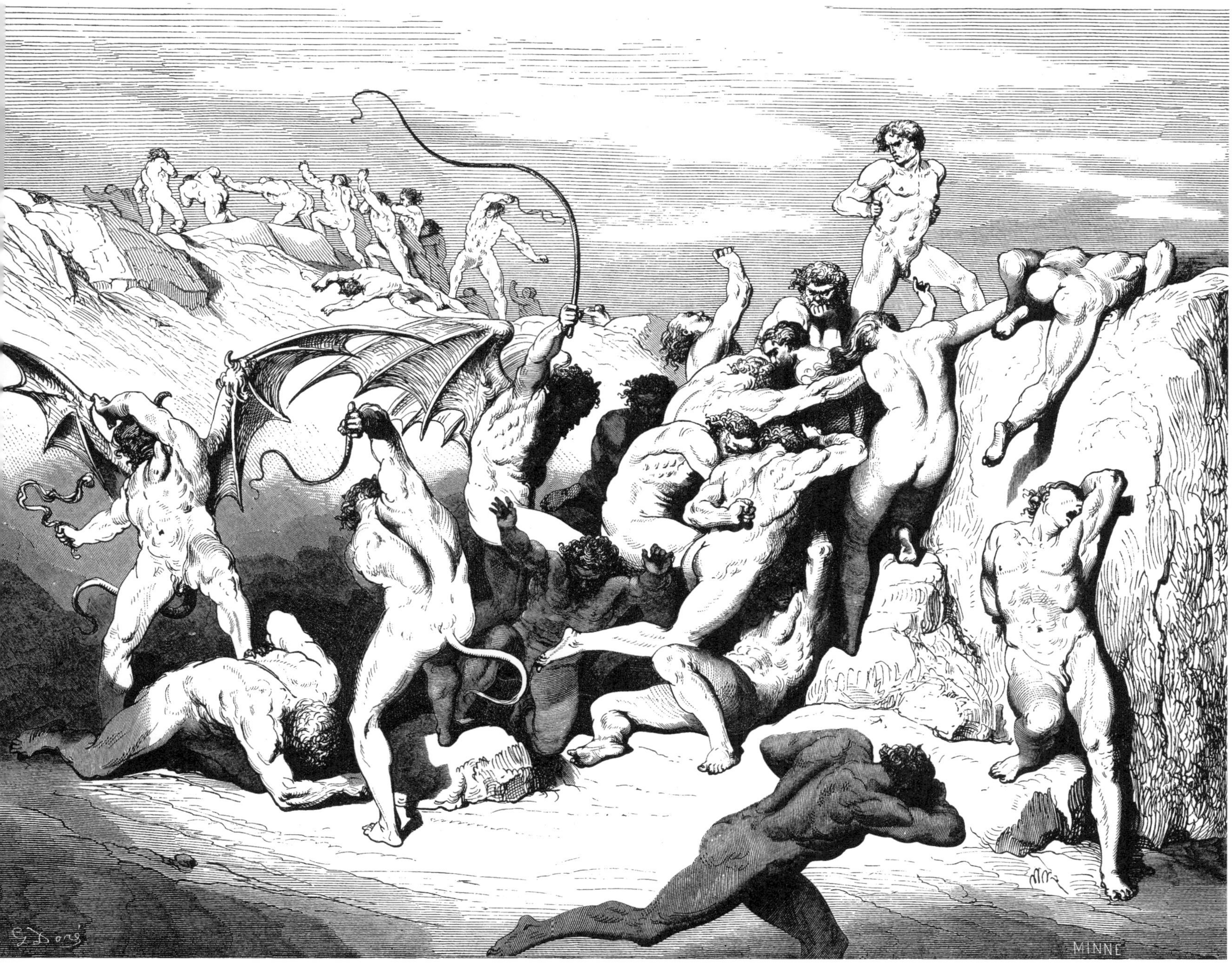
MINNE

我们听见第二囊里的人呻吟，用嘴和鼻子噗噗地吹气，用巴掌自己打自己。堤岸的斜坡上布满了一层由于下面蒸发的气味凝结在那里而形成的霉，它使眼睛看到它，鼻子闻到它都难以忍受。谷底是那么深，除非登上石桥的最高处——拱券的脊背，没有别的地方能够看得见它。我们来到了那里；从那里，我看见下面沟里有许多罪人浸泡在一片好像是来自人间的厕所里的粪便中。

VIDI GENTE ATTUFFATA IN UNO STERCO
CHE DA LI UMAN PRIVADI PAREA MOSSO.

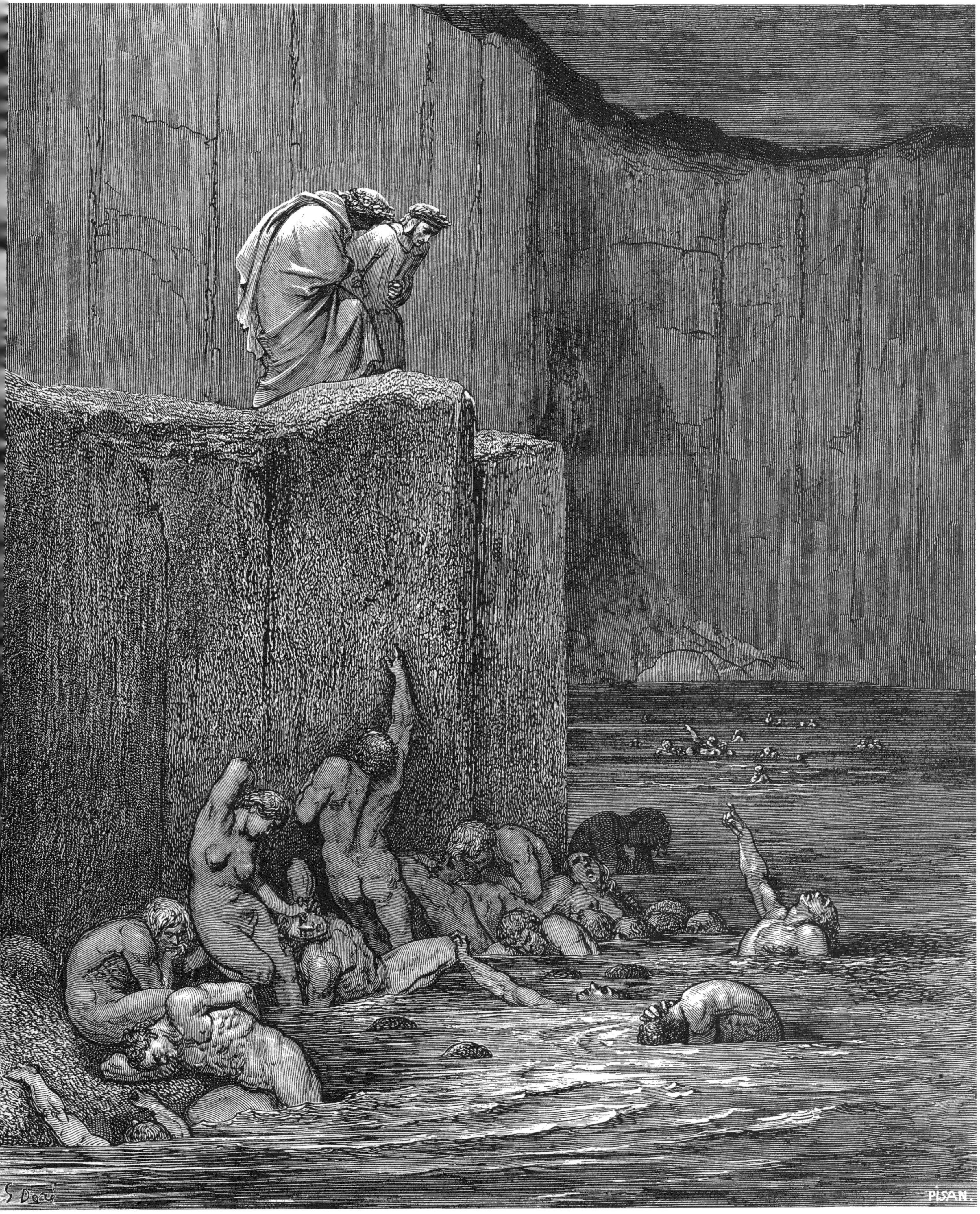
PISAN.

随后，我的向导对我说："你尽着目力再稍微向前边看一下，使你的眼睛清楚地看到那个肮脏的、披头散发的娼妓的脸，她正在那里用肮脏的手指甲自己抓自己，一会儿蹲下，一会儿站着。她就是妓女塔伊斯，当她的情人问她：'你很感谢我吗？'她回答说：'简直是千恩万谢！'我们看到这里就够了。"

TAÏDE È, LA PUTTANA CHE RISPUOSE
AL DRUDO SUO QUANDO DISSE "HO IO GRAZIE
GRANDI APO TE?": "ANZI MARAVIGLIOSE!".

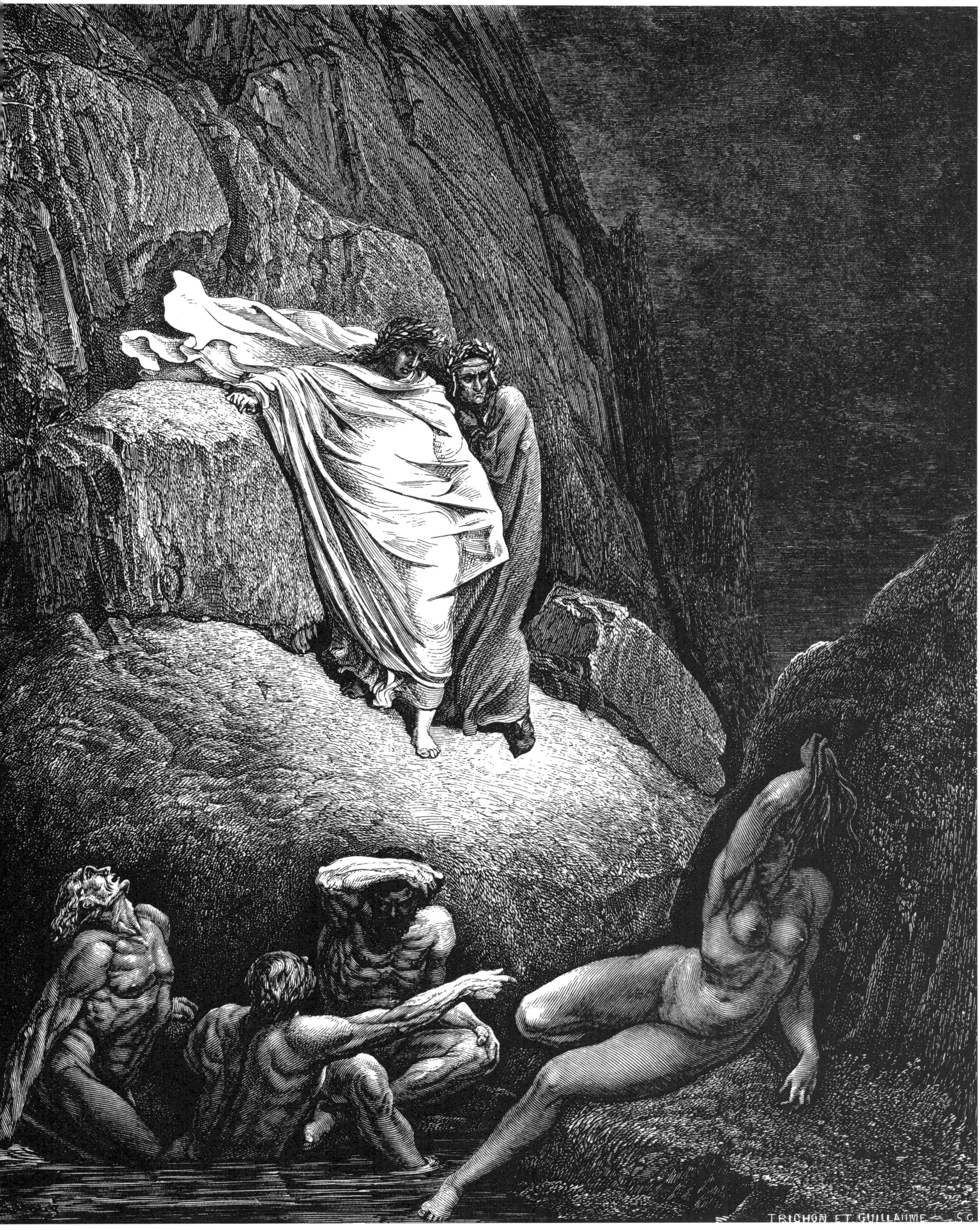
TRICHON ET GUILLAUME — SC

每个洞口都露出一个罪人的两只脚，两条腿直到大腿都露着，身体其余部分全在洞里。所有的罪人两脚的脚掌都在燃烧；因此，他们的膝关节抖动得那样厉害，会把柳条绳和草绳挣断。犹如有油的东西燃烧时，火焰通常只在表面上浮动，在那里，他们的脚从脚跟到脚尖燃烧的情况也是这样。

"啊，受苦的灵魂哪，你头朝下像一根木桩似的倒插在那里，不论你是谁，如果你能够说话，就说话吧。"

«O QUAL CHE SE' CHE 'L DI SÙ TIEN DI SOTTO,
ANIMA TRISTA COME PAL COMMESSA»,
COMINCIA' IO A DIR, «SE PUOI, FA MOTTO».

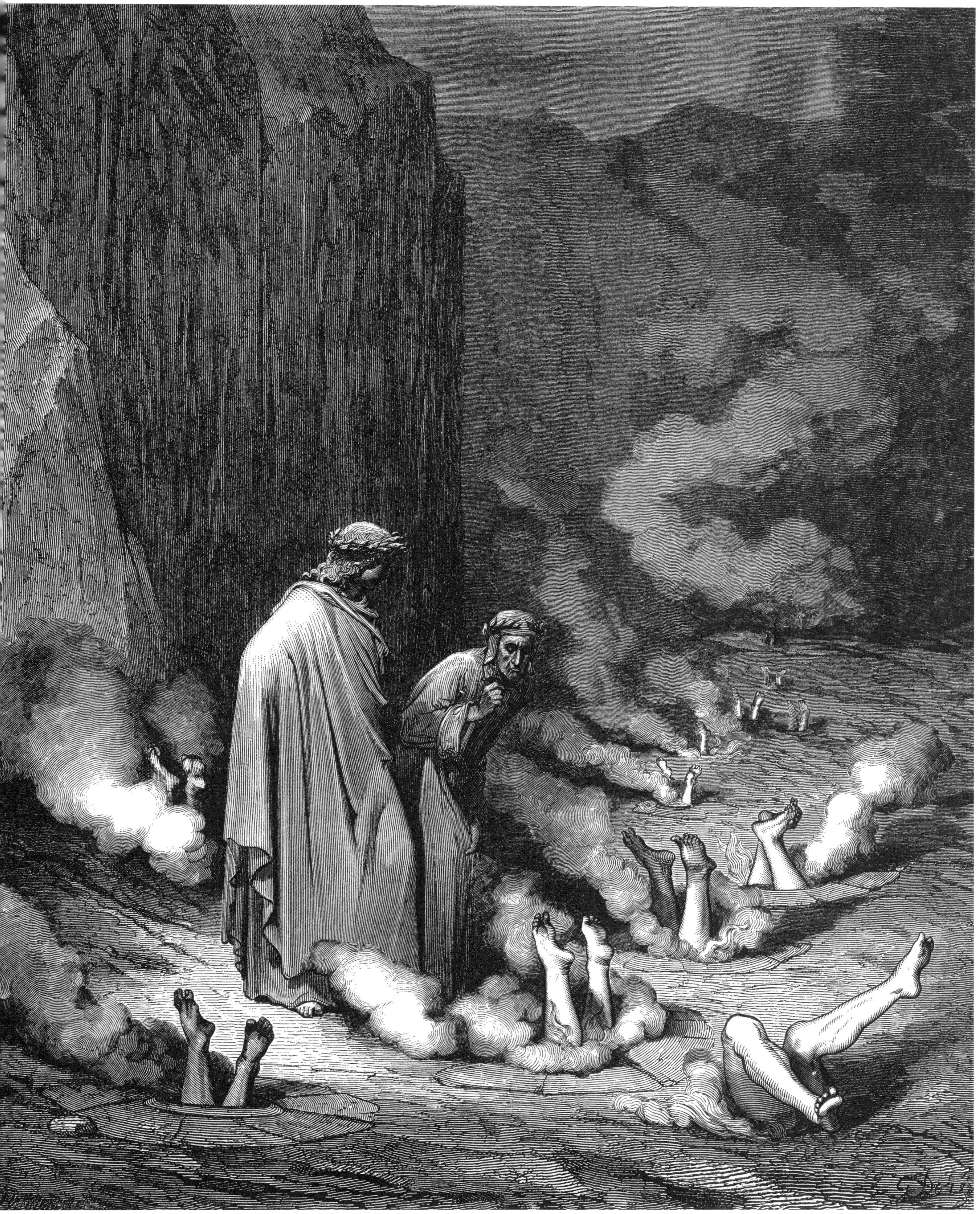

他们用一百多把铁叉叉住他之后，说："这里你得在掩蔽下跳舞，这样，你要能捞，就可以偷偷地捞一把。"这种做法，和厨师们让他们的下手们用肉钩子把肉浸入锅正中，不让它浮起来，没有什么两样。

POI L'ADDENTAR CON PIÙ DI CENTO RAFFI.

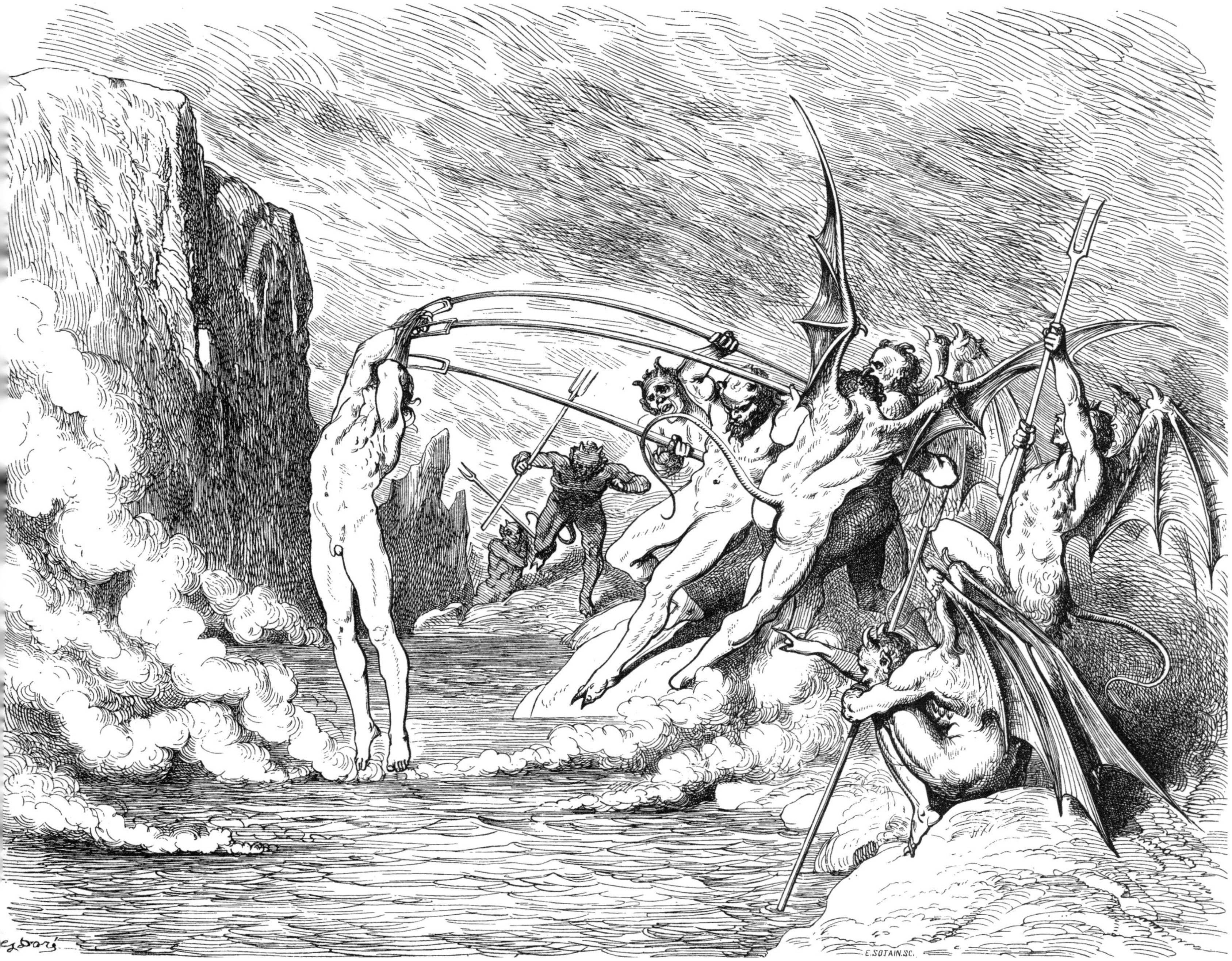
E. SOTAIN.SC.

如同一群狗跑出来，向一个走到哪儿一站住，就立刻就地乞讨的可怜的乞丐扑去时那样凶猛狂暴，这些鬼卒从桥下跑了出来，把铁叉统统对准他；但他喝道："你们谁都别逞凶！你们用铁叉叉我以前，先让你们当中一个跑过来听我讲一下，再商量叉我吧。"

Ma el gridò: «Nessun di voi sia fello!».

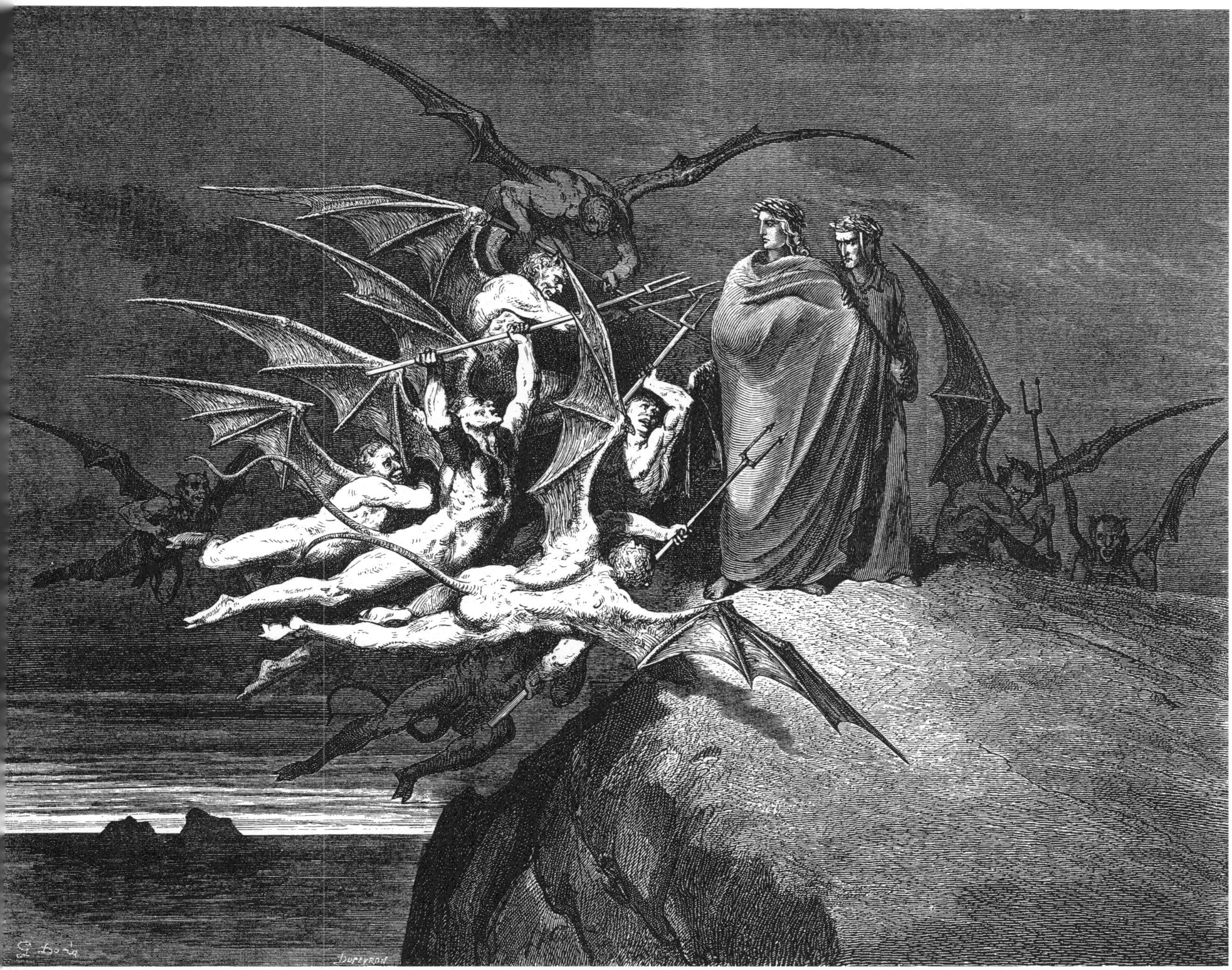

98

PERÒ SI MOSSE E GRIDÒ: «TU SE' GIUNTO!».

　　他们个个都把眼睛转向堤岸的另一边，那个原来最不肯这样做的鬼卒，是首先这样做的。那伐尔人选着了好时机，他脚掌在地上一蹬，马上跳下去，从他们的司令手里逃走了。一看这样，他们个个都悔恨自己的过错，但是那个铸成这一错误的鬼卒悔恨得最厉害，因此他跳起来，喊道："你被捉住了。"但这对他没有什么用：因为翅膀的速度超不过恐怖；这一个沉下去了，那一个把胸脯向上一翻就飞走了。

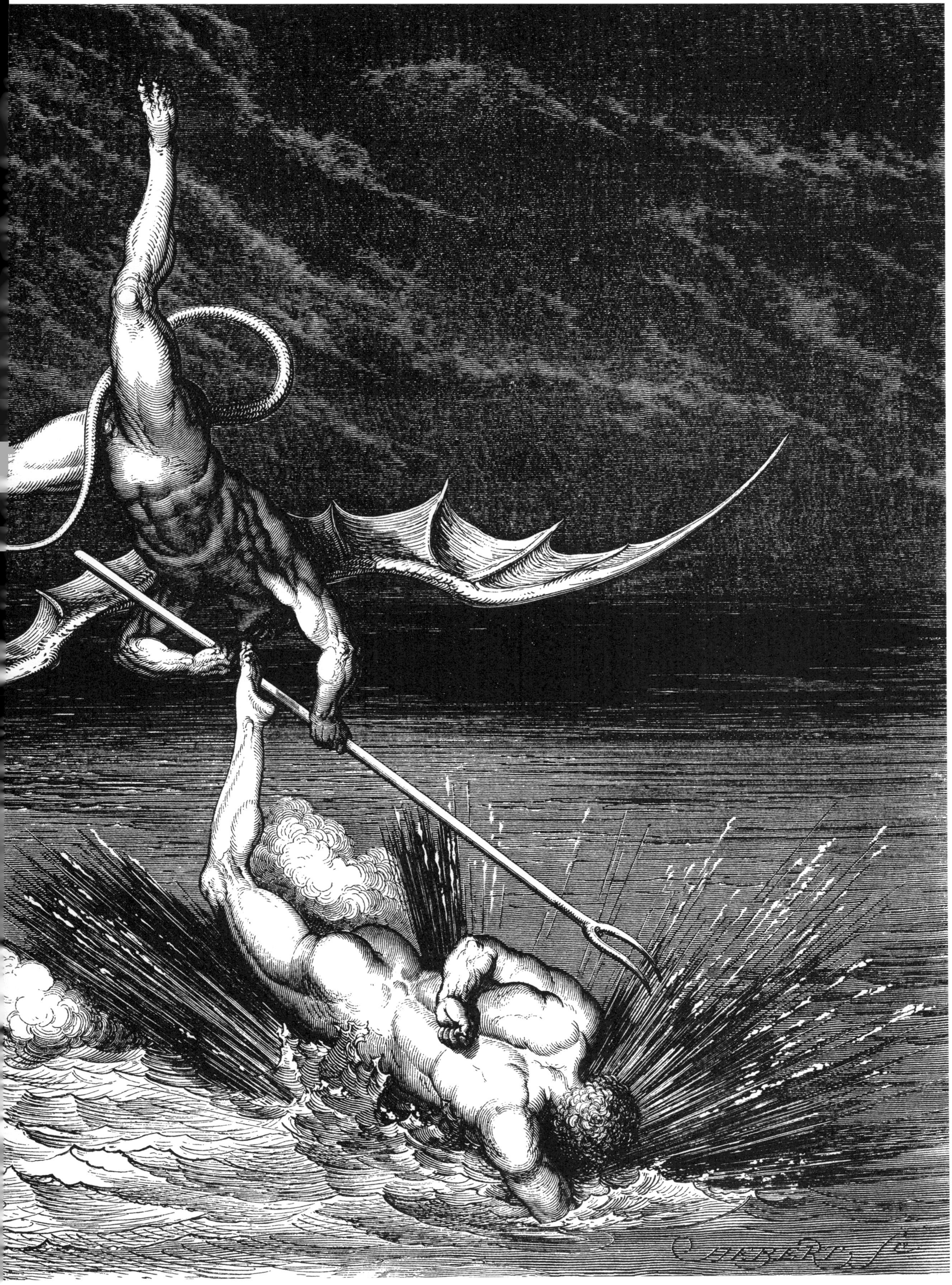
C. HEBERT, sc.

那个贪污者刚一沉没不见了,他就把爪子转向自己的伙伴,在壕沟上空和他扭在一起。但对方实在是一只成熟的鹰,狠狠地抓住了他,他们俩就一起坠落在沸腾的沥青池的中心。他们烫得顿时松了手;但他们飞不起来,因为他们的翅膀被牢牢地粘住了。

MA L'ALTRO FU BENE SPARVIER GRIFAGNO
AD ARTIGLIAR BEN LUI, E AMENDUE
CADDER NEL MEZZO DEL BOGLIENTE STAGNO.

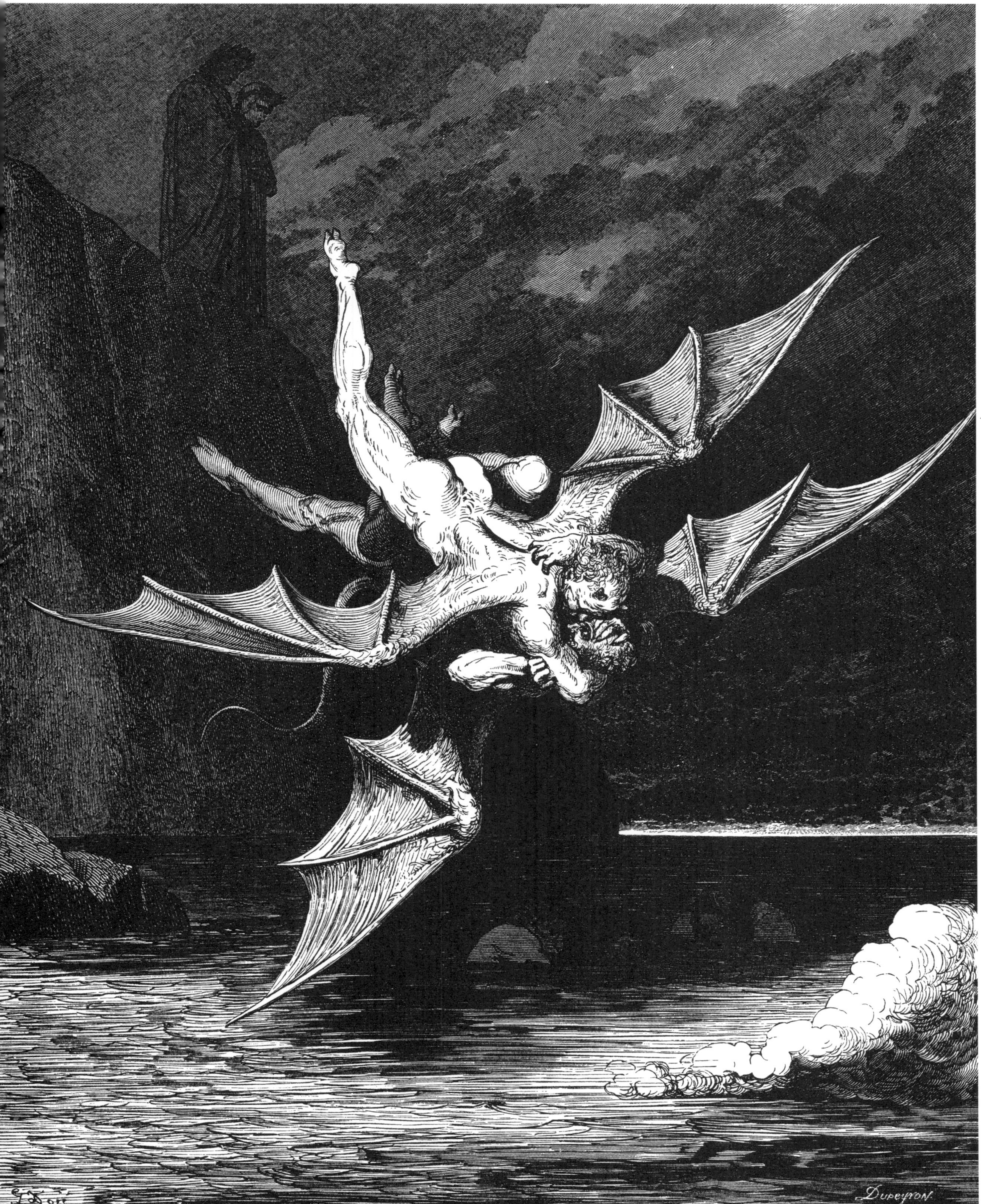
Dupeyron

从渠道里引过来转动陆上磨坊的水车轮子的水，流经轮子的叶片时，从来也没有我老师滑下沟沿那样快；他怀里抱着我，像他的儿子，不像他的同伴。他的脚刚一蹬着下面的沟底，他们就已经在我们头顶上的堤岸最高处了；但是我们再也不必害怕了，因为崇高的天意注定他们做第五壕沟的看守，使他们统统不能离开那里。

A PENA FUORO I PIÈ SUOI GIUNTI AL LETTO
DEL FONDO GIÙ, CH'E' FURON IN SUL COLLE
SOVRESSO NOI; MA NON LÌ ERA SOSPETTO.

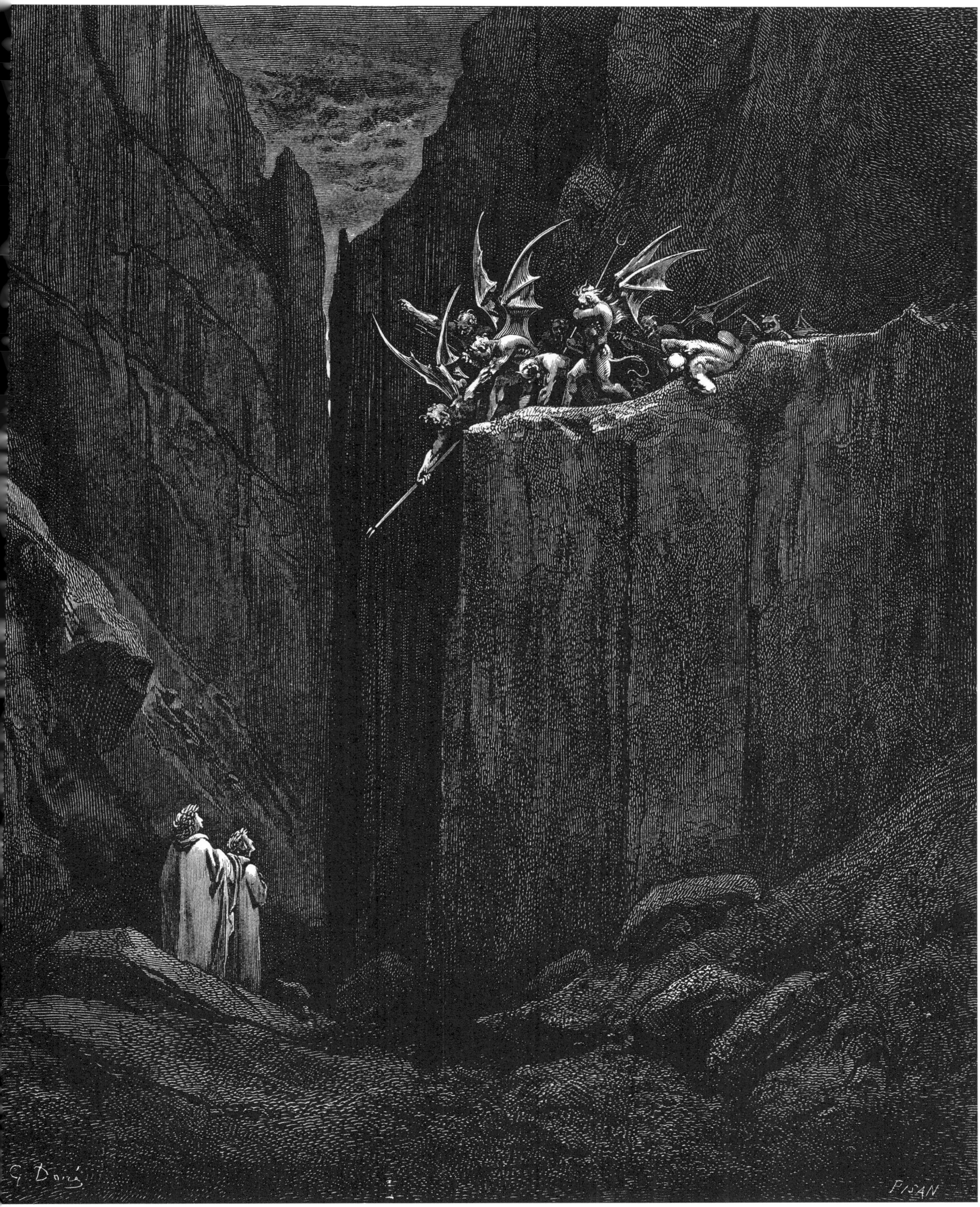
G. Doré
PISAN

104

我们发现沟底有一群色彩鲜明的人迈着十分缓慢的脚步绕着圈子走去，一面走，一面哭，样子疲惫不堪。他们披着克吕尼修道院为僧侣们做的那种式样的带风帽的斗篷，风帽低低地垂到眼睛前面。斗篷外面镀金，亮得令人目眩；但里面完全是铅，重得出奇，相形之下，腓特烈使罪犯们穿的那种铅衣就等于草做的了。啊，永远使人疲惫不堪的外衣呀！

ELLI AVEAN CAPPE CON CAPPUCCI BASSI
DINANZI A LI OCCHI, FATTE DE LA TAGLIA
CHE IN CLUGNÌ PER LI MONACI FASSI.

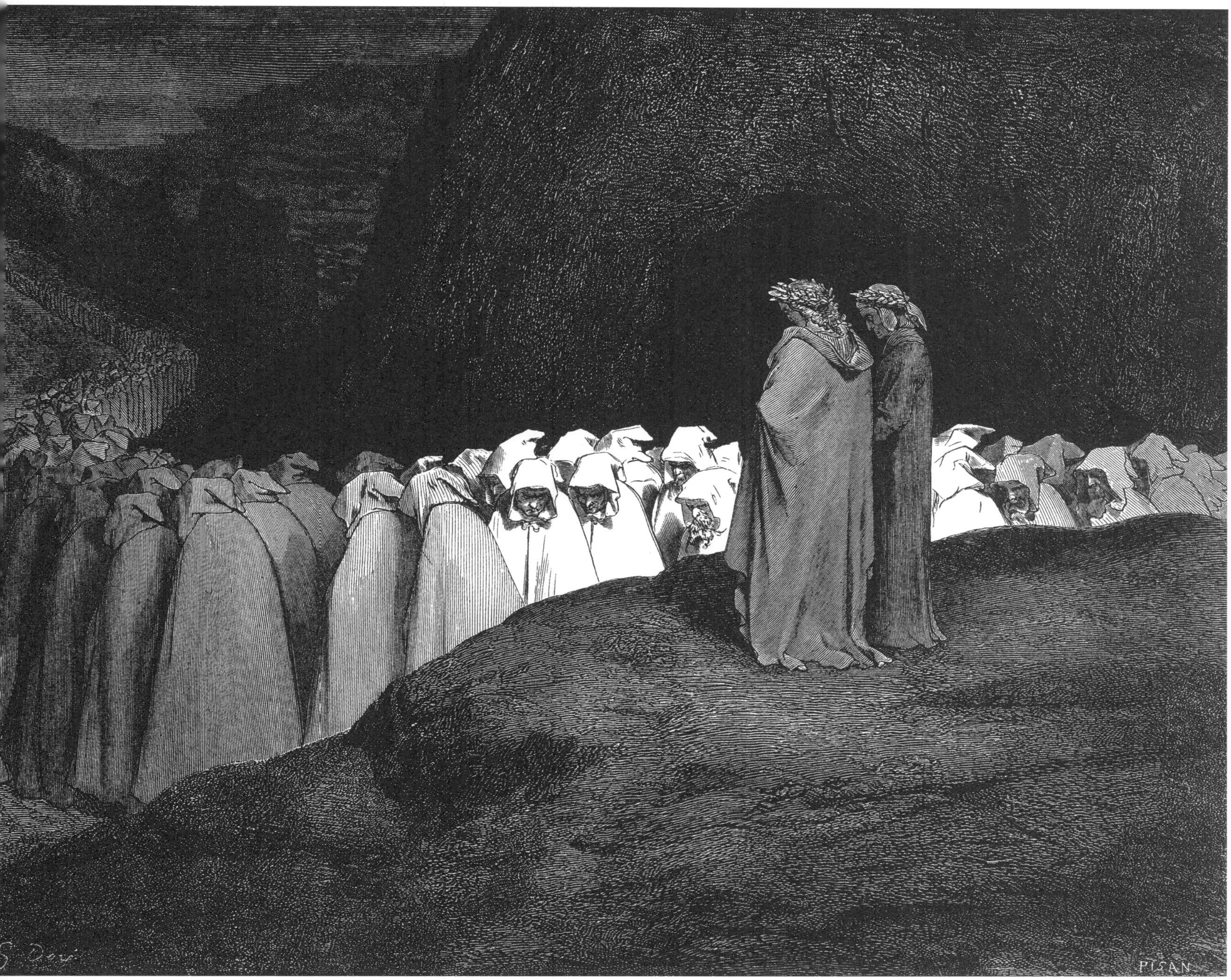
PISAN

你正在注视的那个被钉着的人曾劝告法利赛人说，为了百姓必须让一个人去受酷刑。他像你看到的那样，赤身露体横躺在地上，谁走过，谁都要使他感觉到身体多重。他的岳父也在这沟里受同样的酷刑，还有其他参加公会的人们，这次公会是犹太人的苦难的种子。

MI DISSE: «QUEL CONFITTO CHE TU MIRI,
CONSIGLIÒ I FARISEI CHE CONVENIA
PORRE UN UOM PER LO POPOLO A' MARTÌRI».

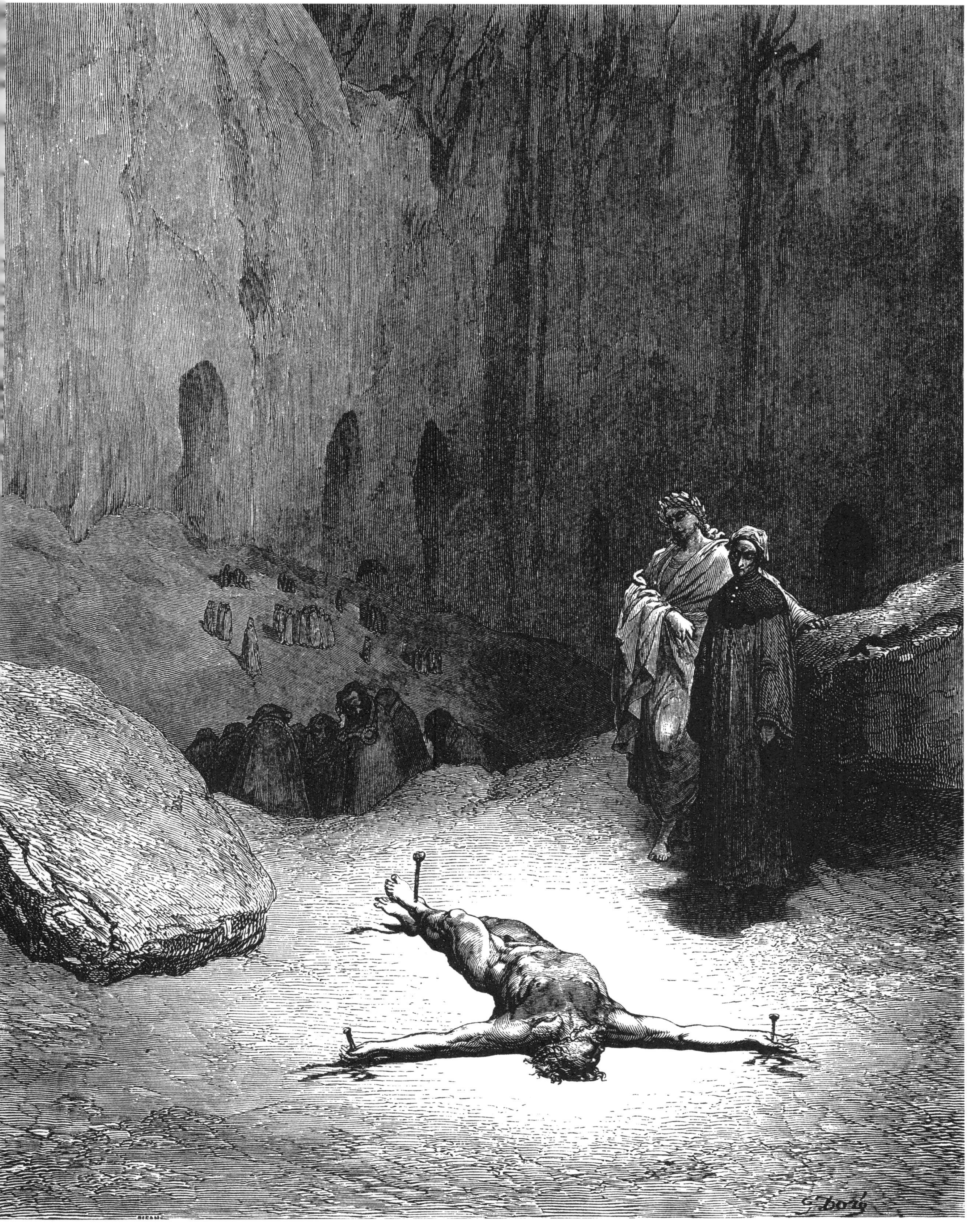

108

TRA QUESTA CRUDA E TRISTISSIMA COPIA
CORRËAN GENTI NUDE E SPAVENTATE.

在这残酷的、极其凶恶的蛇群中，许多赤身露体、惊恐万状的人在奔窜，他们没有希望找到洞穴或鸡血石。他们的双手倒背着被蛇缠住；蛇把尾巴和头顺着他们的腰伸过去，在他们身子前面打成结子。

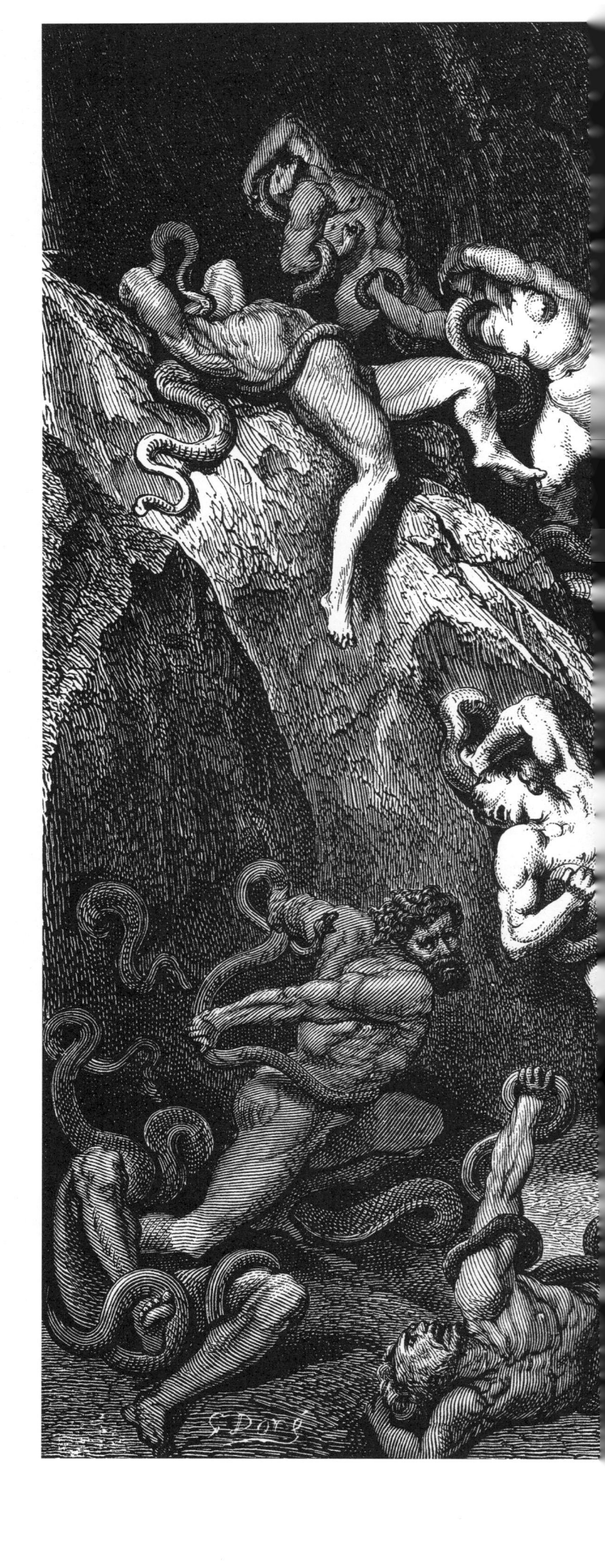

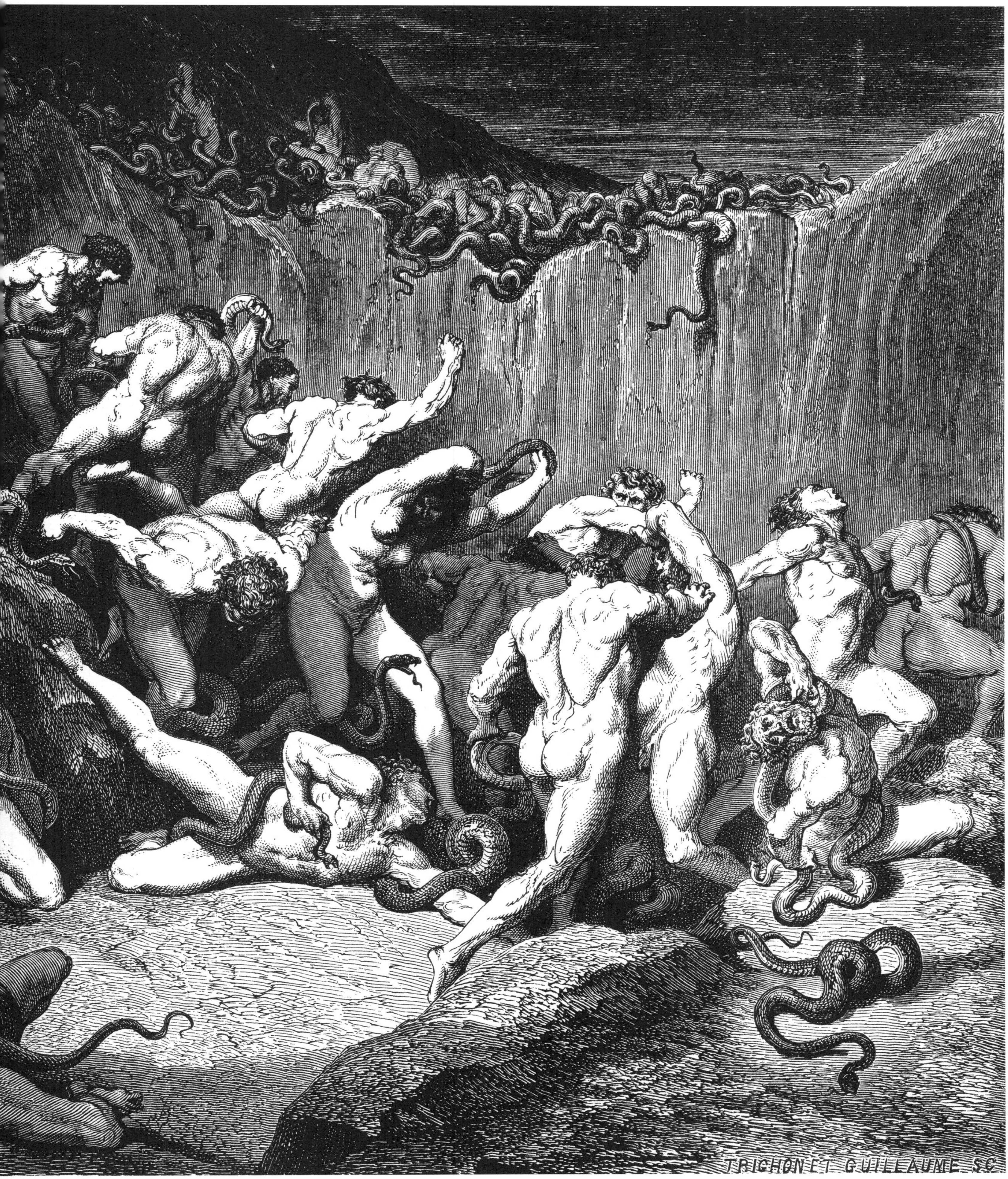
TRICHON ET GUILLAUME SC

110

另外两个鬼魂正在从旁观看，每个都喊道："哎哟，阿涅尔，你变成什么样子了！瞧，你现在既不是两个身子，也不是一个身子啦！"两个头现在已经变成一个，同时我们看到两个面孔的形象各自消失，混合成了一个面孔。四个长条的东西形成了两臂；大腿连同小腿、肚子和胸脯都变成了从来没见过的肢体。那里原来的形态统统消失：这个变态的形体似乎两个都像，又哪个都不是；它就呈现着这种形状慢步走开。

LI ALTRI DUE 'L RIGUARDAVANO, E CIASCUNO
GRIDAVA: «OMÈ, AGNEL, COME TI MUTI!
VEDI CHE GIÀ NON SE' NÉ DUE NÉ UNO».

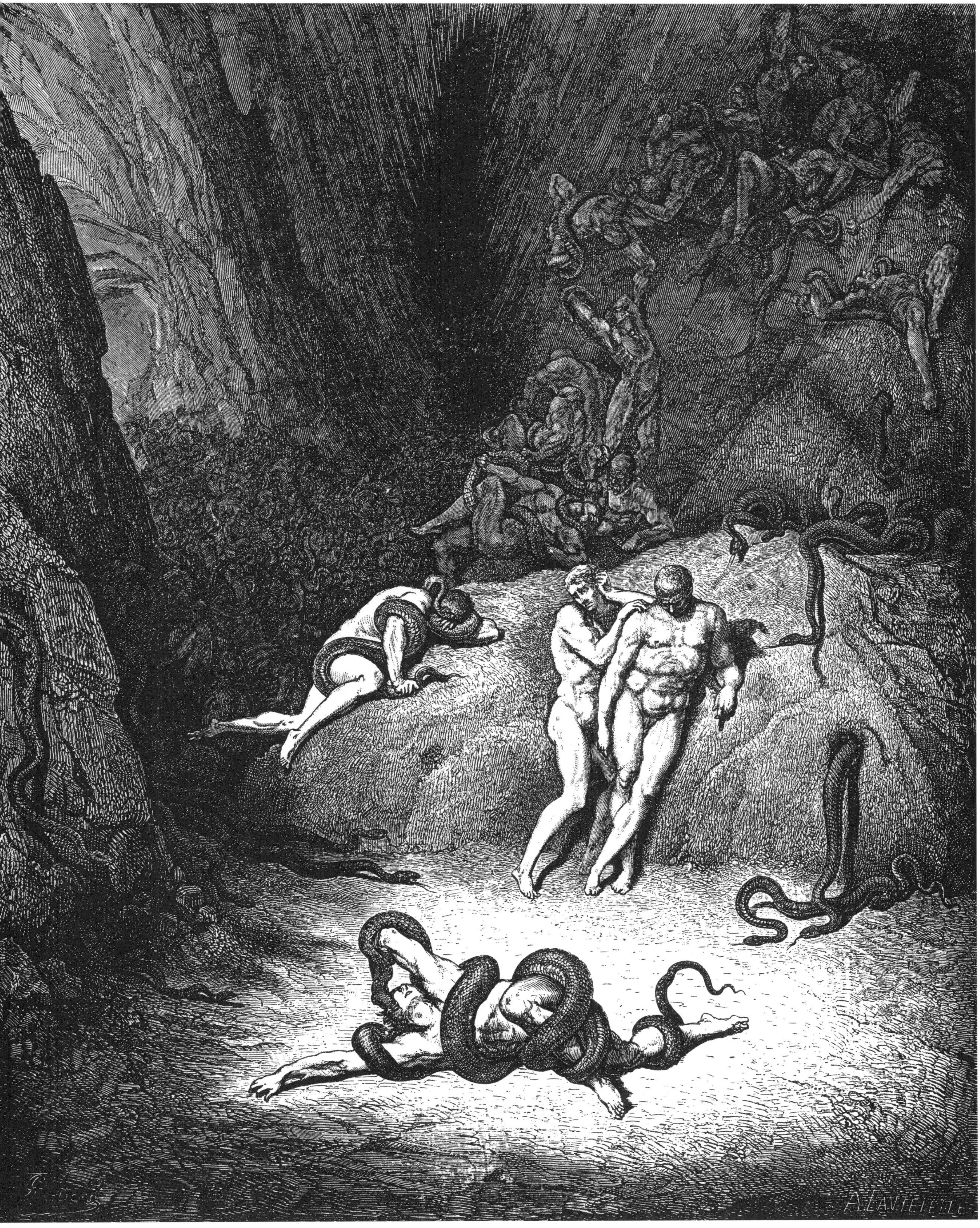
A.LAVIEILLE

我的向导见我这样凝神注视，说："那些火焰里面都是鬼魂，每个鬼魂都被烧他的火包裹着。""我的老师，"我回答说，"听了你的话，我更肯定无疑了；但我已经想到是这么回事，并且想这样对你说：向这里来的那团火焰，顶端分成两岔，好像从厄忒俄克勒斯和他弟弟一起火葬的柴堆上升起的一般，那里面是谁呀？"

Disse: «Dentro dai fuochi son li spirti;
catun si fascia di quel ch'elli è inceso».

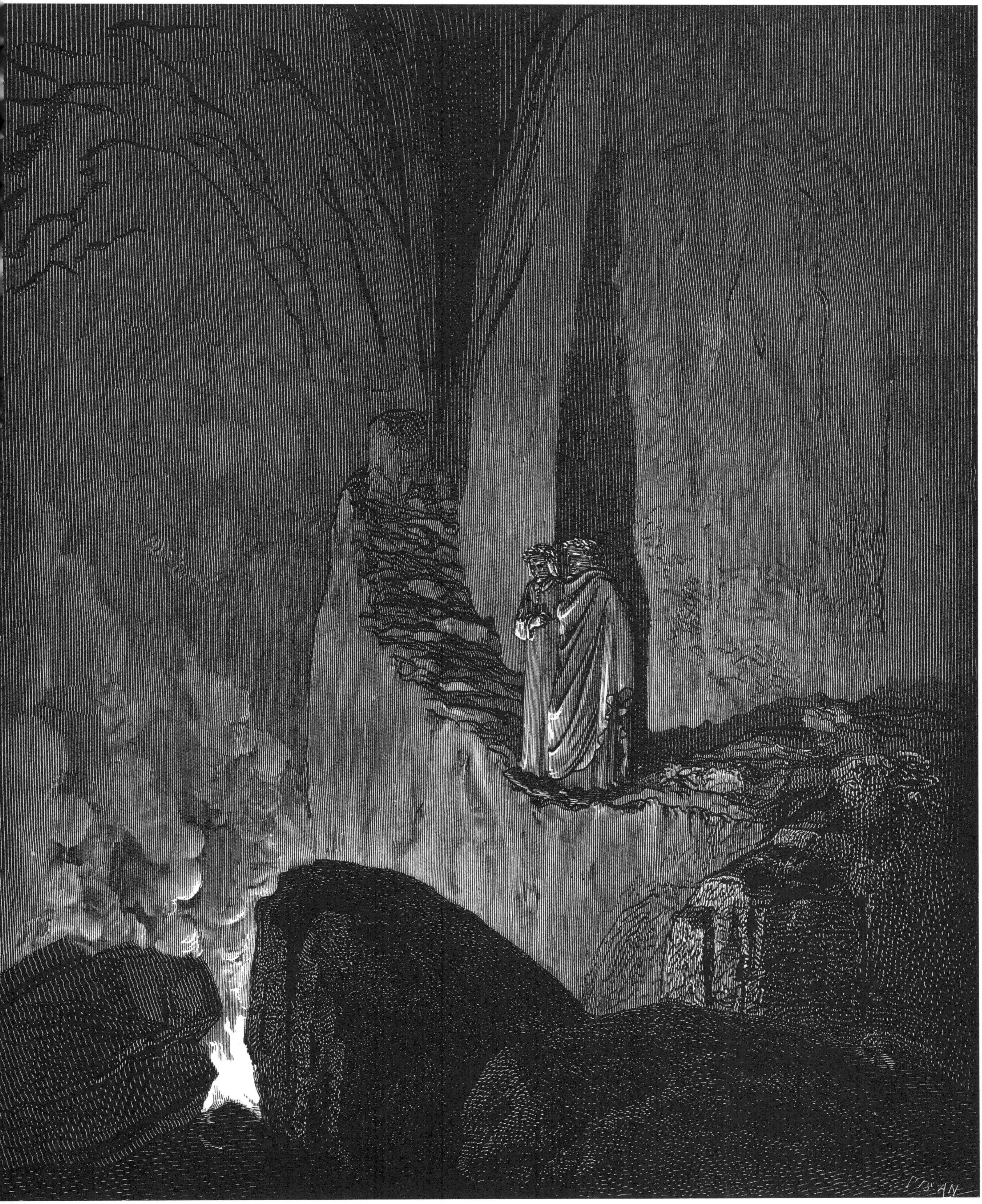
PISAN

114

我看见一个身体从下巴直到放屁的地方被劈开的鬼魂，甚至连桶底掉了中板或侧板的木桶肯定都没有他的伤口张开得那么宽。他的肠子垂到他的两腿中间；心、肝、脾、肺以及那个把咽下去的东西变成屎的脏口袋都露了出来。我正定睛注视他时，他望着我，用手扯开他的胸膛，说："你看我怎样把自己撕开！"

Mentre che tutto in lui veder m'attacco, guardommi e con le man s'aperse il petto, dicendo: «Or vedi com' io mi dilacco!».

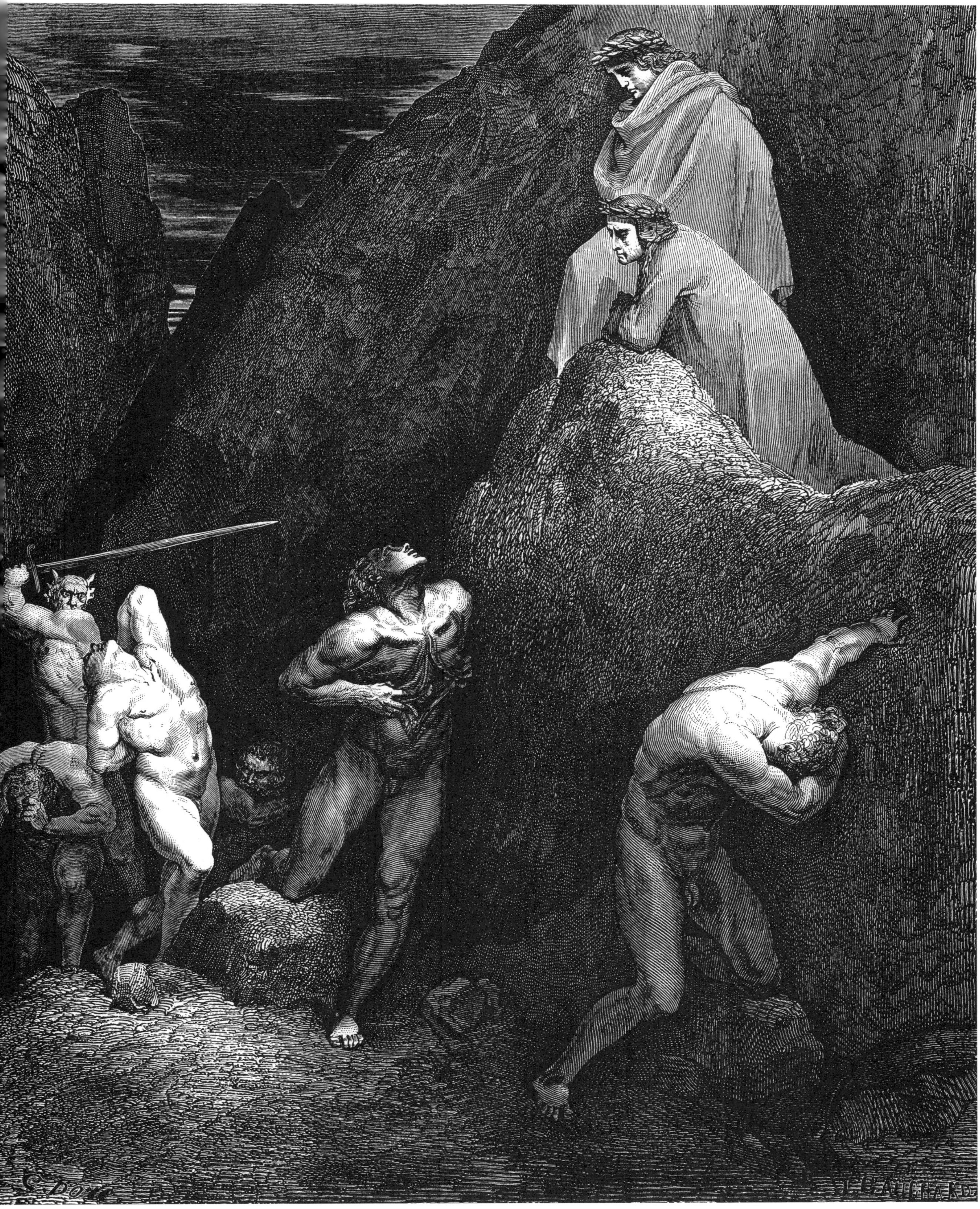
G. Doré
J. GAUCHARD

116

　　另有一个喉咙被刺穿、鼻子直到眉毛下面全被削去、仅仅剩下了一只耳朵的鬼魂和别的鬼魂一起站住,惊奇地注视,在别的鬼魂开口以前,先张开外部呈现一片红色的喉管,说:"啊,你这是不是因犯罪受处罚的人哪,除非相貌太相像使我认错了人,我在地上的意大利国曾见过你,祝愿你有朝一日能回去看见那一片从维切利到玛尔卡勃地势逐渐倾斜的美好的平原,请你记住彼埃尔·达·美第奇那吧。"

Rimembriti di Pier da Medicina.

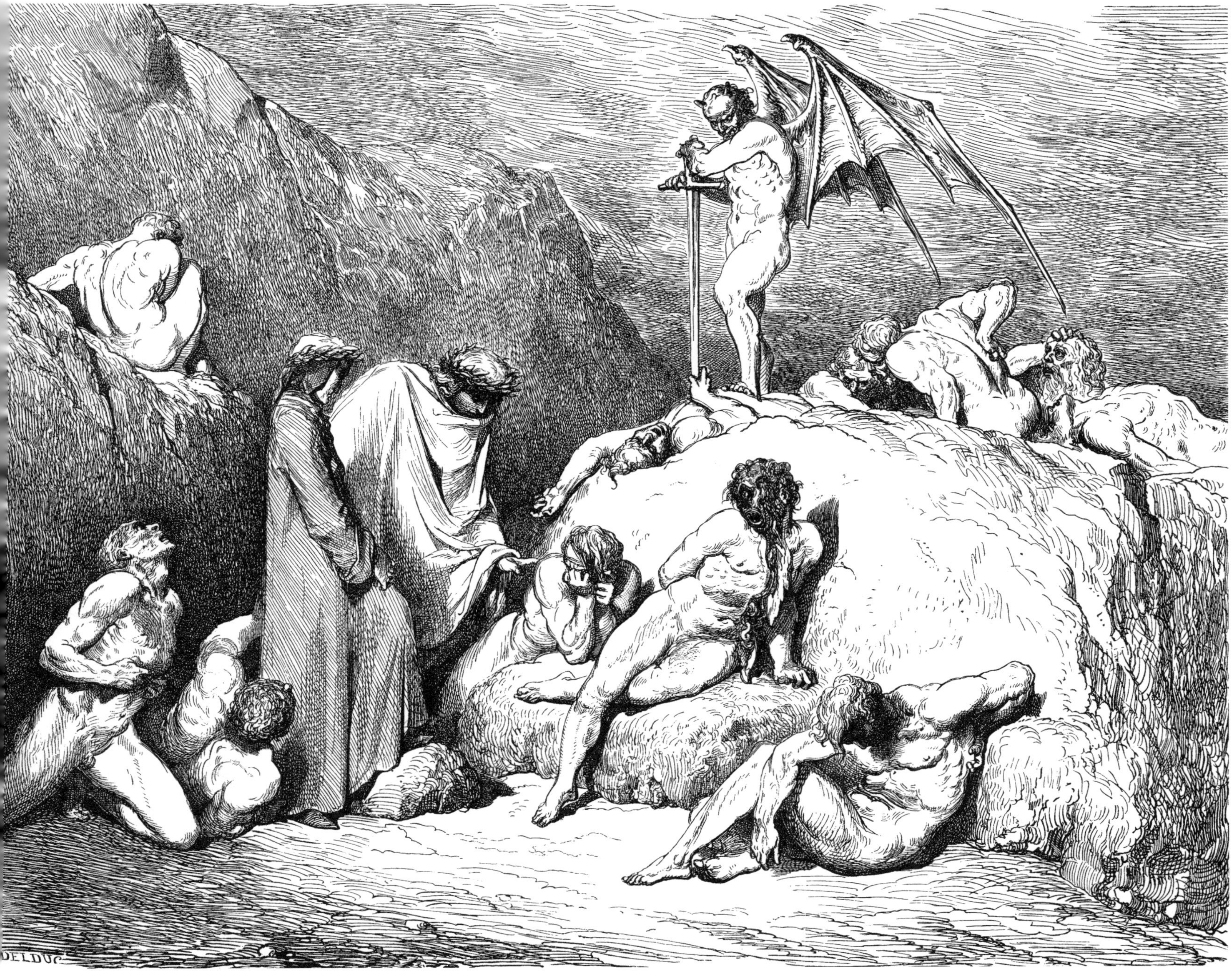
DELDUC

良心给我壮胆，它是使人在自觉问心无愧的铠甲保护下勇敢起来的好伴侣。我确实看到了，而且现在还似乎看到一个无头的躯干像那一群凄惨的鬼魂中其他的罪人一样行走；他揪住头上的头发提着割下来的头，像手提着灯笼似的把它摆动！那颗头注视着我们，说："哎哟！"他把自己给自己做成了灯，他们是二而一，一而二；这怎么可能，那只有制定这种刑罚者知道。

E 'L CAPO TRONCO TENEA PER LE CHIOME,
PESOL CON MANO A GUISA DI LANTERNA:
E QUEL MIRAVA NOI E DICEA: «OH ME!».

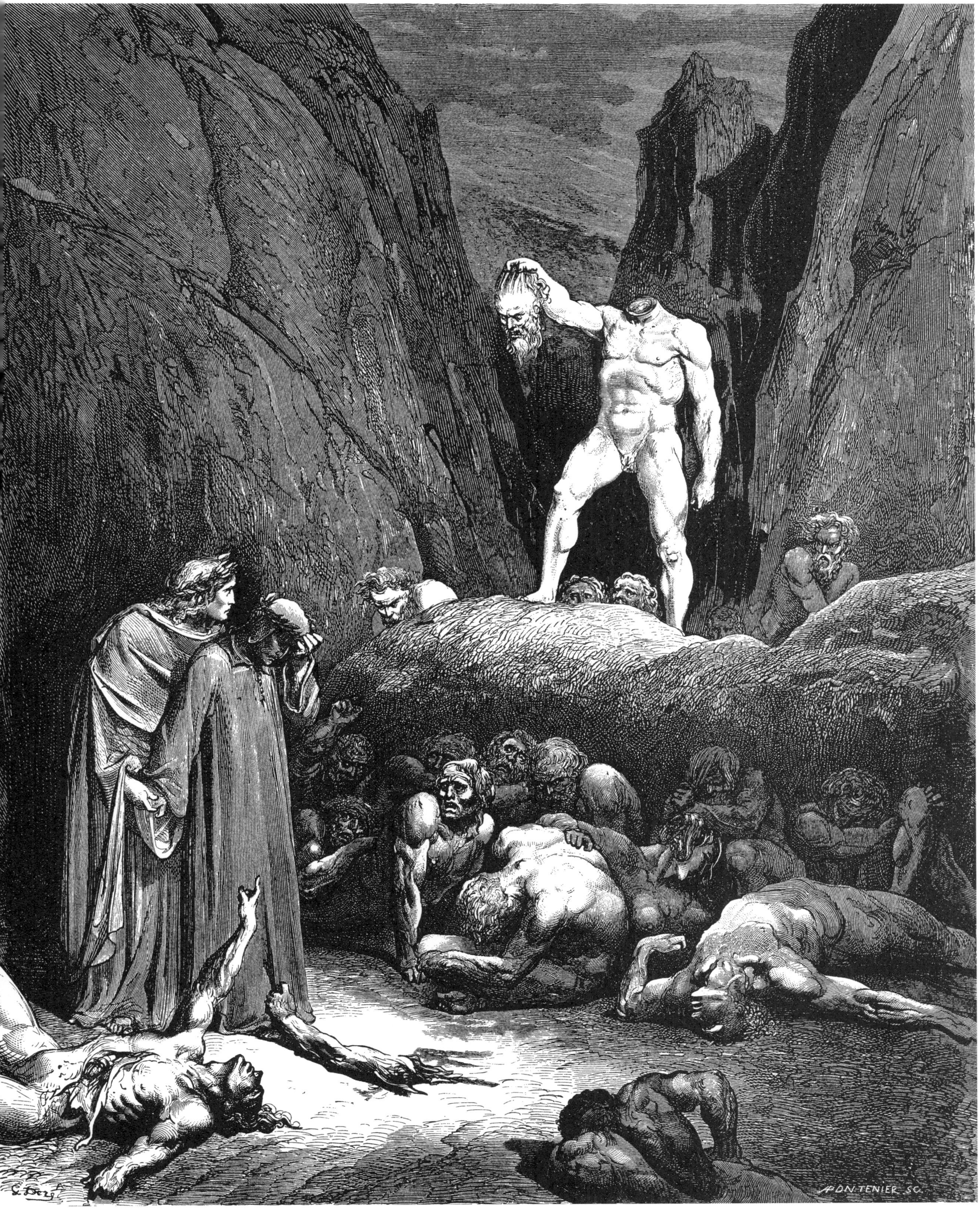

众多的人和奇异的创伤使我泪眼模糊,我很想停留在那里哭一场。但是维吉尔说:"你还注视什么?你的眼光为什么还停留在下面那些悲惨的、肢体残缺的阴魂中间?在别的恶囊你并没有这样做;假如你认为能把他们数清楚,你就想一想这个山谷绕一圈儿有二十二英里吧。况且月亮已经在我们脚下了;现在许可我们逗留的时间已经很短,除了你看到的以外,还有别的须要去看。"

MA VIRGILIO MI DISSE: «CHE PUR GUATE?
PERCHÉ LA VISTA TUA PUR SI SOFFOLGE
LÀ GIÙ TRA L'OMBRE TRISTE SMOZZICATE?».

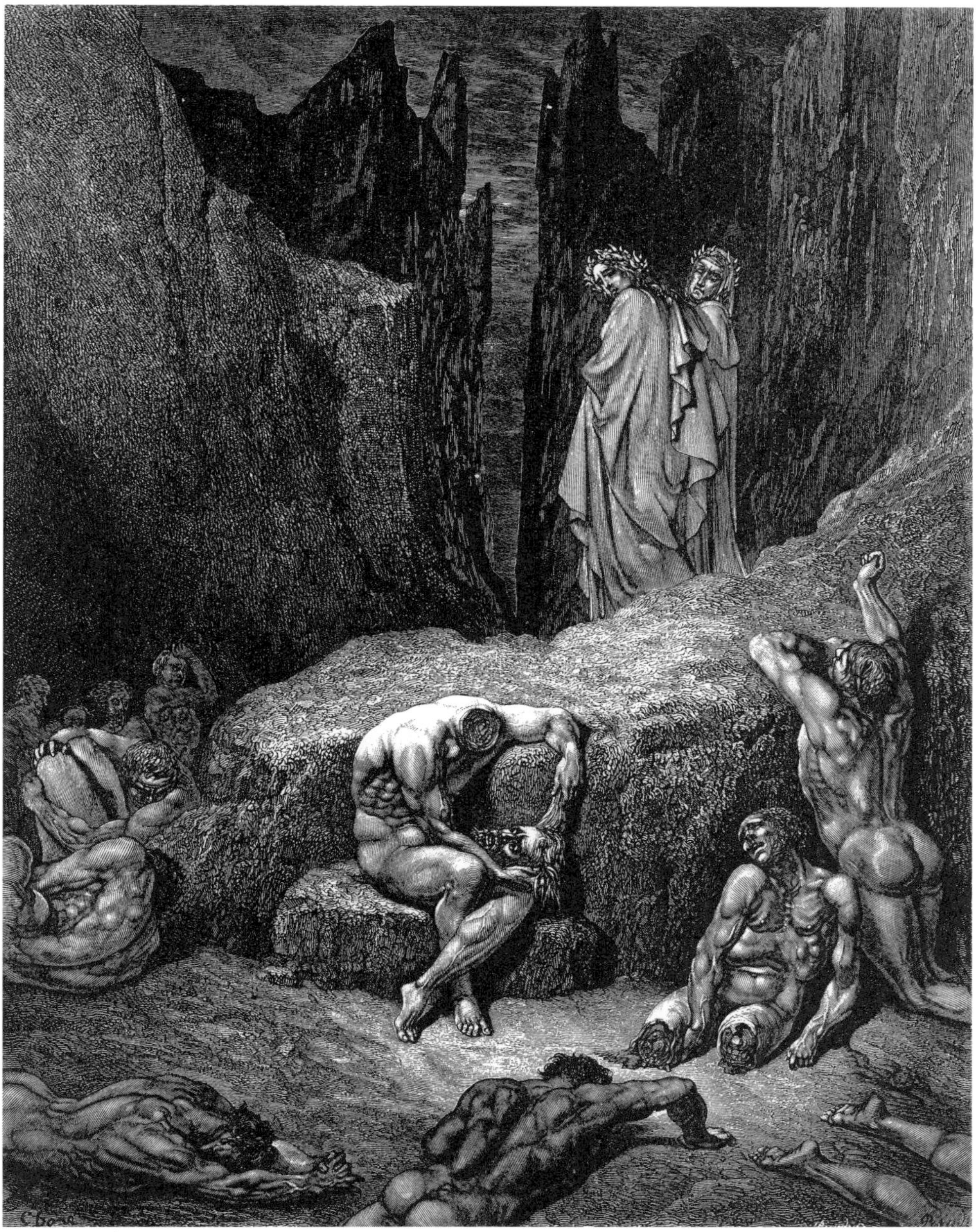

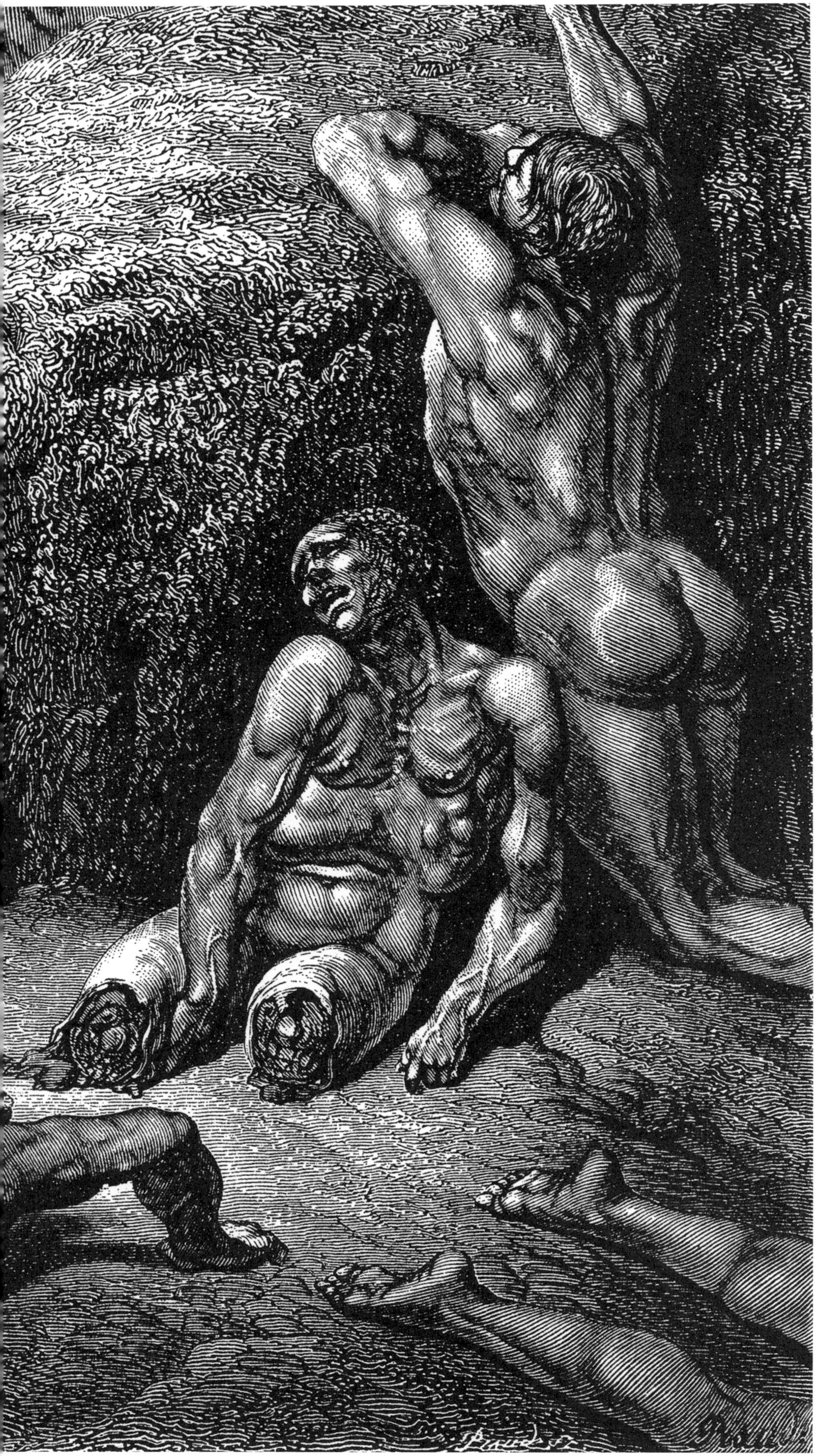

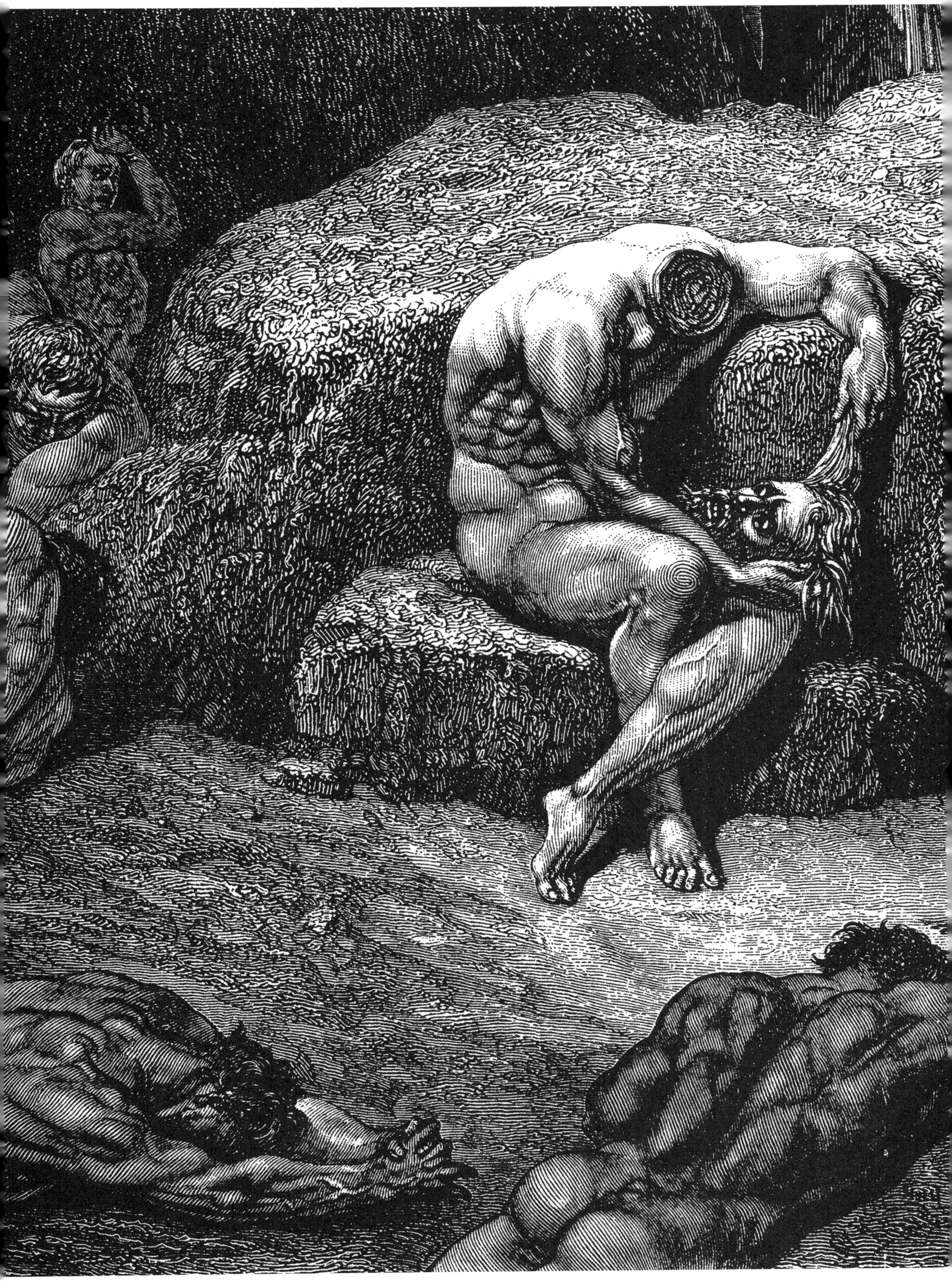

当我们来到马勒勃尔介最后的一处修道院上面，能够看见其中的世俗修士们时，奇异可怖的叫苦连天的声音犹如箭一般射中了我，引起了我的怜悯；因此，我用手捂上耳朵。设想在七月和九月之间，瓦尔第洽纳、马莱姆玛和萨丁岛的医院里的病人统统聚集在一条沟里，会是什么样的痛苦情景，这里的情景就是那样，从这里散发出来的臭气好像腐烂的肢体通常散发出来的一般。

TAL ERA QUIVI, E TAL PUZZO N'USCIVA
QUAL SUOL VENIR DE LE MARCITE MEMBRE.

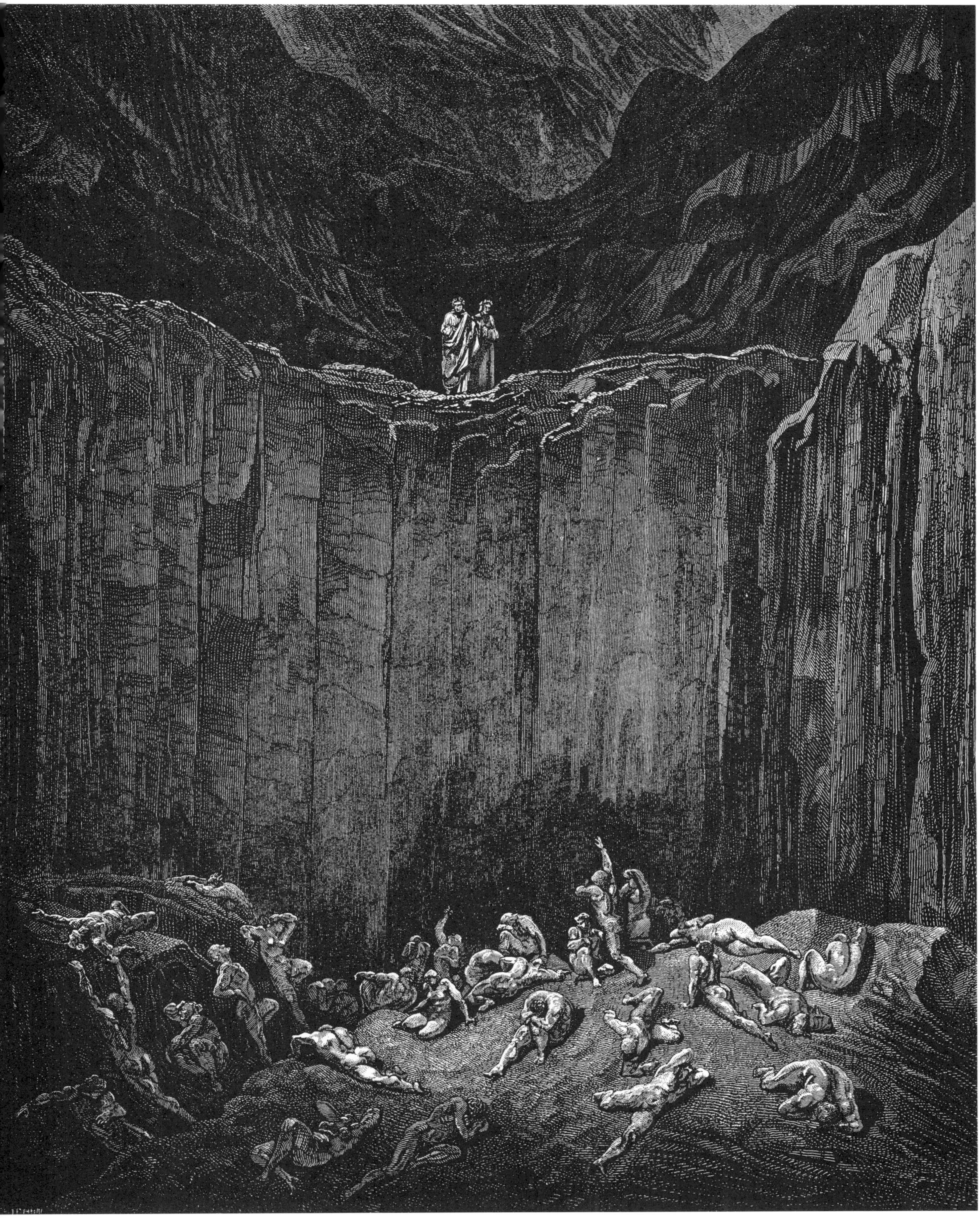

124

我看见两个互相靠着坐在那里，好像两个平锅在火上互相支着似的，他们从头到脚痂痕斑斑；由于别无办法解除奇痒，他们个个都不住地用指甲在自己身上狠命地抓，我从来没有看见过被主人等着的马僮或者不愿意熬夜的马夫用马梳子这样迅猛地刷马；他们的指甲搔落身上的创痂，好像厨刀刮下鲤鱼或者其他鳞更大的鱼身上的鳞一样。

COME CIASCUN MENAVA SPESSO IL MORSO
DE L'UNGHIE SOPRA SÉ PER LA GRAN RABBIA
DEL PIZZICOR, CHE NON HA PIÙ SOCCORSO.

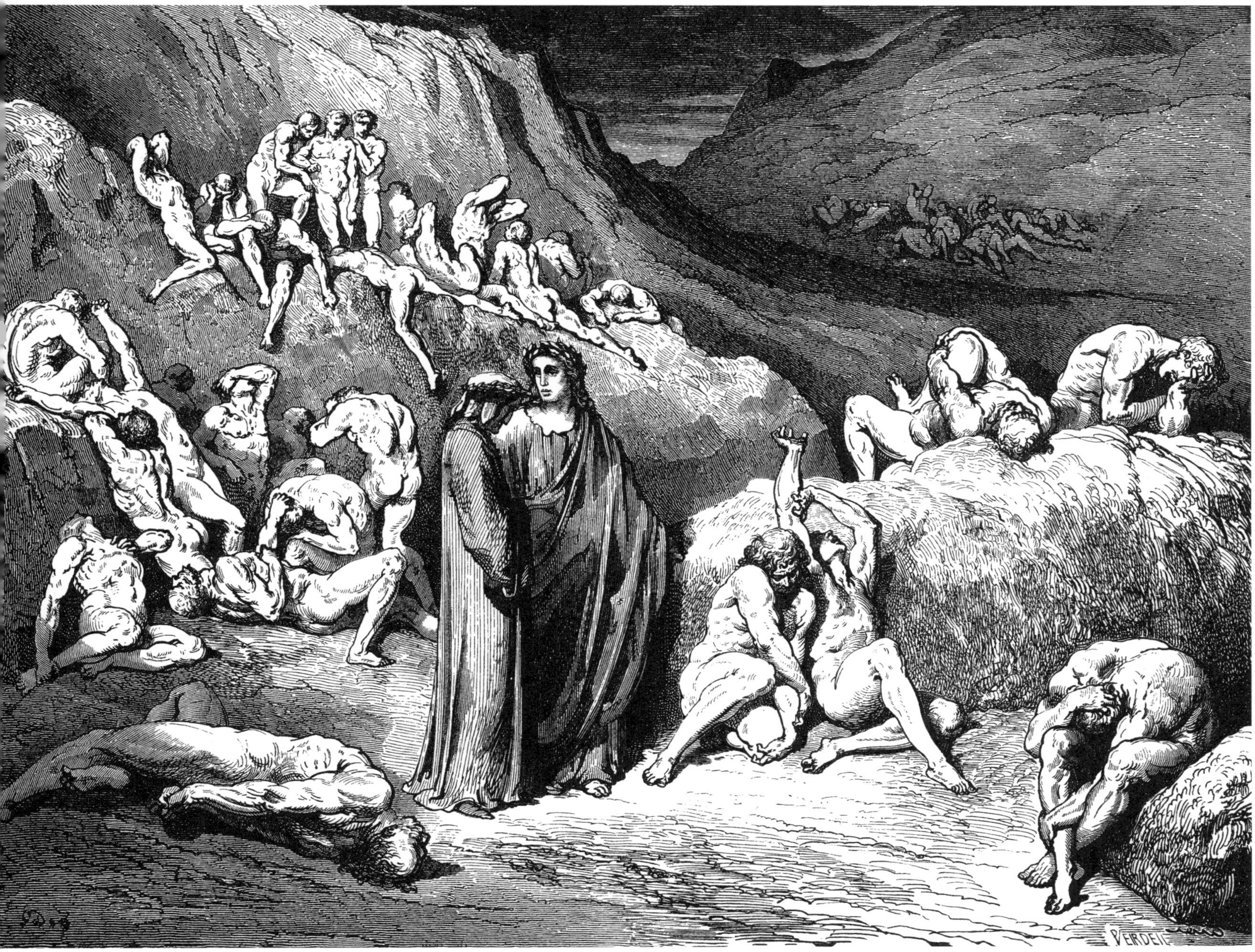

但是，从未见过忒拜的疯人或者特洛亚的疯人攻击任何对象、杀伤野兽或者伤人的肢体像我所看到两个惨白裸体的阴魂那样残忍，他们跑着乱咬人，如同猪从圈里被放出来时一样。其中的一个来到卡波乔跟前，用牙咬住他的脖颈子，拖曳着他，使他的肚子蹭着坚硬的沟底移动。那个阿雷佐人留在那儿，战栗着对我说："那个恶鬼是简尼·斯基奇，他疯狂地走着就这样折磨别人。"

Mi disse: «Quel folletto è Gianni Schicchi,
e va rabbioso altrui così conciando».

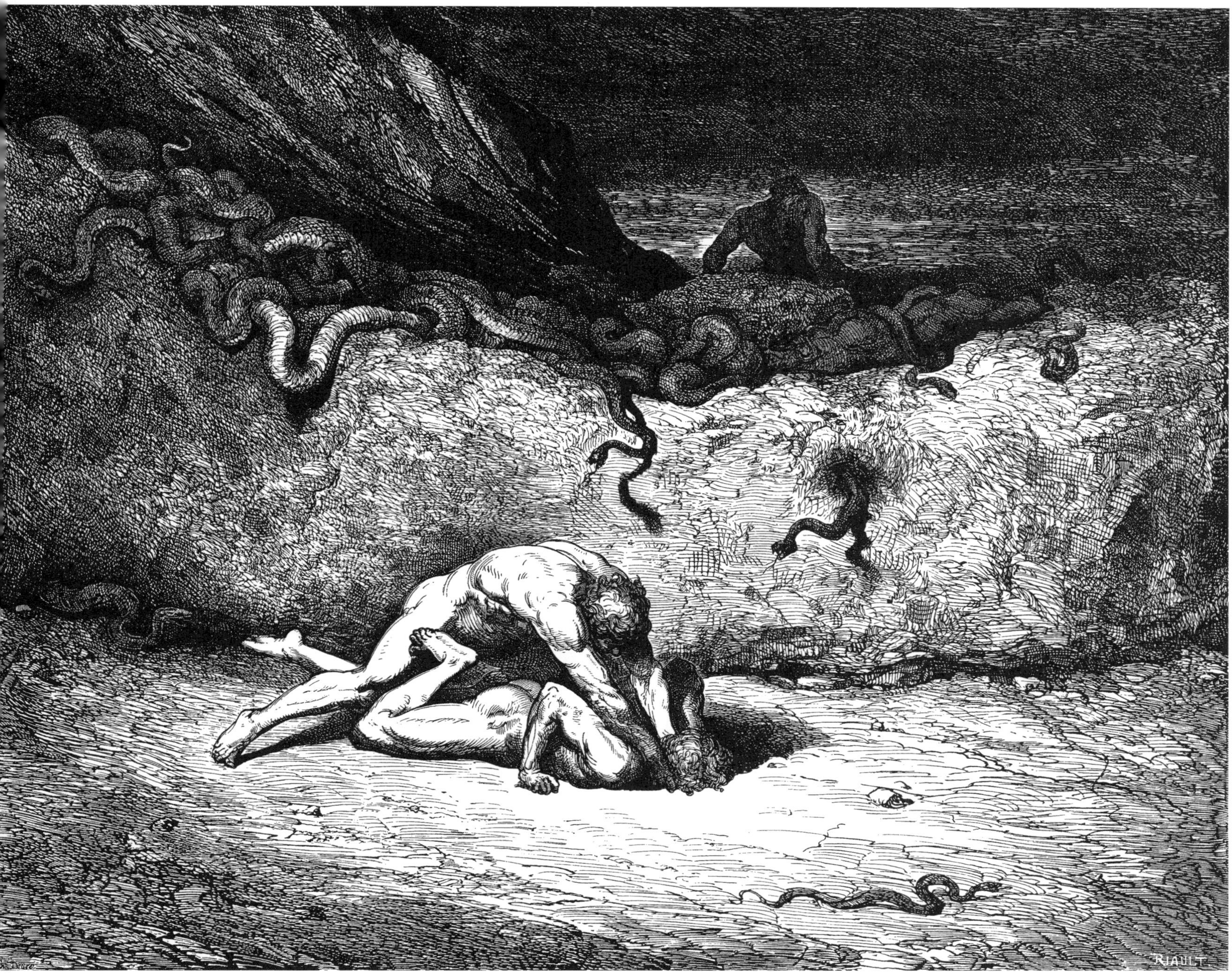
RIAULT

我对他说："但愿那另一个恶鬼不用牙咬住你，在她没有离开这里以前，请费心告诉我她是谁。"他对我说："那是罪大恶极的密耳拉的古老的阴魂，她爱她父亲超越了正当的爱。她假扮成另一个女人的模样来同他苟合，犹如已经是走到那边去的那另一个鬼魂所做的一样，他为了捞到牲口中的女王，胆敢冒充卜奥索·窦那蒂立遗嘱，并使它具有合法的形式。"

ED ELLI A ME: «QUELL' È L'ANIMA ANTICA
DI MIRRA SCELLERATA, CHE DIVENNE
AL PADRE, FUOR DEL DRITTO AMORE, AMICA».

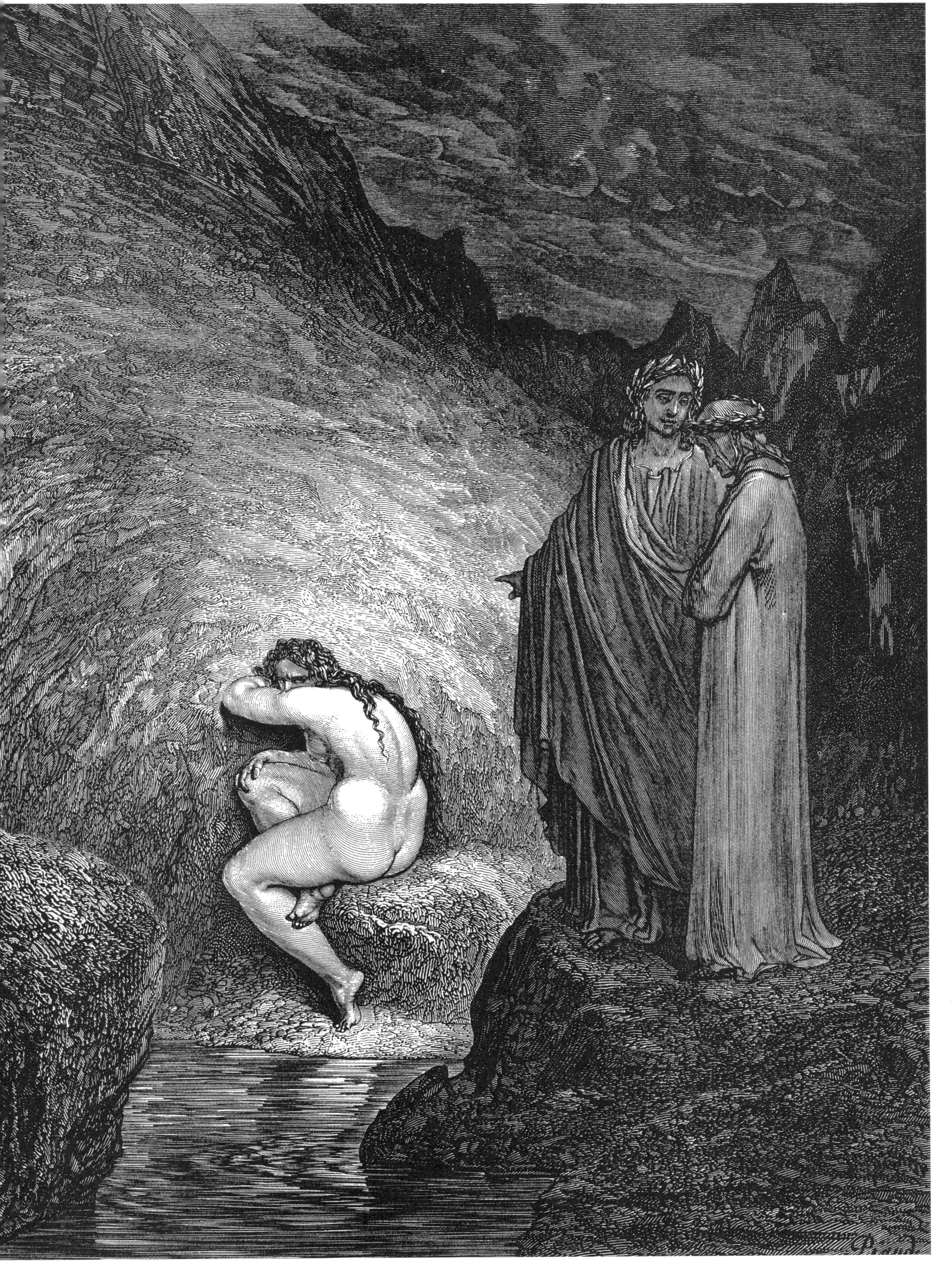

我的向导向他说："愚蠢的鬼魂，你还是吹你的号角吧，受到怒气或者其他的激情触动时，你就用它来发泄吧！啊，头脑混乱的鬼魂哪，你在脖子上摸一摸，就会找到那条绑着它的皮带，你看它就斜着挂在你的大胸脯子上。"随后他就对我说："他揭露了他自己；他就是宁录，由于他的邪念世界上不只用一种语言。我们不要理他了，对他说话是白说，因为他什么语言都不懂，正如别人谁都不懂他的语言一样。"

E 'L DUCA MIO VER' LUI: «ANIMA SCIOCCA,
TIENTI COL CORNO, E CON QUEL TI DISFOGA
QUAND' IRA O ALTRA PASSÏON TI TOCCA!».

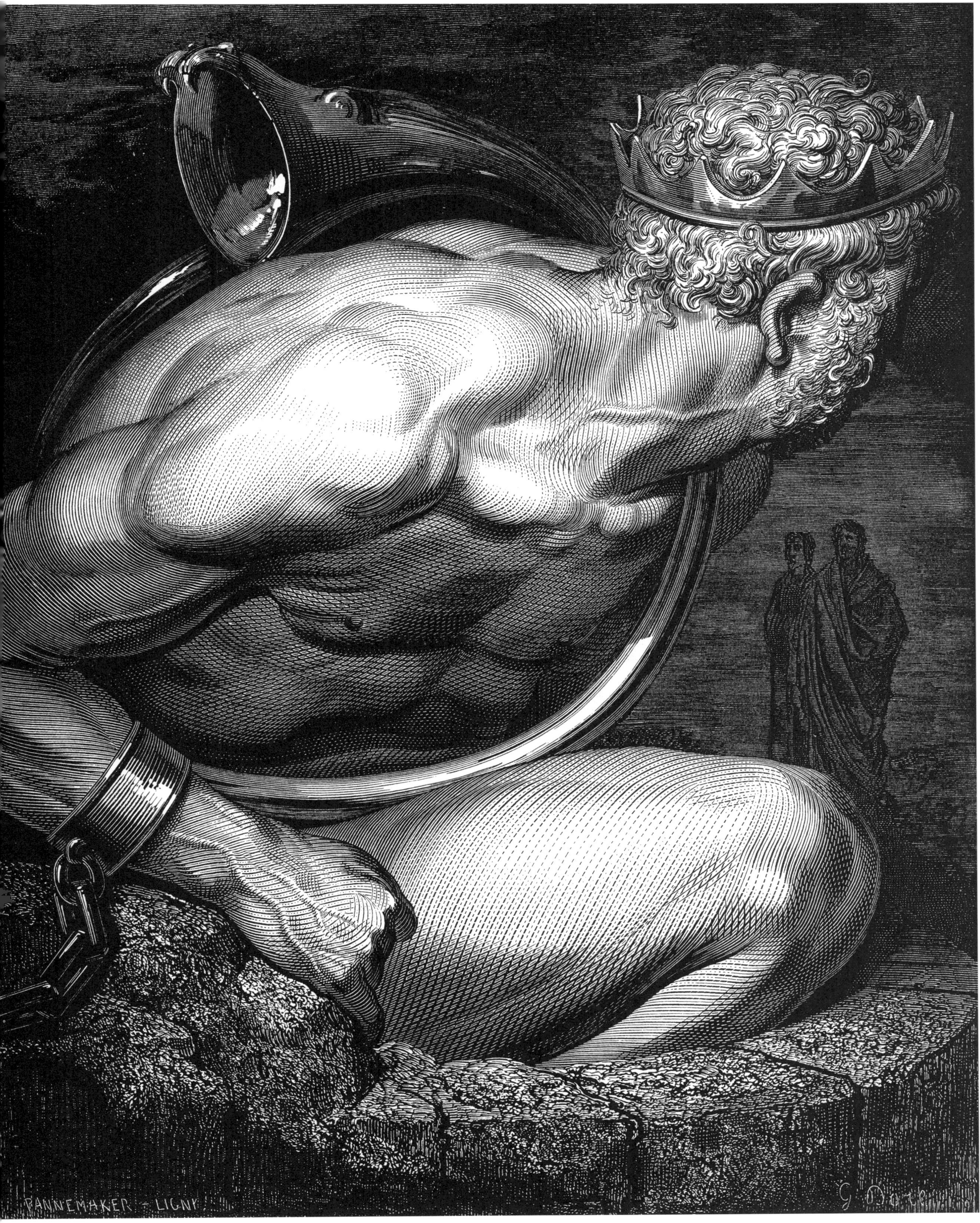
PANNEMAKER - LIGNY

QUESTO SUPERBO VOLLE ESSER ESPERTO
DI SUA POTENZA CONTRA 'L SOMMO GIOVE.

　　他右臂在后，左臂在前，从脖子往下被一条锁链紧紧地捆绑着，这条锁链绕在他身子露着的那部分上竟有五道之多。我的向导说："这个狂妄的巨人想试一试自己的力量同至高无上的朱庇特对抗，因此他得到这样的报酬。他名叫厄菲阿尔特斯，当巨人们使众神害怕时，他做出了巨大的努力。那时他挥动的两臂，如今再也不能动了。"

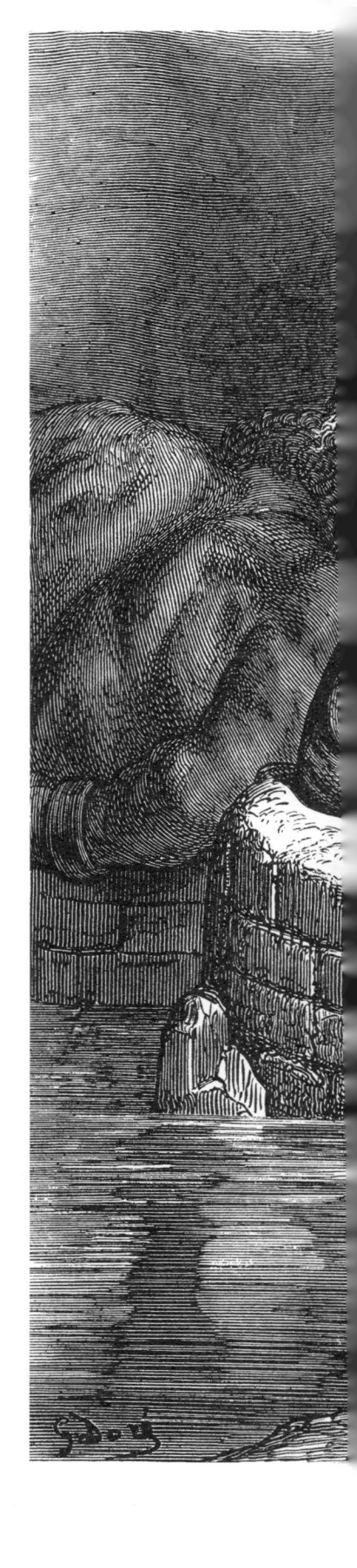

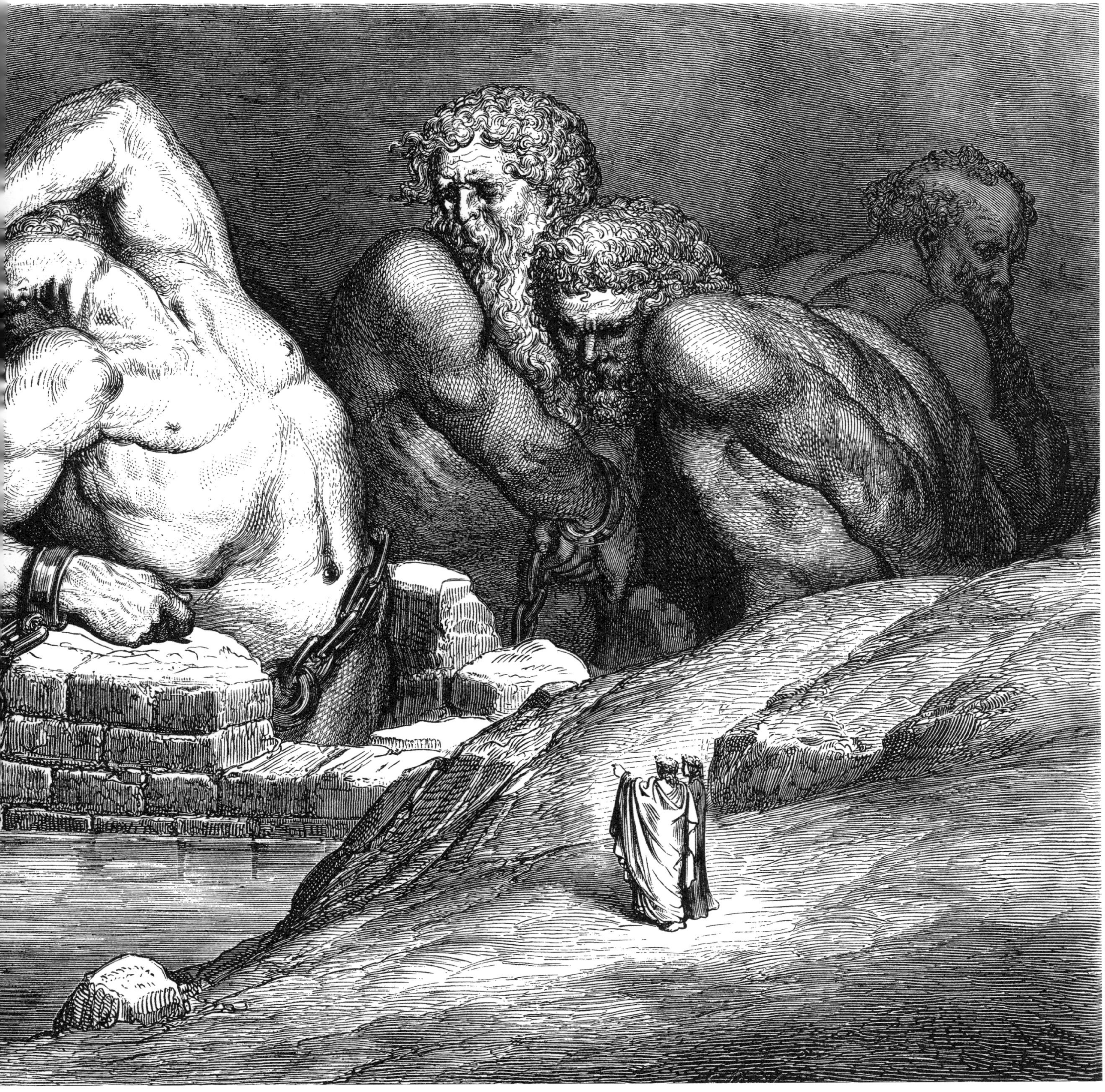

维吉尔感到自己被那两只手抱住时，对我说："你到这儿来，我好抱住你。"随后就使他和我合成了一捆。如同从倾斜的一面仰望卡里森达斜塔，当一片浮云朝着和倾斜方向相反的方向飘过塔上时，觉得那塔就要倒下来似的，当我注意看着安泰俄斯弯身时，也有同样的感觉，那一瞬间如此可怕，我真想走另一条路。但他轻轻地把我们放到那吞没了卢奇菲罗和犹大的地狱底层，没有这样弯着身子在那儿停留，却像船上竖起桅杆一般挺起身来。

Ma lievemente al fondo che divora
Lucifero con Giuda, ci sposò.

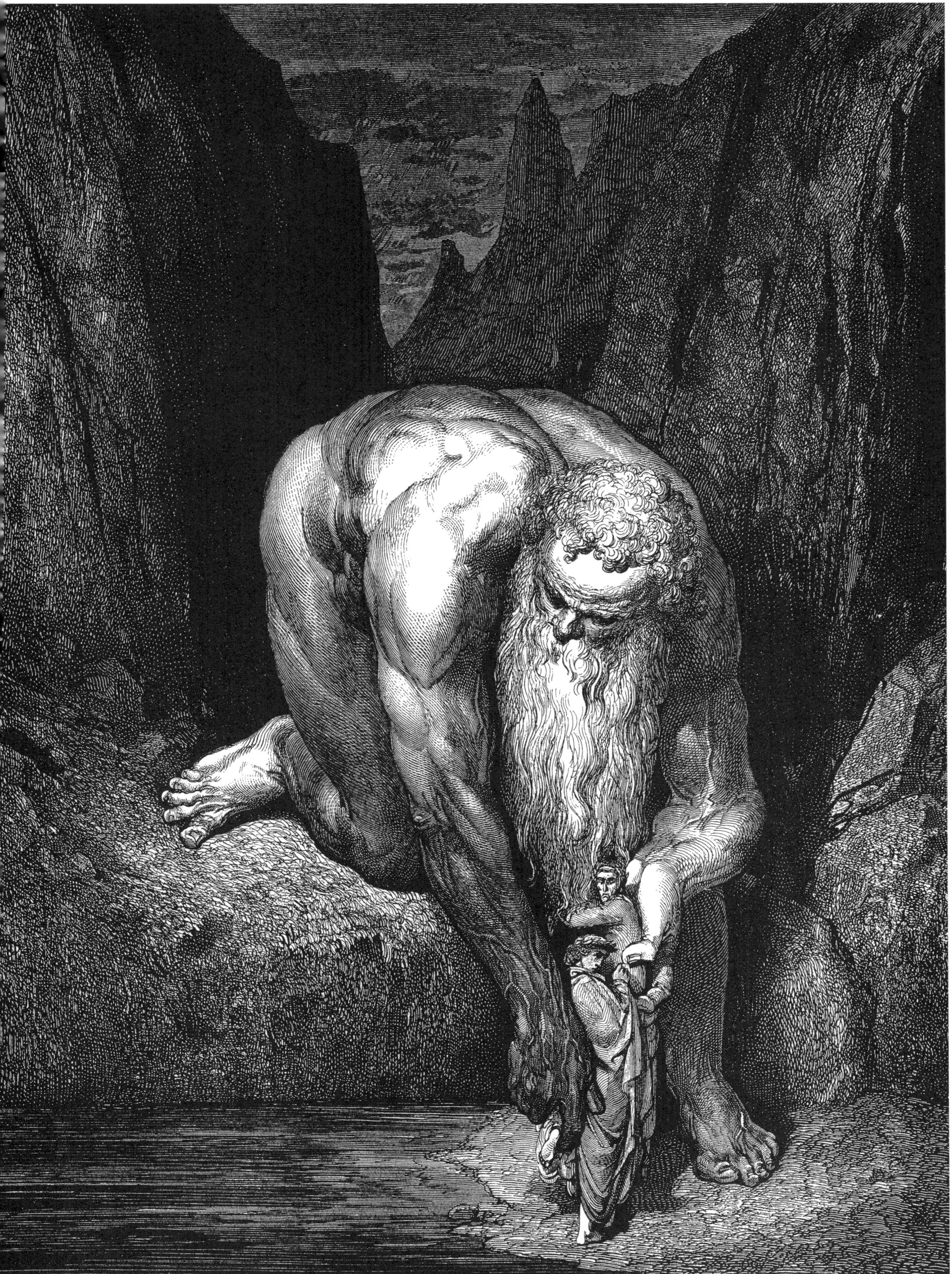

136

啊，你们这些比所有其他的人更不幸生下来的，你们这些被罚在这里受苦的罪人哪，你们当初在世上倒不如是绵羊或者山羊好！当我们下到黑洞洞的井里，站在比巨人脚下还低得多的地方，我仍在仰望四周的高墙时，我听见有人对我说："你走路要留神：注意你的脚掌不要踩在疲惫不堪的可怜的兄弟们的头上。"我随后就转过身来，只见我面前和脚下是一个湖，湖面由于严寒看起来像玻璃而不像水。

DICERE UDI'MI: «GUARDA COME PASSI:
VA SÌ, CHE TU NON CALCHI CON LE PIANTE
LE TESTE DE' FRATEI MISERI LASSI».

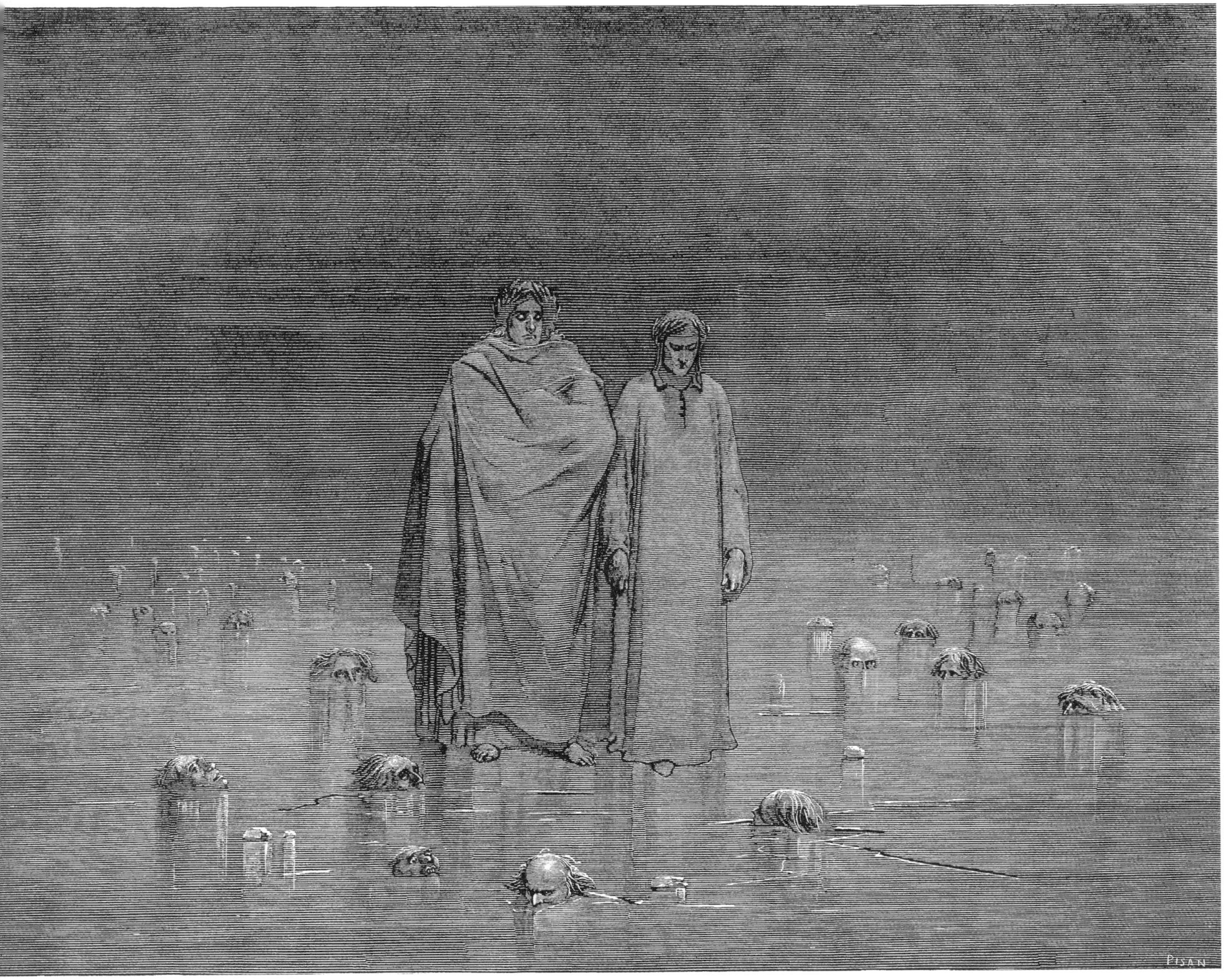
PISAN

他对我说:"我所希望的正好相反。离开这里吧,别再缠磨我啦,因为你根本不懂得怎样在这深渊里说谄媚奉承话。"随后,我就揪住他脖颈子上的头发,说:"你一定得说出你的名字,不然,我就不让你这上面的头发留下一根。"接着,他就对我说:"即使你把我的头发拔光,我也不告诉你我是谁,即使你在我的头上跺一千下,我也不会向你暴露我是谁。"

ALLOR LO PRESI PER LA CUTICAGNA
E DISSI: «EL CONVERRÀ CHE TU TI NOMI,
O CHE CAPEL QUI SÙ NON TI RIMAGNA».

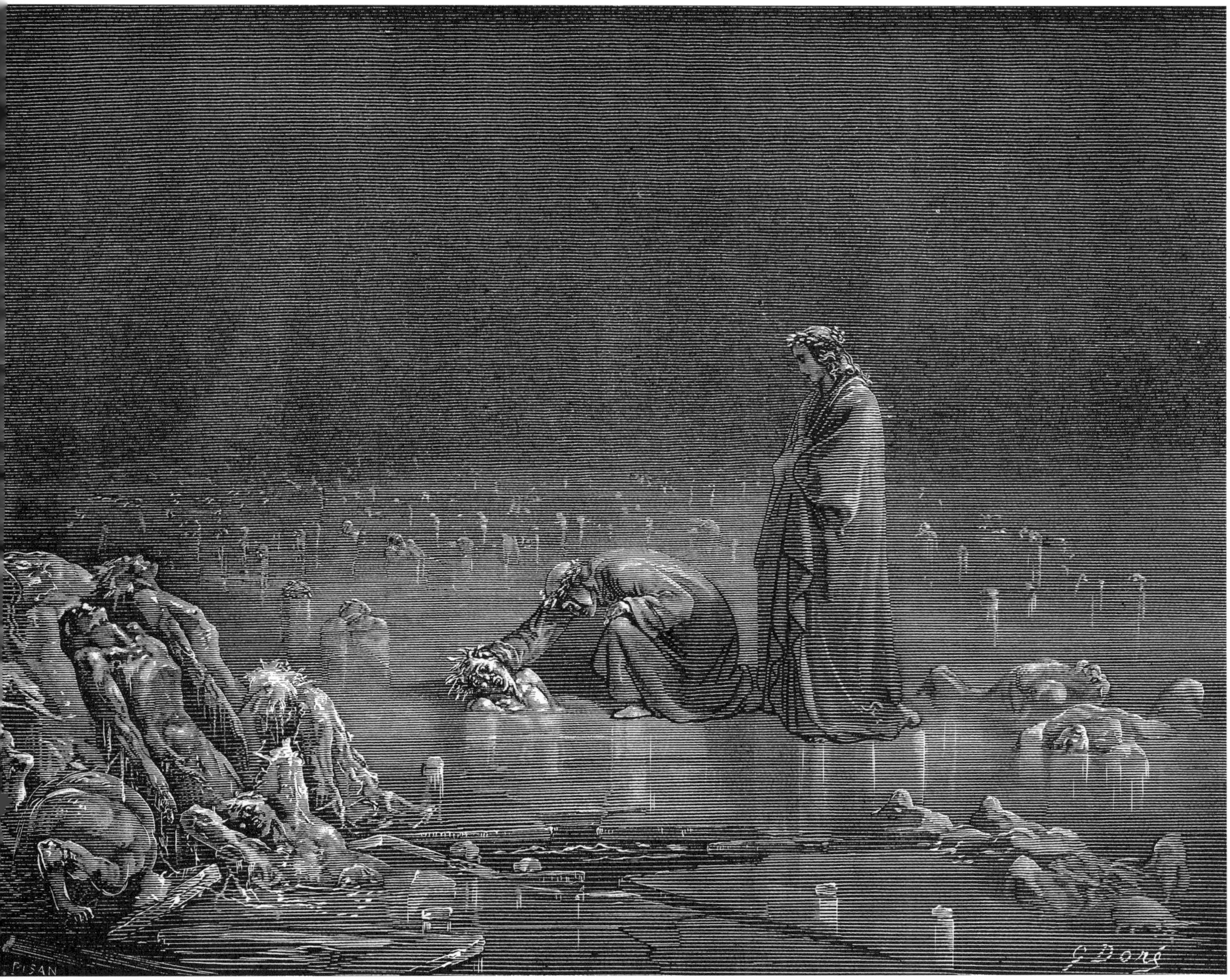
PISAN
G. Doré

140

E COME 'L PAN PER FAME SI MANDUCA,
COSÌ 'L SOVRAN LI DENTI A L'ALTRO POSE
LÀ 'VE 'L CERVEL S'AGGIUGNE CON LA NUCA.

　　当我们离开了他再往前走去时，我看到两个鬼魂冻结在一个冰窟窿里，彼此那样贴近，使得一个的头成为另一个的帽子；上面那个的牙齿咬着下面那个的脑袋和脖颈子相连接的地方，就像人饿了吃面包时那样；他狠狠地啃那个人的脑壳和其他部分，样子和提德乌斯在盛怒之下咬梅纳利普斯的太阳穴没有什么不同。

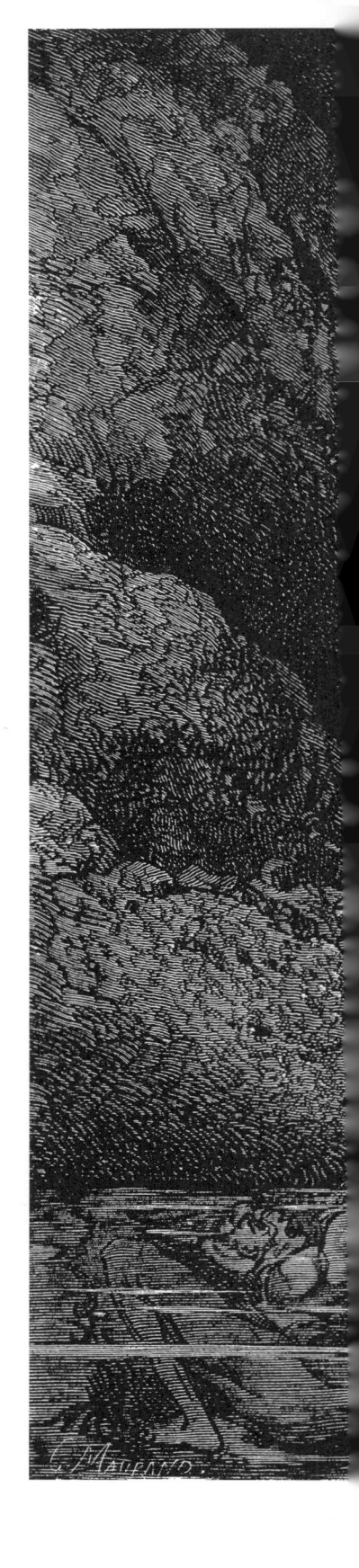

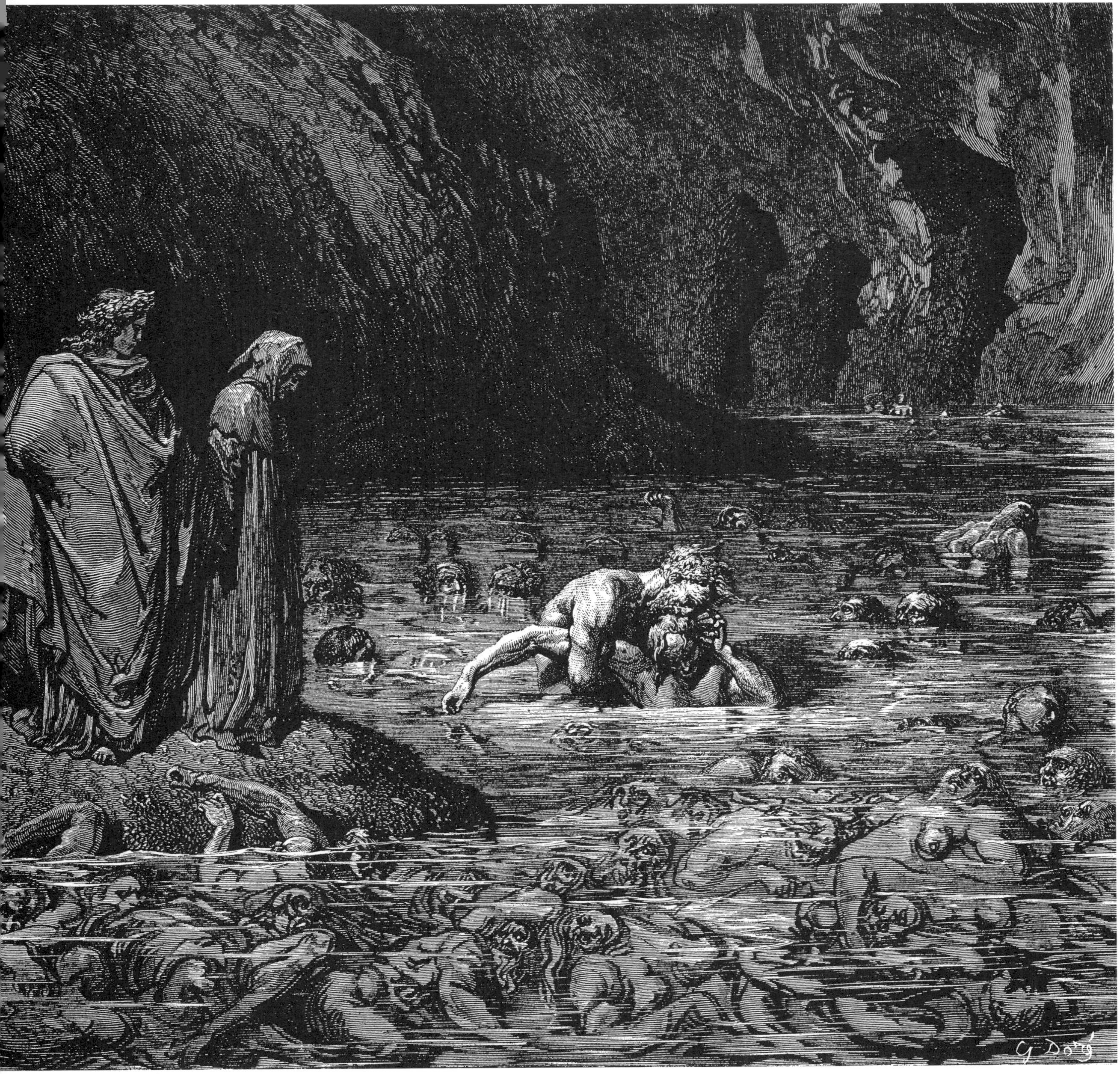
G. Doré

142

当一丝微弱的光线射进悲惨的牢狱,我从他们四个的脸上看到了我自己的面容时,我悲痛得咬我的双手;他们以为我这样做是为食欲所驱使,顿时站起身来,说:"父亲,假如你吃了我们,那给我们的痛苦会少得多:你给我们穿上了这可怜的肉体的衣服,你就把它剥去吧!"于是,我就极力镇静下来,为的不使他们更加悲痛。

Queta'mi allor per non farli più tristi.

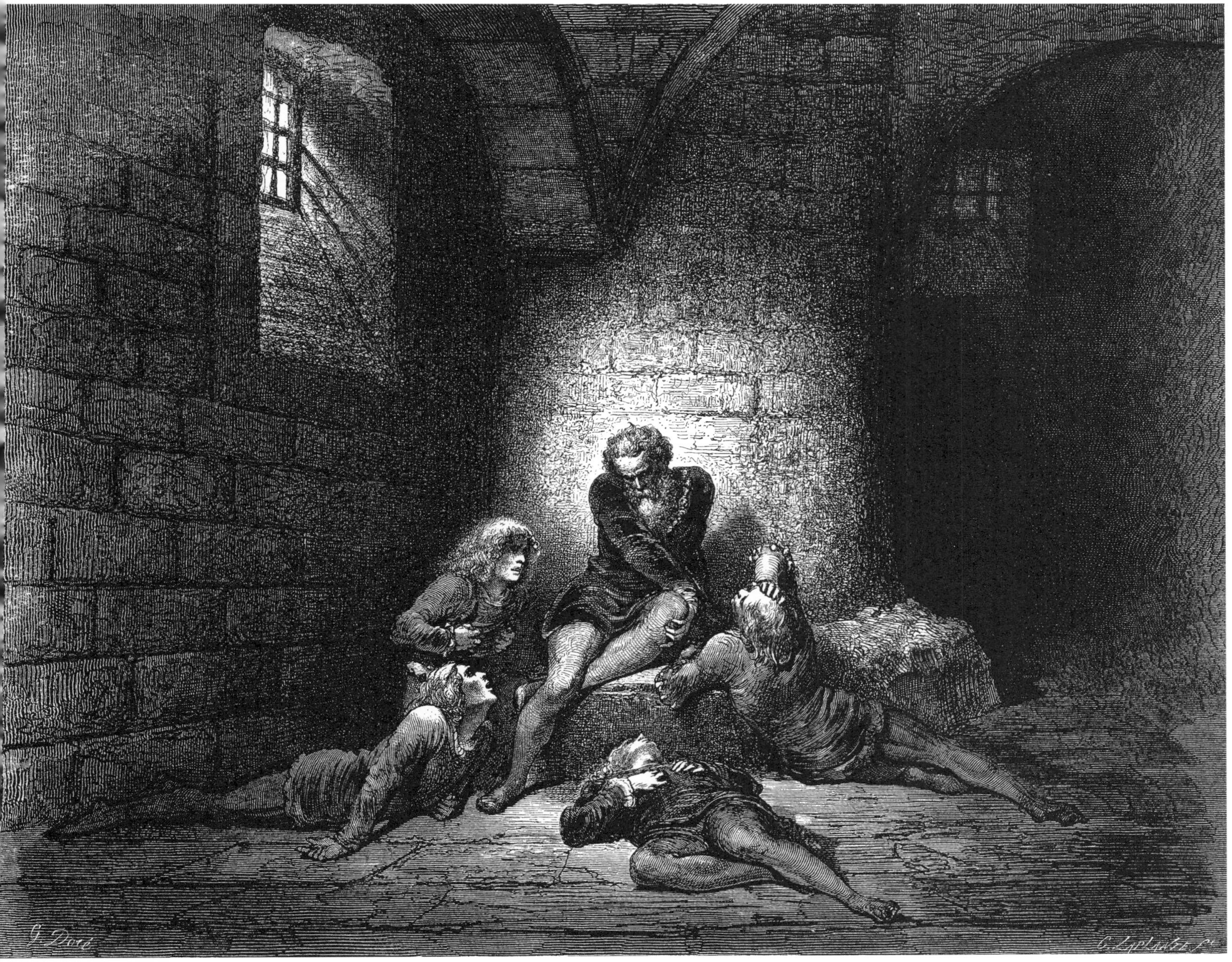

144

那一天和下一天，我们都一直默默无言。啊，冷酷的大地呀，你为什么不裂开呀？我们到了第四天后，伽多直挺挺地倒在我脚下，说："我的父亲哪，你为什么不帮助我呀？"他就死在那儿了；就像你现在看见我一样，我看见那三个在第五和第六天之间一个一个倒下了。

Poscia che fummo al quarto dì venuti,
Gaddo mi si gittò disteso a' piedi,
dicendo: «Padre mio, ché non m'aiuti?».

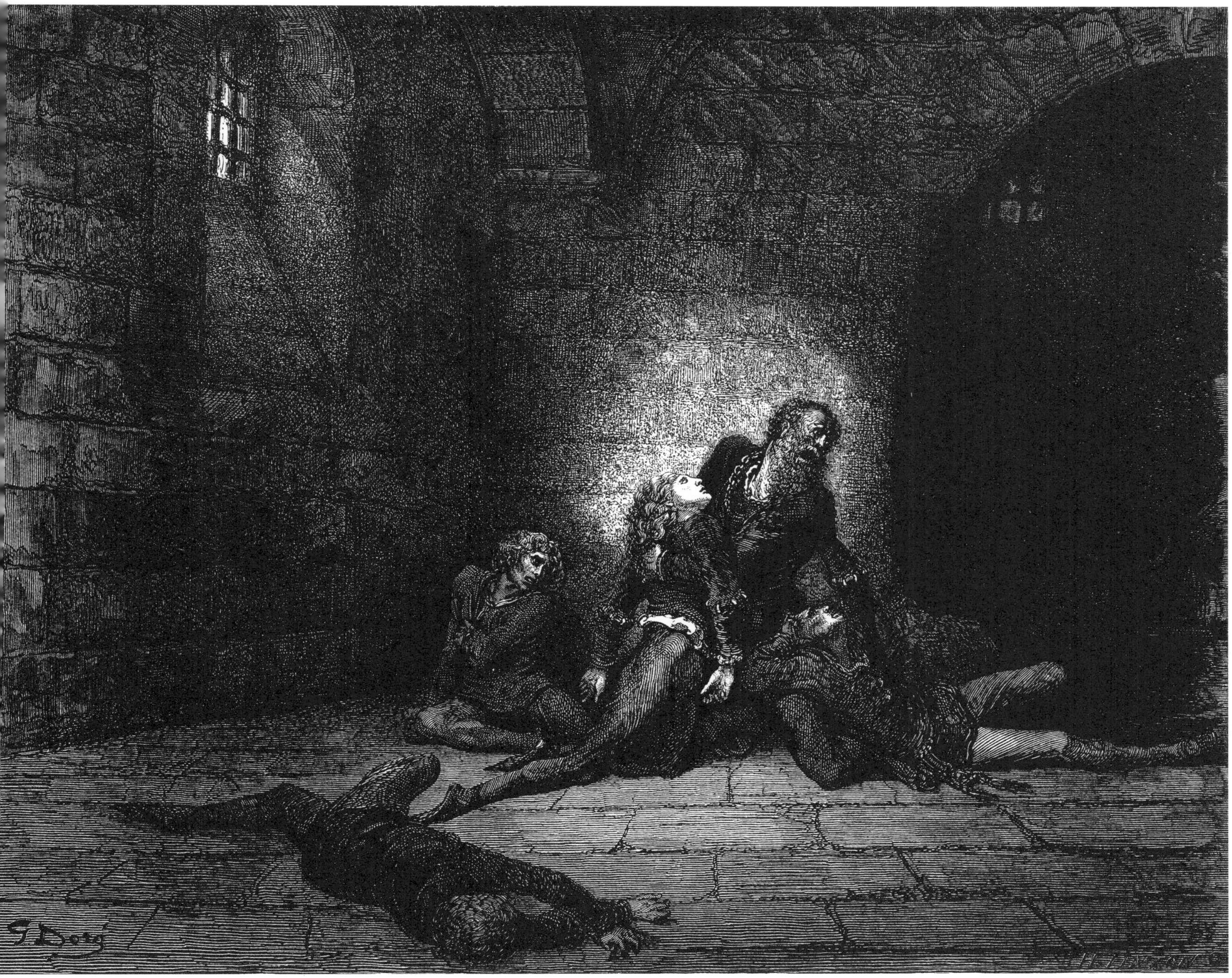
G. Doré

146

"那时，我的眼睛已经失明，就在他们身上摸索起来，在他们死后，叫了他们两天。后来，饥饿就比悲痛力量更强大。"

他说了这番话后，就斜着眼重新用牙咬住那个不幸的脑壳；他的牙咬在头骨上就像狗牙那样厉害。

POSCIA, PIÙ CHE 'L DOLOR, POTÉ 'L DIGIUNO.

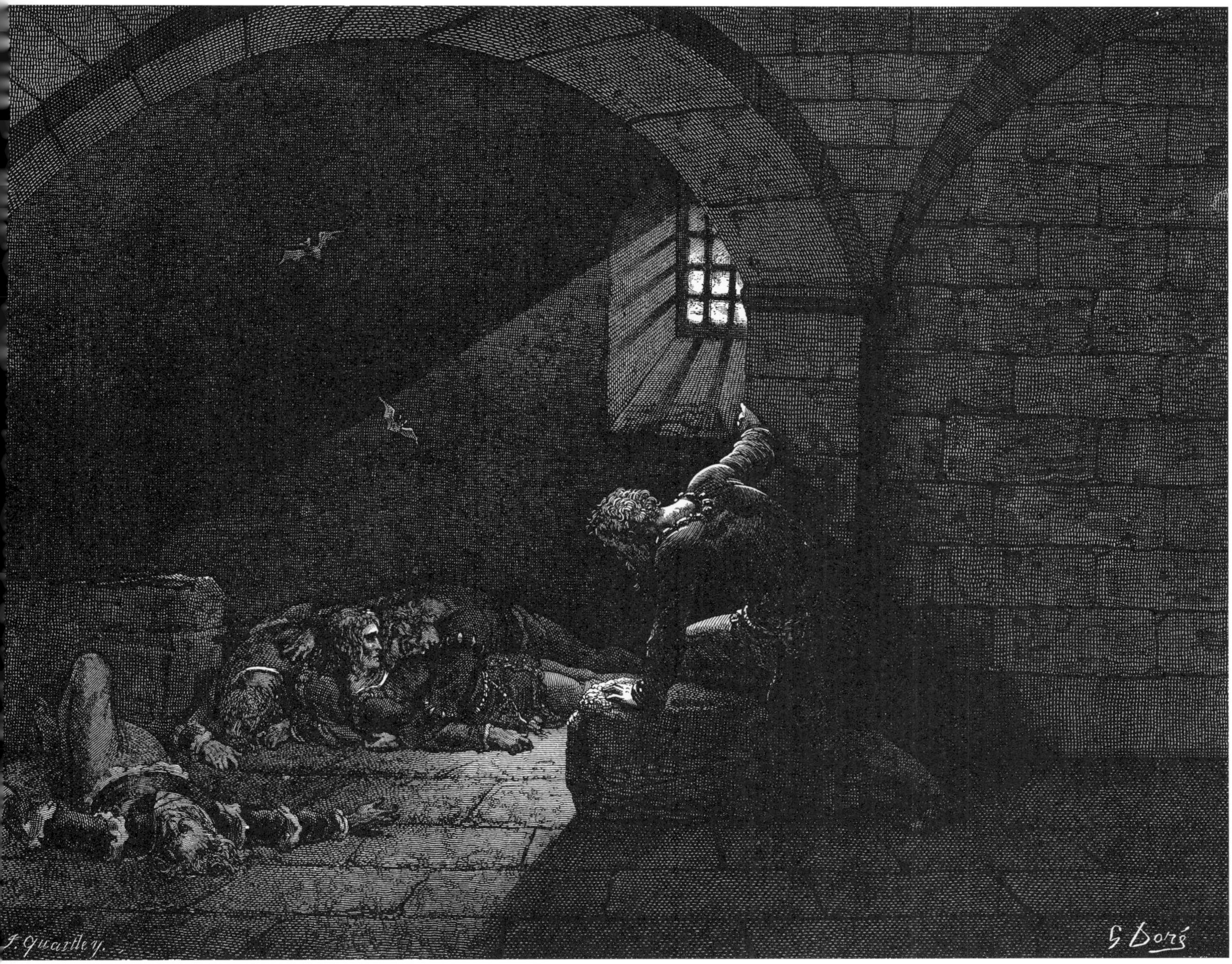

J. Quartley.
G. Doré

那里的鬼魂都全身被冰层所覆盖，透过冰层看起来如同玻璃中的麦秆一般。有的躺着；有的头朝上；有的脚朝上直立着；有的身子弯曲得脸都够着了脚，像一张弓似的。

当我们已经向前走了一段路，我的老师认为便于指给我看那个原先容貌那样美的造物时，他就从我面前闪过，让我站住，说："你看这就是狄斯，你看这就是你须用大无畏精神武装自己的地方。"

«Ecco Dite», dicendo, «ed ecco il loco ove convien che di fortezza t'armi».

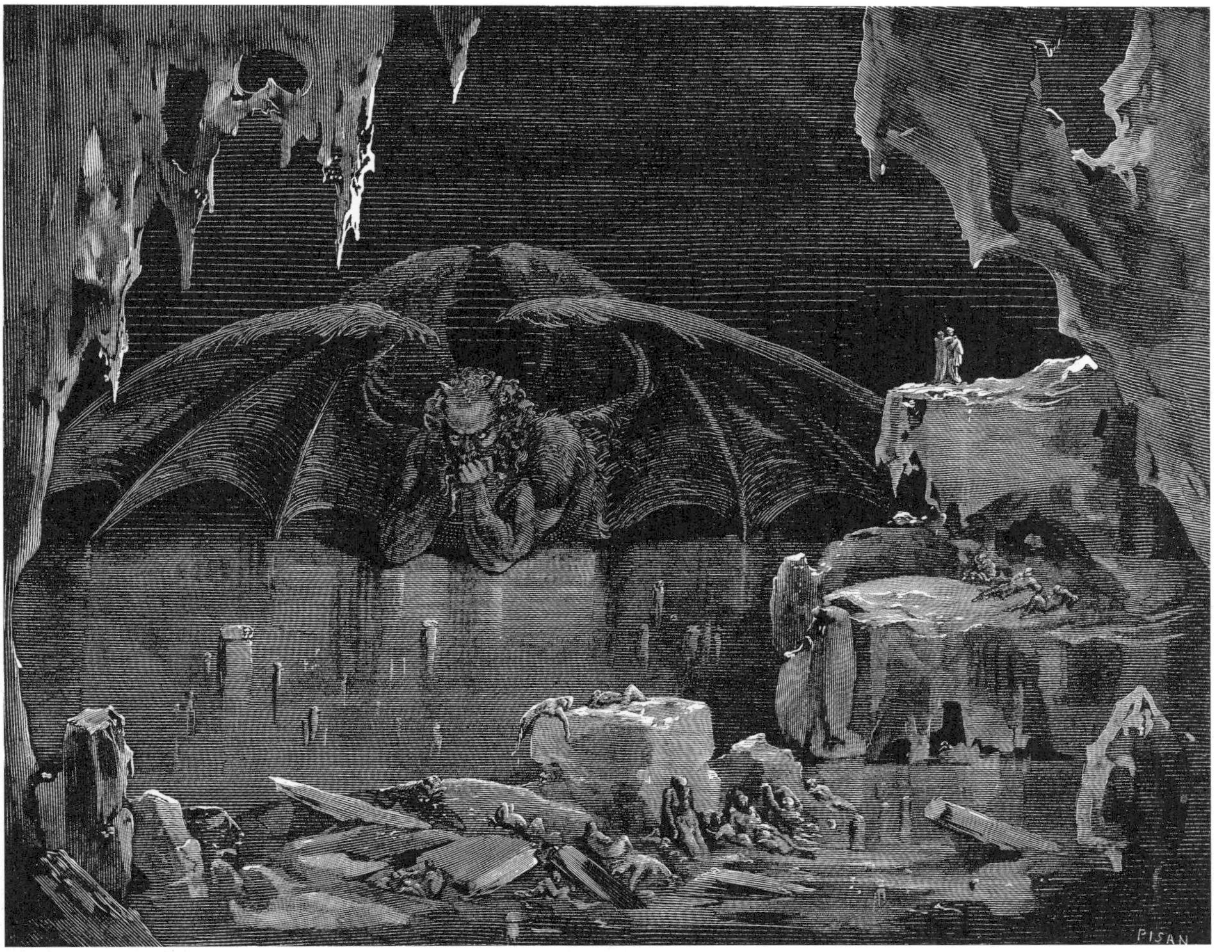
PISAN

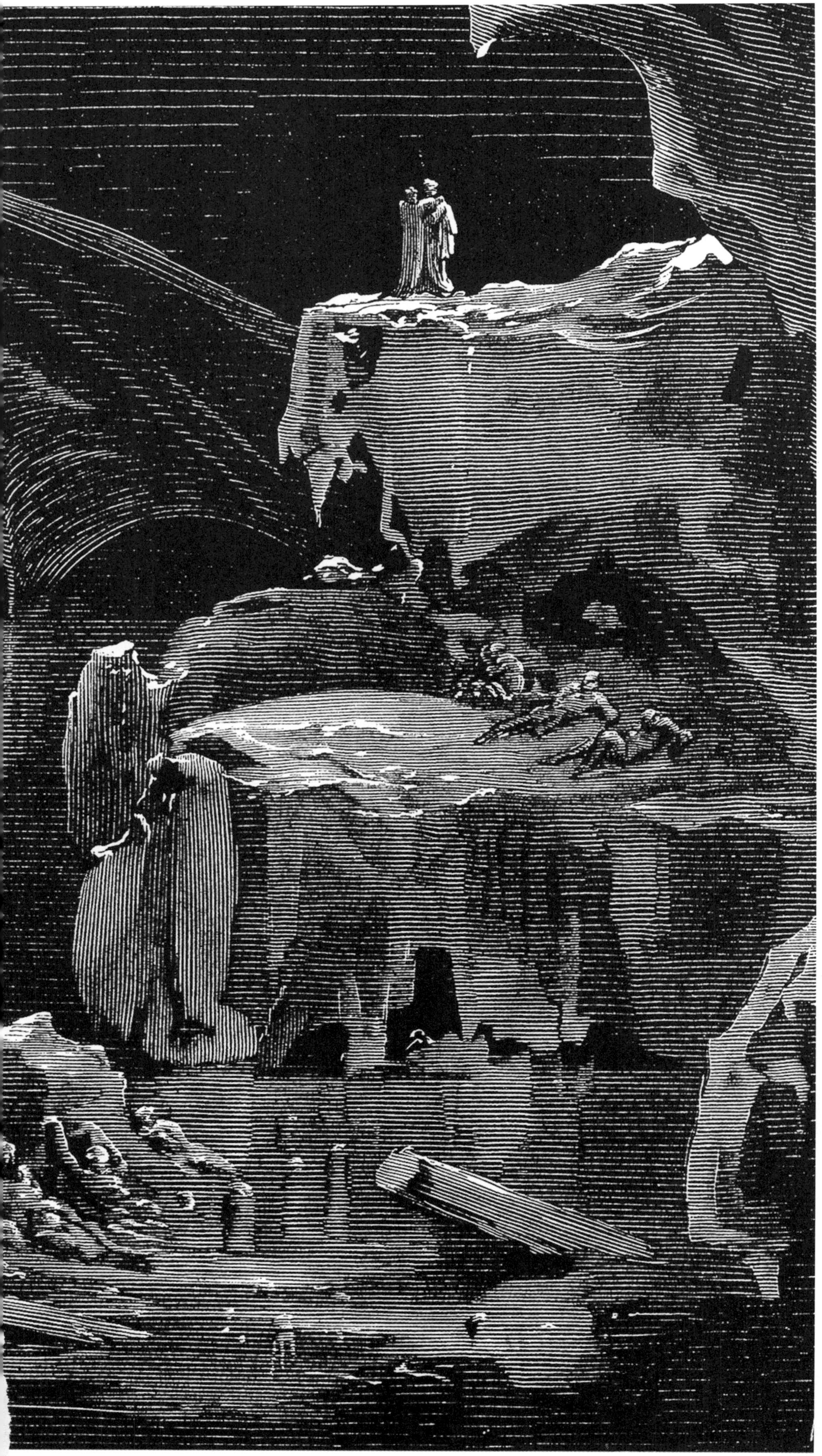

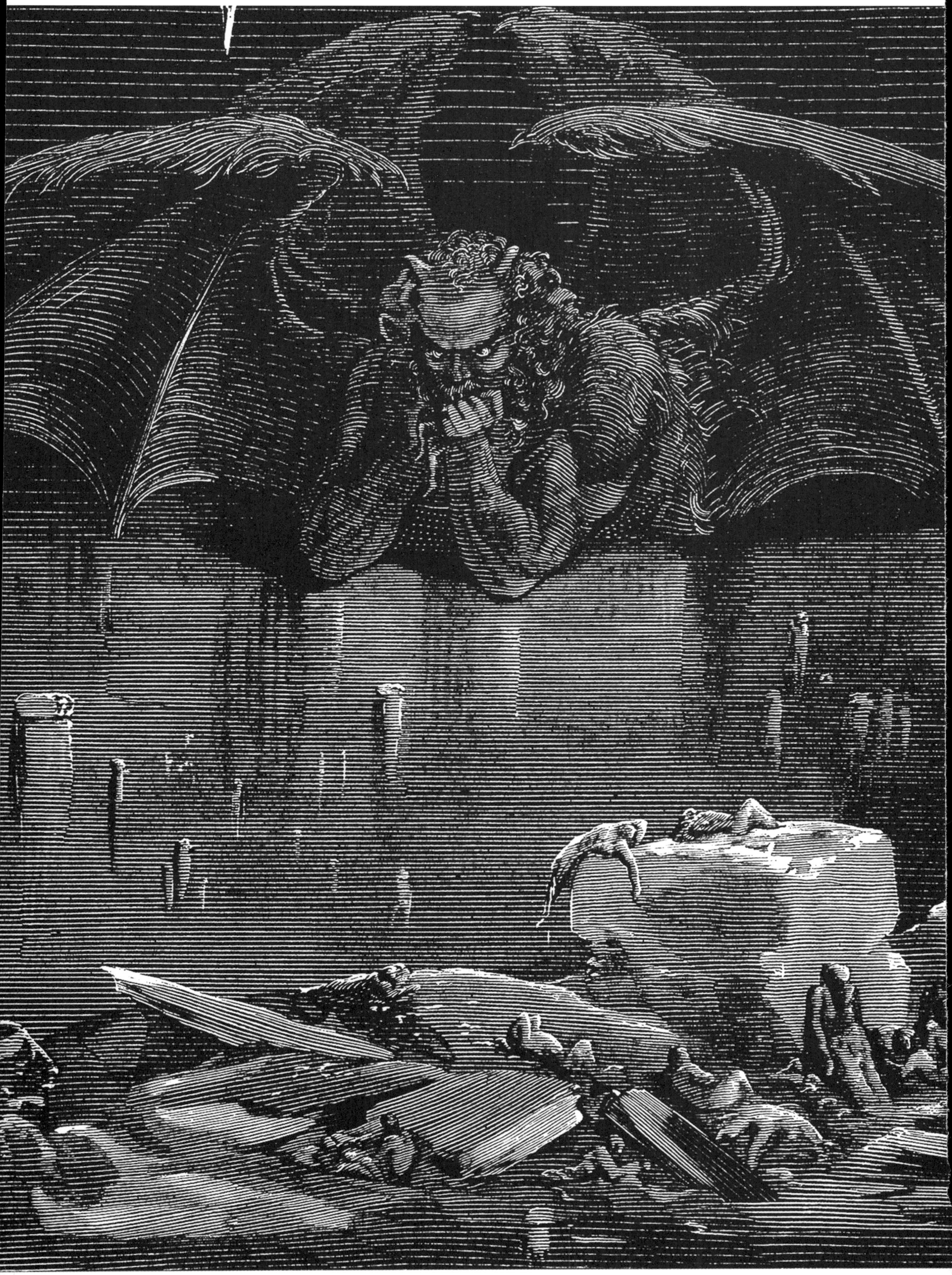

下面那里有一个地方，这个地方距离别西卜和他的坟墓的长度相等，我们发现了这个地方，不是由于看到了它，而是由于听到了一条小河的水声，这条小河河道迂回曲折，坡度不大，从它侵蚀成的一个石穴中流到那里。我的向导和我开始顺着那条隐秘的道路返回光明的世界去。

LO DUCA E IO PER QUEL CAMMINO ASCOSO
INTRAMMO A RITORNAR NEL CHIARO MONDO.

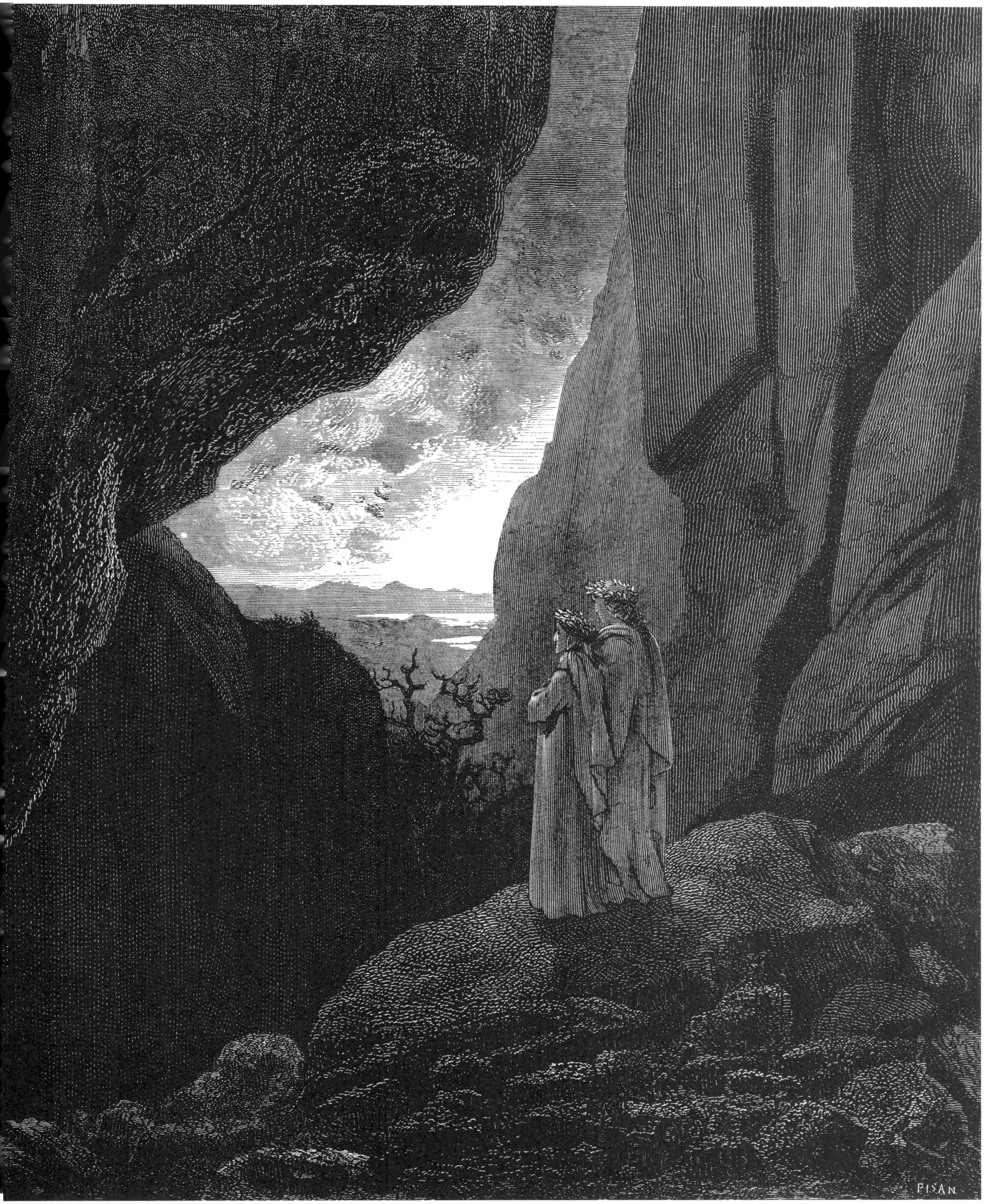
PISAN

152

　　我们一会儿都不想休息，就向上攀登，他在前面我在后面，一直上到我从一个圆形的洞口见到了天上罗列着的一些美丽的东西。我们从那儿走出去，重新见到了群星。

E QUINDI USCIMMO A RIVEDER LE STELLE.

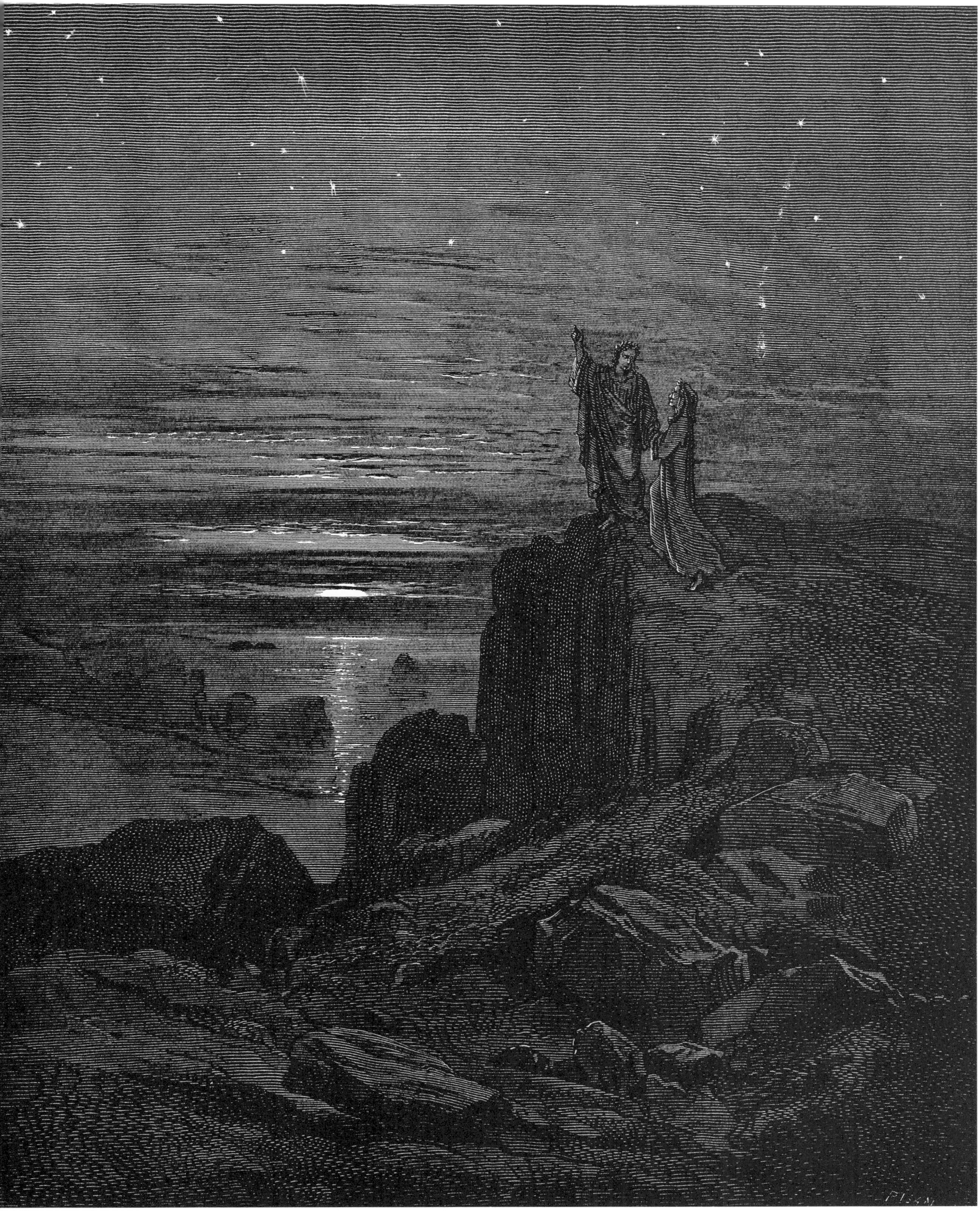

炼狱篇
PURGATORIO

我刚一走出了使我伤心惨目的死亡气氛,凝聚在直到第一环都明净无云的天空上那种东方蓝宝石般柔和的颜色,就顿时使我的眼睛重新感到愉快。那颗引起爱情的美丽的行星使整个东方都在微笑,把尾随着它的双鱼星遮住。我向右转身,注视另一极,看到四颗除了最初的人以外谁都未曾见过的明星。天空似乎由于它们的光芒而显得喜气洋洋:啊,北方的陆地呀,自从你失去了能看见它们的眼福后,你是多么空虚呀!

LO BEL PIANETO CHE D'AMAR CONFORTA
FACEVA TUTTO RIDER L'ORÏENTE,
VELANDO I PESCI CH'ERANO IN SUA SCORTA.

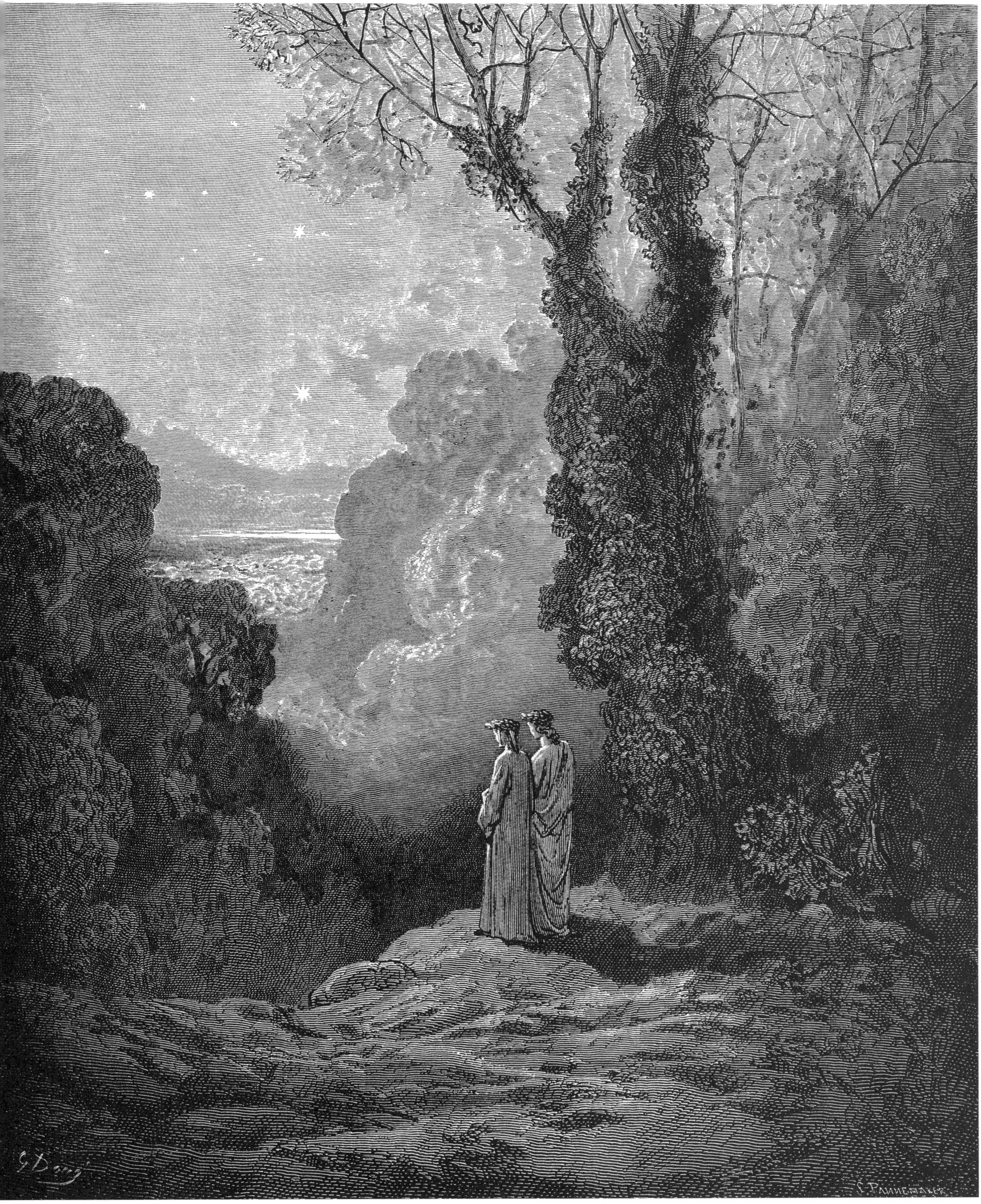
G. Doré
S. PANNEMAKER

我刚一停止注视它们，把身子稍微转向大熊星已经隐没的另一极时，就瞥见一位老人独自站在我面前，他的容貌看来是那样值得人对他毕恭毕敬，就连儿子对父亲应有的尊敬都比不上它。他的胡须很长，和两绺垂到胸前的头发一样花白。那四颗神圣的明星的光芒把他的面孔照耀得那样发亮，我看他就好像太阳在前面一般。

VIDI PRESSO DI ME UN VEGLIO SOLO,
DEGNO DI TANTA REVERENZA IN VISTA,
CHE PIÙ NON DEE A PADRE ALCUN FIGLIUOLO.

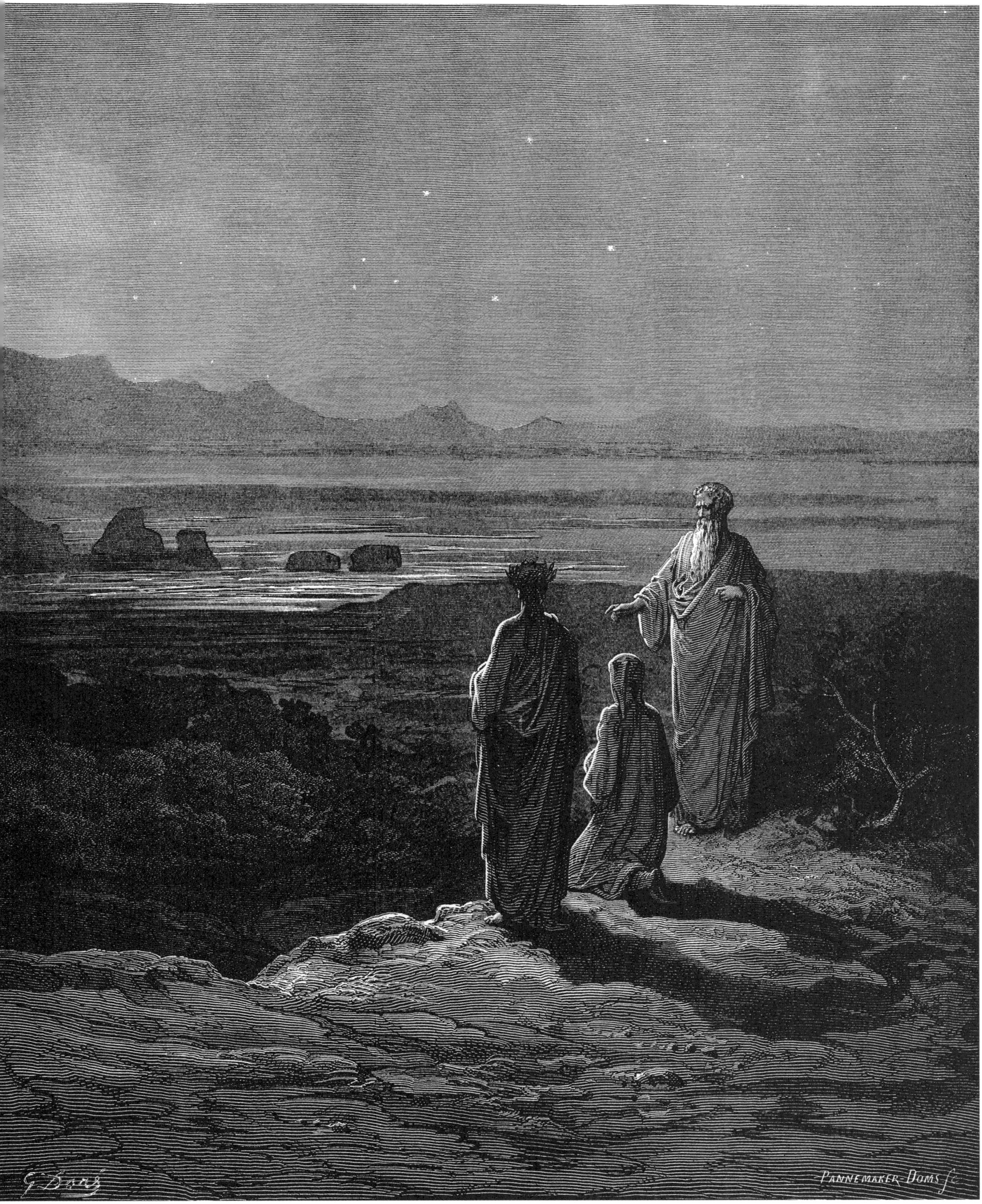
G. Doré
PANNEMAKER-DOMS sc.

我的老师仍然没有说话，直到最初的白东西显出是翅膀来；当他明确认出这位舵手后，他就喊道："赶快，赶快跪下。你看，那是上帝的天使，双手合掌吧，今后你还会见到这样的使者。你看，他鄙视人间的工具，所以他在相隔如此遥远的两岸之间航行不要桨，也不要帆，而把自己的翅膀做帆。你看，他把翅膀向天翘起，用他的永恒的羽毛划破空气，这羽毛不像尘世间的羽毛那样会发生变化。"

Allor che ben conobbe il galeotto, gridò: «Fa, fa che le ginocchia cali. Ecco l'angel di Dio: piega le mani».

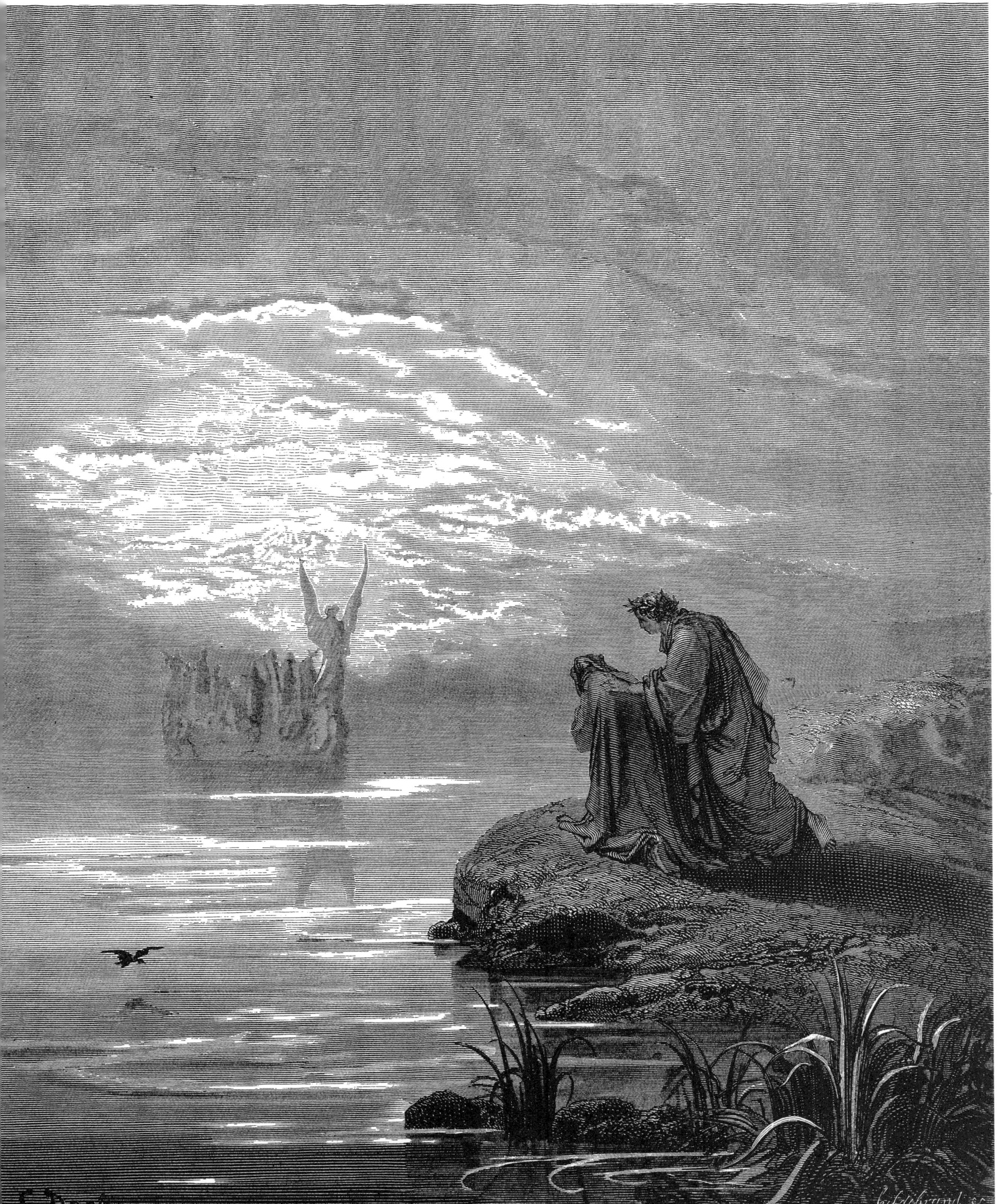
G. Doré

162

他驾着一只船向海岸驶来，船那样轻那样快，一点也不吃水。船尾上站着这位来自天上的舵手，他脸上似乎写着他所享的天国之福；船上坐着一百多个灵魂，他们大家齐声合唱"In exitu de Aegyto"和这一诗篇的全部下文。随后，他向他们画了神圣的十字，于是，他们大家就都跳上海岸，他就像来时那样飞快地离开了。

TAL CHE FARIA BEATO PUR DESCRIPTO.

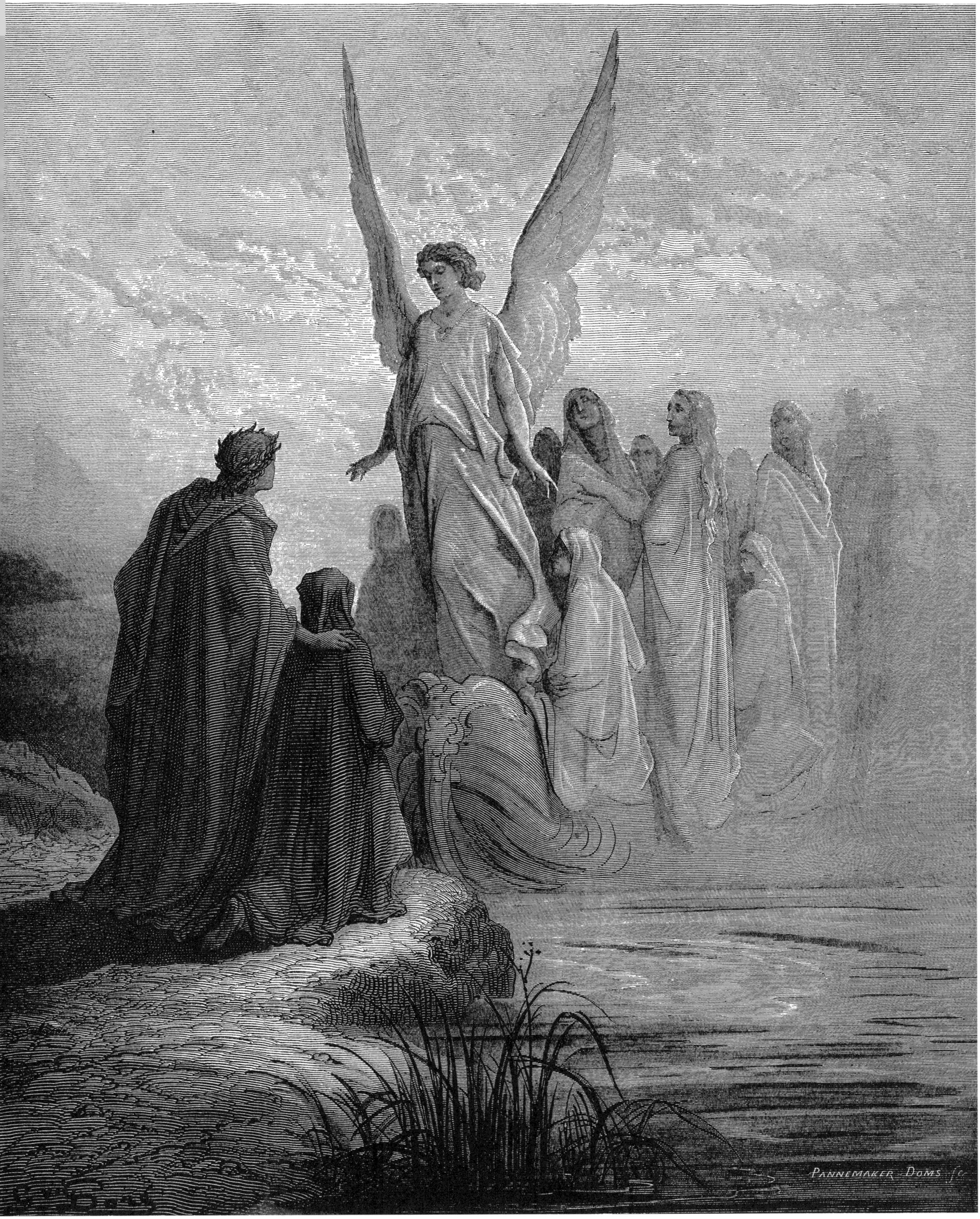
PANNEMAKER DOMS fc.

164

　　当他正在眼睛向着地，心里考虑着路途，我正在仰望那座绝壁周围时，我看到左边有一队灵魂出现，他们移动脚步向我们走来，走得那样慢，仿佛脚步没有移动似的。我说："老师，你抬头看：你瞧，那里有一些人，如果你自己想不出什么办法，他们会给我们出主意的。"于是，他望了一眼，面带宽慰的神情回答说："我们到那里去吧，因为他们来得很慢；亲爱的儿子，你要坚定你的希望。"

DA MAN SINISTRA M'APPARÌ UNA GENTE
D'ANIME, CHE MOVIENO I PIÈ VER' NOI,
E NON PAREVA, SÌ VENÏAN LENTE.

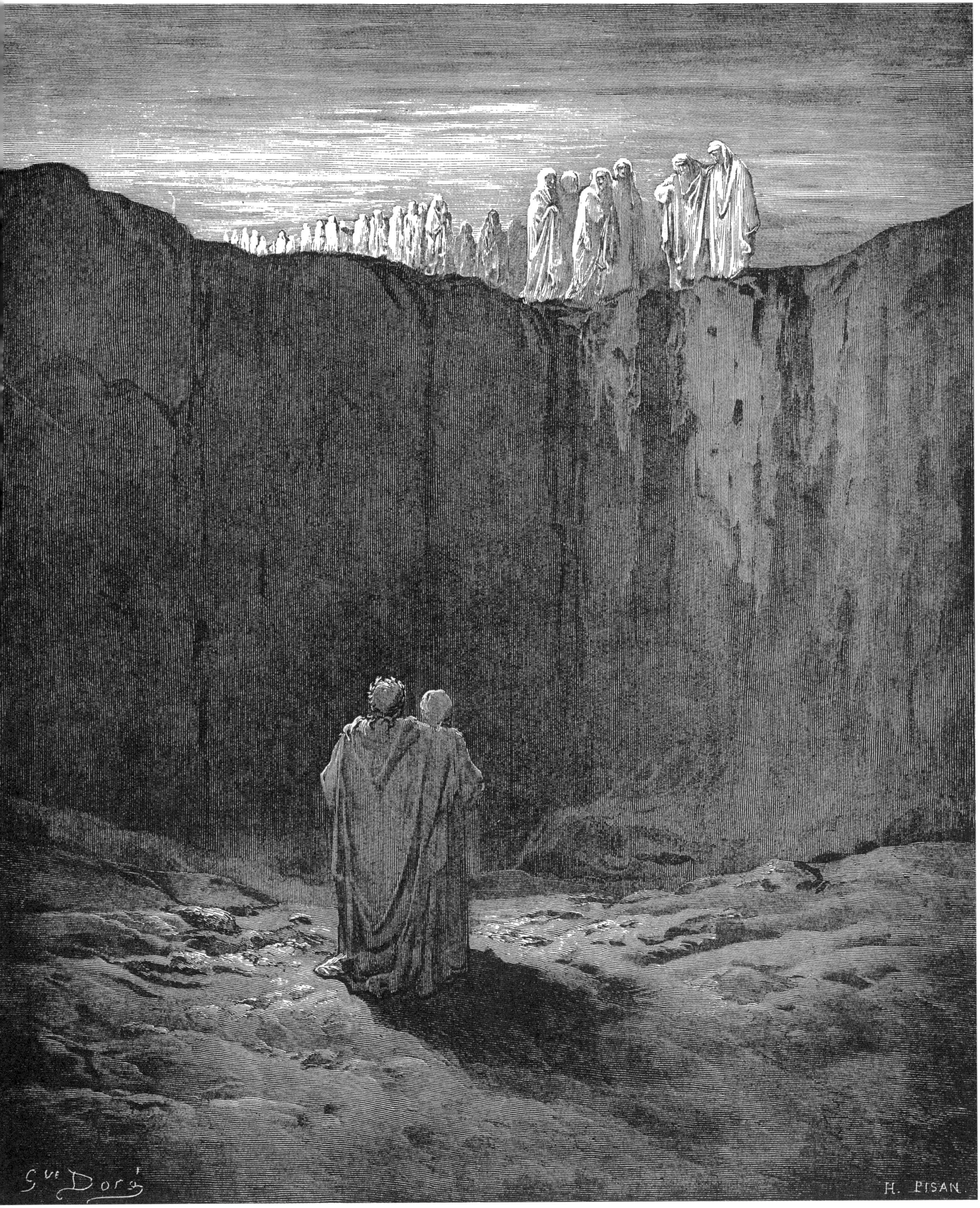
H. PISAN

人们只用脚就能走到圣雷奥，下到诺里，登毕兹曼托哇，并且到达顶峰；但是在这里人们就非得飞不行，我的意思是说，跟随着给予我希望、做我的指路明灯的向导，凭借伟大愿望的矫捷羽翼飞上去。我们从岩石的裂缝里攀登，两边的岩壁紧夹着我们，下边的地面须要手脚一起着地行走。

NOI SALAVAM PER ENTRO 'L SASSO ROTTO,
E D'OGNE LATO NE STRINGEA LO STREMO.

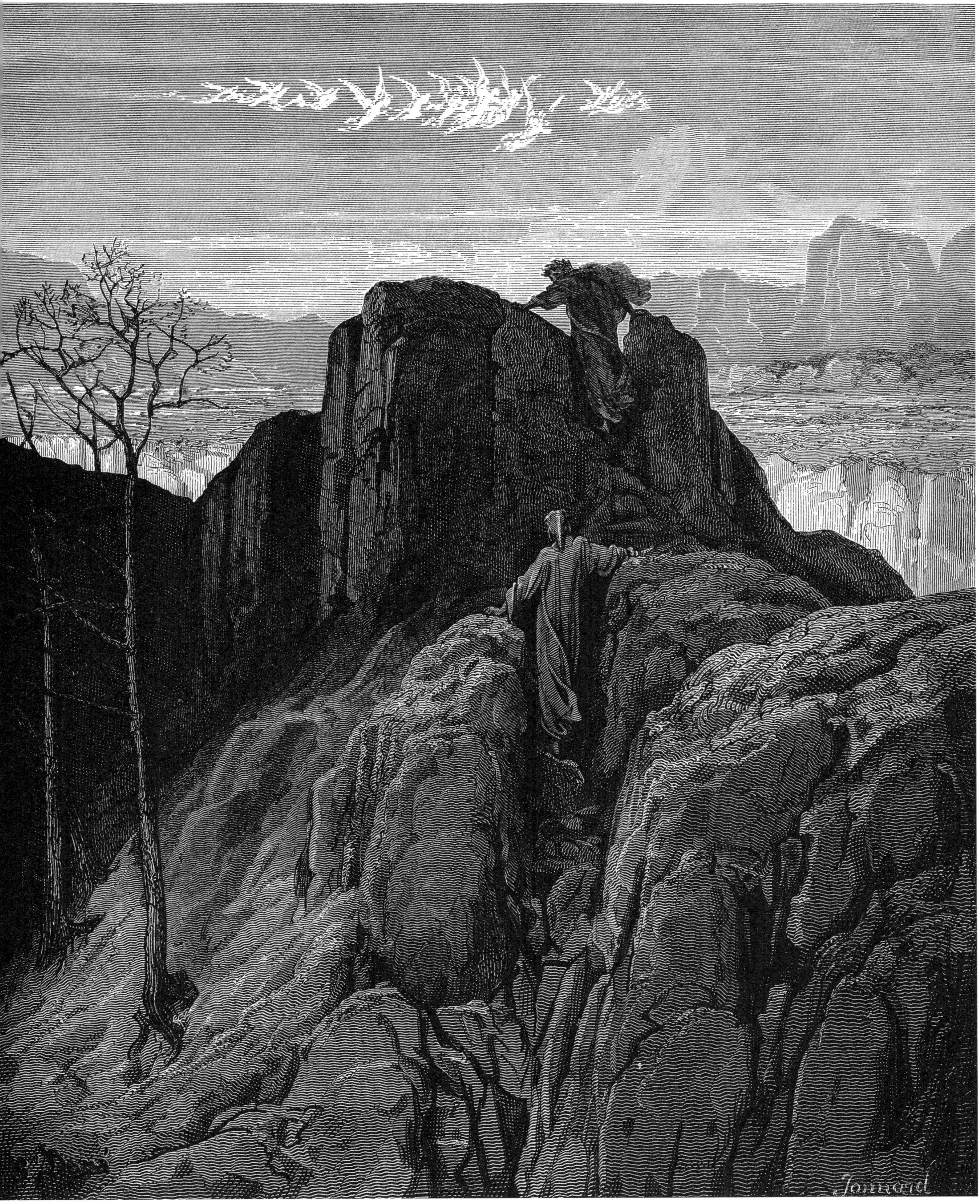
Jonnard

168

　一听到这个声音，我们都转过身来，看到左边有一块他和我都没有注意到的巨大的岩石。我们拖着脚步向那里走去；只见那里有些人坐在岩石后面的阴凉里，如同人们由于懒惰坐下来休息似的。其中的一个似乎很疲倦，抱膝而坐，把头低垂到膝间。

LÀ CI TRAEMMO; E IVI ERAN PERSONE
CHE SI STAVANO A L'OMBRA DIETRO AL SASSO
COME L'UOM PER NEGGHIENZA A STAR SI PONE.

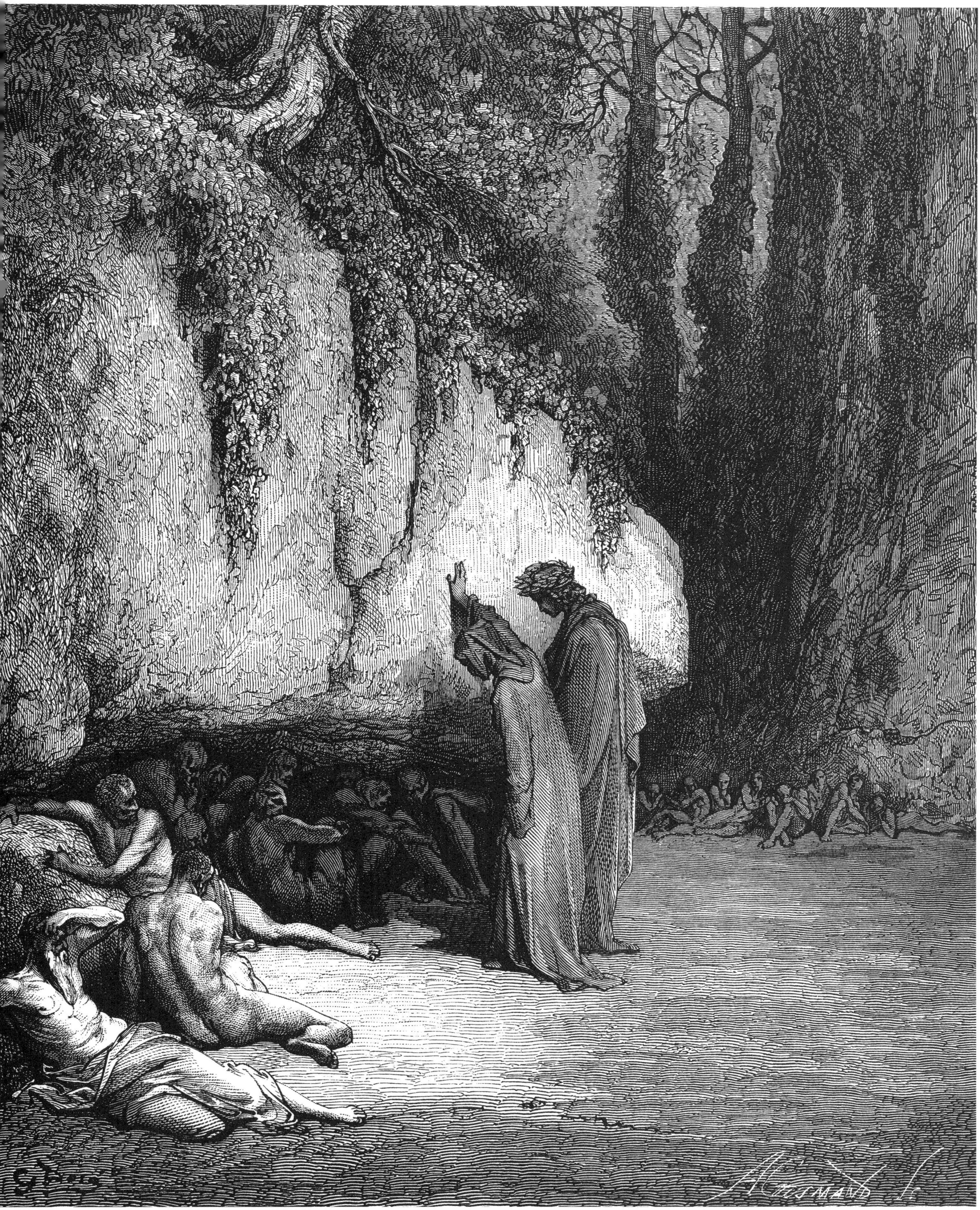

170

在这同时,稍微在我们前面一点,一群人正沿着山坡横着走来,一句一句地唱着"Miserere"。当他们看出我的身体不透光时,就把他们的歌声转变成一声悠长沙哑的"啊!",其中有两个人作为使者跑过来同我们相见,请求我们说:"让我们知道你们的情况吧。"

E 'NTANTO PER LA COSTA DI TRAVERSO
VENIVAN GENTI INNANZI A NOI UN POCO,
CANTANDO 'MISERERE' A VERSO A VERSO.

Pannemaker-Hums

卡森提诺脚下有一条河流过去，名叫阿尔齐亚诺河，它发源于隐士修道院上方的亚平宁山。我喉部受伤后，徒步奔逃，血染原野，来到这条河不再叫这个名字的地方。在那里，我失去了视觉，我的言语以马利亚的名字告终，在那里，我倒下了，只留下我的肉体。我要告诉你实情，你可要在活人中间把它重述。上帝的天使带走我，那个来自地狱的说："啊，你这来自天上的使者呀，你为什么剥夺我？"

L'ANGEL DI DIO MI PRESE, E QUEL D'INFERNO
GRIDAVA: «O TU DEL CIEL, PERCHÉ MI PRIVI?».

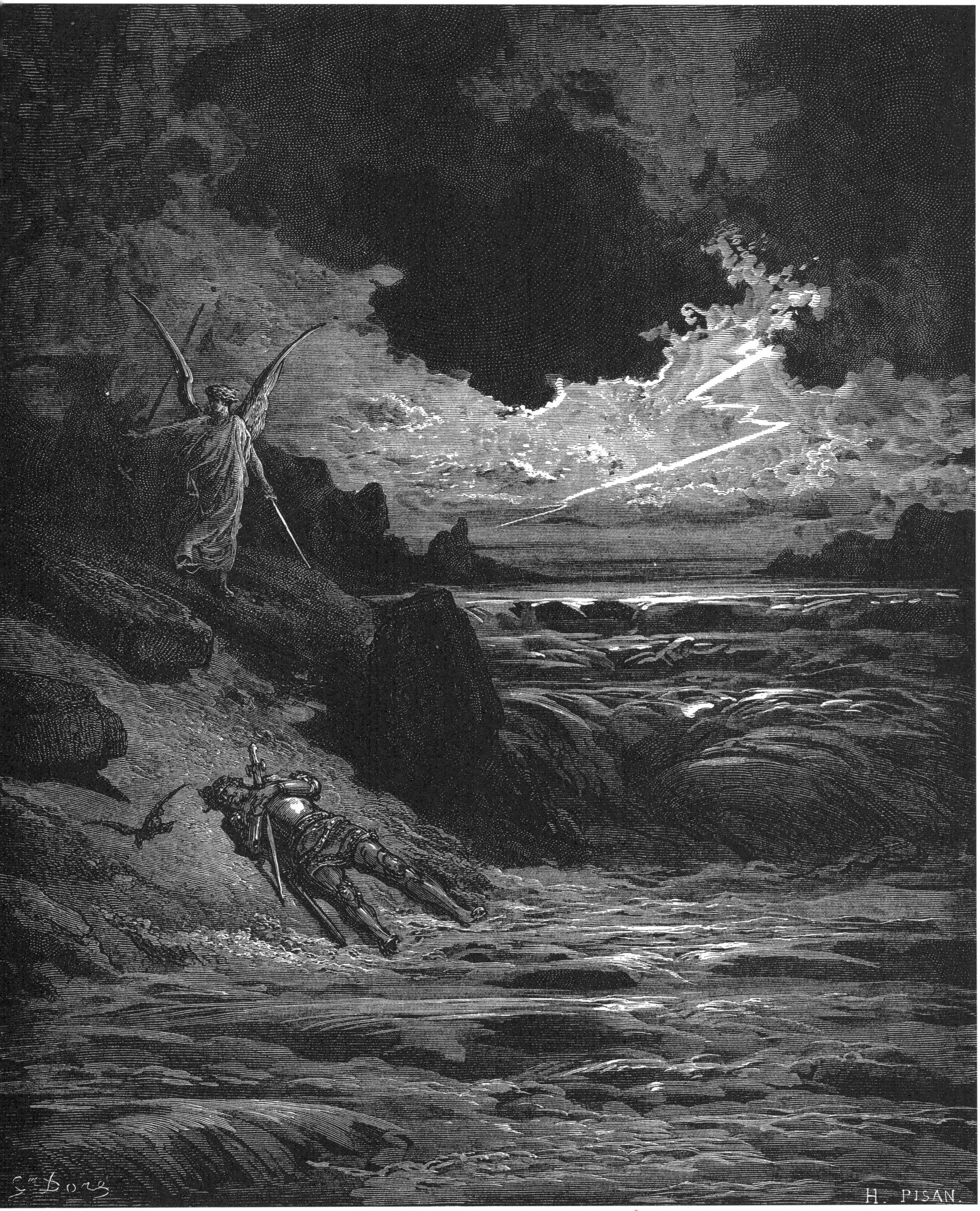
H. PISAN.

第三个灵魂接着第二个说："啊，等你回到了人间，从长途劳顿中休息过来时，请想到我，我就是那个毕娅；锡耶纳造的我，玛雷玛毁的我：这件事那个先同我结婚、给我戴上他的宝石戒指的人知道。"

Ricorditi di me, che son la Pia;
Siena mi fé, disfecemi Maremma.

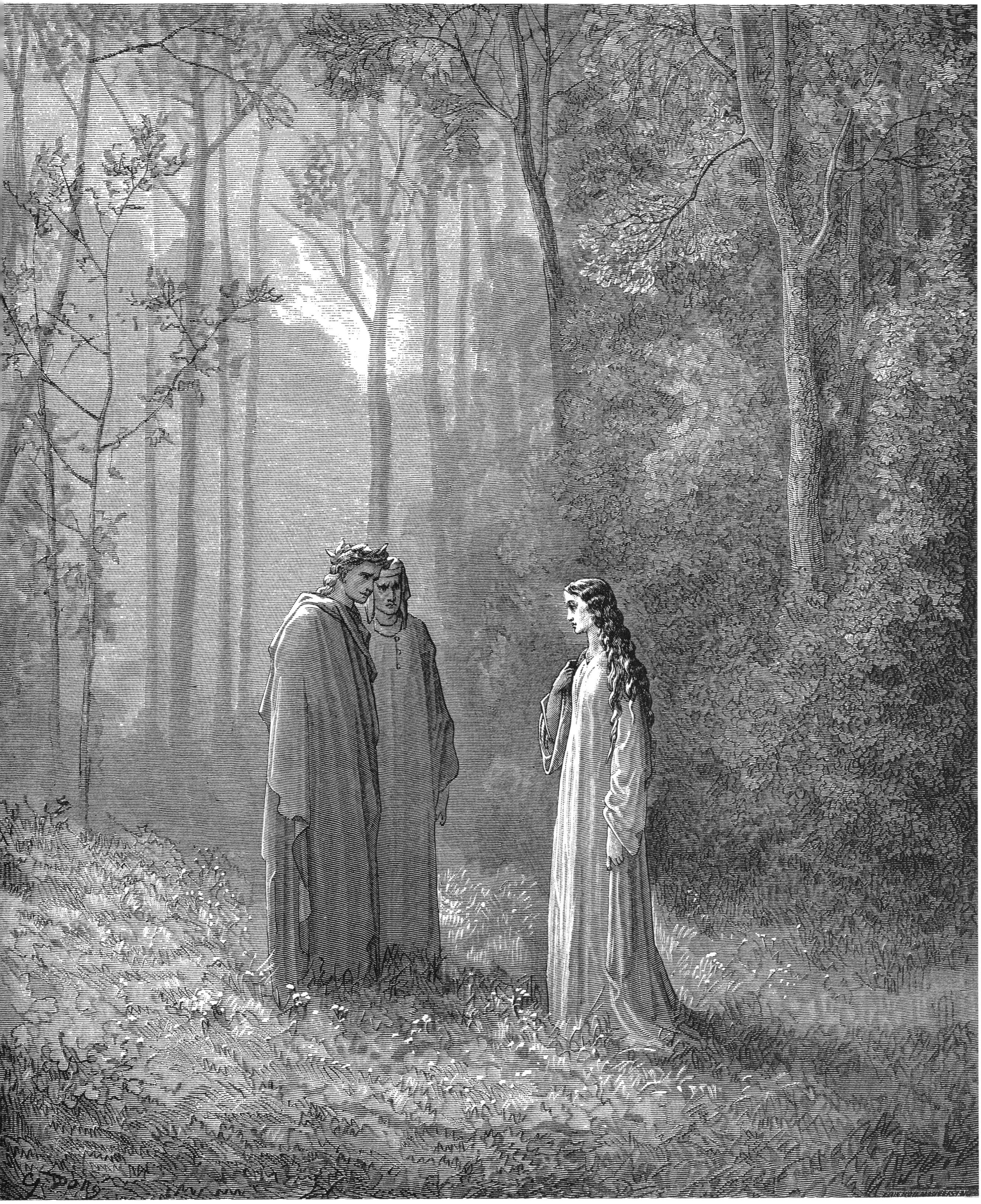

索尔戴罗向后退了退，说："你们是谁呀？""在配升到上帝跟前的灵魂们向这座山走来以前，我的骸骨已经被屋大维埋葬。我是维吉尔；我失去了天国，不是由于什么别的罪，只是由于没有信仰。"我的向导当时这样回答。

犹如一个人突然看到自己面前有什么事物使他惊奇，觉得半信半疑，说"它是……它不是……"，索尔戴罗的神情就是这样；随后，他就垂下眼睛，以谦卑的姿态重新向他走去，在卑下者拥抱尊长者的部位拥抱他。

TAL PARVE QUELLI; E POI CHINÒ LE CIGLIA,
E UMILMENTE RITORNÒ VER' LUI,
E ABBRACCIÒL LÀ 'VE 'L MINOR S'APPIGLIA.

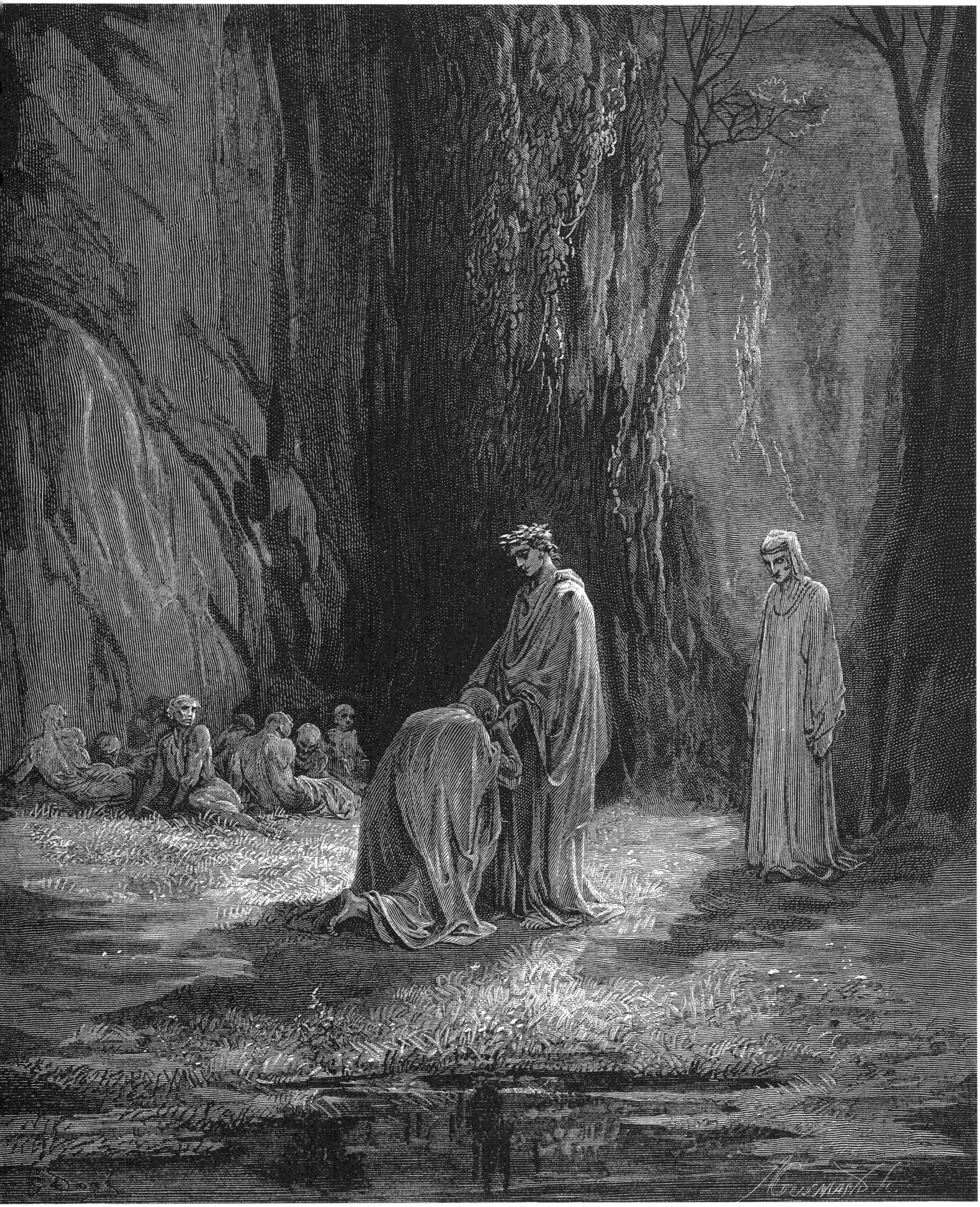

黄金和纯银，胭脂红和铅白，靛蓝，磨得平滑、光洁的木材，刚被破开的、鲜明的绿宝石，假如放在那个山谷里，都会被那里的花和草的颜色超过，如同较小的被较大的事物超过一样。大自然不但在那里绘出了色彩，而且使千种气味的芬芳合成一种人们所不知道的、无法辨别的香气。

　　我从那个地方看到一些灵魂坐在花草上唱着"Salve, Regina"，因为他们在山谷中，所以从外面看不见他们。

'SALVE, REGINA' IN SUL VERDE E 'N SU' FIORI
QUINDI SEDER CANTANDO ANIME VIDI,
CHE PER LA VALLE NON PAREAN DI FUORI.

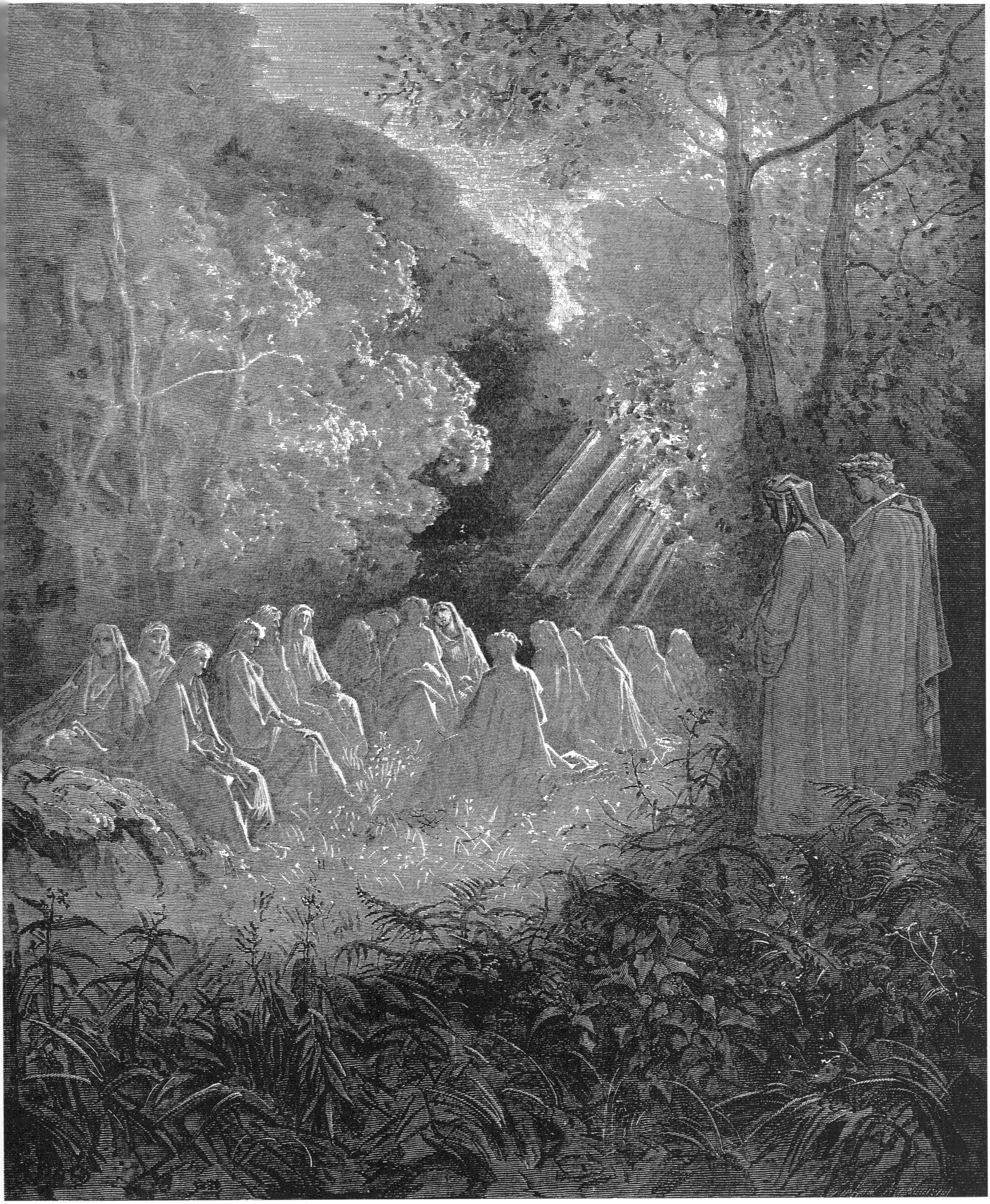

在这个小山谷没有屏障的那一边有一条蛇，或许就像当初给夏娃苦果时的那一条。这个恶毒的条状物从花草丛中出来，不时回过头去舔自己的背，如同兽类舔自己的毛使它光滑一样。我没有看见，所以不能叙述那两只天国的苍鹰是怎样出动的；但我看得清楚他们俩都已行动起来。一听到绿色的翅膀掠过天空，那条蛇就逃了，两位天使随后就一齐向上飞回他们的岗位。

SENTENDO FENDER L'AERE A LE VERDI ALI,
FUGGÌ 'L SERPENTE, E LI ANGELI DIER VOLTA.

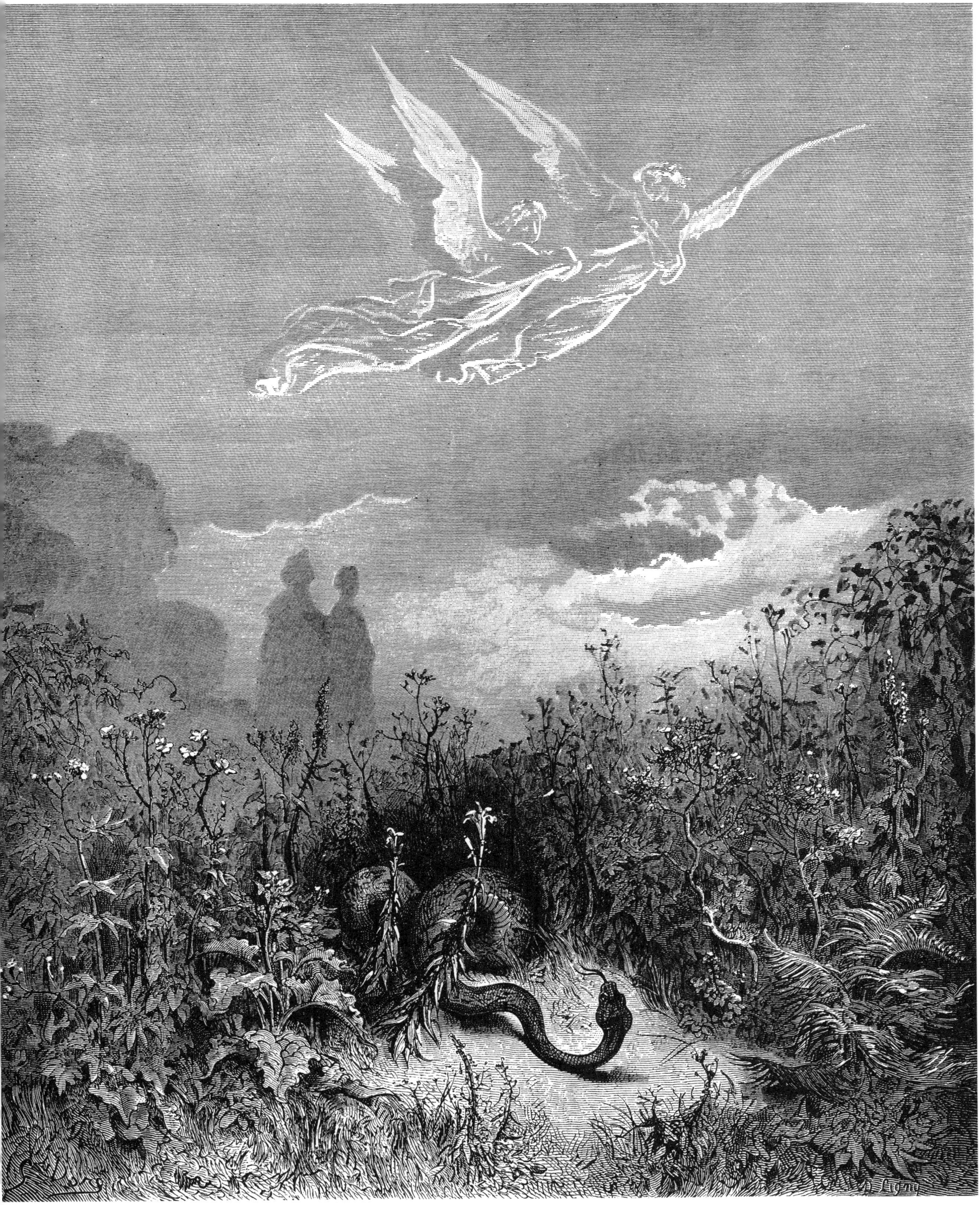

老提托努斯的伴侣已经离开甜蜜的情人的怀抱，在东方的阳台上发白；她额上的宝石亮晶晶的，镶嵌成用尾巴打击人的冷血动物的图形；在我们所在的地方，黑夜上升已经走完其中的两步，第三步已经在把翅膀垂下来；那时，我因为带着亚当所给的那种东西，被睡魔战胜，躺倒在原来我们五个人都坐着的草上。

LA CONCUBINA DI TITONE ANTICO
GIÀ S'IMBIANCAVA AL BALCO D'ORÏENTE.

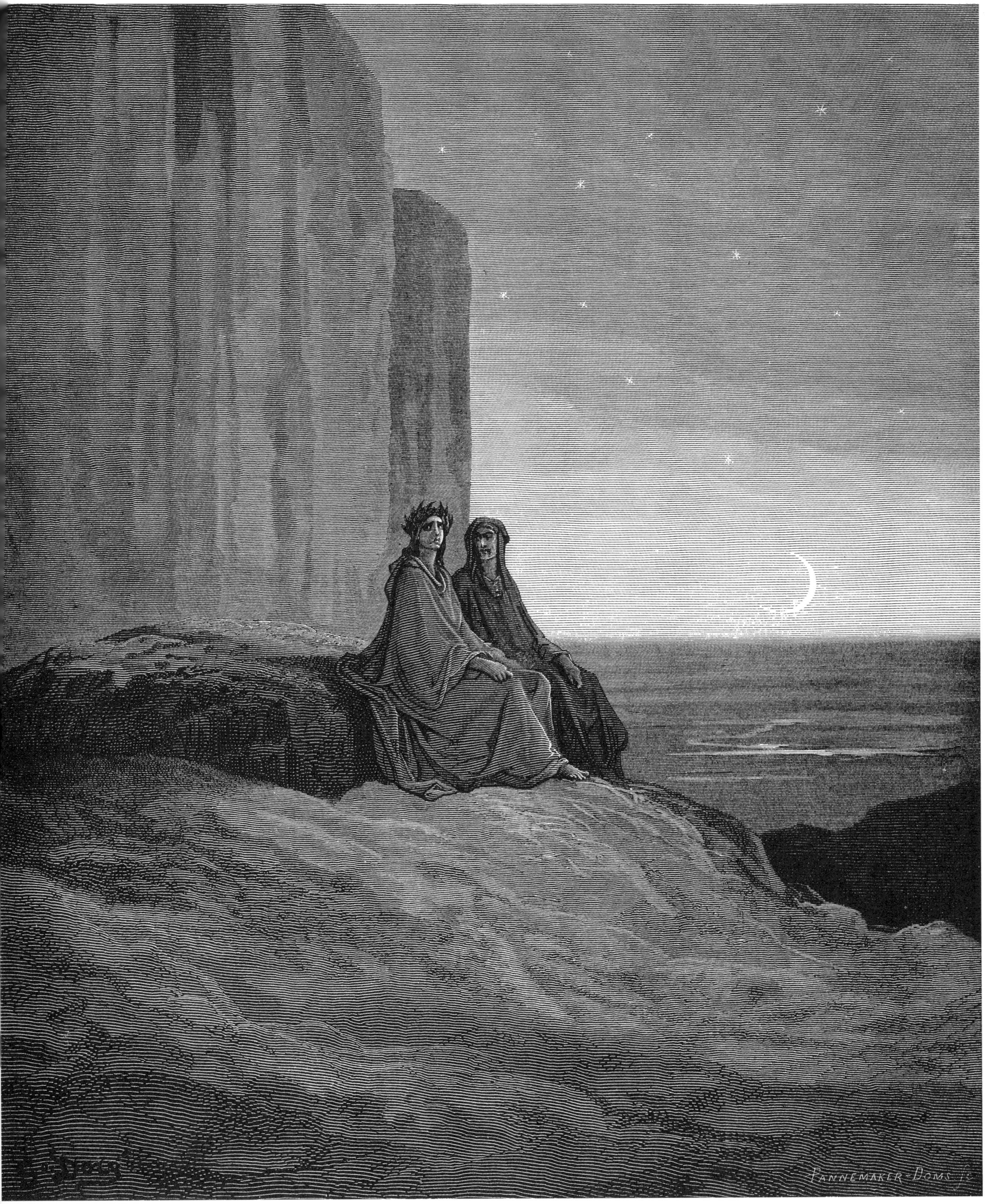
PANNEMAKER-DOMS

184

　　我似乎梦见一只金黄色羽毛的鹰，张着翅膀，停在空中不动，准备猛扑下来……我心中想道："或许这只鹰惯于专在这里扑击，或许它不屑于从别的地方用爪抓住什么带上天空去。"接着，我就觉得，好像它盘旋了一会儿之后，就像闪电一般可怖地降下来，把我抓起，一直带到火焰界。在那里，它和我好像都燃烧起来；梦幻中的大火烧得那样猛烈，使得我的睡梦必然中断。

TERRIBIL COME FOLGOR DISCENDESSE,
E ME RAPISSE SUSO INFINO AL FOCO.

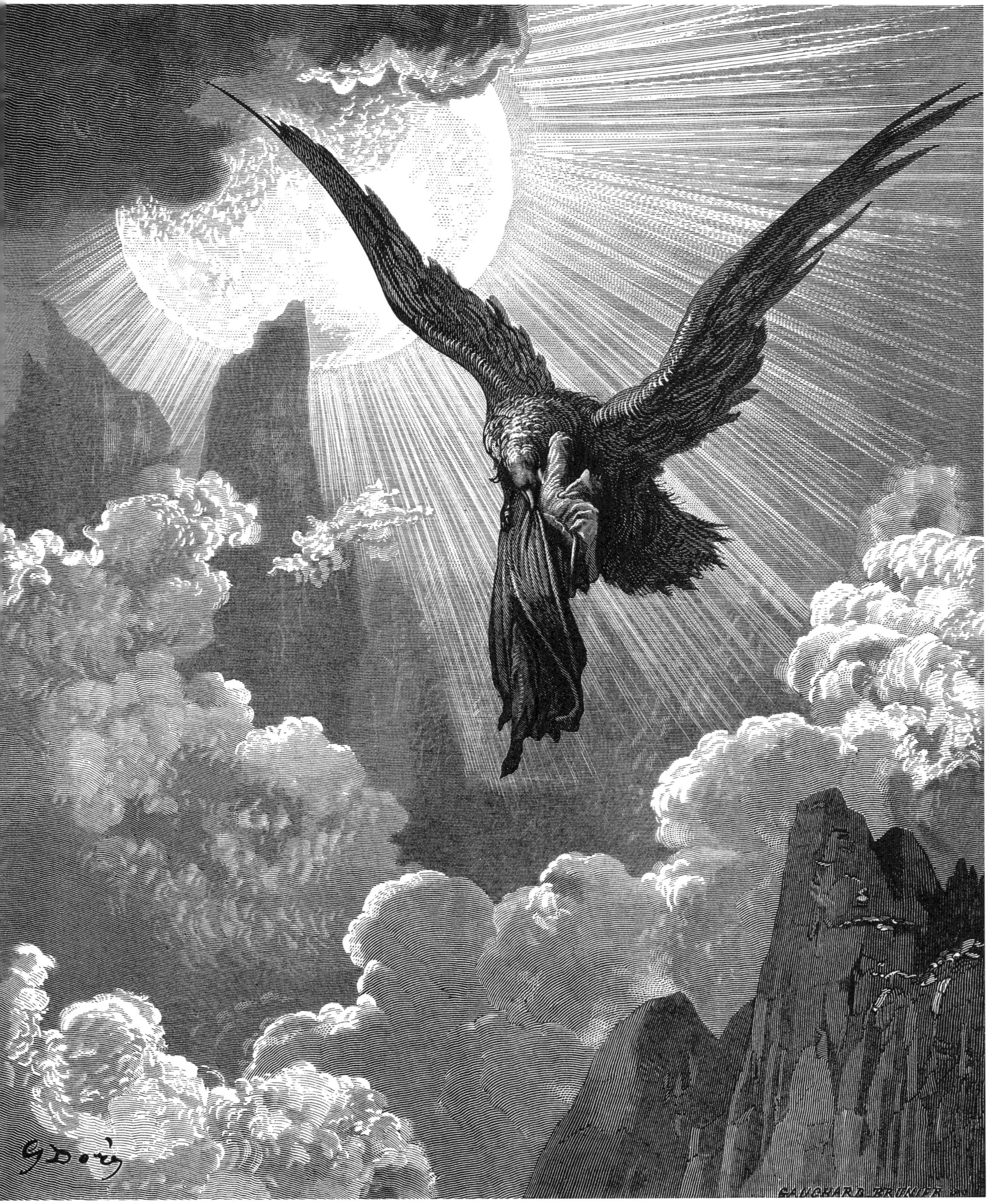
G. Doré
GAUCHARD BRUNIER

186

我们渐渐走近那里，来到原先在我看来似乎只不过像墙上裂开的一道缝似的那个豁口，我看到那里有一座门，下面有三级颜色不同的台阶可以上到门口，还有一个尚未说话的守门人。当我睁大眼睛越来越近地注视他时，我看见他坐在最高的一级台阶上，他脸上的光那样耀眼，使我不能忍受。他手里有一把出鞘的宝剑，这把宝剑的光芒那样强烈地向我们射过来，使得我几次试图举目去看都是枉然。

VIDIL SEDER SOVRA 'L GRADO SOVRANO,
TAL NE LA FACCIA CH'IO NON LO SOFFERSI;
E UNA SPADA NUDA AVËA IN MANO.

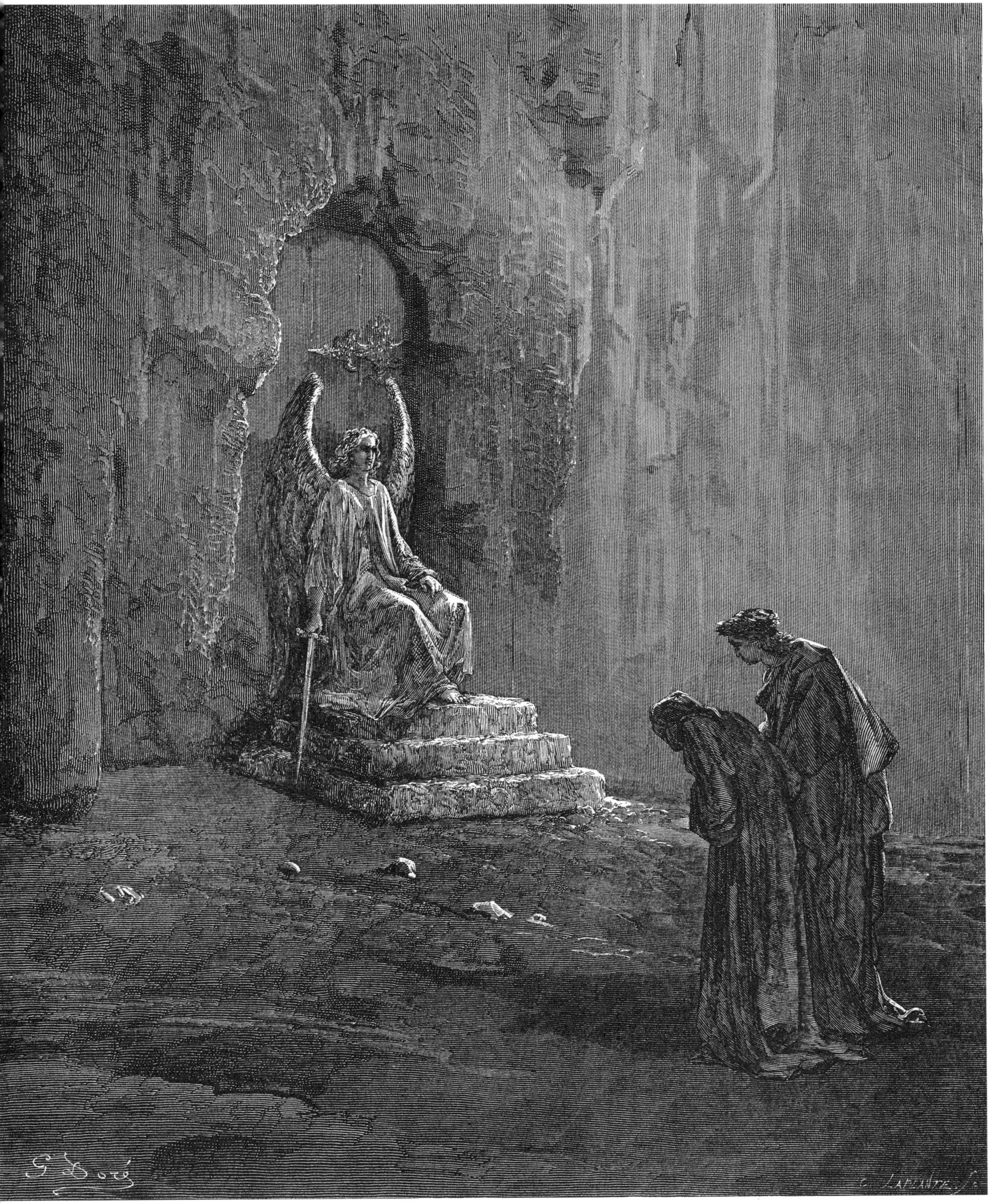

我说的是图拉真皇帝；一个穷苦的寡妇在他的缰绳旁边，现出悲痛流泪的神态。一群骑兵蜂拥、践踏着出现在他周围，金地的鹰旗看起来仿佛在他们头上临风飘扬。那个可怜的妇人在他们这群人中间好像说："皇上啊，替我给我被杀死的儿子报仇吧，我在为他被害悲痛欲绝。"他好像回答说："你等到我回来再说吧。"她如同悲痛得迫不及待的人似的，好像说："我的皇上啊，你要是回不来了呢？"他好像说："继承我的职位的人会为你做这件事。"

LA MISERELLA INTRA TUTTI COSTORO
PAREVA DIR: «SEGNOR, FAMMI VENDETTA
DI MIO FIGLIUOL CH'È MORTO, OND' IO M'ACCORO».

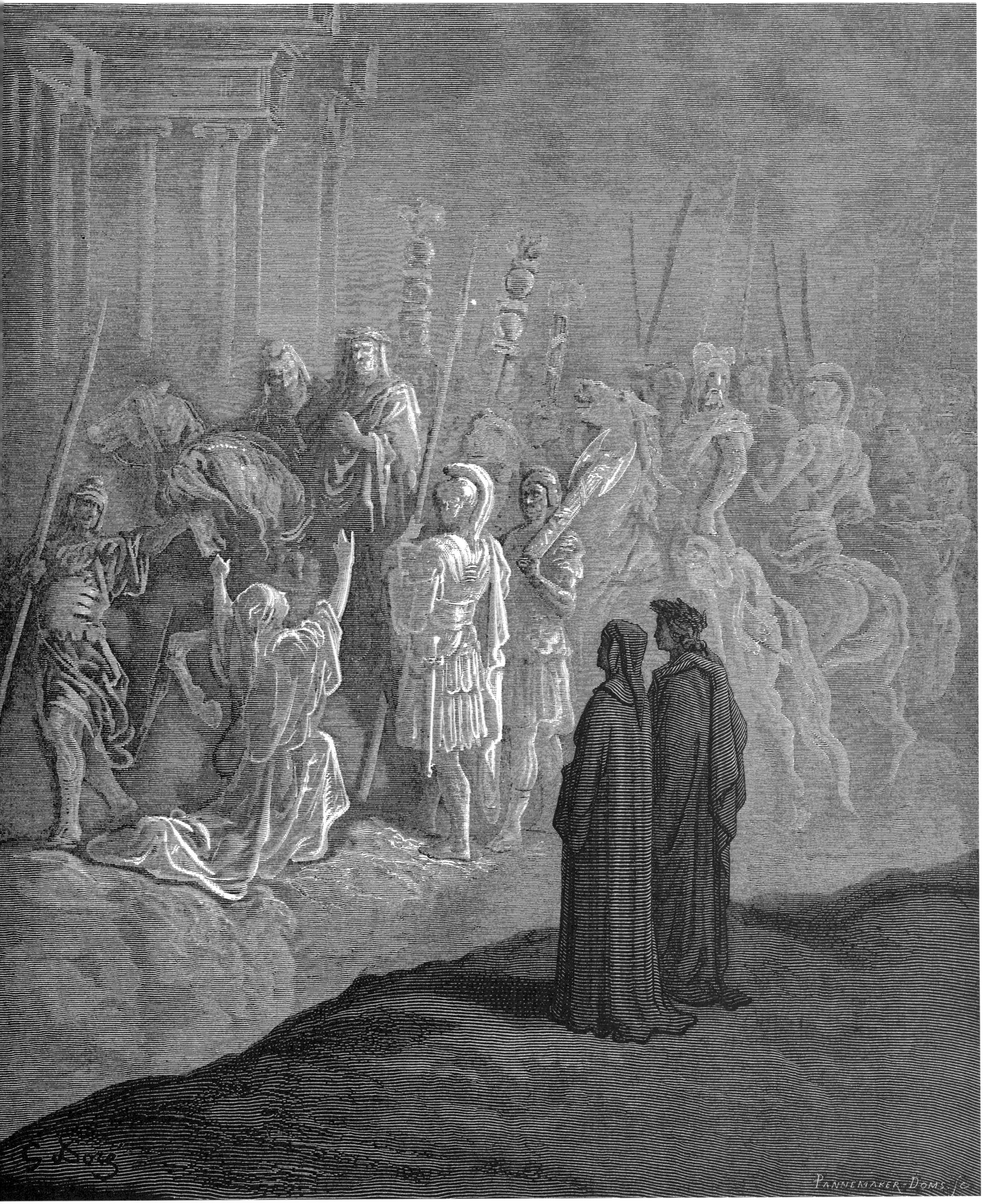
G. Doré
PANNEMAKER-DOMS. sc.

190

　　我和那个背负重荷的灵魂一起，如同架着牛轭子的牛似的并排而行，在和蔼的教师容许下，我就一直这样走；但是，当他说："离开他前进吧；因为在这里每个人都应该用帆和桨竭尽全力推动自己的小船。"我就像平常走路所要求的那样，重新直起身来，虽然思想上仍然低着头，缩着身子。

DI PARI, COME BUOI CHE VANNO A GIOGO,
M'ANDAVA IO CON QUELL' ANIMA CARCA.

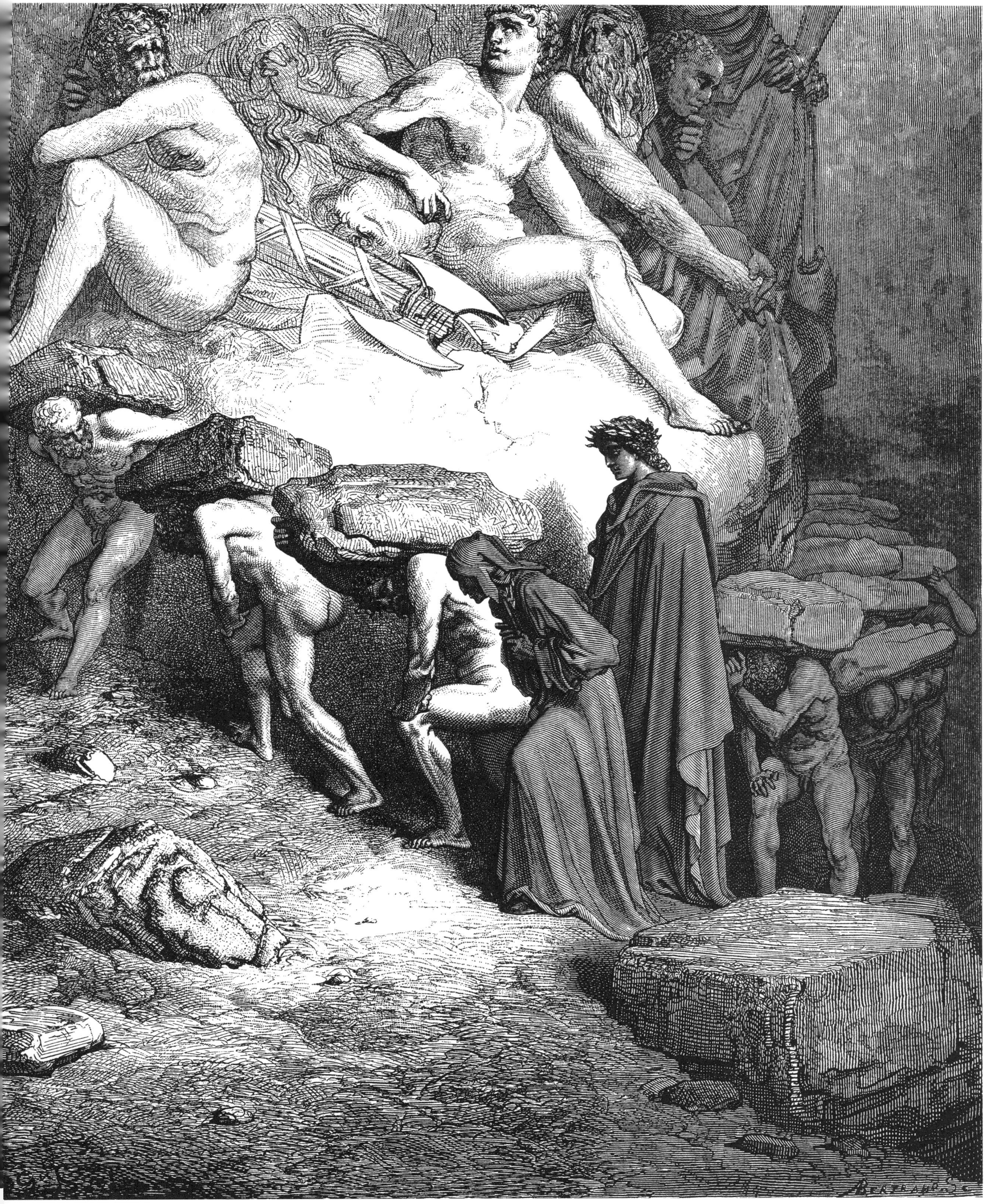

192

啊，狂妄的阿剌克涅，我看见你这样已经一半变成了蜘蛛，悲惨地趴在你织成的那件使你自己遭到不幸的织物的破布条上。

O FOLLE ARAGNE, SÌ VEDEA IO TE
GIÀ MEZZA RAGNA, TRISTA IN SU LI STRACCI
DE L'OPERA CHE MAL PER TE SI FÉ.

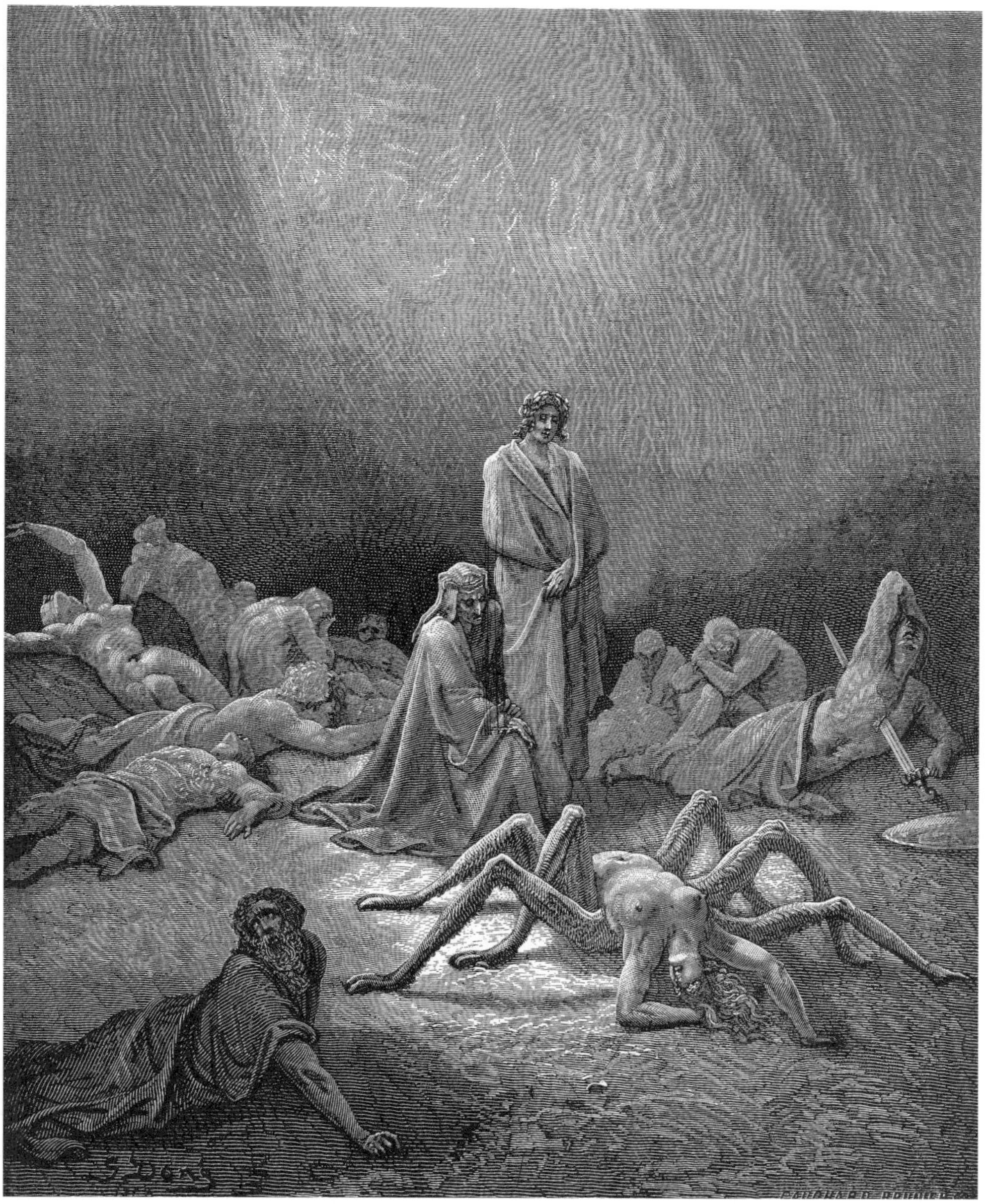

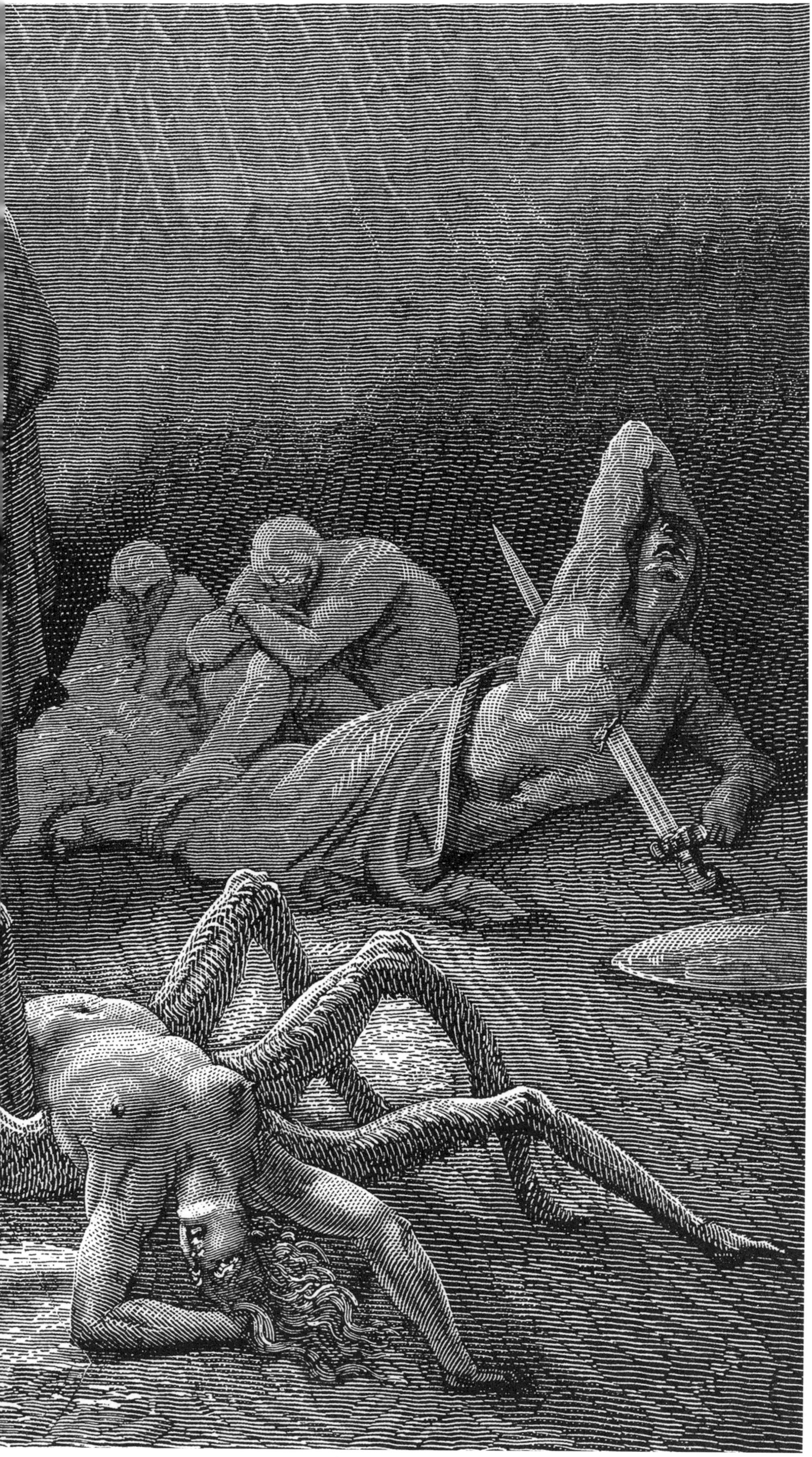

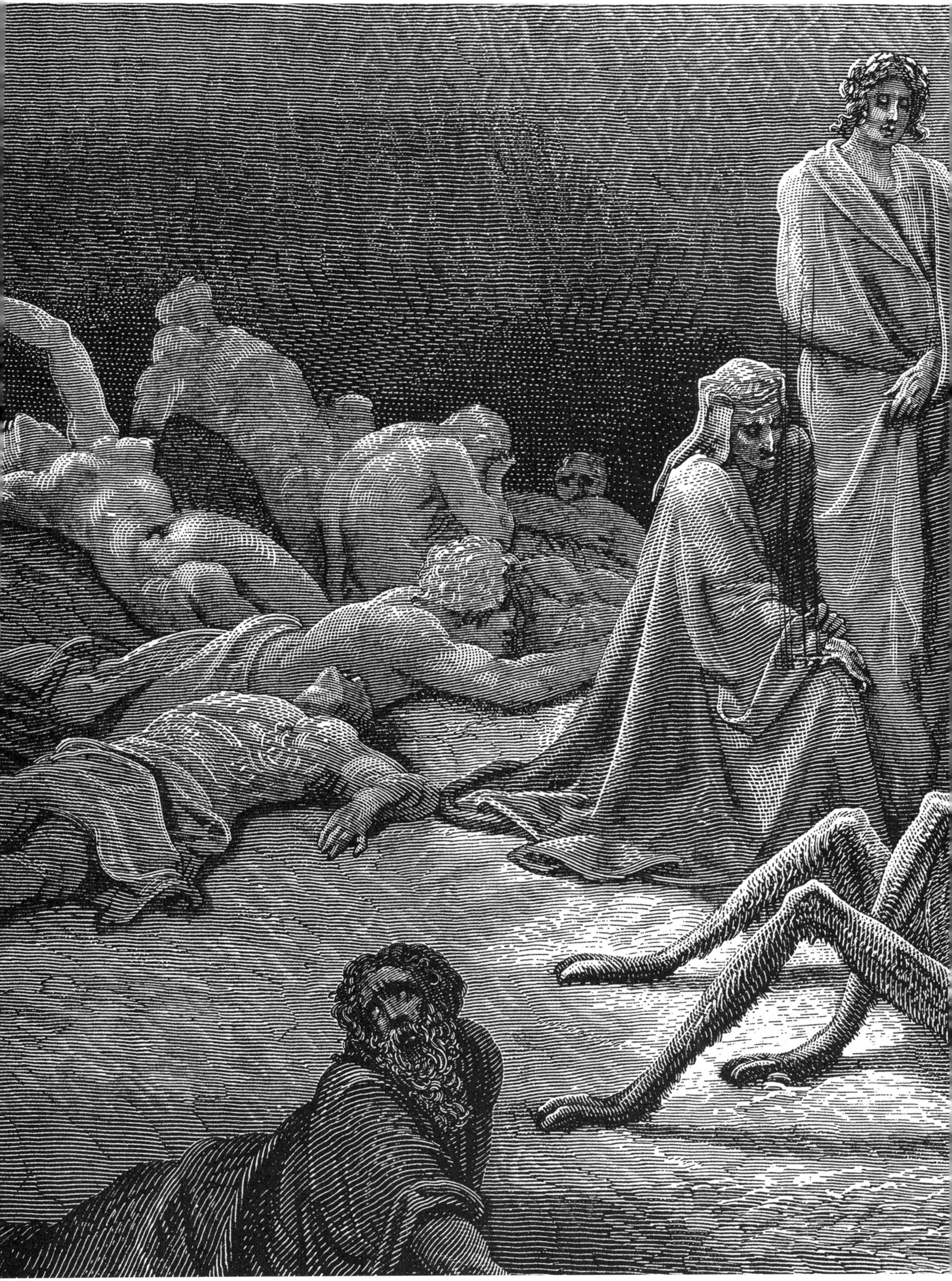

当我走到距离他们很近的地方，他们的情况都清晰地映入我的眼帘时，沉重的悲痛迫使我眼泪夺眶而出。我看到他们身穿粗毛布袍子，彼此肩靠着肩互相支撑着，大家又都背靠着堤岸。犹如无以为生的盲人们在赦罪的节日待在去乞讨生活必需之物的地方一样，每个人都把头垂到另一个人肩上，为了不仅通过他们说话的声音，而且通过同样表示哀求的神态，可以立刻在别人心中引起怜悯。

DI VIL CILICCIO MI PAREAN COPERTI,
E L'UN SOFFERIA L'ALTRO CON LA SPALLA,
E TUTTI DA LA RIPA ERAN SOFFERTI.

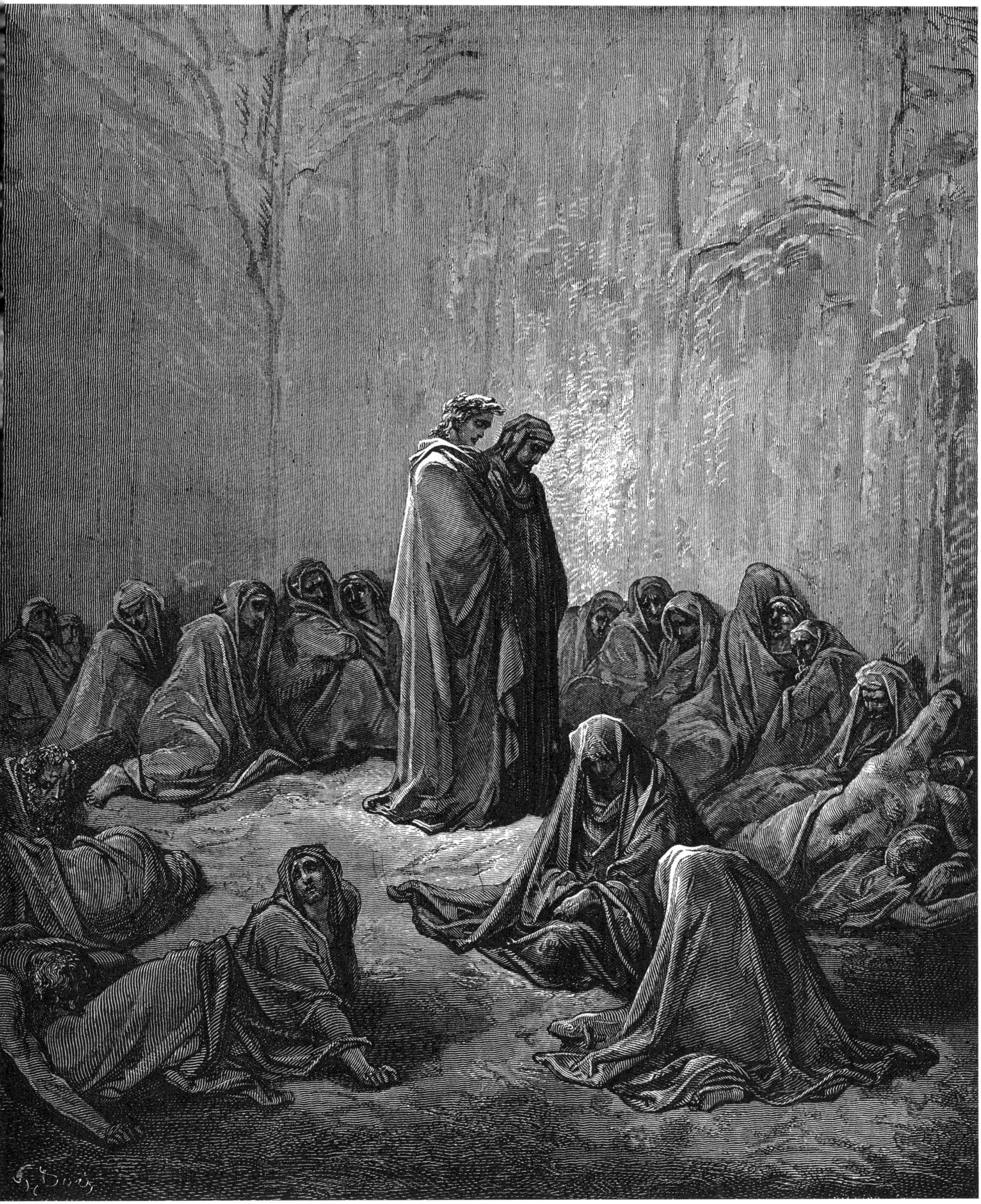

我生前是锡耶纳人，现在同这些人一起在这里洗净生平的罪孽，哭着祈求上帝允许我们见到他。虽然我名叫萨庇娅，但我并不聪明，我对于别人的灾祸远比对于自己的好运高兴。为了使你不至于认为我欺骗你，你听我叙说一下，看我在年龄已经越过人生的拱顶下降时，是否像我对你所说的那样狂妄。

«IO FUI SANESE», RISPUOSE, «E CON QUESTI
ALTRI RIMENDO QUI LA VITA RIA».

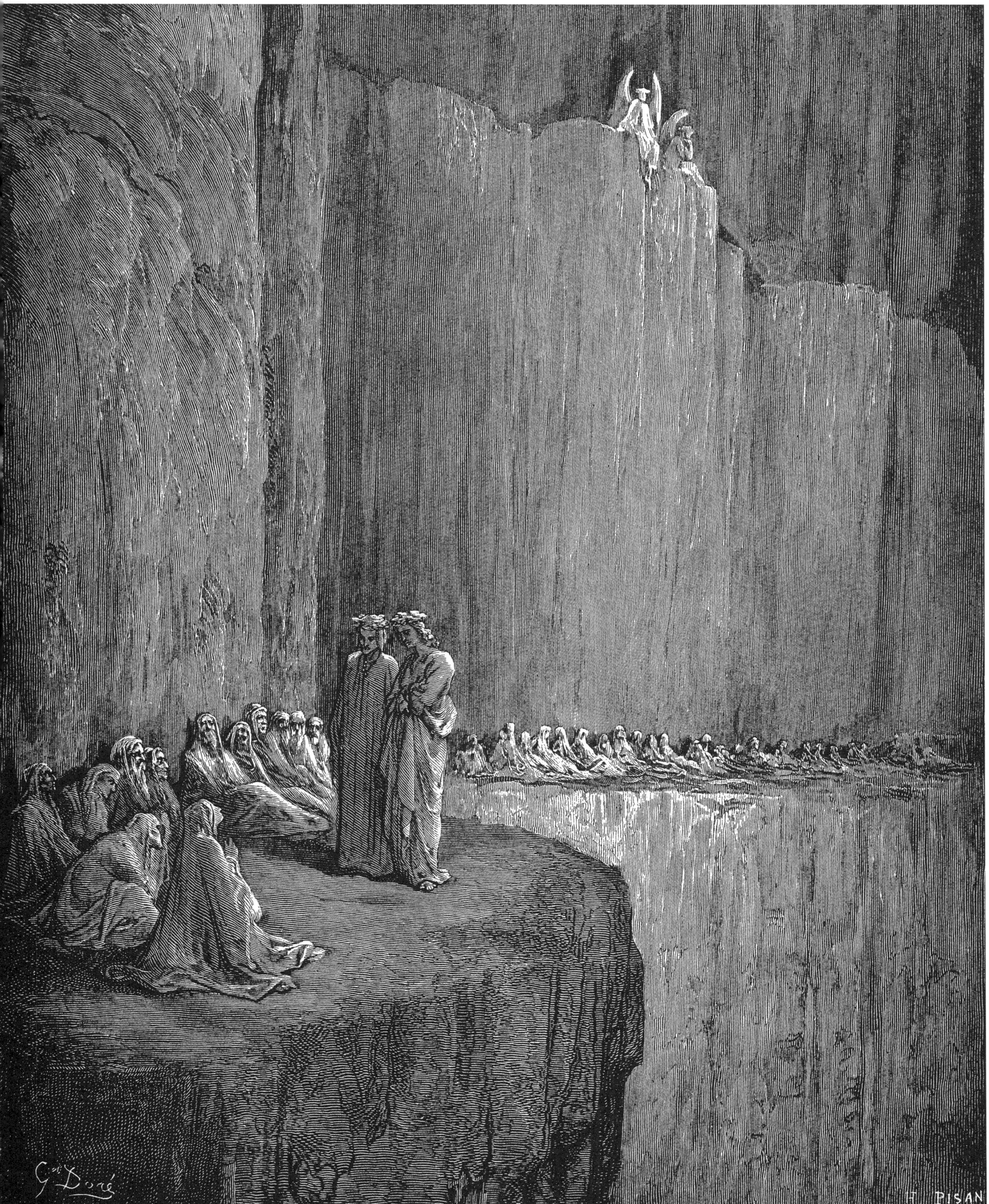
G. Doré
H. PISAN

随后，我就看见一群怒火中烧的人打死一个青年，他们不断地互相大声喊道："打死，打死！"我看见他已经被死压得俯身倒在地上，但他还一直把眼睛作为向天开着的门，在这样的苦难中，面带引动怜恤的表情向崇高的主祈祷，请求饶恕迫害他的人们。

Poi vidi genti accese in foco d'ira
con pietre un giovinetto ancider, forte
gridando a sé pur: «Martira, martira!».

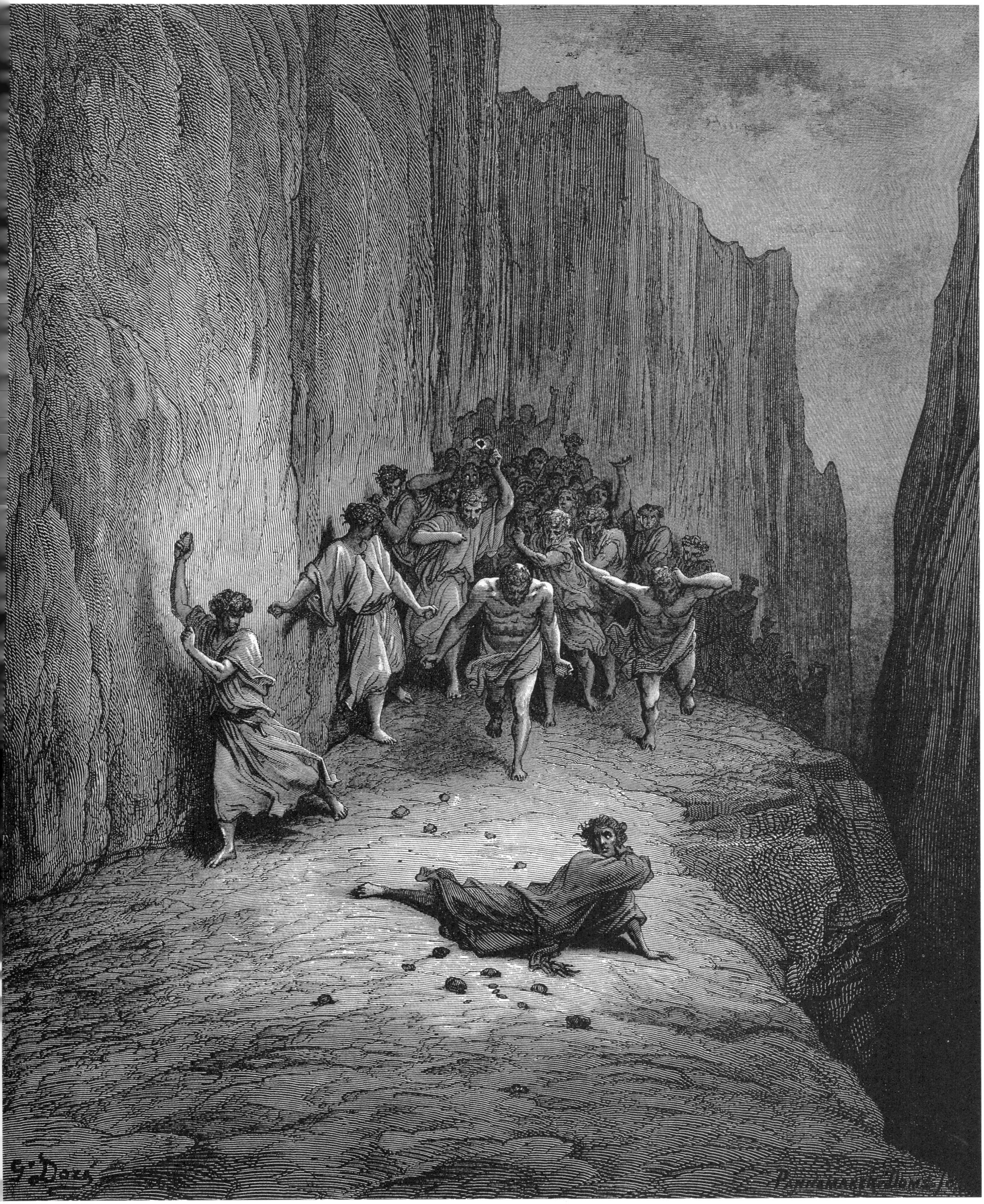

我说:"老师,我听到声音的那些人都是灵魂吗?"他对我说:"你猜着了,他们正在解愤怒的结子呢。""请问你是谁,你冲破了我们这烟,还如同仍然把时间划分成月份的人一样谈论我们?"一个声音这样说;于是,我的老师对我说:"你回答吧,还问一下,从这里走是否可以上去。"

OR TU CHI SE' CHE 'L NOSTRO FUMMO FENDI,
E DI NOI PARLI PUR COME SE TUE
PARTISSI ANCOR LO TEMPO PER CALENDI?

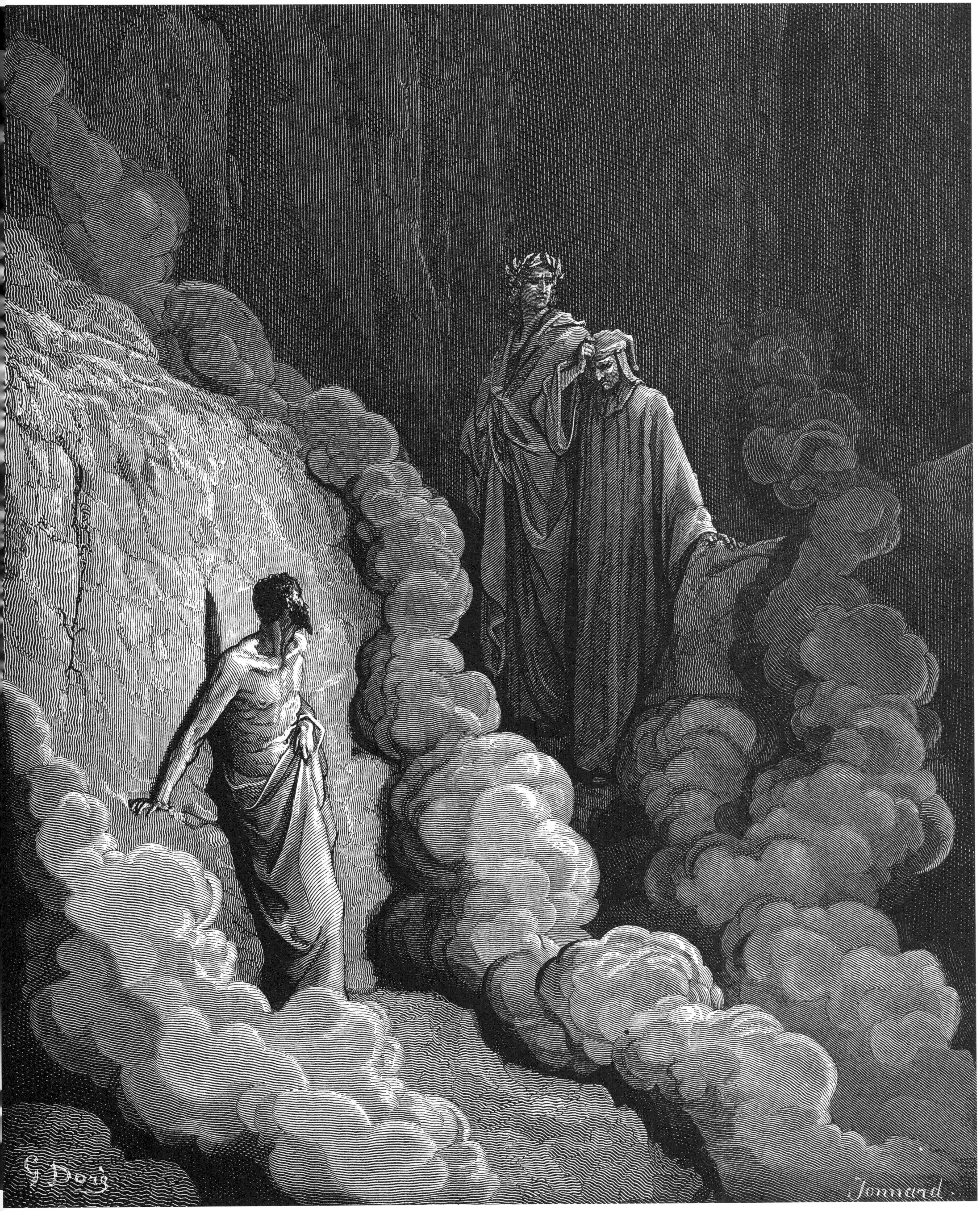
G. Doré
Jonnard.

我说：" 啊，为了使自己变美以回归你的创造者而正在给自己净罪的灵魂哪，你如果伴随着我走，你就会听到一件奇事。" 他回答说："我要在许我行走的范围之内跟随着你，烟若使我们彼此看不见，听觉将代替视觉使我们保持联系。" 我开始说："我带着由死来解除的躯壳向上走去，经历了地狱之苦来到这里……你就不要对我隐瞒，而要告诉我，你生前是谁吧，还告诉我，去那条通道，我这么走对不对吧。"

«IO TI SEGUITERÒ QUANTO MI LECE»,
RISPUOSE; «E SE VEDER FUMMO NON LASCIA,
L'UDIR CI TERRÀ GIUNTI IN QUELLA VECE».

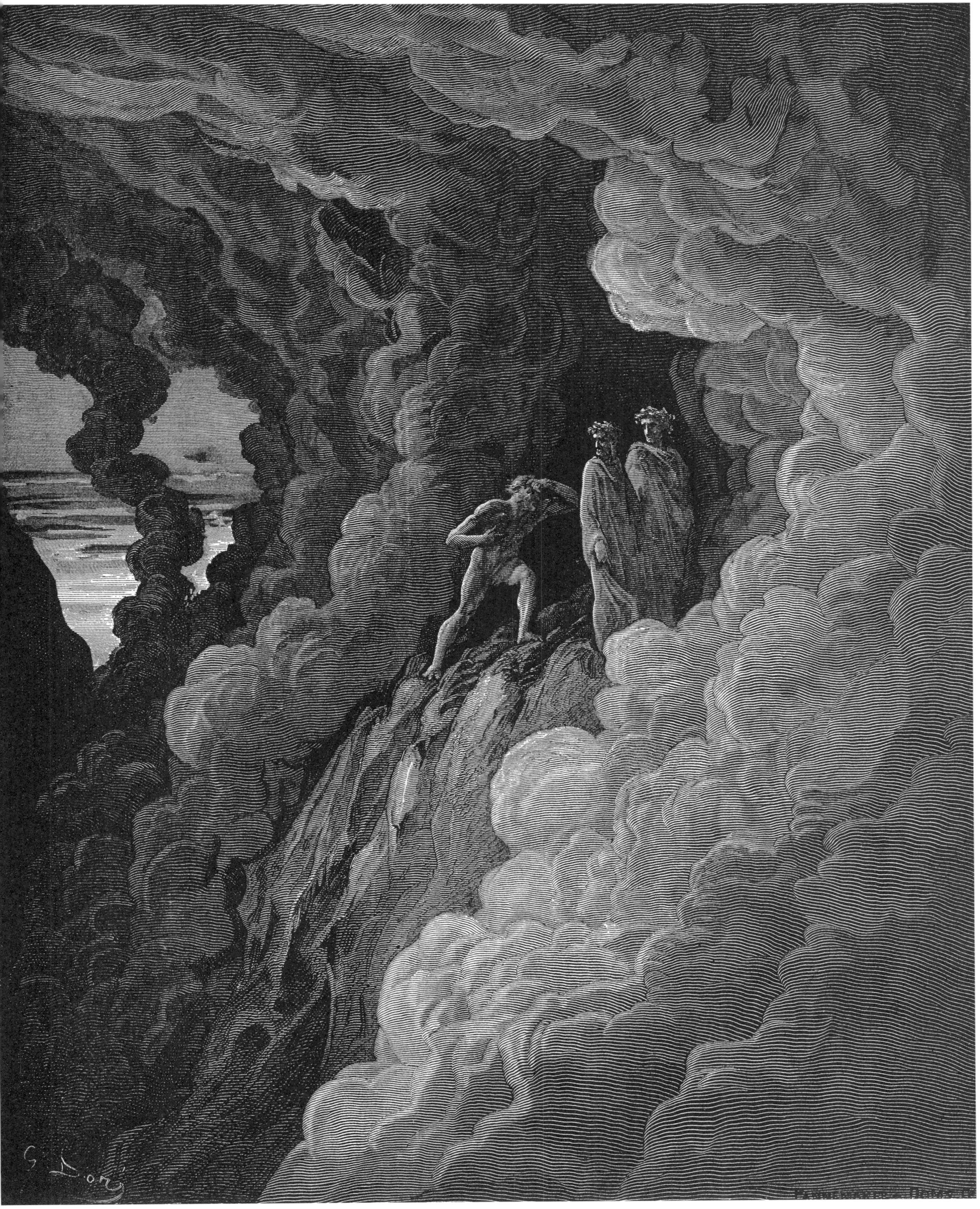
G. Doré

我接受了他对我那些问题的明确浅显的论述后，就一直像在昏昏欲睡的状态中想入非非的人似的。但是这昏昏欲睡的状态突然被一群在我们背后奔向我们而来的人打破了。正如古代每逢忒拜人有求于巴克科斯时，伊斯美努斯河和阿索浦斯河夜间就看到沿岸人群疯狂拥挤而来，就我所见到的，那些被良好的意志和正当的爱驱策的人绕着那层平台快步腾跃而来，就像那个样子。

MA QUESTA SONNOLENZA MI FU TOLTA
SUBITAMENTE DA GENTE CHE DOPO
LE NOSTRE SPALLE A NOI ERA GIÀ VOLTA.

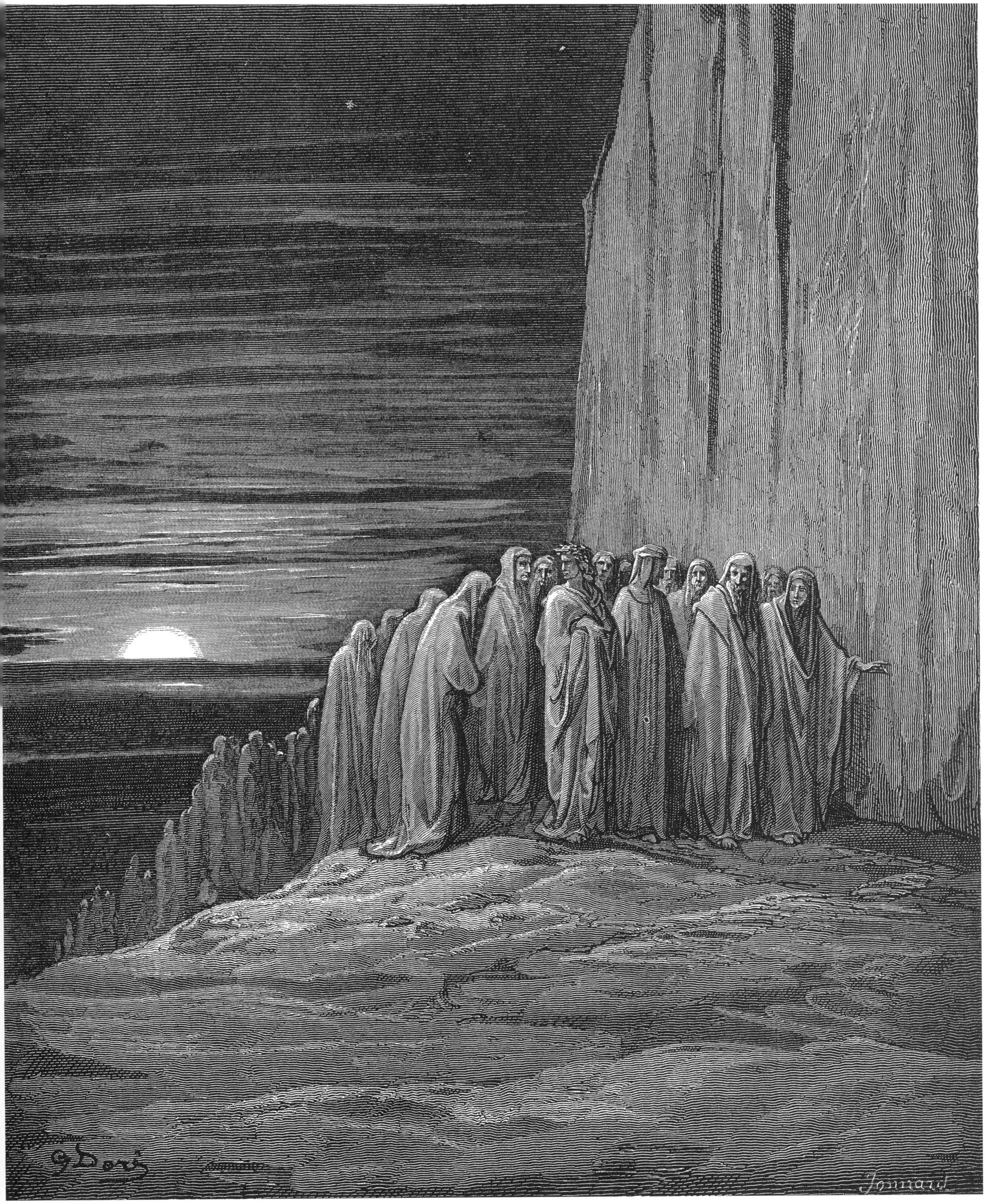
G. Doré
Jonnard

"你怎么啦,眼睛总看着地?"当我们俩上到比天使站的地方稍高之处时,我的向导对我说。我说:"一个新的梦幻使我怀着这样疑惧的心情走去,它吸引着,使我不能不想它。"他说:"你看见那个古老的女巫了,只是由于她的缘故如今人们才在我们上边那些平台上哭泣;你看见人如何摆脱她了。这对你来说也就够了。你就加快脚步吧;把眼睛转向永恒的国王通过使诸天旋转所展示的诱饵吧。"

«CHE HAI CHE PUR INVER' LA TERRA GUATI?»,
LA GUIDA MIA INCOMINCIÒ A DIRMI,
POCO AMENDUE DA L'ANGEL SORMONTATI.

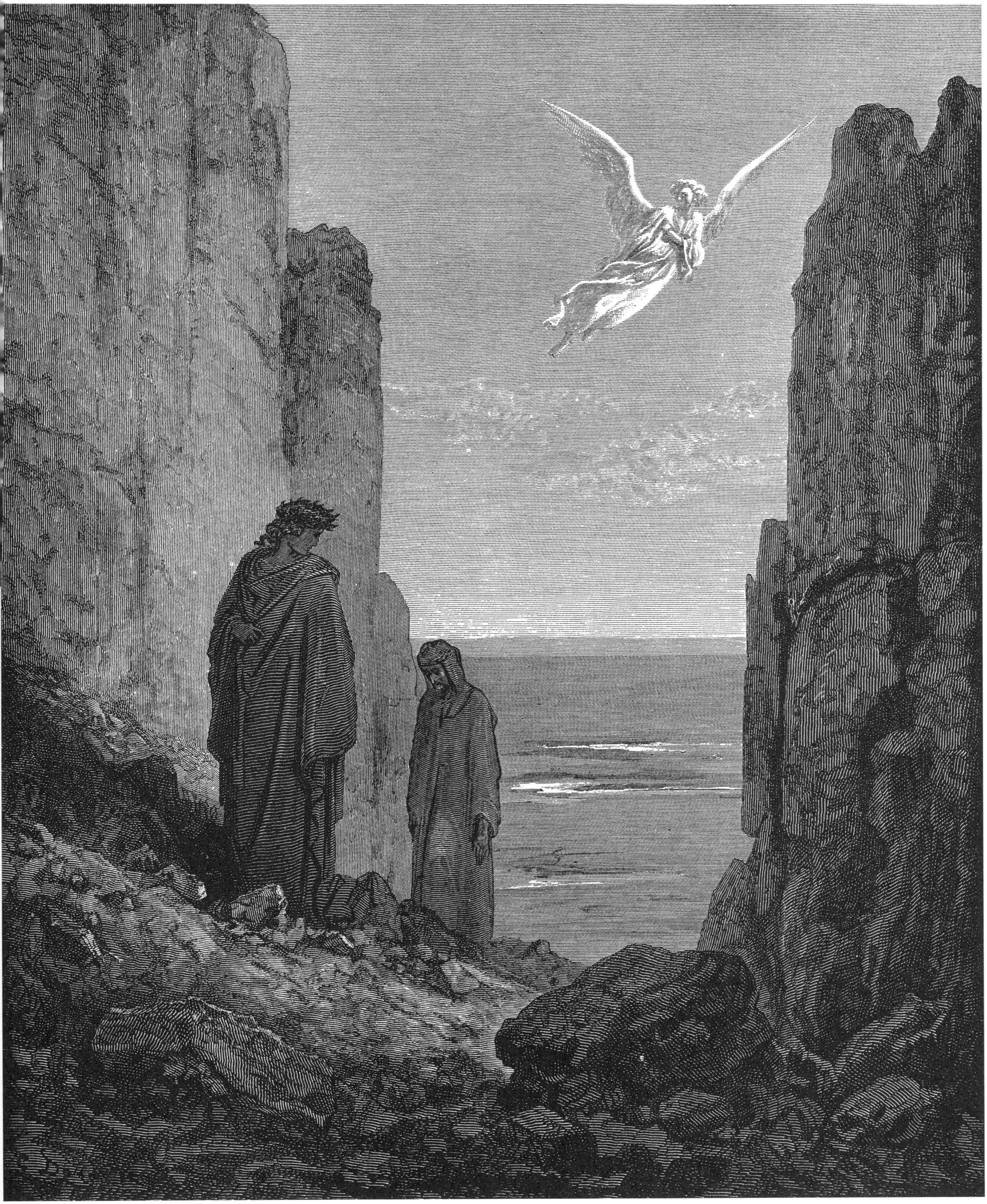

我已经跪下了，想要说话；但是，当我一开始，他只凭听觉就觉察到我对他表示恭敬的举动，他说："什么原因使你这样弯下身子？"我对他说："由于您的尊严我的良心责备我站着。""直起腿来，站起来吧，兄弟，"他回答说，"不要弄错了：我和你以及其他的人同是一个权威的仆人。"

«QUAL CAGION», DISSE, «IN GIÙ COSÌ TI TORSE?».
E IO A LUI: «PER VOSTRA DIGNITATE
MIA COSCÏENZA DRITTO MI RIMORSE».

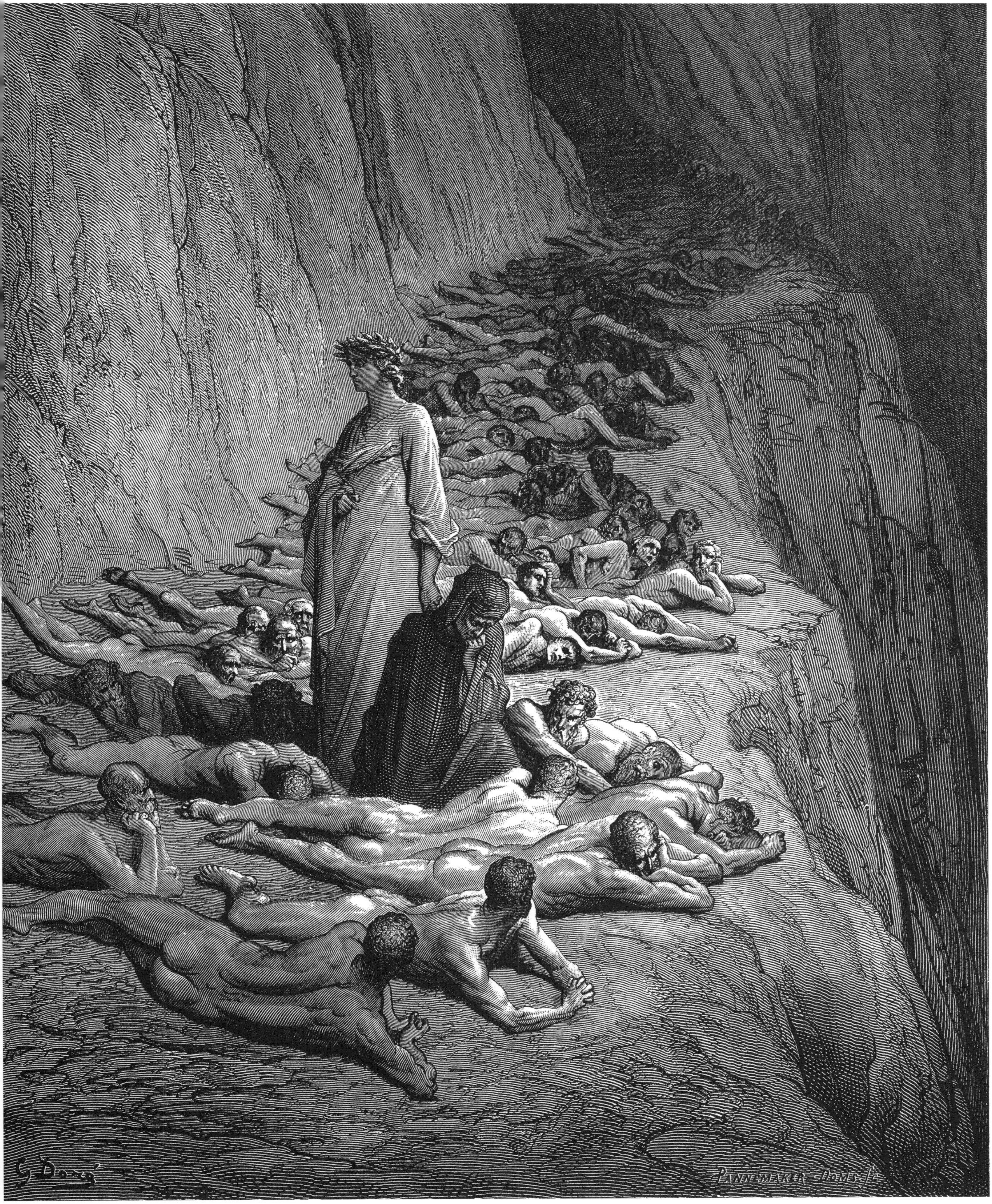

我们正迈着缓慢、短小的脚步走去，我正注意那些我听见哭泣和哀叹得令人可怜的灵魂；我偶然听见我们前面有人就像正在分娩的妇人一样在哭泣中喊叫"温柔的马利亚！"接着又喊道："从你在那个马厩里生下你所怀的神圣的胎儿，就可以看出你多么贫寒。"

NOI ANDAVAM CON PASSI LENTI E SCARSI,
E IO ATTENTO A L'OMBRE, CH'I' SENTIA
PIETOSAMENTE PIANGERE E LAGNARSI.

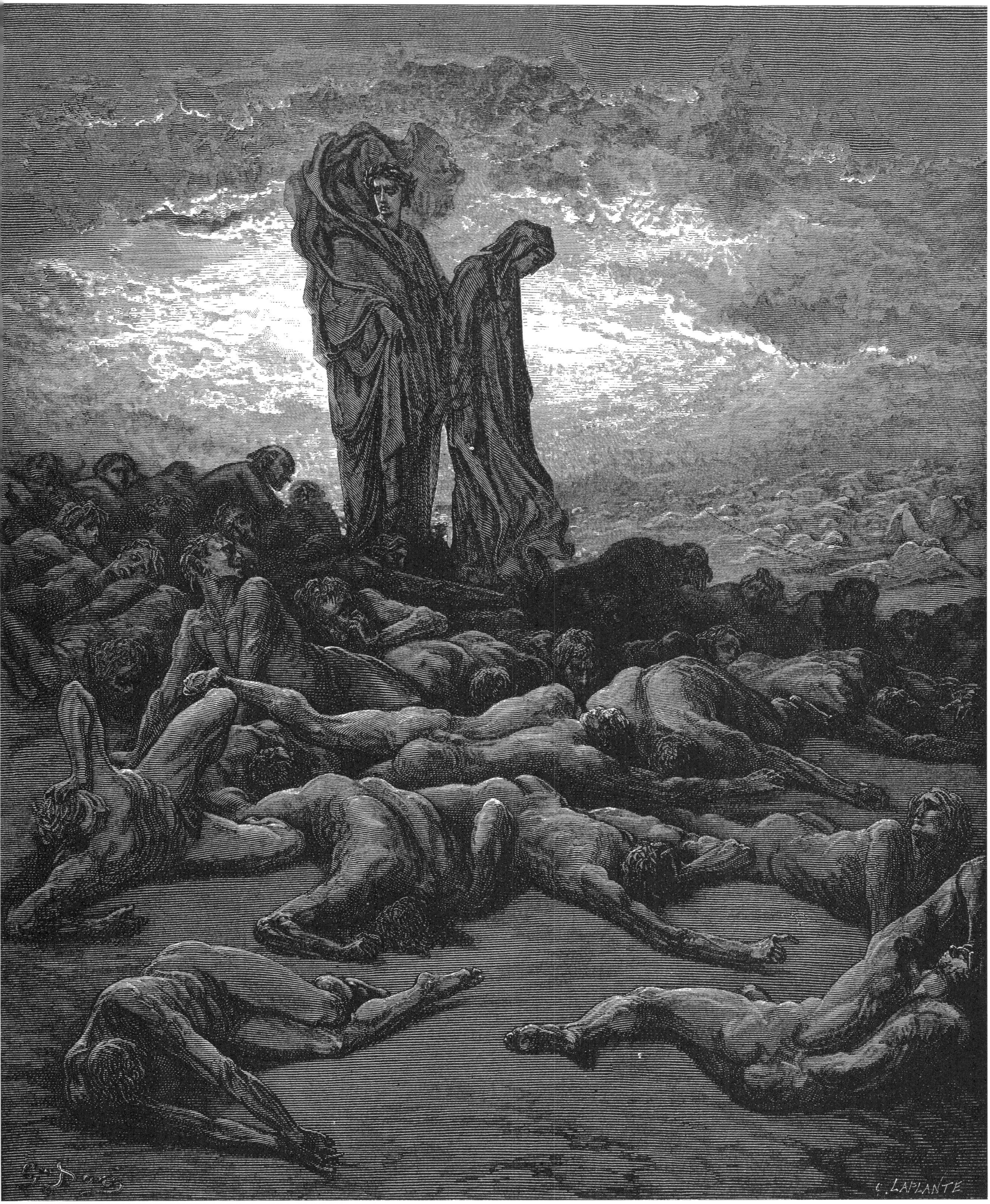
C. LAPLANTE

他祈求说：" 啊，不要极力注意使我的皮肤变得惨白的那些干巴的鳞屑，也不要极力注意我身体缺少肉，要告诉我你自己的真实情况，告诉我那边那两个给你做向导的幽魂是谁；你可不要不肯对我说。" 我回答他说：" 当初我曾对着你死后的面孔流泪，现在，看到你的面孔这样变了样，在我心中引起的悲痛不小于当时，以至于使得我哭泣。"

«DEH, NON CONTENDERE A L'ASCIUTTA SCABBIA
CHE MI SCOLORA», PREGAVA, «LA PELLE,
NÉ A DIFETTO DI CARNE CH'IO ABBIA».

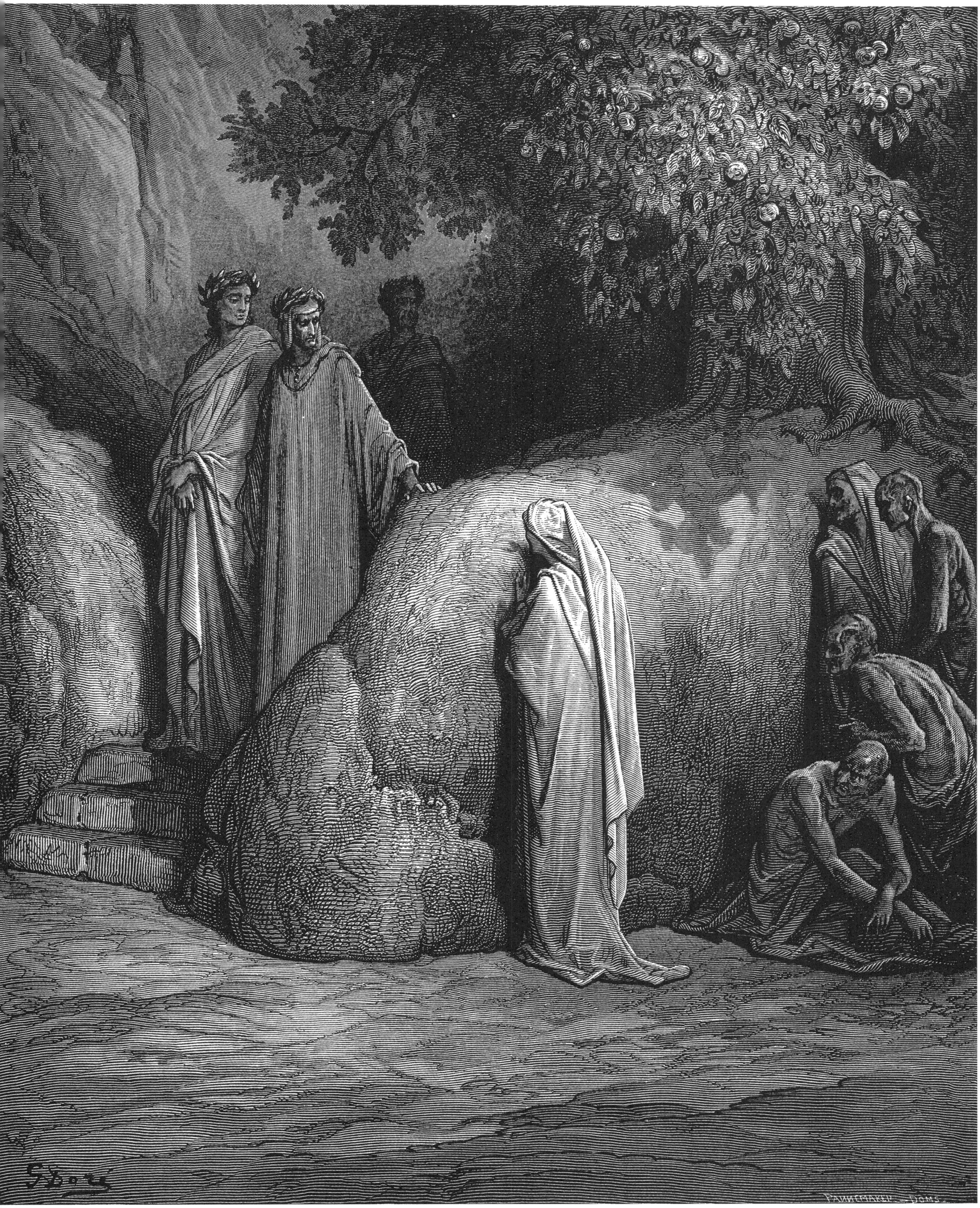

我们说话不误走路，走路也不误说话，而是一面说，一面如同好风推动的船似的快步前进。那些像死而又死之物的幽魂觉察到我是活人，都从眼窝深处凝视着我，显露出对我的惊奇。我却把我的话继续下去，说："或许他是为了别人的缘故而往上走得慢些，否则，他不会这样。"

E L'OMBRE, CHE PAREAN COSE RIMORTE,
PER LE FOSSE DE LI OCCHI AMMIRAZIONE
TRAEAN DI ME, DI MIO VIVERE ACCORTE.

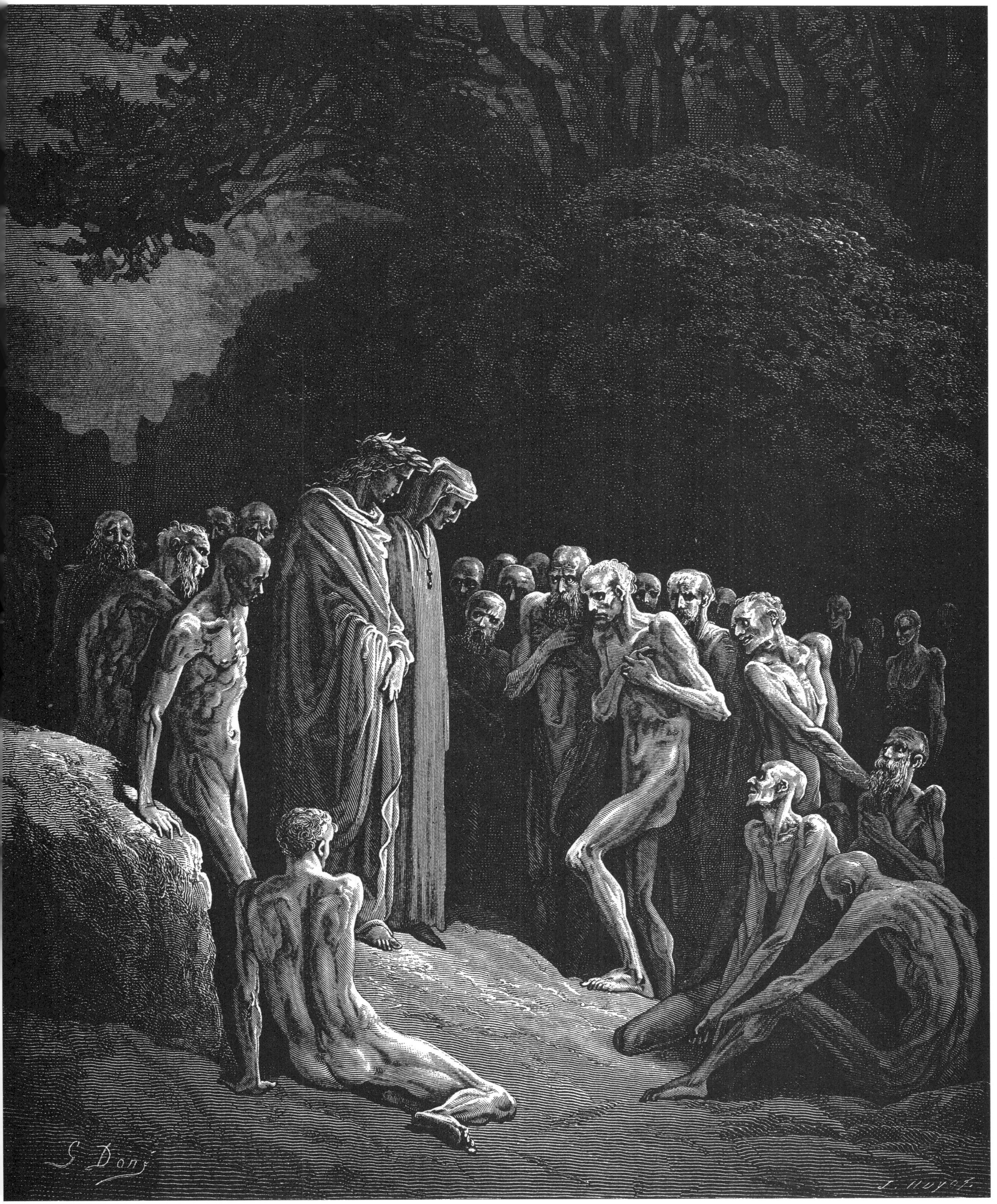
G. Doré
J. Huyot

我看见人们在树下举着双手，不知他们向树叶喊什么，好像想要什么而又够不着的孩子们似的恳求着，但是被恳求者并不回答，却高举着他们想要的东西，不藏起它来，为的使他们的欲望更加强烈。后来，他们似乎已经醒悟，就离开了；我们立刻来到了那棵拒绝那么多的恳求和眼泪的大树跟前。

Vidi gente sott' esso alzar le mani
e gridar non so che verso le fronde.

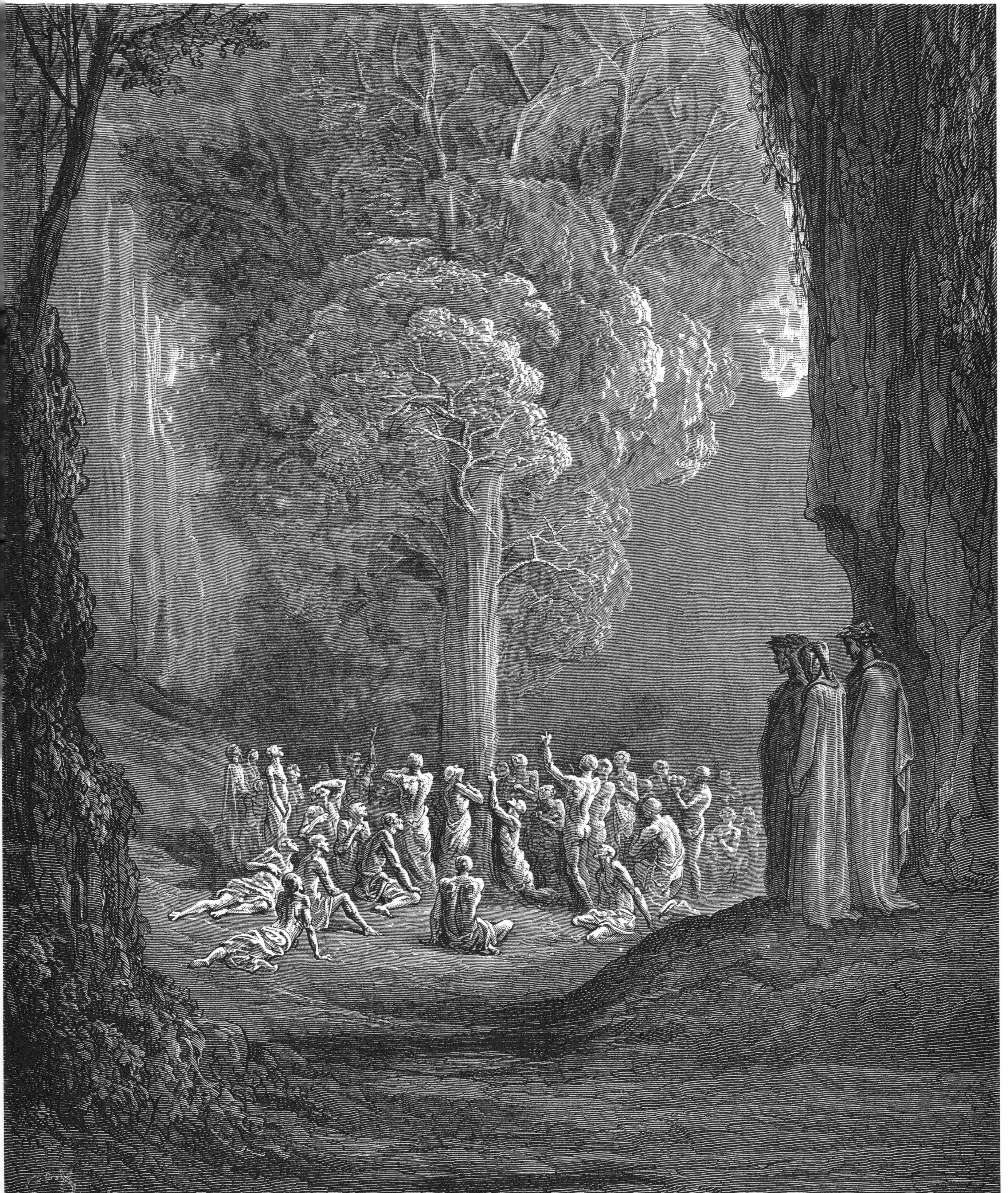

我们已经来到最后的一条环行路上，向右转弯走去，全神贯注在别的须要注意的事上。这里的峭壁喷射火焰，平台沿儿上有风向上吹，迫使火焰倒退，离开那里；因此我们必须沿着平台无屏蔽的一侧鱼贯而行：我这边怕火，那边怕摔下去。我的向导说："在这个地方，眼睛决不可失控，因为稍一疏忽，就会失误啊。"

QUIVI LA RIPA FIAMMA IN FUOR BALESTRA,
E LA CORNICE SPIRA FIATO IN SUSO
CHE LA REFLETTE E VIA DA LEI SEQUESTRA.

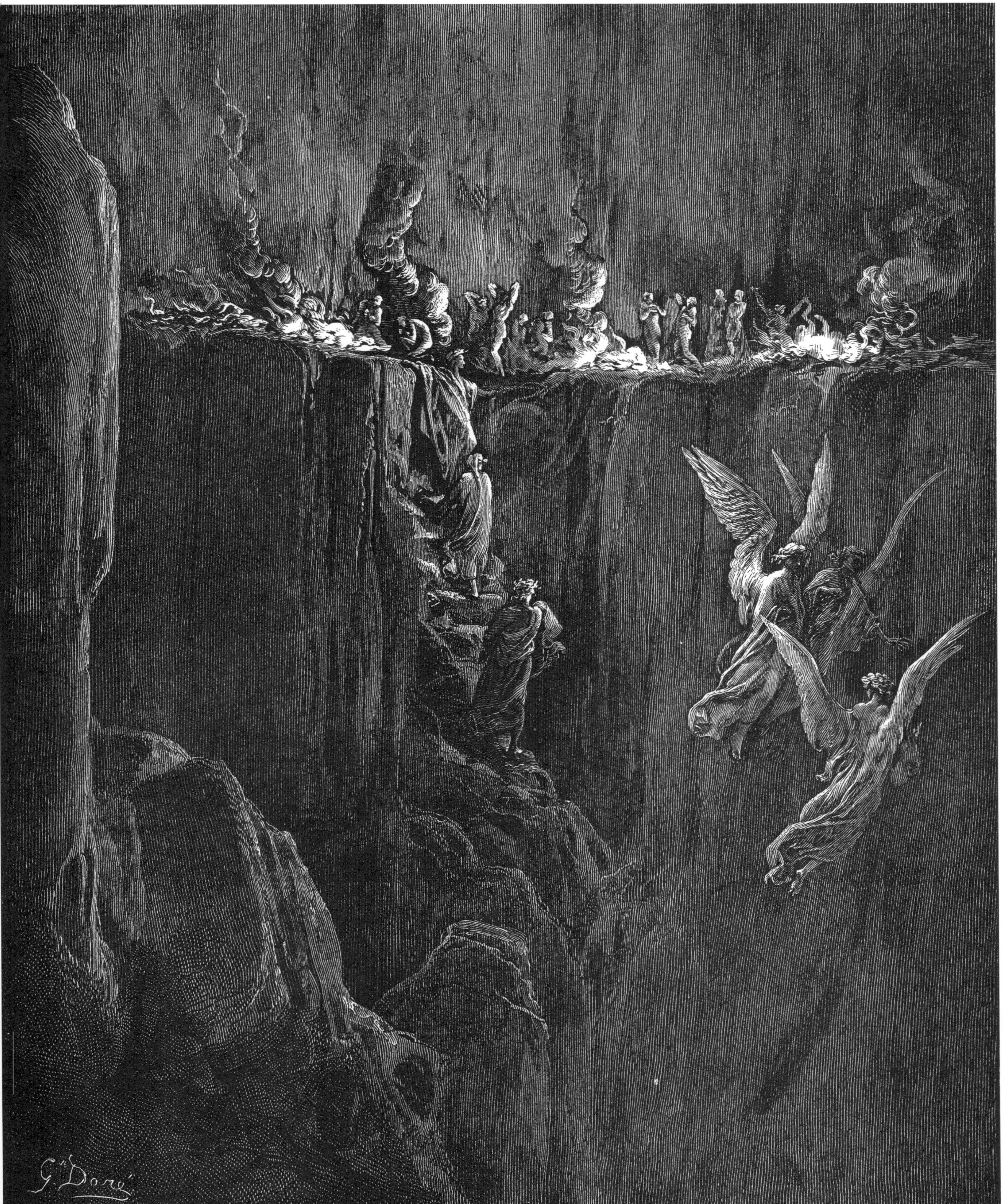
G. Doré
H. PISAN

那时，我听见大火中间唱道"Summae Deus clementiae"，使得我同样热切地把眼光转过去；我看到幽魂们在火焰中行走；因此，我不时交替着转移视线，看一下他们，又看一下自己的脚步。那首赞美诗一结束，他们就高呼"Virum non cognosco"。随后，就又开始低声唱赞美诗。

'SUMMAE DEUS CLEMENTÏAE' NEL SENO
AL GRANDE ARDORE ALLORA UDI' CANTANDO,
CHE DI VOLGER MI FÉ CALER NON MENO.

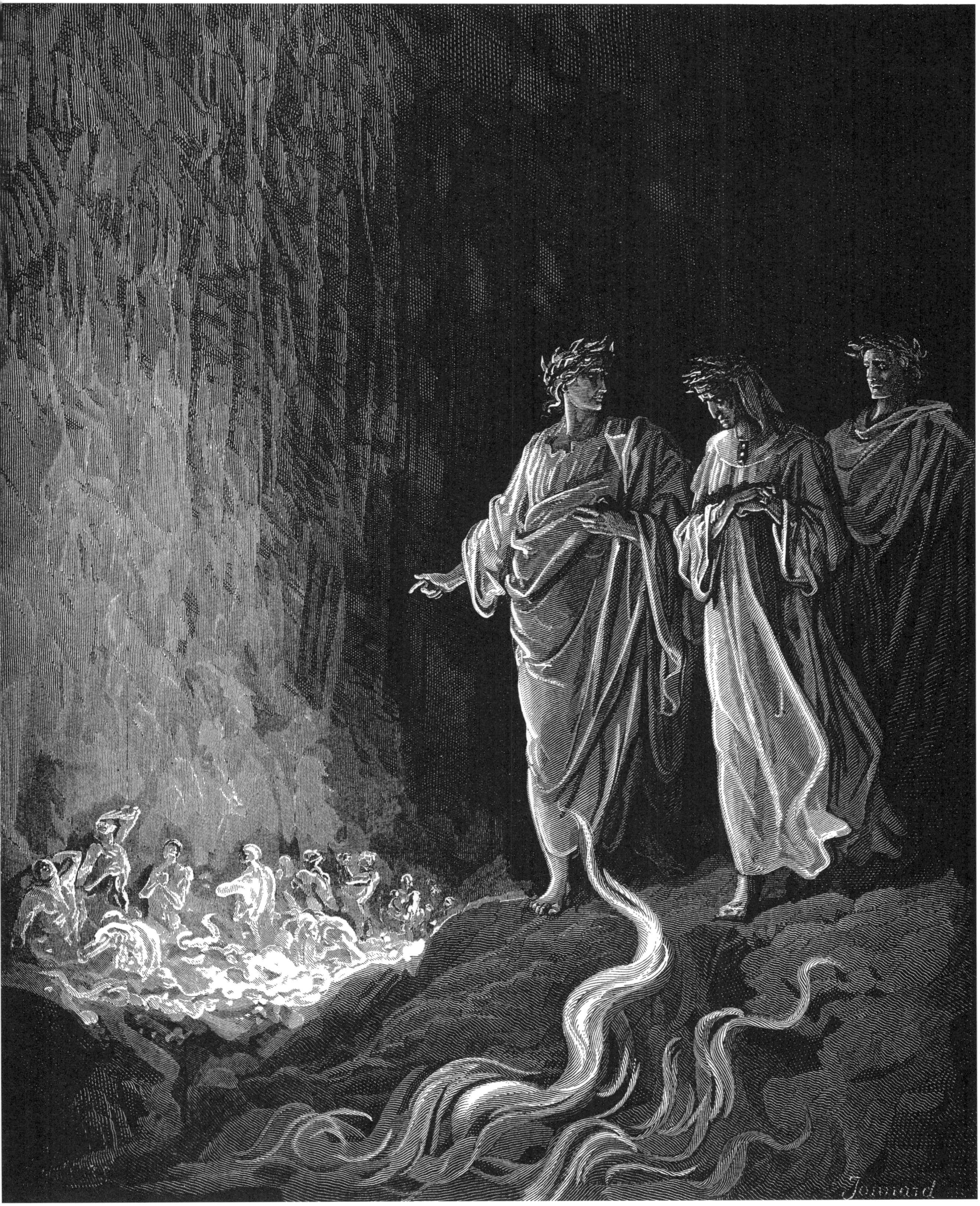
Jonnard

他们还呼喊："狄安娜留在森林里，赶走中了维纳斯的毒的艾丽绮。"然后，他们又重新唱那首诗；接着，就高声称颂那些符合道德和婚姻要求的贞洁的妻子和丈夫。我相信，在火烧着他们的期间，他们都一直在这样做：必须用这种疗法和这种食物才能使这个伤口最后愈合。

E VIDI SPIRTI PER LA FIAMMA ANDANDO;
PER CH'IO GUARDAVA A LORO E A' MIEI PASSI
COMPARTENDO LA VISTA A QUANDO A QUANDO.

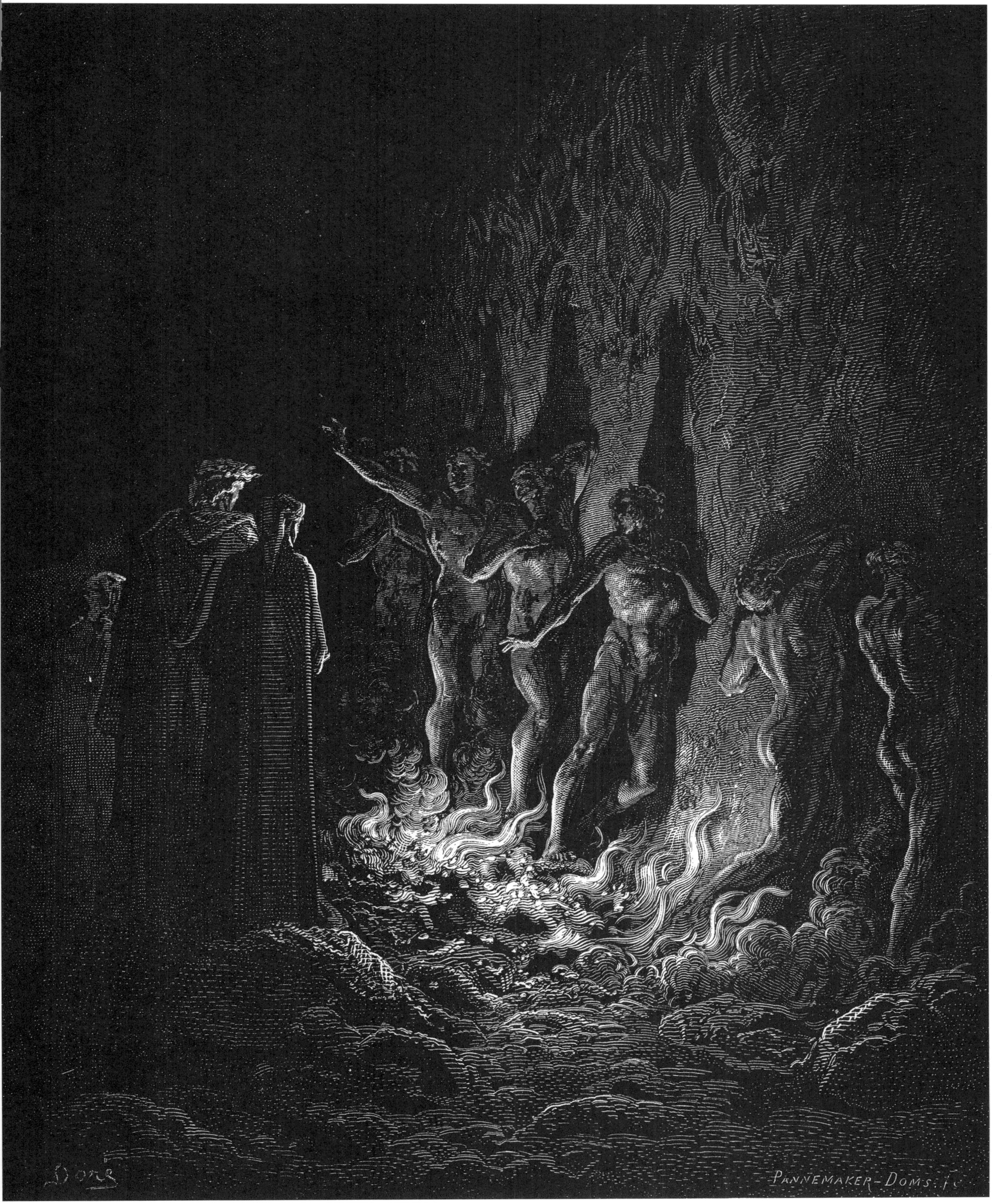
Doré
PANNEMAKER-DOMS: fc

我恍惚梦见一位又年轻又美丽的女性在原野中边走边采花,她唱着歌,说:"谁问我的名字,就让他知道我是利亚。我边走,边向周围挥动美丽的双手给自己编一个花环。我在这里装饰自己,为了在镜中顾影自喜;但我妹妹拉结却从不离开她的镜子,整天坐着。她爱看她自己的美丽的眼睛,如同我爱用手装饰自己一样。静观使她满足,行动使我满足。"

GIOVANE E BELLA IN SOGNO MI PAREA
DONNA VEDERE ANDAR PER UNA LANDA
COGLIENDO FIORI; E CANTANDO DICEA.

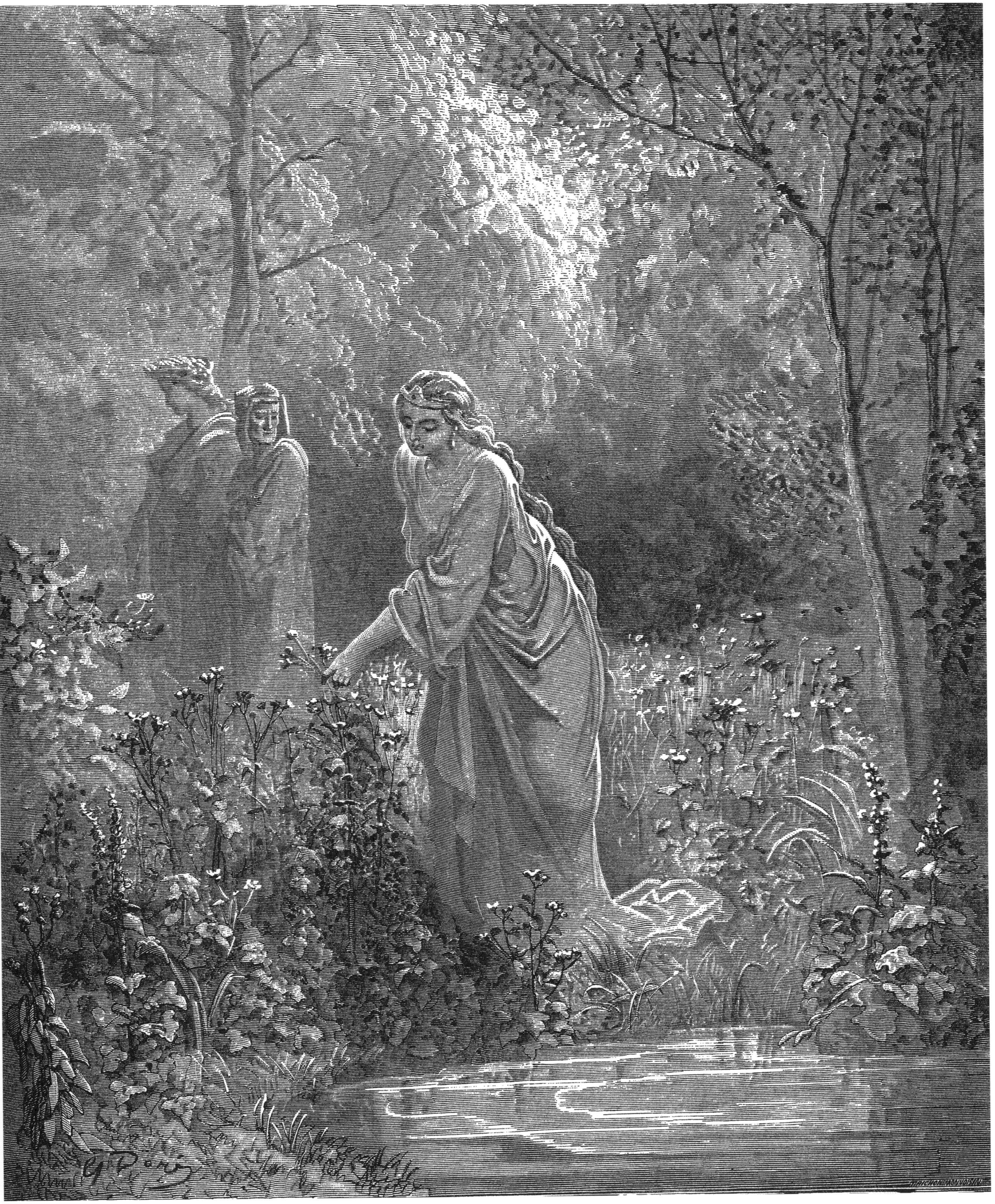

缓慢的脚步已经把我带入这座古老的森林那样深，我都望不见我是从什么地方进来的了，忽然瞥见一条小河挡住了我的去路，河中的细小的波浪使岸边生出的草向左倾斜。这条小河虽然是在从来不让日光或月光射入的永恒的林荫下暗中流动，却清澈见底，和它相比，世上一切最纯净的水都会显得有些杂质。

GIÀ M'AVEAN TRASPORTATO I LENTI PASSI
DENTRO A LA SELVA ANTICA TANTO, CH'IO
NON POTEA RIVEDERE OND' IO MI 'NTRASSI.

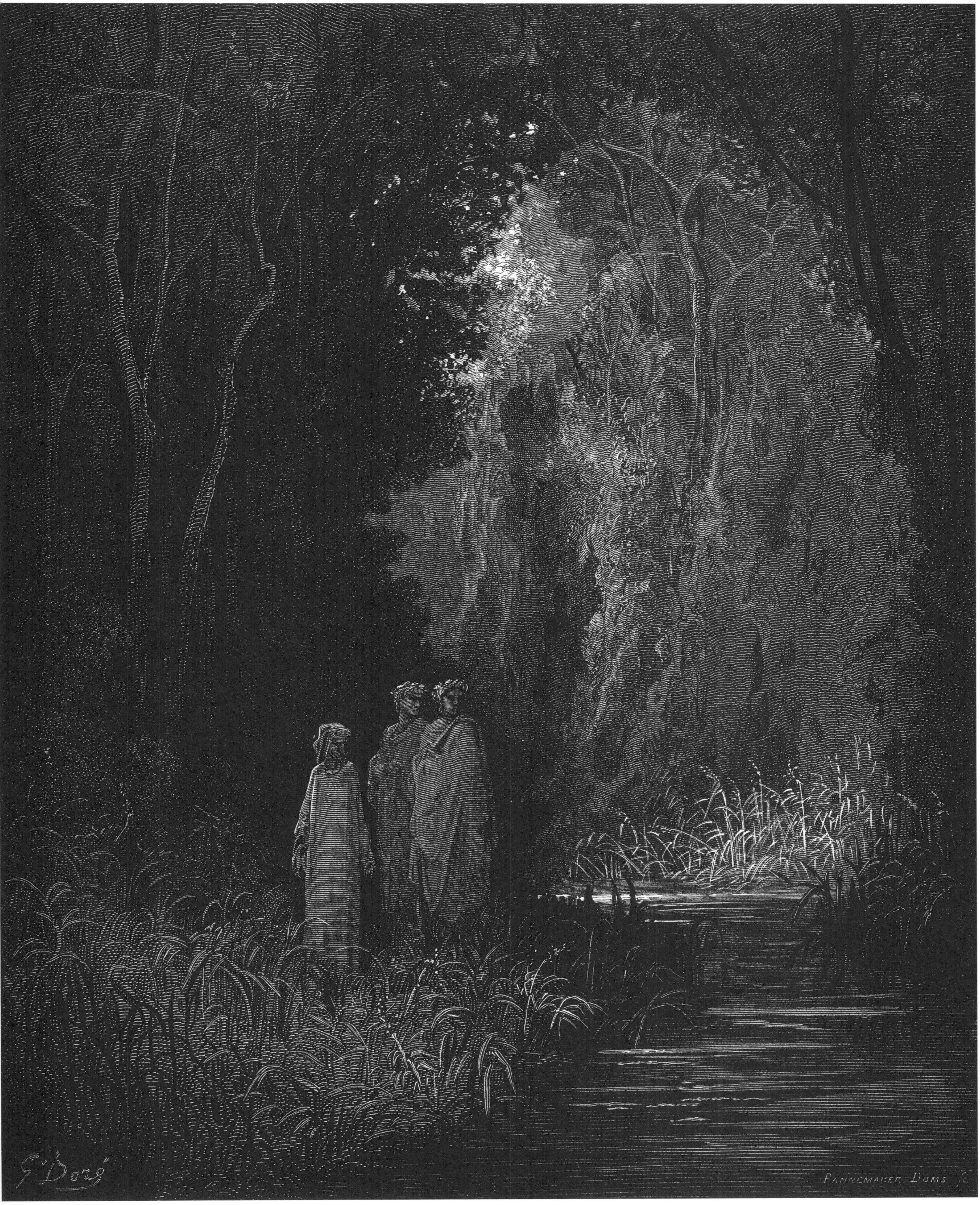
G. Doré
PANNEMAKER · DOMS sc

在这像我所描写的那样美丽的天穹下，有二十四位长老两个两个地并排走来，头上戴着百合花冠。他们都唱："你在亚当的女儿们中是有福的，愿你的美千秋万代受到祝福！"

　　那些高贵的人从我对面的河岸上的花和嫩草中间走过去后，接着，四个活物就像一个星座接替一个星座在天空出现似的，在他们后面走来，每个头上都戴着绿叶冠。

VENTIQUATTRO SENIORI, A DUE A DUE,
CORONATI VENIEN DI FIORDALISO.

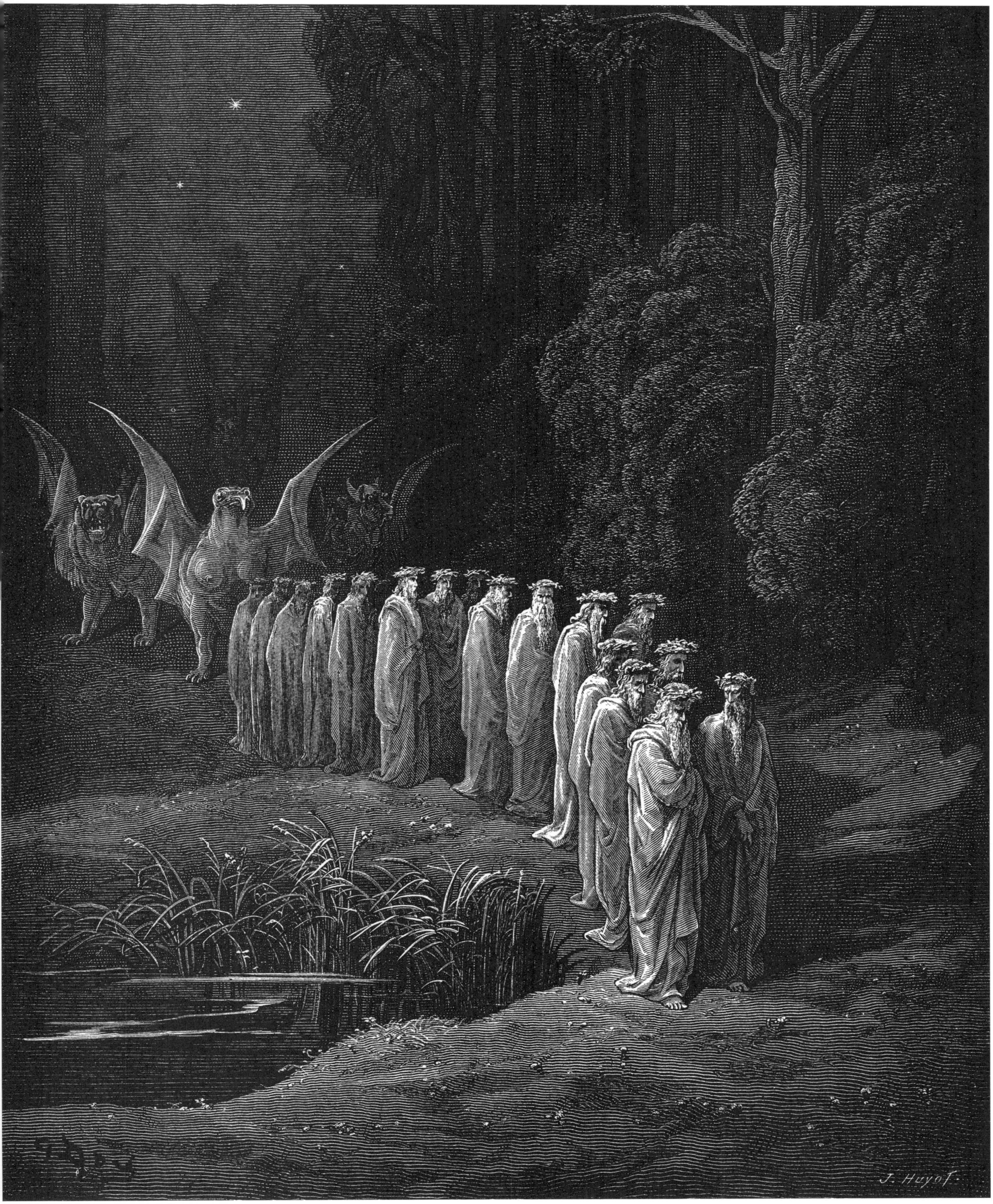
J. Huyot.

凯旋车的右轮旁边，三位仙女围成一圈儿舞蹈着而来，一位颜色那样红，她若在火中会难以辨认；另一位似乎她的肉和骨都是绿宝石做的；第三位颜色有如新降的雪；看来她们似乎时而由白色的，时而由红色的领导跳舞；根据后者的歌声，其他的仙女们决定她们舞蹈的节奏快慢。

TRE DONNE IN GIRO DA LA DESTRA ROTA
VENIAN DANZANDO; L'UNA TANTO ROSSA
CH'A PENA FORA DENTRO AL FOCO NOTA;
L'ALTR' ERA COME SE LE CARNI E L'OSSA
FOSSERO STATE DI SMERALDO FATTE;
LA TERZA PAREA NEVE TESTÉ MOSSA.

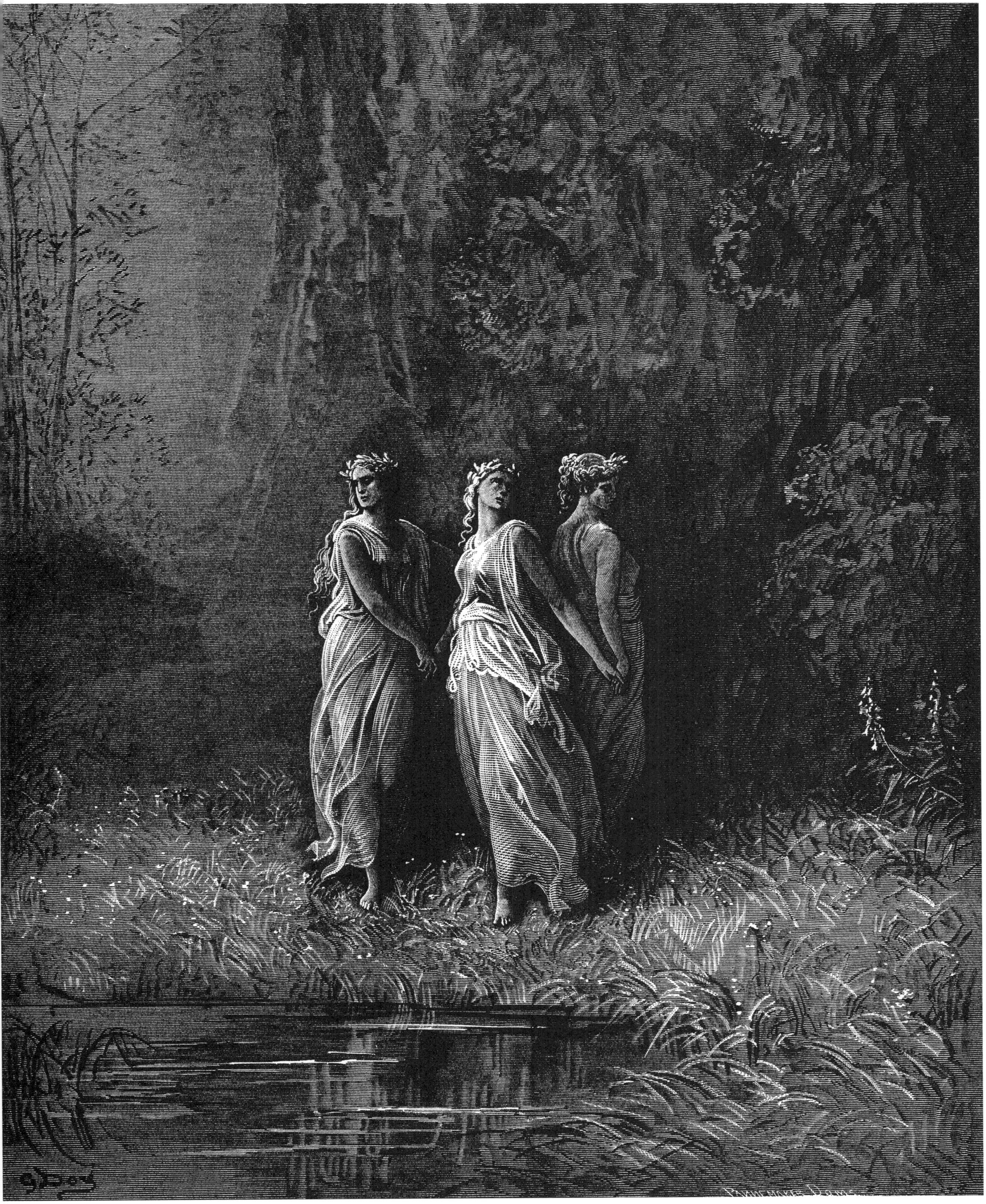

天使们手里向上散的花纷纷落到车里和车外，形成了一片彩云，彩云中一位圣女出现在我面前，戴着橄榄叶花冠，蒙着白面纱，披着绿斗篷，里面穿着烈火般的红色的长袍。我的心已经这么久没在她面前敬畏得发抖，不能支持了，现在眼睛没认清楚她的容颜，通过来自她的神秘力量，就感觉到旧时爱情的强大作用。

Donna m'apparve, sotto verde manto
vestita di color di fiamma viva.

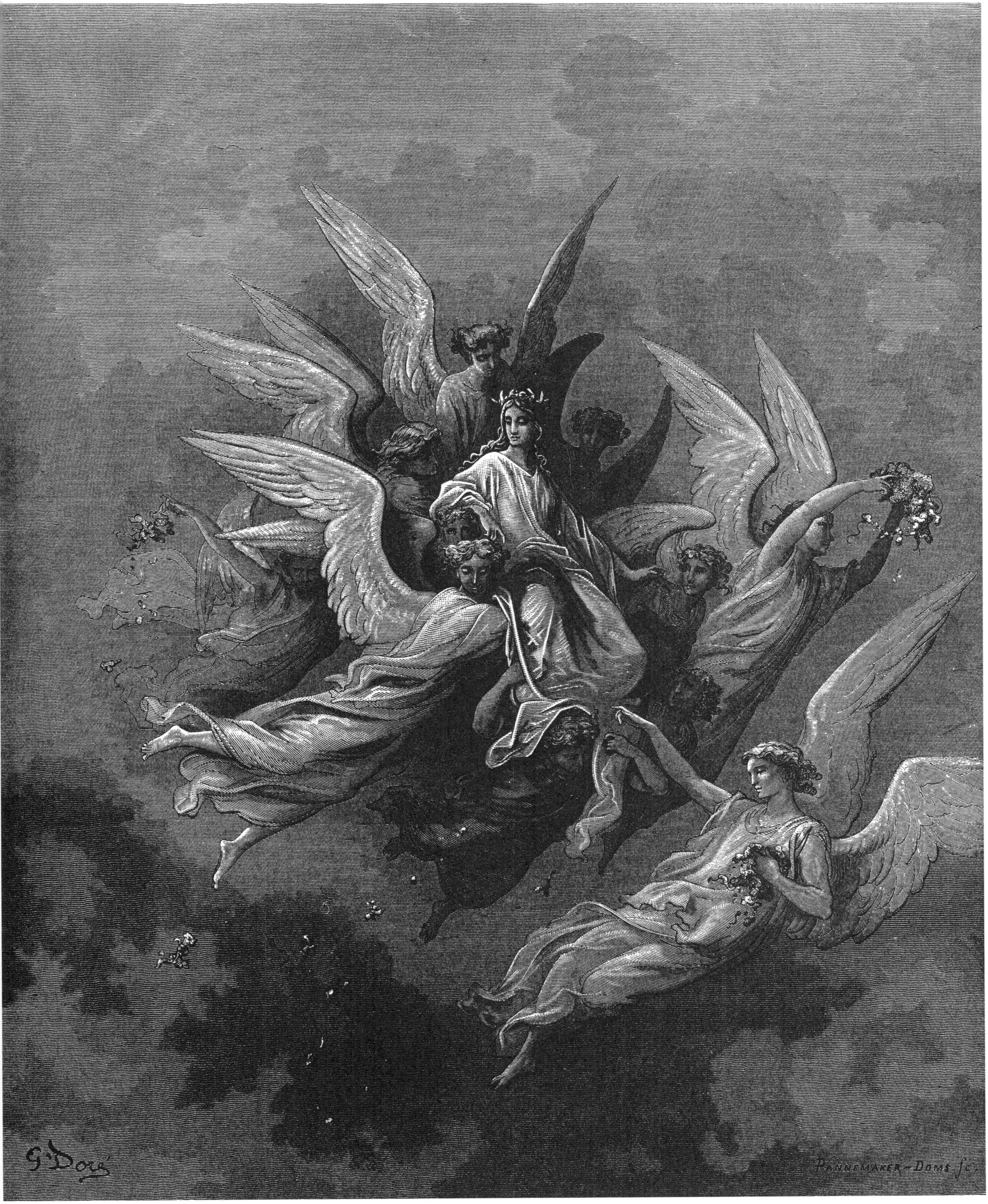
G. Doré
PANNEMAKER-DOMS sc.

当我的心恢复了对外界的知觉时，我瞥见先前发现的那位孤独的淑女在我上面，她说："拉住我，拉住我！"她已经把我浸入河中，河水没到我喉部，她正拖曳着我，擦着水面走去，像梭一般轻快。……这位美丽的淑女张开两臂，抱住我的头，把它浸入水中，使我不得不喝几口河水。

LA BELLA DONNA NE LE BRACCIA APRISSI;
ABBRACCIOMMI LA TESTA E MI SOMMERSE
OVE CONVENNE CH'IO L'ACQUA INGHIOTTISSI.

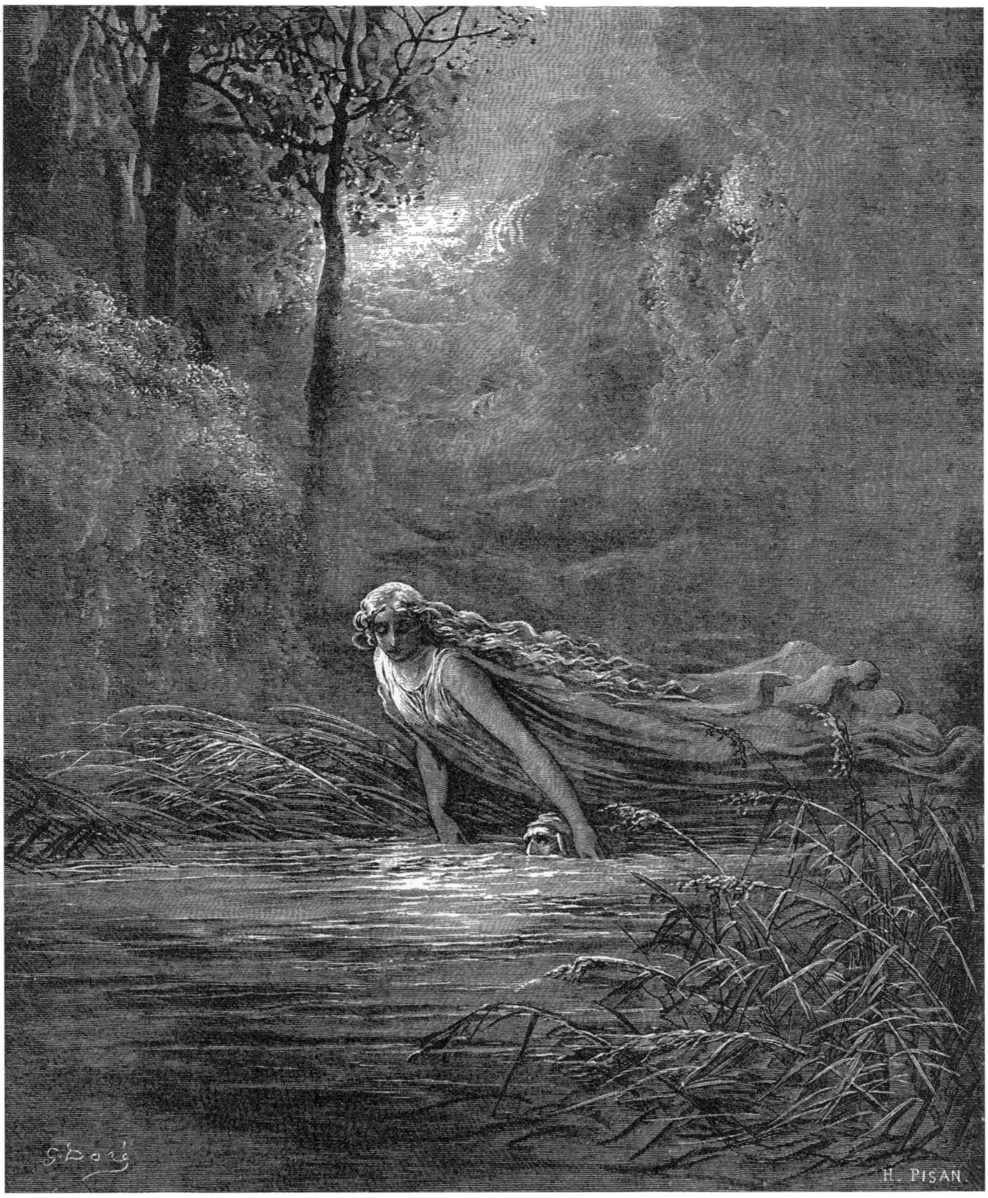

H. PISAN

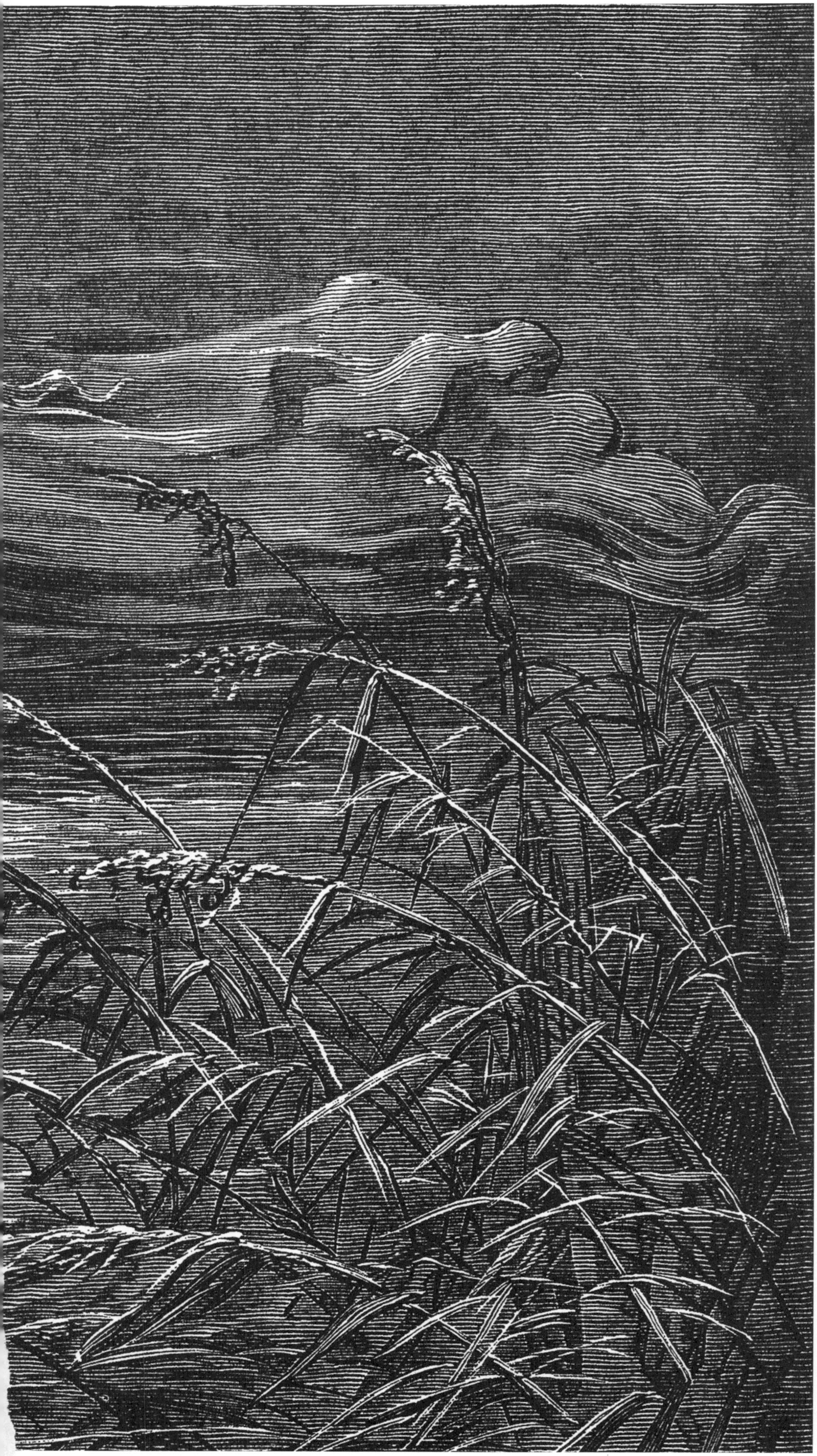

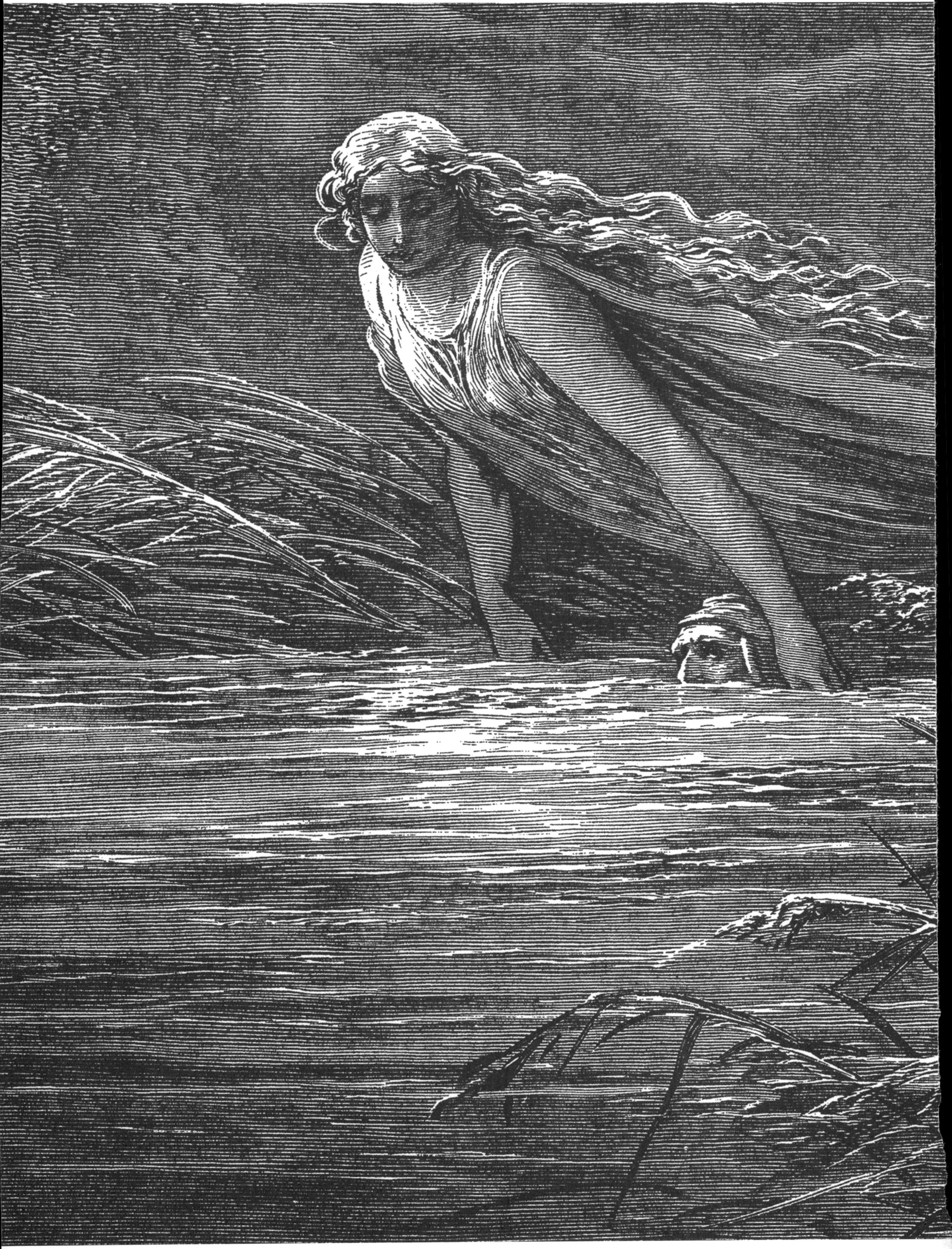

前面那三个都像牛头一般各有两角,另外那四个都只额上有一角;这样的怪物还从未见过。随后,就有一个淫荡的娼妇出现在我眼前,如同高山上的城堡一般,泰然自若地坐在这个怪物上,用她的媚眼左顾右盼;我看见一个巨人站在她身边,好像是防备她被人从他手里夺去似的;他们一再互相亲嘴。

VIDI DI COSTA A LEI DRITTO UN GIGANTE;
E BASCIAVANSI INSIEME ALCUNA VOLTA.

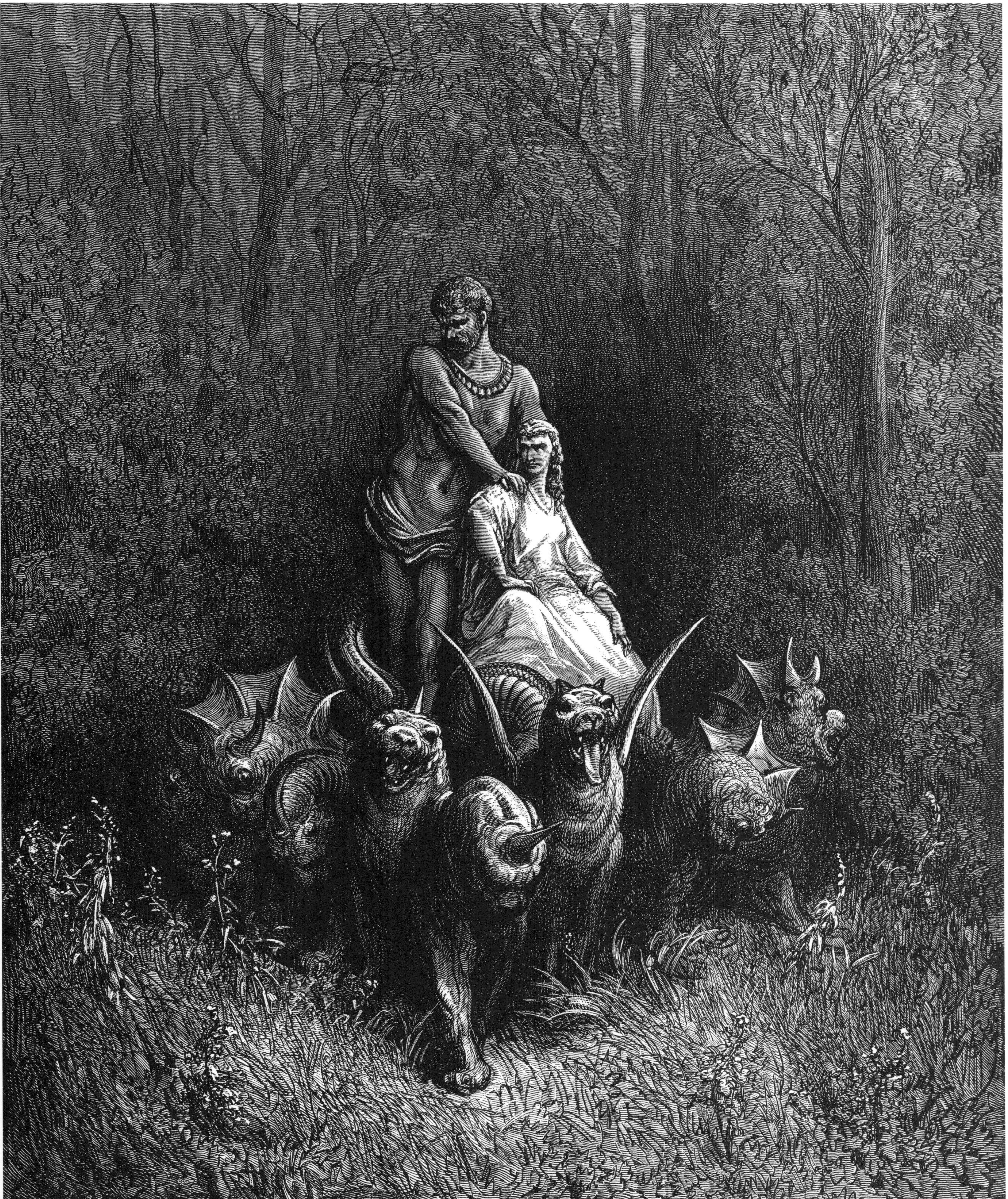

读者呀,假若我有更长的篇幅可以写下去,我还要部分地歌颂这永不能使我喝够的河水;但是,由于为这第二部曲规定的篇幅已经完全写满,艺术的法则不许我再进行下去。

我从最神圣的水波中返回,如同新的树木生出新叶一般得到新生,身心纯洁,准备上升到群星。

S'IO AVESSI, LETTOR, PIÙ LUNGO SPAZIO
DA SCRIVERE, I' PUR CANTERE' IN PARTE
LO DOLCE BER CHE MAI NON M'AVRIA SAZIO.

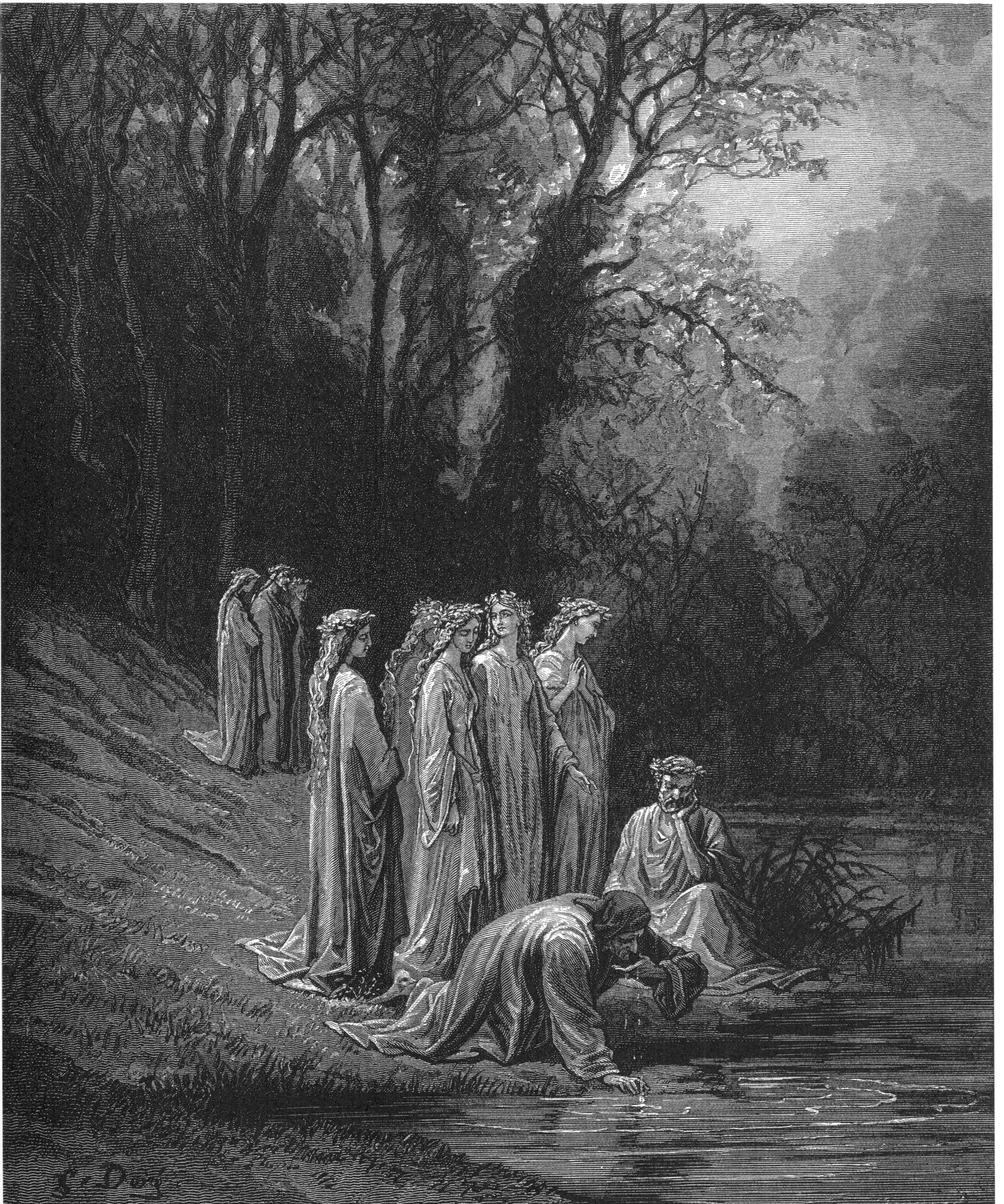

天国篇
Paradiso

TALI VID' IO PIÙ FACCE A PARLAR PRONTE.

　　如同透过洁净而且透明的玻璃，或者透过清澈而且平静的、而不是深不见底的水，我们的面部轮廓如此模糊地映现出来，有如白皙的额上的珍珠映入我们的眼帘一样难以辨别；我看到许多这样的人面准备说话；因此，我陷入了与点燃起人对泉水之爱的那种错误正好相反的错误之中。

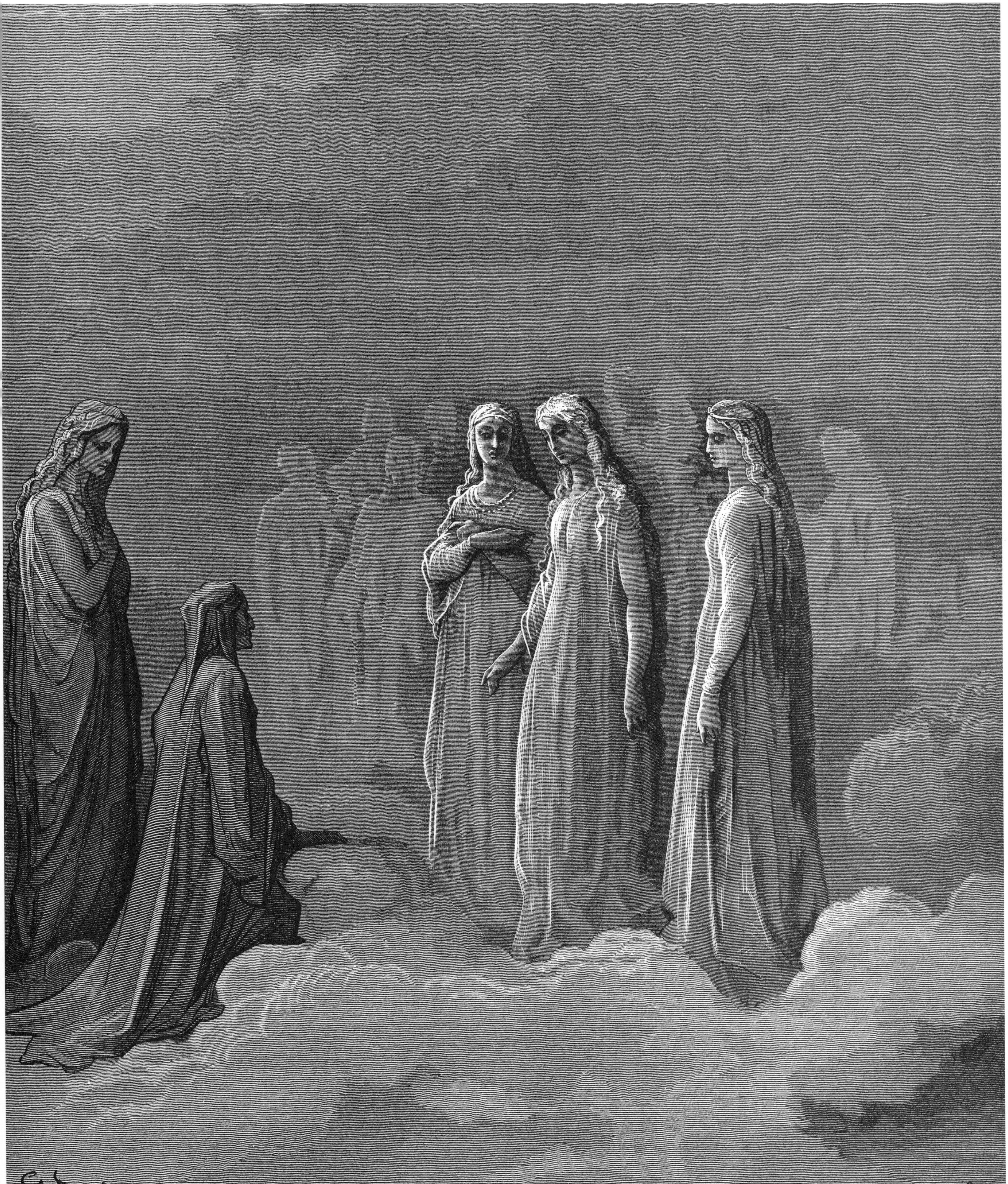
G. Doré
PANNEMAKER-DOMS Sc.

如同在平静和清澈的鱼池中，群鱼一发现有什么东西从外面落入水中，使它们认为是它们的食物，就都直奔那里游去。同样，我们看到，足有一千多个发光体直奔我们而来，听见每个都说："瞧，那个将使我的爱增加的人。"当每个灵魂走近我们时，我都看到他发出的灿烂的光芒使他显得充满喜悦。

SÌ VID' IO BEN PIÙ DI MILLE SPLENDORI
TRARSI VER' NOI, E IN CIASCUN S'UDIA:
«ECCO CHI CRESCERÀ LI NOSTRI AMORI».

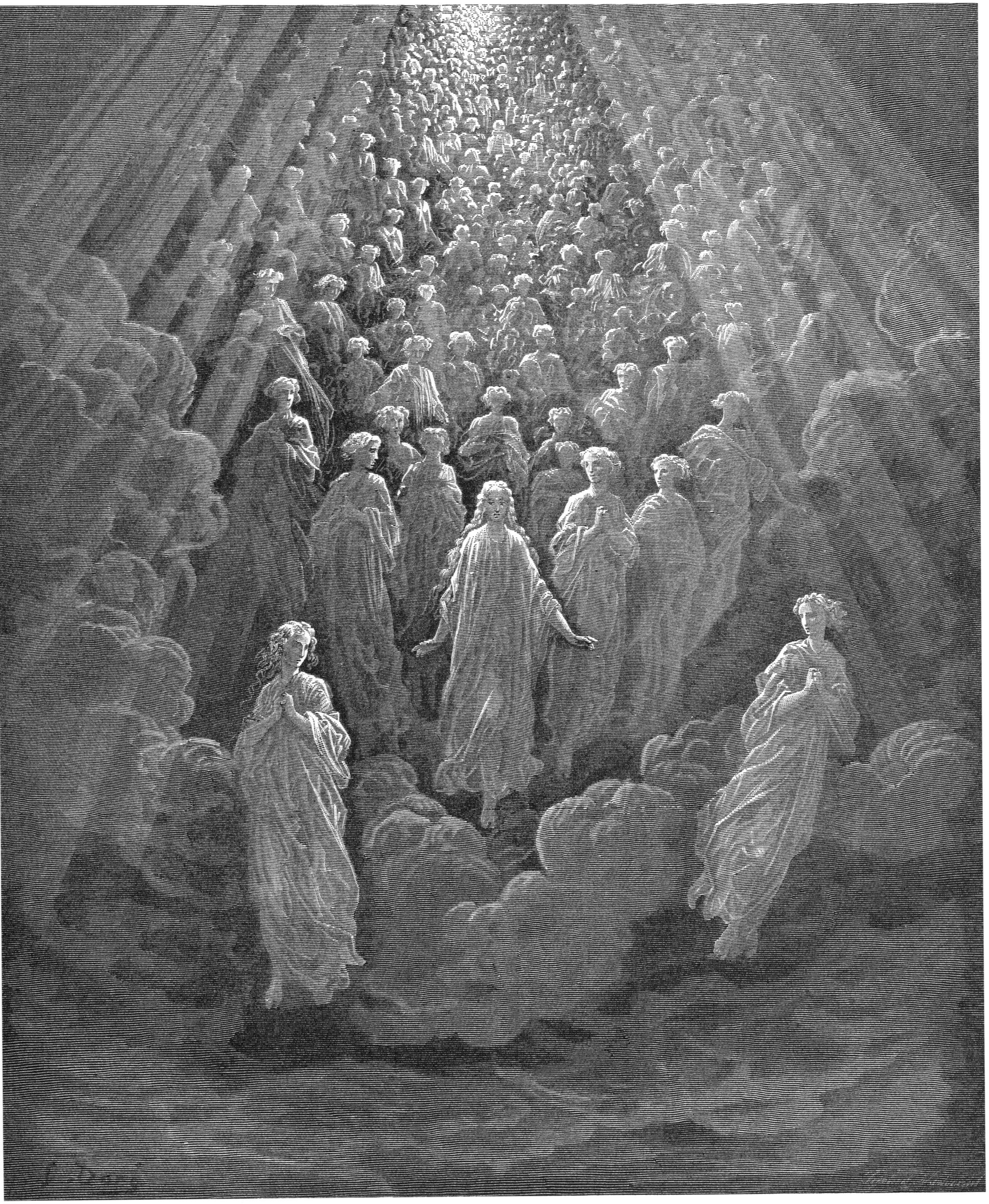

我在下界尘世间的时光很短；假若长些的话，许多发生的灾祸就不会发生。我的喜悦的光芒向我周围发射，好像蚕茧包着蚕似的把我遮蔽着，使你看不见我。你曾十分爱我，而且有充分的理由；因为，假若我仍然在世的话，我向你表示的将不仅是我的爱的叶子而已。罗纳河与索尔格河汇合后向南流的左岸那片土地等待我在适当的时候做它的君主。

QUELLA SINISTRA RIVA CHE SI LAVA
DI RODANO POI CH'È MISTO CON SORGA,
PER SUO SEGNORE A TEMPO M'ASPETTAVA.

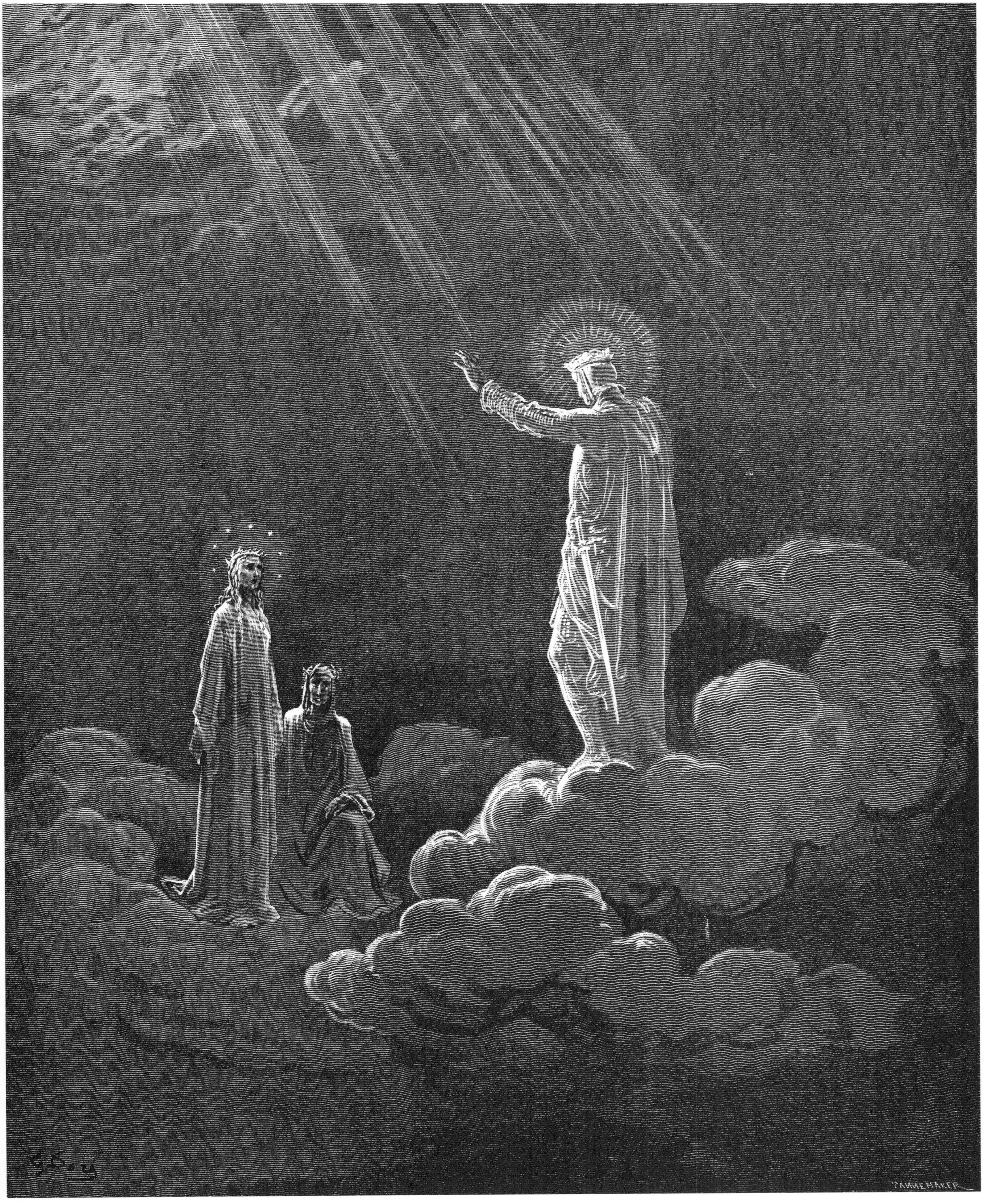
PANNEMAKER

同样，那些永恒的玫瑰花组成的那两个花环围绕着我们转动，同样，外面的那个花环的动作和歌声与里面的那个花环相协调。

Così di quelle sempiterne rose
volgiensi circa noi le due ghirlande,
e sì l'estrema a l'intima rispuose.

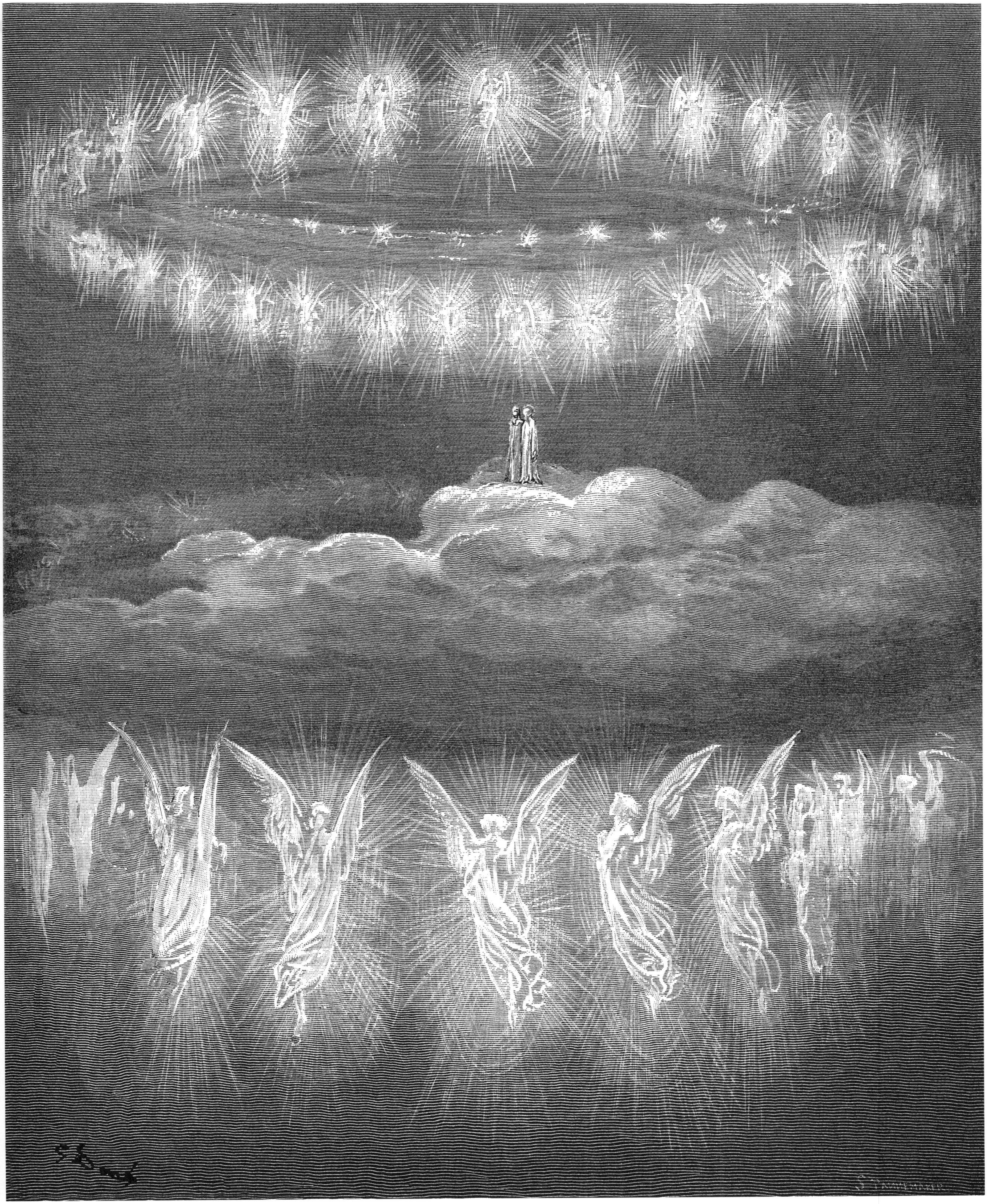

啊，圣灵的真实阳光啊！它突如其来地变得那么强烈，使得我的眼睛不能忍受它的刺激呀！但是，贝雅特丽齐向我露出那样美丽的笑容，我只好像对在天上所见的、已从记忆中消失的那些其他的情景一样，不加以描写。看到她的笑容，我的眼睛重新获得力量抬起来看。我发现我独自同那位圣女登上更幸福的境界。我清楚地意识到，我已上升到更高的天，因为那颗星的火红的微笑显得比往常更红。

BEN M'ACCORS' IO CH'IO ERA PIÙ LEVATO,
PER L'AFFOCATO RISO DE LA STELLA,
CHE MI PAREA PIÙ ROGGIO CHE L'USATO.

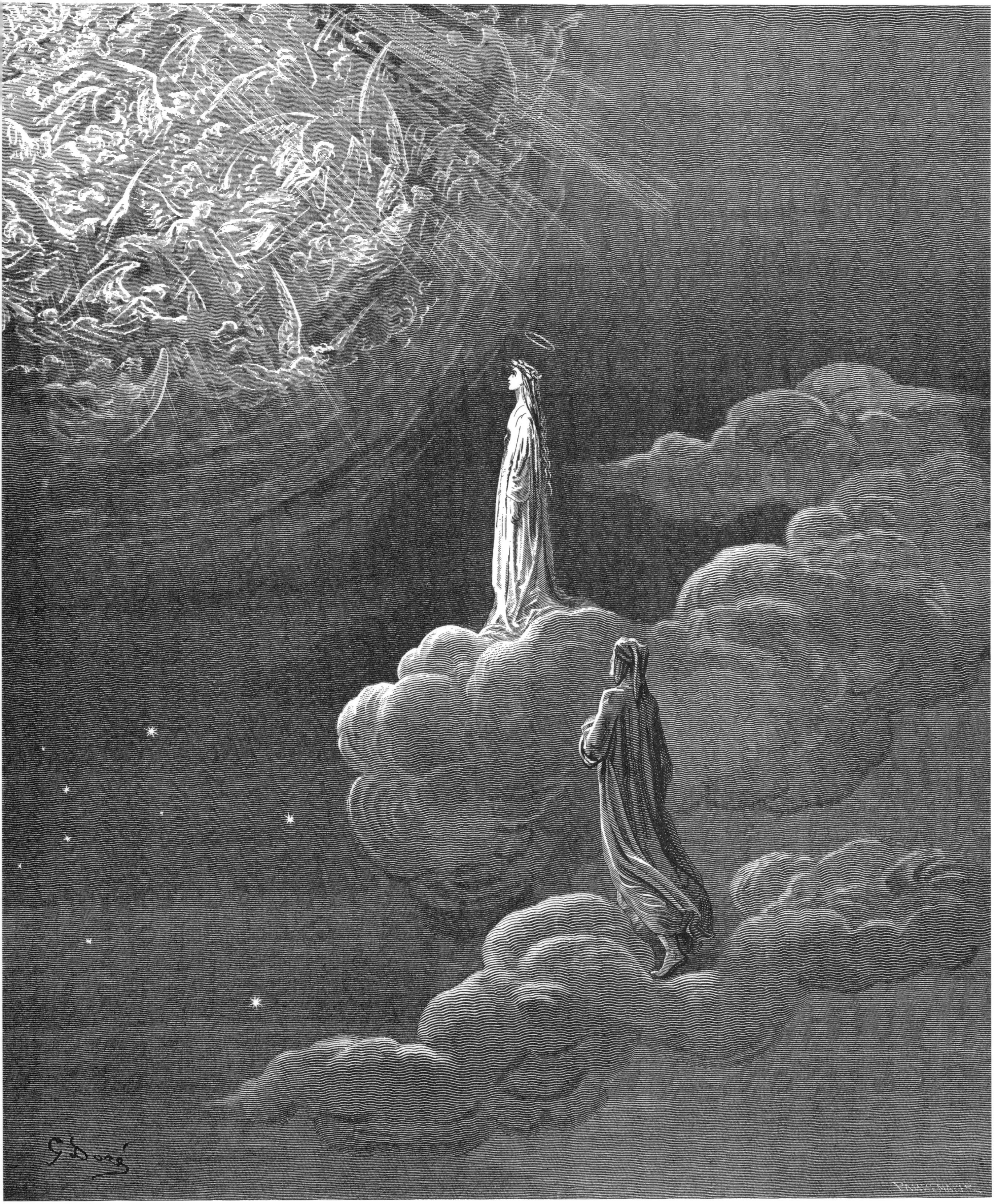
G. Doré

那两条布满发光体的光带在火星深处呈现出那一由两条垂直交叉、把圆分为四部分的直线构成的可尊敬的十字架形。在这里，我的记忆力胜过了我的才华；因为那十字架上闪现出基督，我苦于找不到与之相称的比喻；但是，背起他的十字架跟从基督的人将原谅我，当初看到基督闪现在那白亮的光中而来描写他的形象。

QUI VINCE LA MEMORIA MIA LO 'NGEGNO;
CHÉ QUELLA CROCE LAMPEGGIAVA CRISTO,
SÌ CH'IO NON SO TROVARE ESSEMPRO DEGNO.

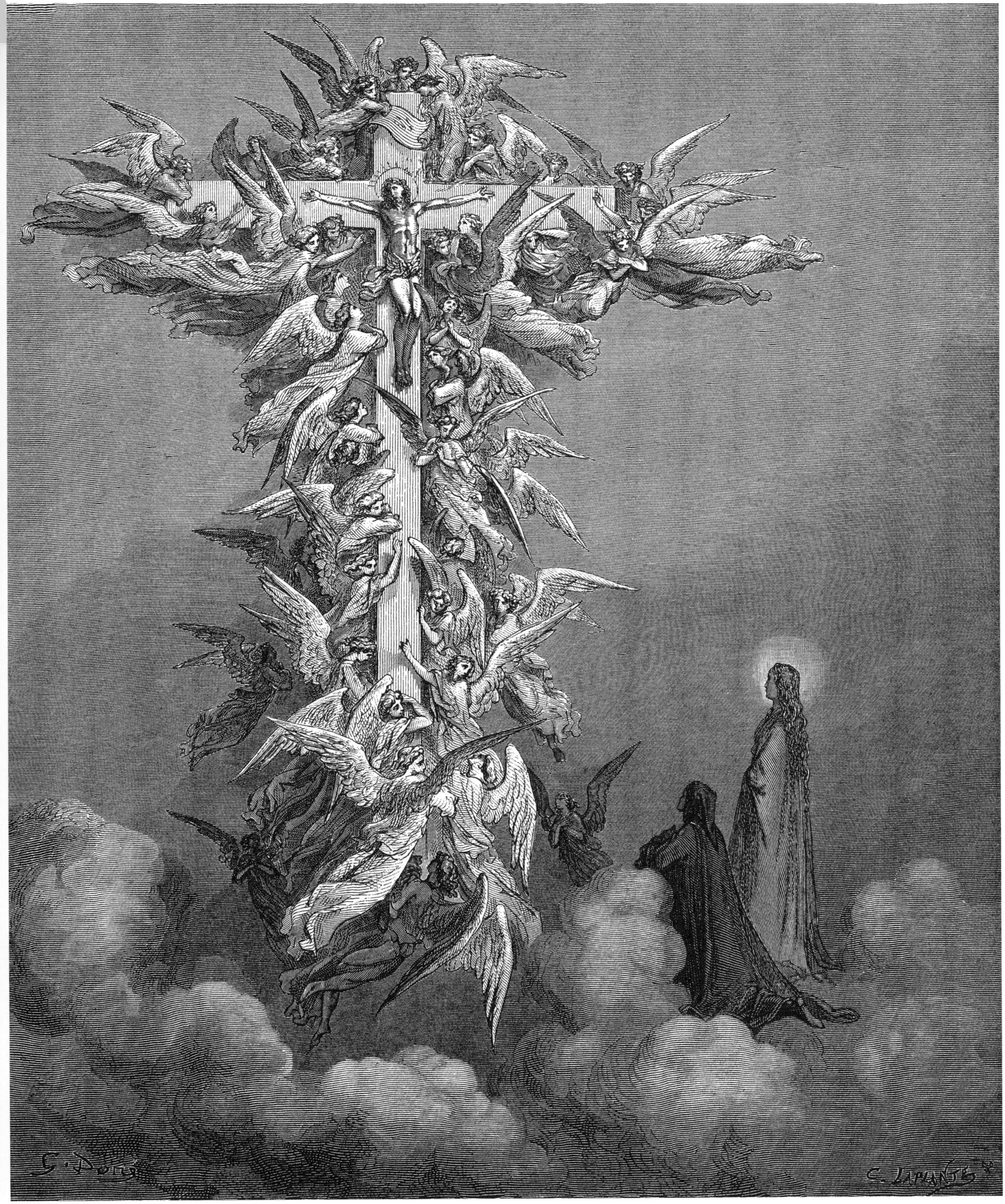

您是我的父亲；您给了说话的一切勇气；你抬举我，使我超过了我自己。我的心由那样多的渠道把欢乐注入其中，使得它庆幸自己能容受而不破裂。那么，我的亲爱的老祖啊，请告诉我，您的祖先是谁，您的童年是在哪些年月度过的。请告诉我圣约翰的羊圈的情况，那时它有多大，它里面配得上占最高职位的都是哪些家族。

Io cominciai: «Voi siete il padre mio;
voi mi date a parlar tutta baldezza;
voi mi levate sì, ch'i' son più ch'io».

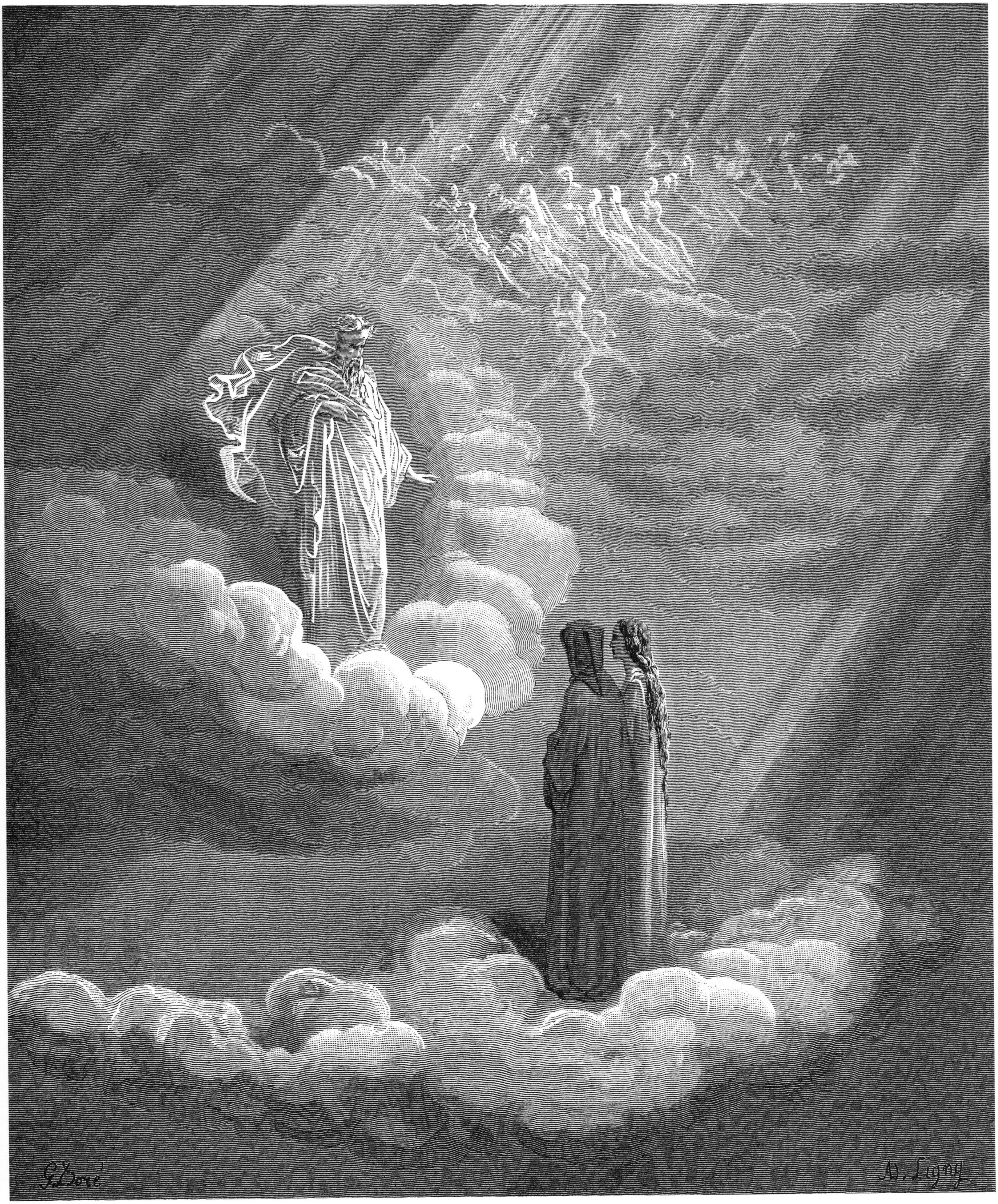
G. Doré
N. Ligny

我在朱庇特之星中看到在那里的一些爱的发光体闪动，在我眼前形成一些书写我们人类的语言的符号。如同群鸟从河岸上飞起，好像在一起欢庆它们获得食物一般，时而排成圆的队形，时而排成其他的队形，同样，那些发光体内的圣洁的灵魂们一面飞翔，一面唱歌。他们排成的队形时而呈 D 字形，时而呈 I 字形，时而呈 L 字形。他们先按照自己唱歌的节拍飞翔；然后，每逢他们排成这些字母之一的队形时，就暂停飞翔，沉默片刻。

SÌ DENTRO AI LUMI SANTE CREATURE
VOLITANDO CANTAVANO, E FACIENSI
OR D, OR I, OR L IN SUE FIGURE.

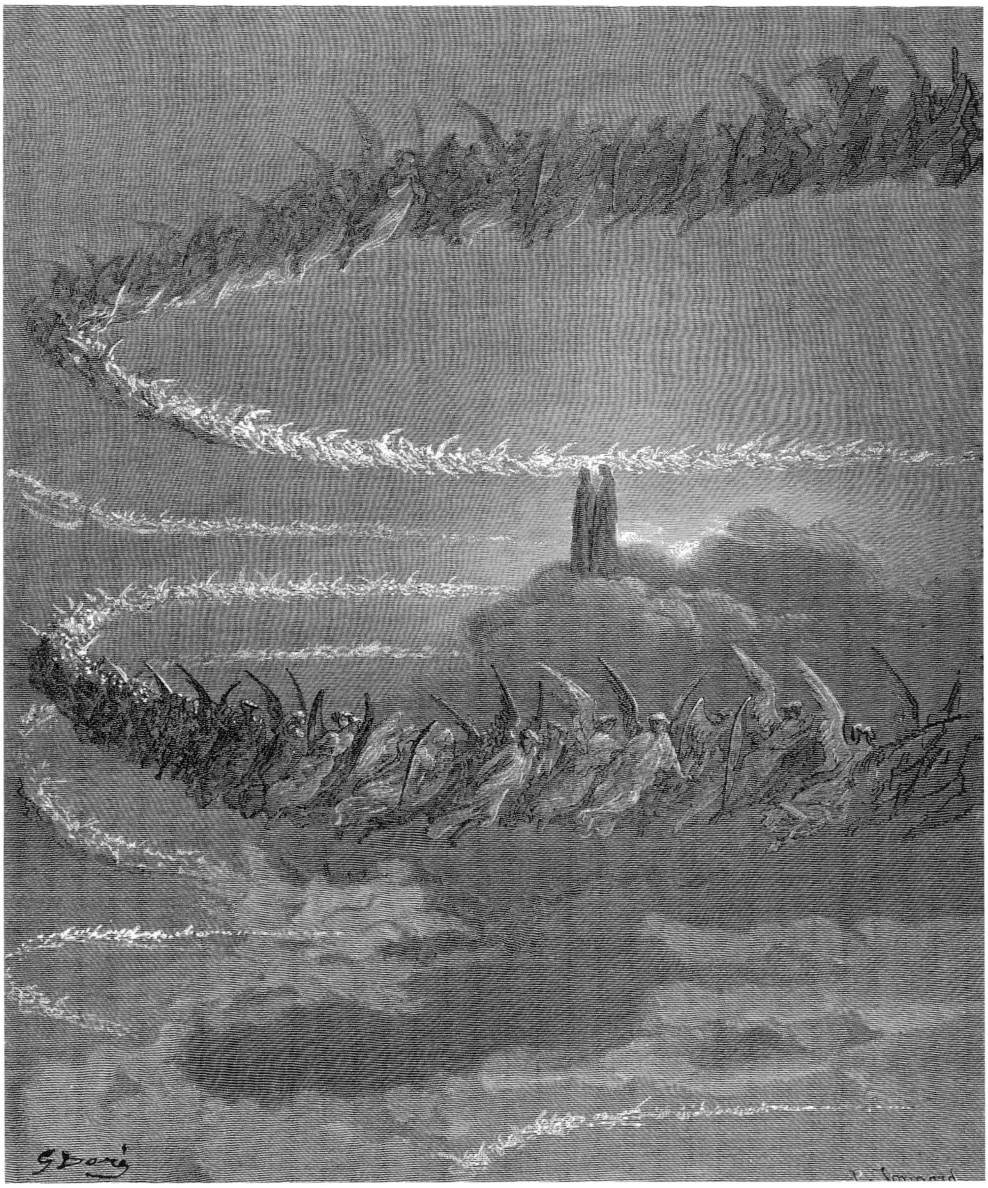
G Doré

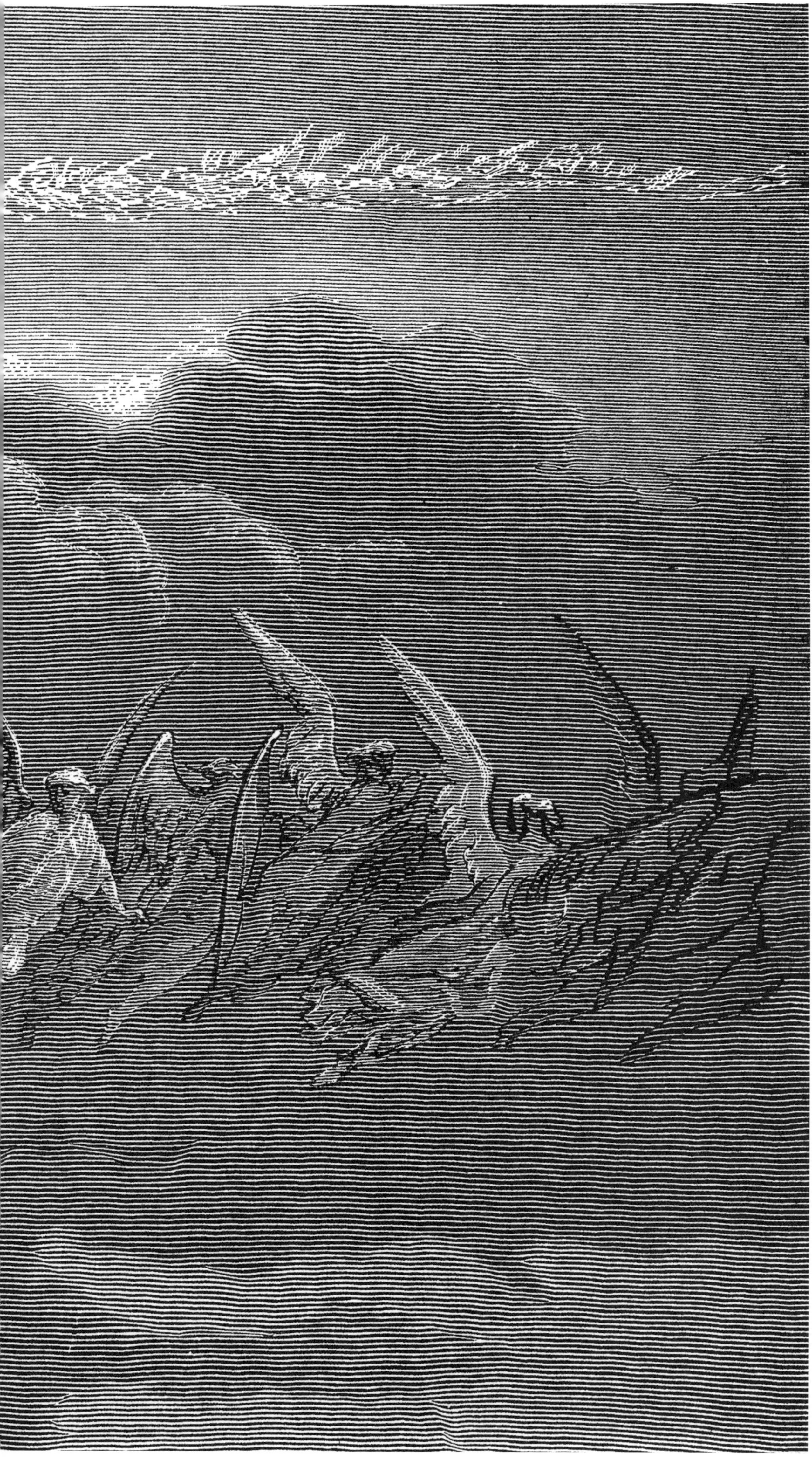

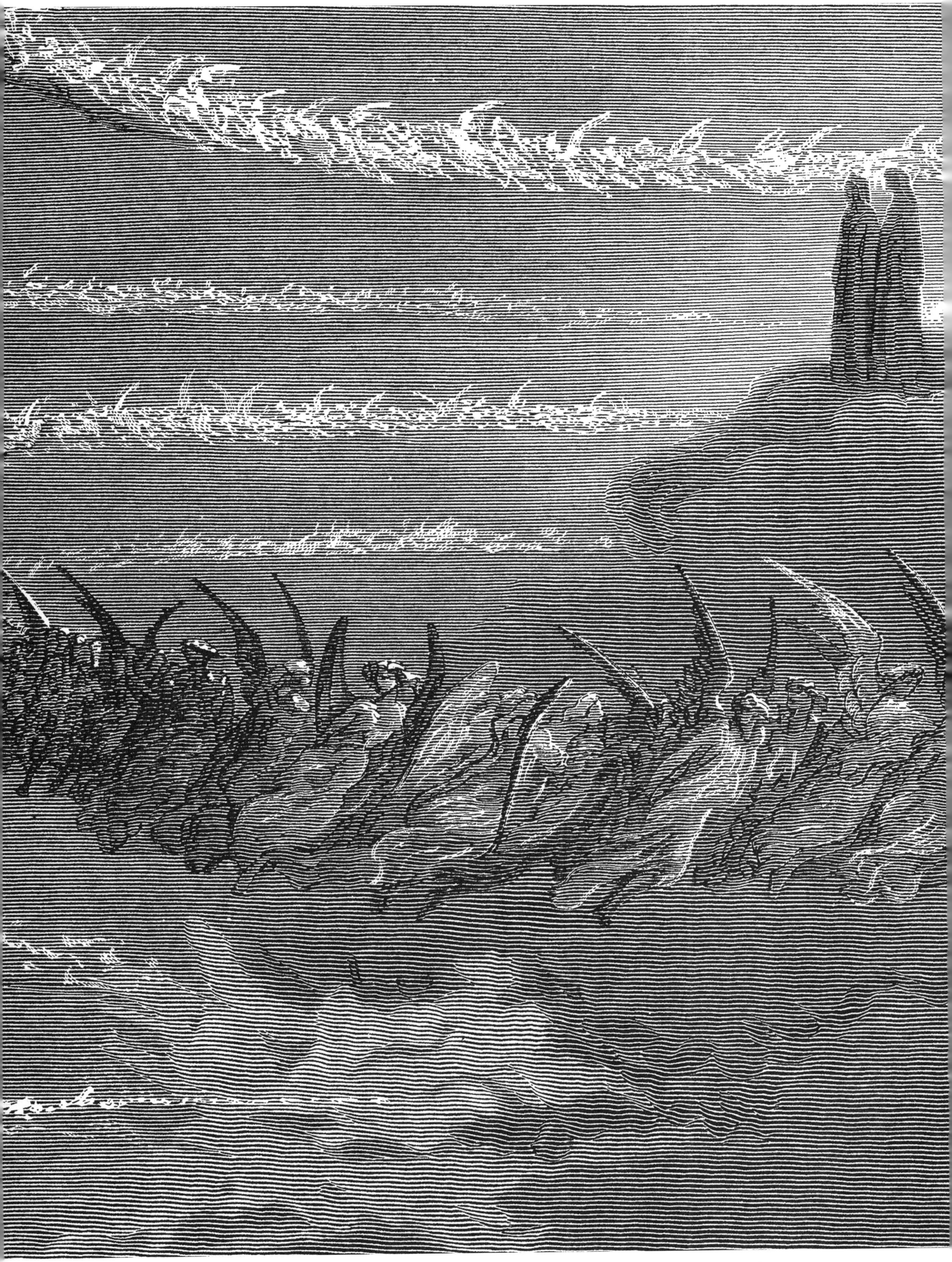

啊，我现在还历历在目的天国的军队呀，你们为那些在世上效法坏榜样而通通走上邪路的人祈祷吧。古时候习惯用刀剑作战，如今作战却以时而在这里，时而在那里，剥夺那位慈悲的父亲不拒绝赐予任何人的面包为武器。但是，你这写下开除教籍令只是为了取消它的人，你要想一想，为了你正在毁坏的葡萄园而死的彼得和保罗仍然活着呢。

O MILIZIA DEL CIEL CU' IO CONTEMPLO,
ADORA PER COLOR CHE SONO IN TERRA
TUTTI SVÏATI DIETRO AL MALO ESSEMPLO!

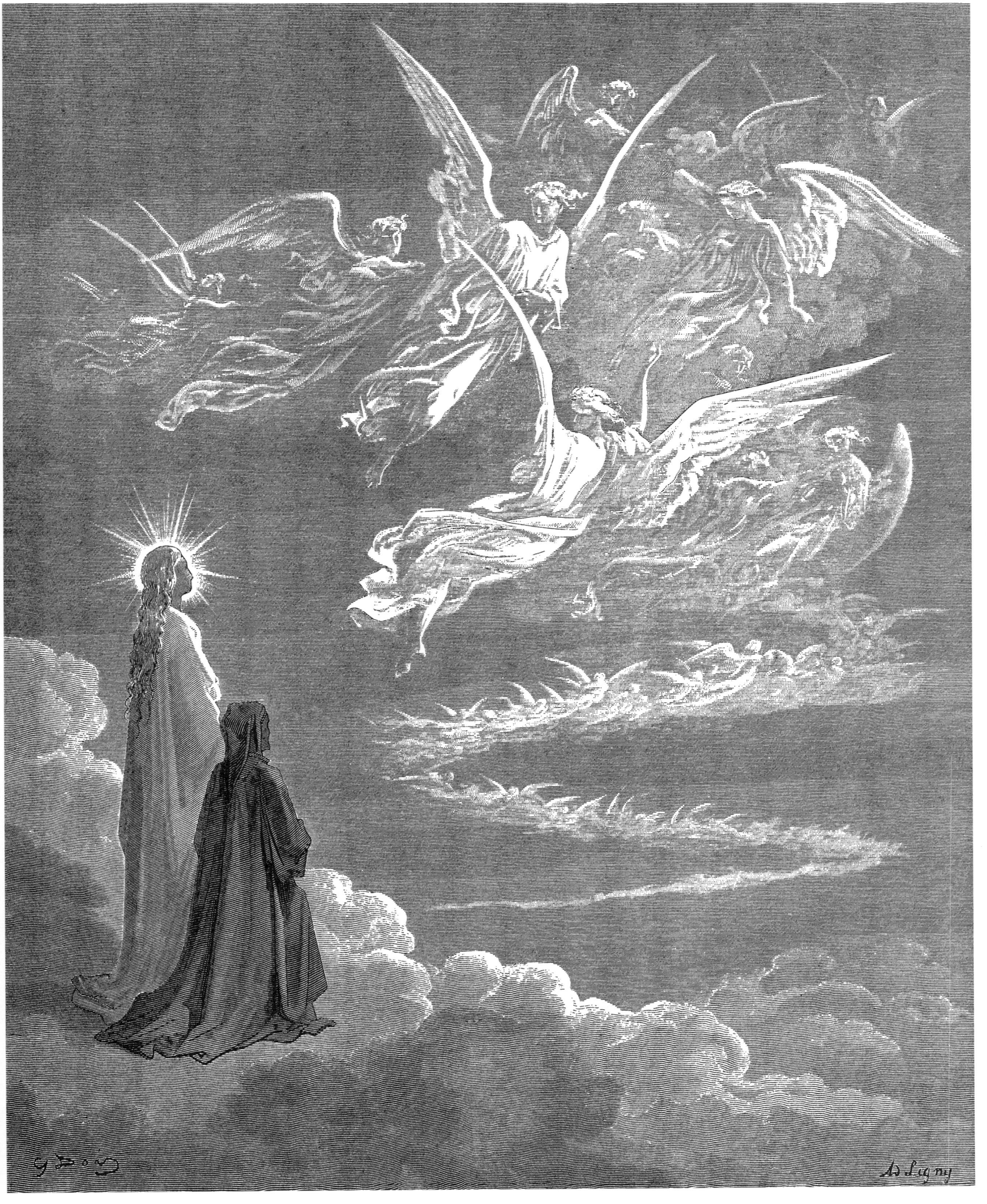
G Doré
Ad Ligny

那些在甜蜜的至福中欢乐的灵魂交织成的美丽的形象展开了双翼出现在我面前。他们每个都像被一线日光照射的红宝似的发出那样强烈的光，似乎把太阳折射到我的眼中。现在我需要转述的话是声音从未说过，笔墨从未写过，想象力从未构思过的；因为我看见并听见鹰嘴说话，声音听起来是"我"和"我的"，虽然在概念上应该是"我们"和"我们的"。

PAREA DINANZI A ME CON L'ALI APERTE
LA BELLA IMAGE CHE NEL DOLCE FRUI
LIETE FACEVAN L'ANIME CONSERTE.

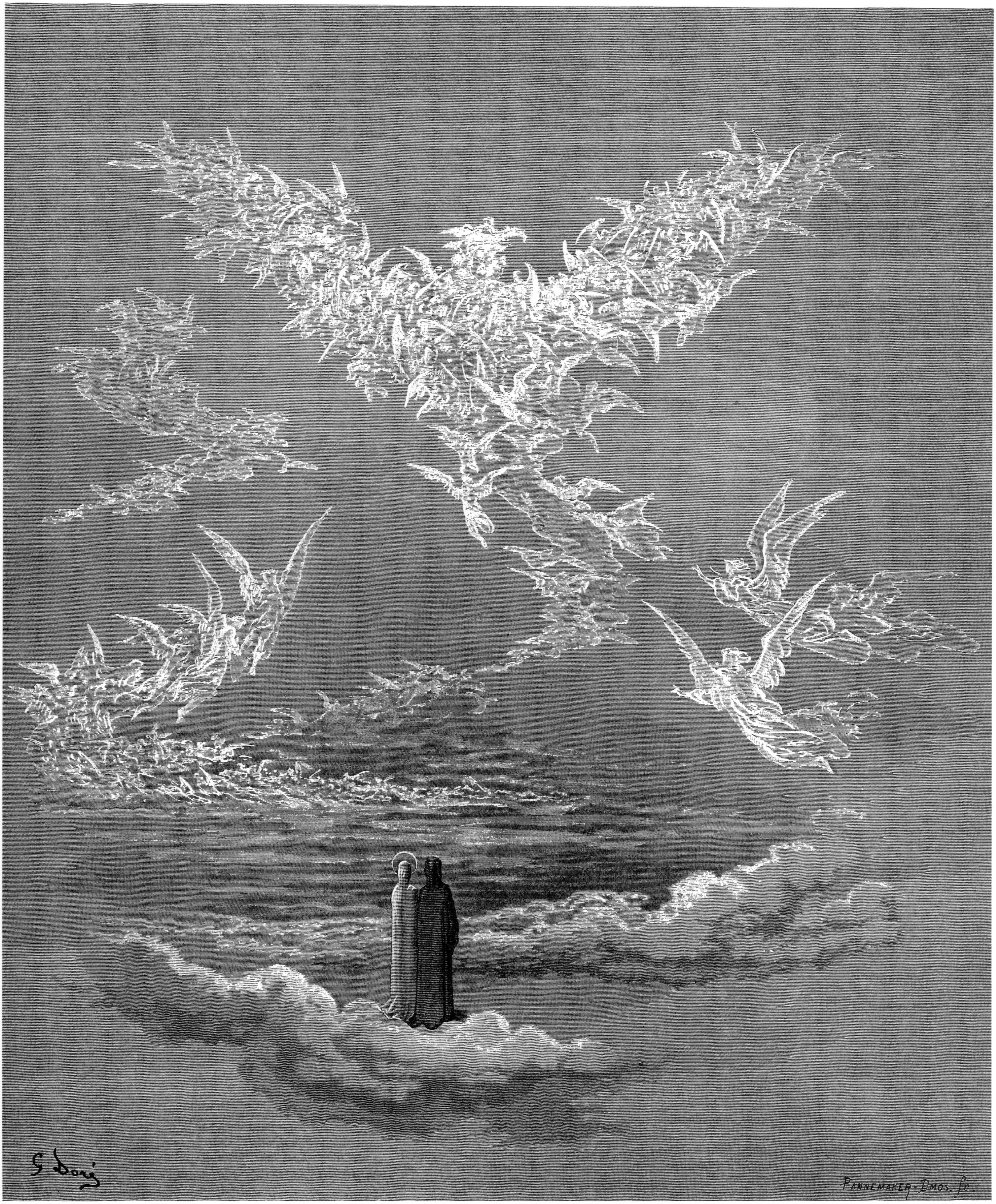
G. Doré
PANNEMAKER-DMOS. Sc.

当普照全世界的太阳从我们这半球落下,白昼从四面八方消逝时,原先单独被太阳光照明的天空忽然由于来自这一种光的众多星光的闪烁而又明亮起来;当那只作为世界及其领袖们的旗帜的鹰刚闭上它的有福的嘴沉默了时,天象的这种变化浮现在我心中;因为所有那些构成这只鹰的形象的明亮的发光体远比先前更加灿烂,并且齐声唱起一些迅速从我的记忆中消失的歌。

PERÒ CHE TUTTE QUELLE VIVE LUCI,
VIE PIÙ LUCENDO, COMINCIARON CANTI
DA MIA MEMORIA LABILI E CADUCI.

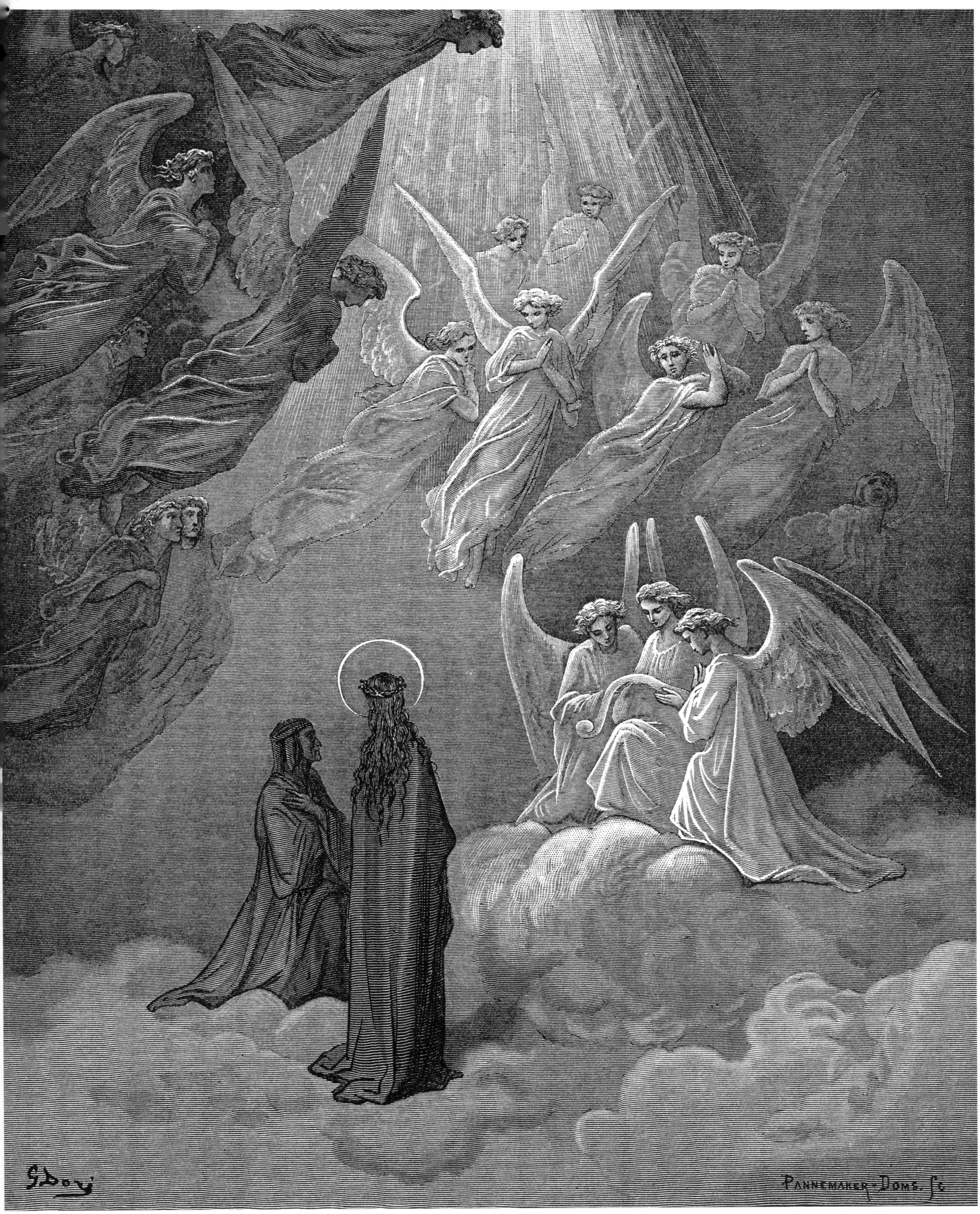
G. Doré
PANNEMAKER-DOMS. Sc

我的眼光已经重新集中在我那位圣女的容颜上，我的心也随着我的眼光离开了一切其他的意念。她没有微笑，而开始对我说："倘若我现出微笑，你就会像塞墨勒一样化为灰烬；因为如你所看到的那样，顺着这永恒的宫殿的台阶拾级而上，上得越高，我的美就点燃得越旺，如果它不被减弱，它就会发出那样强烈的光芒，你们凡人的视力被它一照，会像被雷击断的树枝似的。"

GIÀ ERAN LI OCCHI MIEI RIFISSI AL VOLTO
DE LA MIA DONNA, E L'ANIMO CON ESSI.

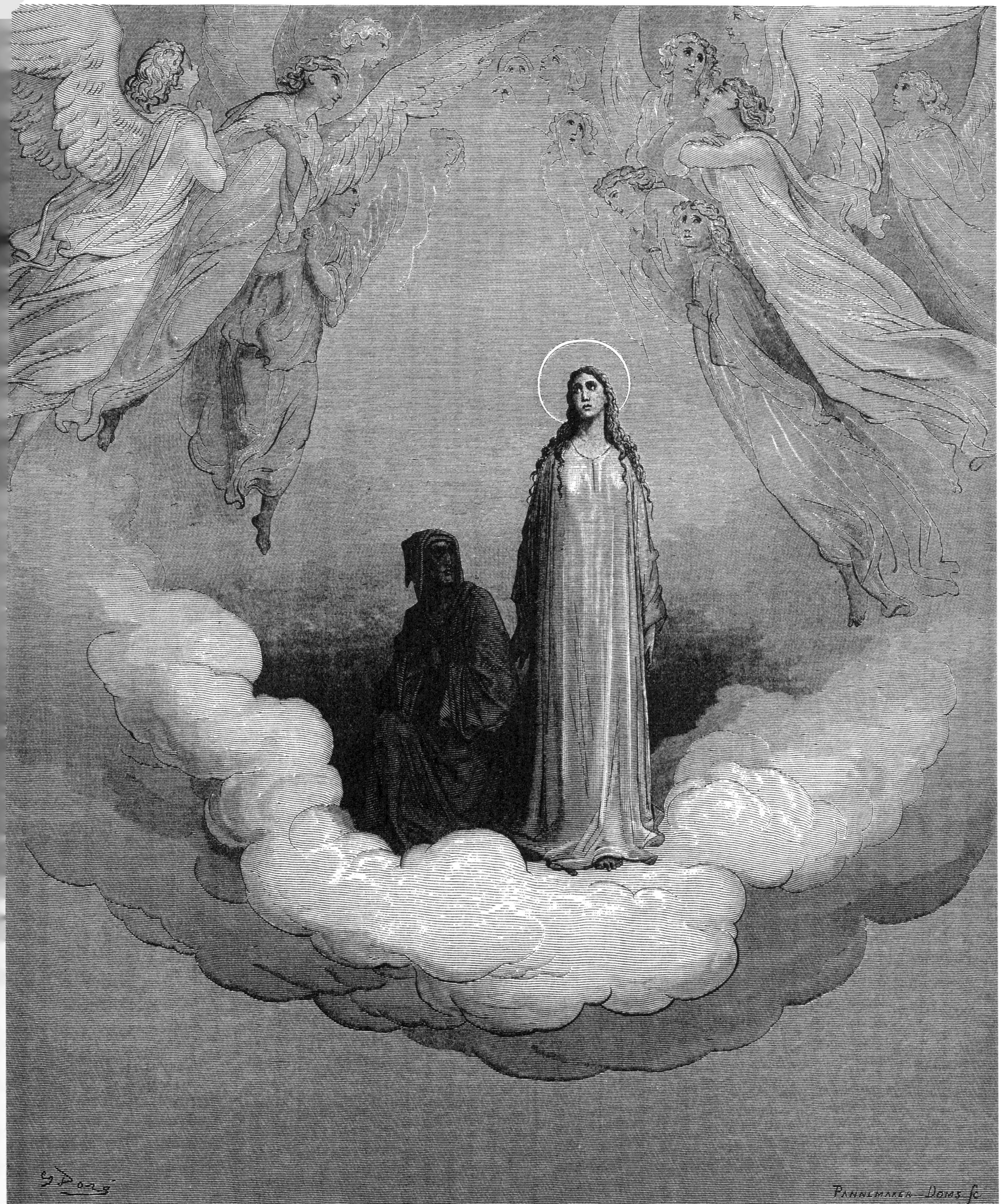
G Doré
PANNEMAKER – DOMS sc

这个围绕世界运转的水晶体以世上那位最佳领袖的名字为其名称,在他的领导下,一切邪恶均告灭绝,我看到这个水晶体内有一个梯子,呈现日光照耀下的黄金的颜色,而且竖起得那样高,为我的视力所不及。我还看到那样多的发光体顺着梯级下降,使得我认为天上出现的一切星辰都涌向了那里。

VID' IO UNO SCALEO ERETTO IN SUSO
TANTO, CHE NOL SEGUIVA LA MIA LUCE.

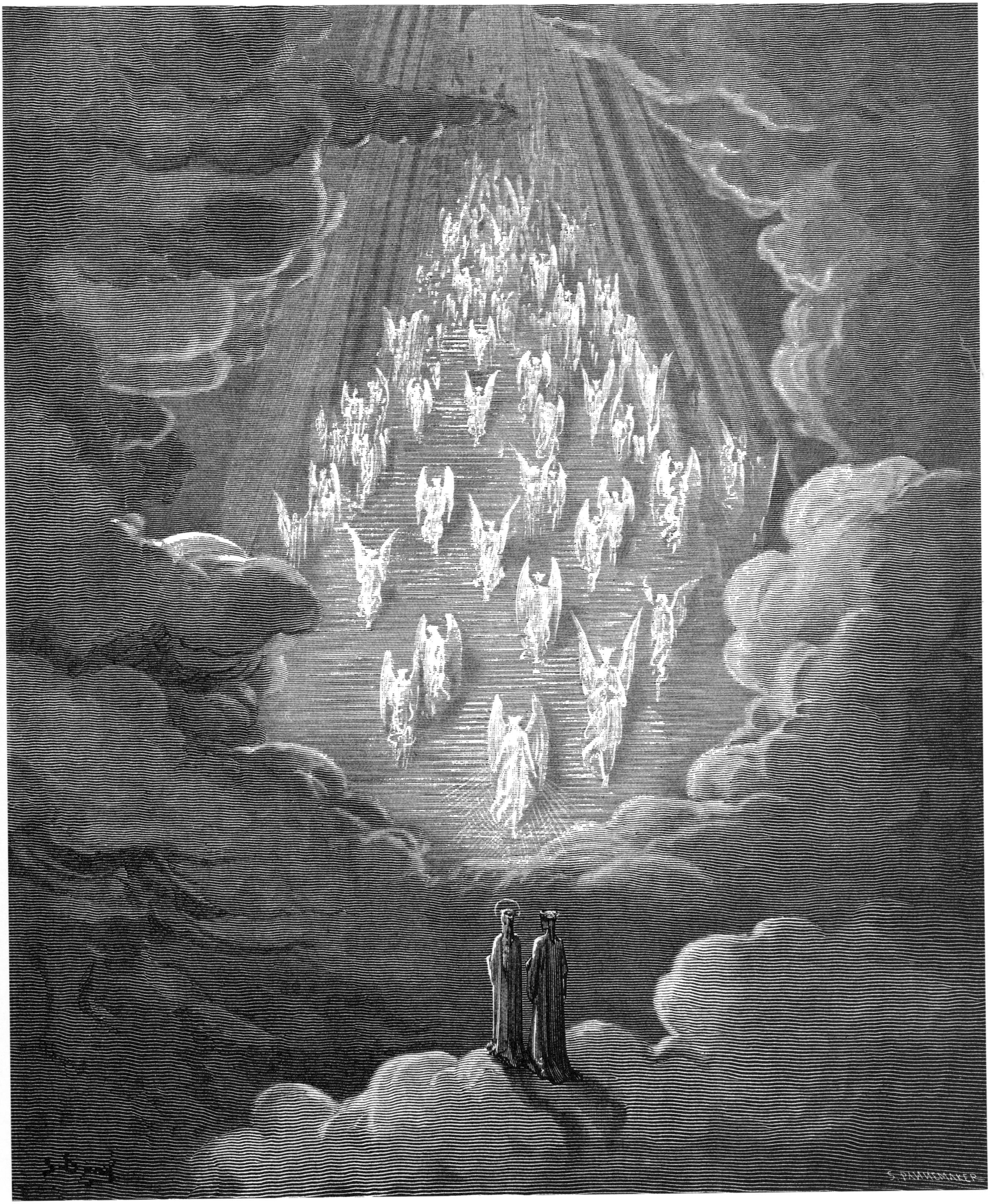
S. PANNEMAKER

当我因失去视力而疑惧不置时,那使我失去视力的灿烂的火焰中发出了一个引起我注意的声音,说:"在等待你因注视我而失去的视力完全恢复时,对你来说,最好是通过运用理性来补偿这个缺点。那么,现在就开始吧;你说,你的灵魂想达到的终极目的是什么,你要知道,你是暂时眼花,不是永久失明:因为引导你游历这一圣域的那位圣女的眼睛具有亚拿尼亚的手所具有的能力。"

COMINCIA DUNQUE; E DÌ OVE S'APPUNTA
L'ANIMA TUA, E FA RAGION CHE SIA
LA VISTA IN TE SMARRITA E NON DEFUNTA.

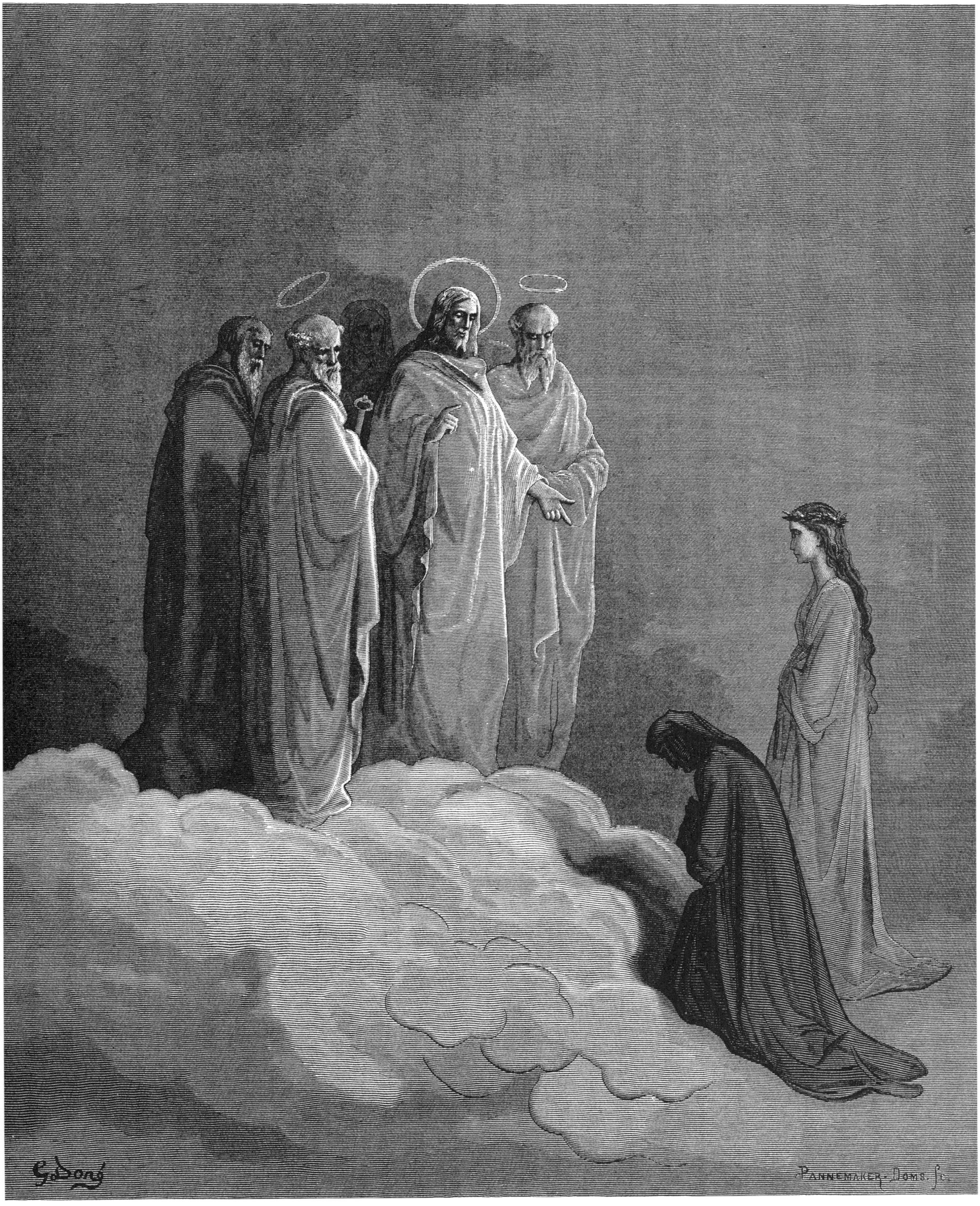
G. Doré
PANNEMAKER-DOMS. Sc.

"荣耀归于圣父，归于圣子，归于圣灵！"全天国唱起这首颂歌，那美妙的歌声使得我沉醉。我觉得，我所看见的景象似乎是全宇宙都现出一副笑容：因为我这种沉醉状态是由听觉又由视觉进入内心的。啊，喜悦呀！啊，无法表达的欢乐呀！啊，爱与平和构成的完美圆满的生活呀！啊，使人不再有渴望的、稳固可靠的财富啊！

'AL PADRE, AL FIGLIO, A LO SPIRITO SANTO',
COMINCIÒ, 'GLORIA!', TUTTO 'L PARADISO,
SÌ CHE M'INEBRÏAVA IL DOLCE CANTO.

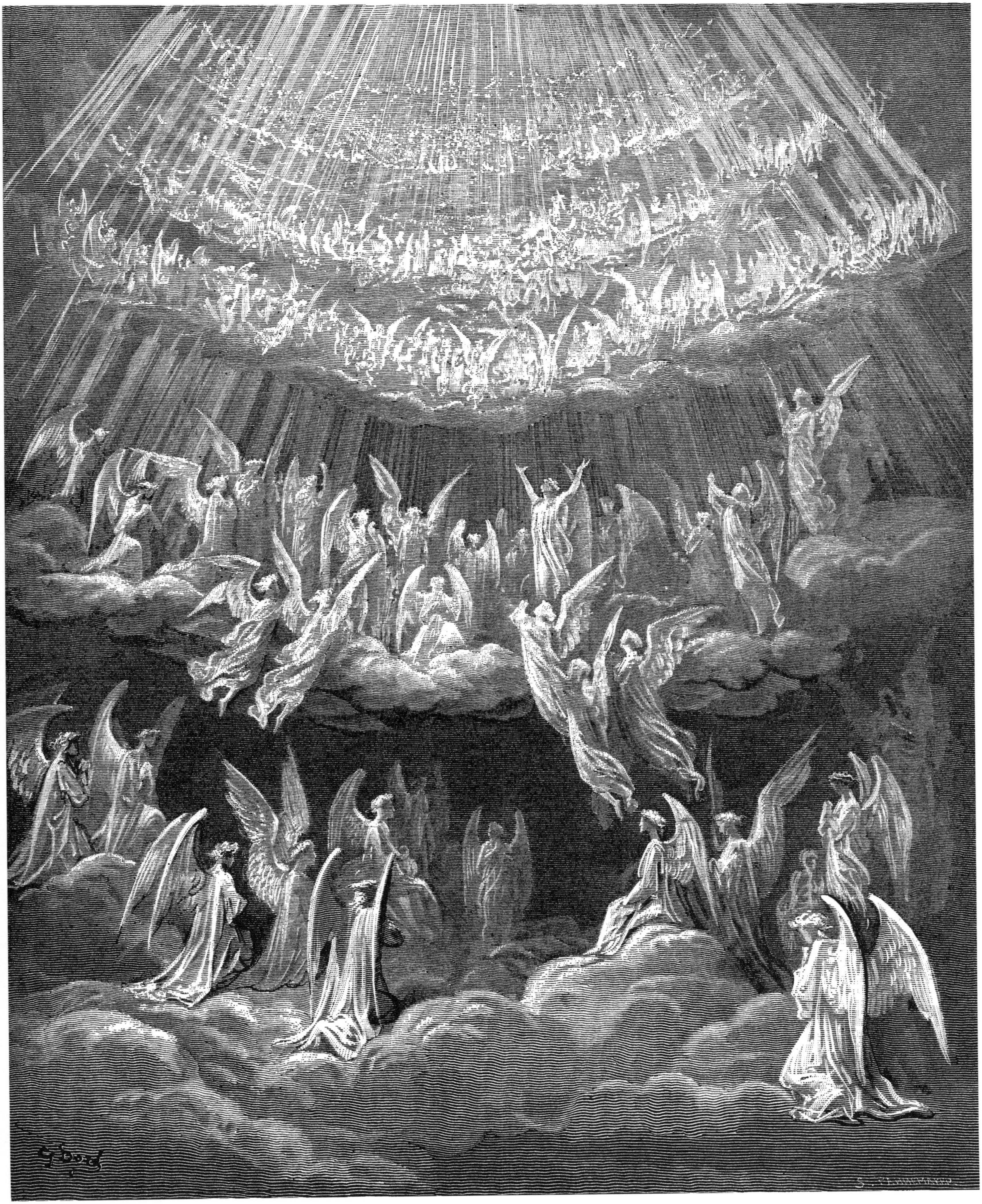

如同波瑞阿斯鼓起他那吹出较柔和的风的面颊时，天穹变得明亮、晴朗，原先使它阴沉的云层被清除、驱散，因而天空呈现出它各部分的美向我们微笑；我那位圣女给我提供她的明确的解答后，我也是那样，看到真理如同天上的一颗明星一般。

她的话终止后，那些火环都散发出火星，与熔化的铁被锤子打击时迸发火星无异。每粒火星都随着它所在的火环旋转；它们为数极多，以至于超过棋盘上所有的方格加倍的总和几千位数。

E POI CHE LE PAROLE SUE RESTARO,
NON ALTRIMENTI FERRO DISFAVILLA
CHE BOLLE, COME I CERCHI SFAVILLARO.

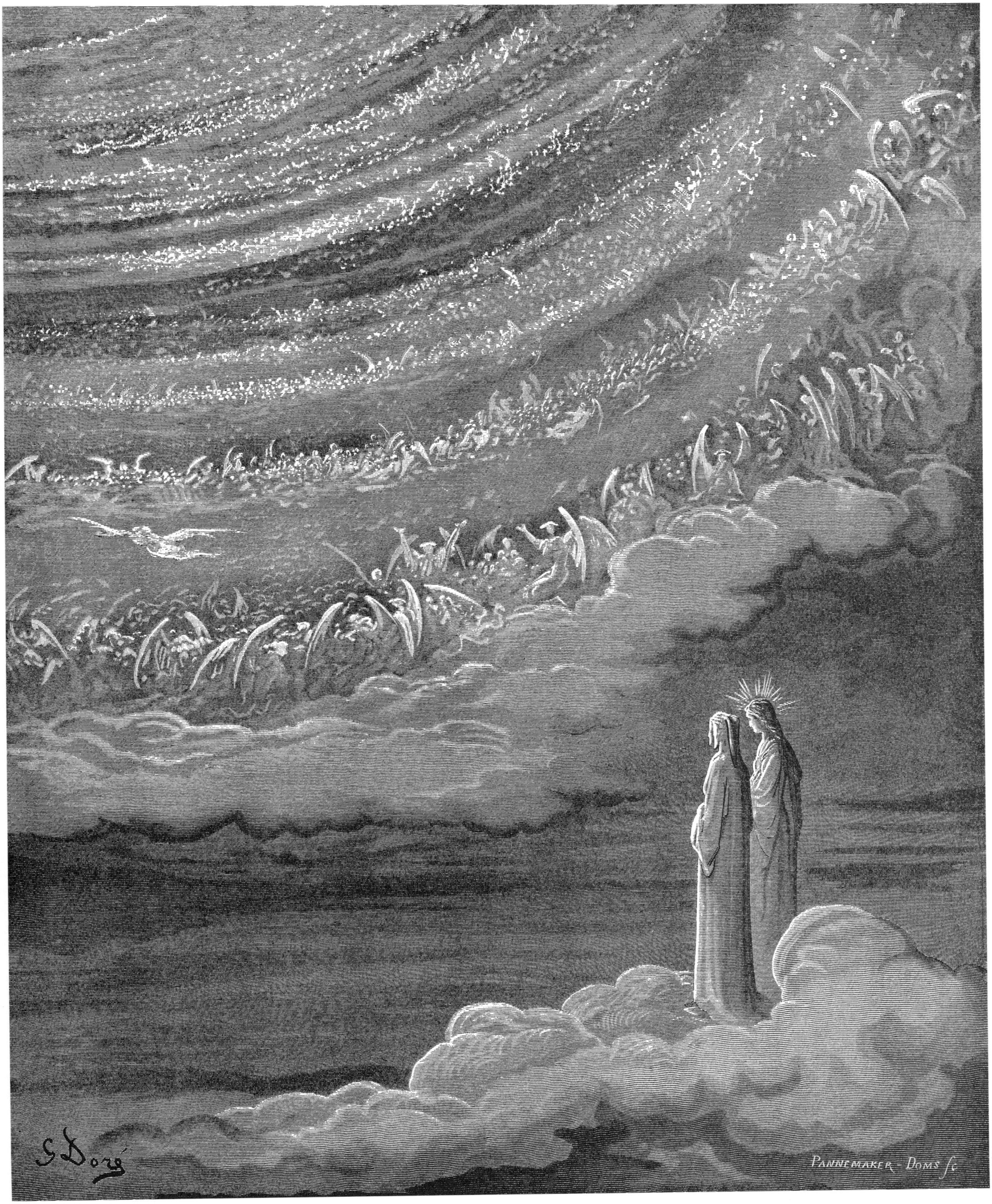
G. Doré
PANNEMAKER - DOMS sc

基督用自己的血使它成为他的新娘的那支神圣的军队，以纯白的玫瑰花形显现在我眼前。但那另一支军队好像一群时而进入花丛，时而回到它们的劳动成果变的味道甘甜的蜜之处的蜜蜂似的，正降落到那朵由那么多的花瓣装饰起来的巨大的花中，又从那里重新向上飞回它的永久停留之处。

IN FORMA DUNQUE DI CANDIDA ROSA
MI SI MOSTRAVA LA MILIZIA SANTA.

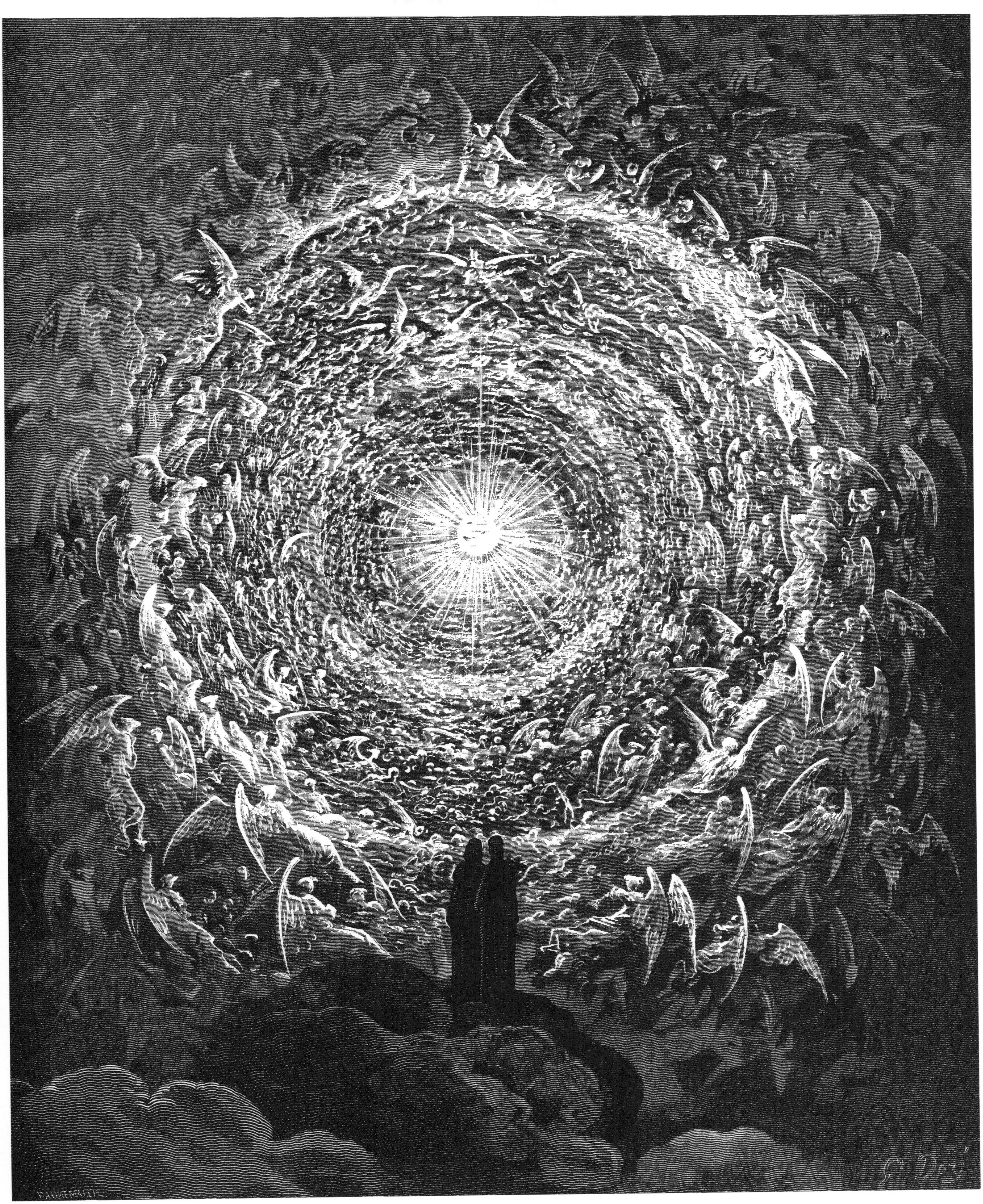

"你要向上看那一排一排的座位,直到最远的一排,在那儿你会看到那位坐在宝座上的女王,这个王国全臣服于她,忠于她。"

我抬起眼睛来……在那正中,我看到一千多展开着翅膀欢庆的天使,他们每个的光和职务都不相同。我看到,一位美人对他们的欢庆表现和歌声都显露着微笑,在一切其他圣徒的眼中,她都映出喜悦之情。假若我有和我的想象力同样丰富的表现力,我也不敢对她的美引起的喜悦试图形容其万一。

«TANTO CHE VEGGI SEDER LA REGINA
CUI QUESTO REGNO È SUDDITO E DEVOTO».

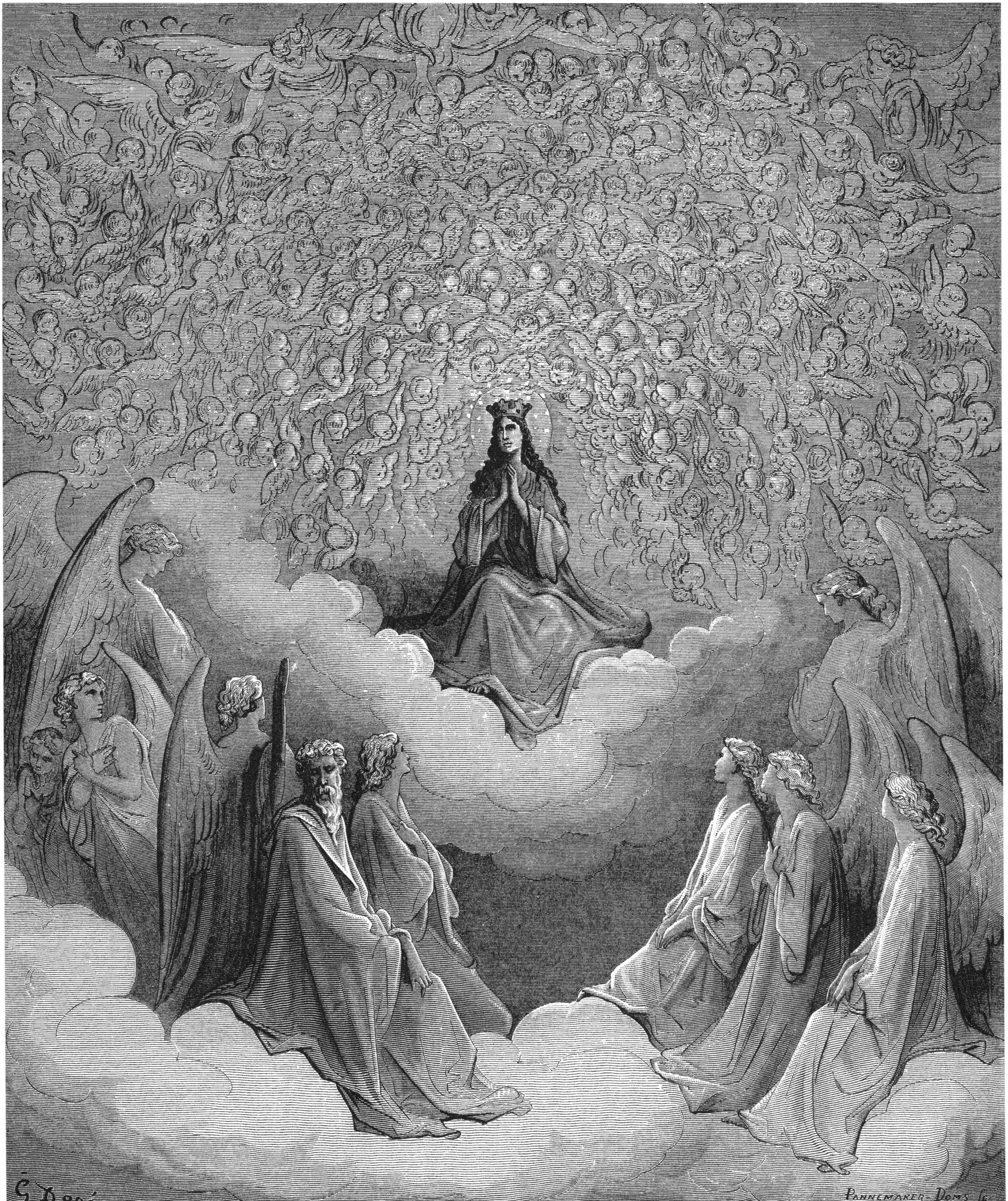
G. Doré
Pannemaker-Doms sc.

年　表

CRONOLOGIA

一二六五年

五月下旬

出生于意大利佛罗伦萨。

约一二七〇年

母亲贝拉（Bella）去世。

一二七七年

和杰玛·窦那蒂（Gemma Donati）订婚，婚后至少生了两个儿子：彼埃特罗（Pietro）和雅各波（Jacopo），一个女儿：安东尼娅（Antonia）。彼埃特罗和雅各波兄弟二人是《神曲》最初的传抄者和注释者。

约一二八三年

父亲阿利吉耶罗（Alighiero）去世。

与"温柔的新体"诗派领袖圭多·卡瓦尔堪提（Guido Cavalcanti）结成深厚的友谊；赠给他的第一首是抒写自己对贝雅特丽齐（Beatrice）爱情的十四行诗。

一二八九年

六月

作为骑兵先锋参加堪帕尔迪诺之战。

八月

参加卡波洛纳城堡的战斗，开始政治生活。

一二九〇年

贝雅特丽齐去世。

| 1292 |

约一二九二年至一二九三年

创作第一部作品《新生》（Vita nuova），抒写对贝雅特丽齐的爱情，寄托对她逝世的哀思。

| 1295 |

一二九五年

十一月

成为人民首领特别会议的成员，任期至一二九六年六月。

| 1300 |

一三〇〇年

六月十五日

当选为佛罗伦萨六名行政官之一，任期至当年八月十五日。

| 1302 |

一三〇二年

一月二十七日

因贪污公款、反对教皇和伯爵、扰乱共和国和平的罪名，被判五千金弗洛林的巨额罚金，流放在托斯卡那境外两年，永远不许担任公职。

三月十日

因拒不承认强加的罪名和回乡交纳罚金，被判处永久流放。

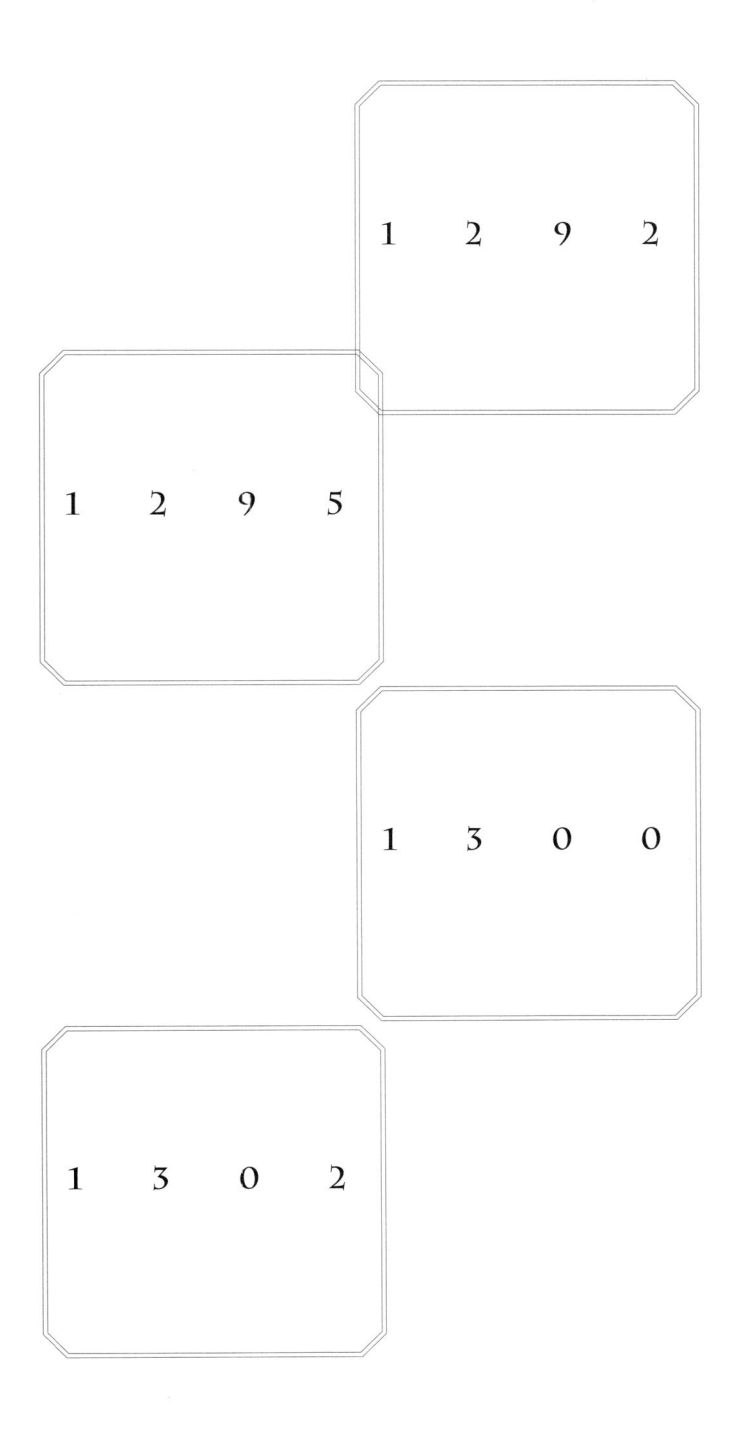

| 1304 |

一三〇四年至一三〇七年

创作有百科全书性质的《筵席》（Convivio）和阐述关于意大利民族语言观点的《论俗语》（De vulgari eloquentia）。

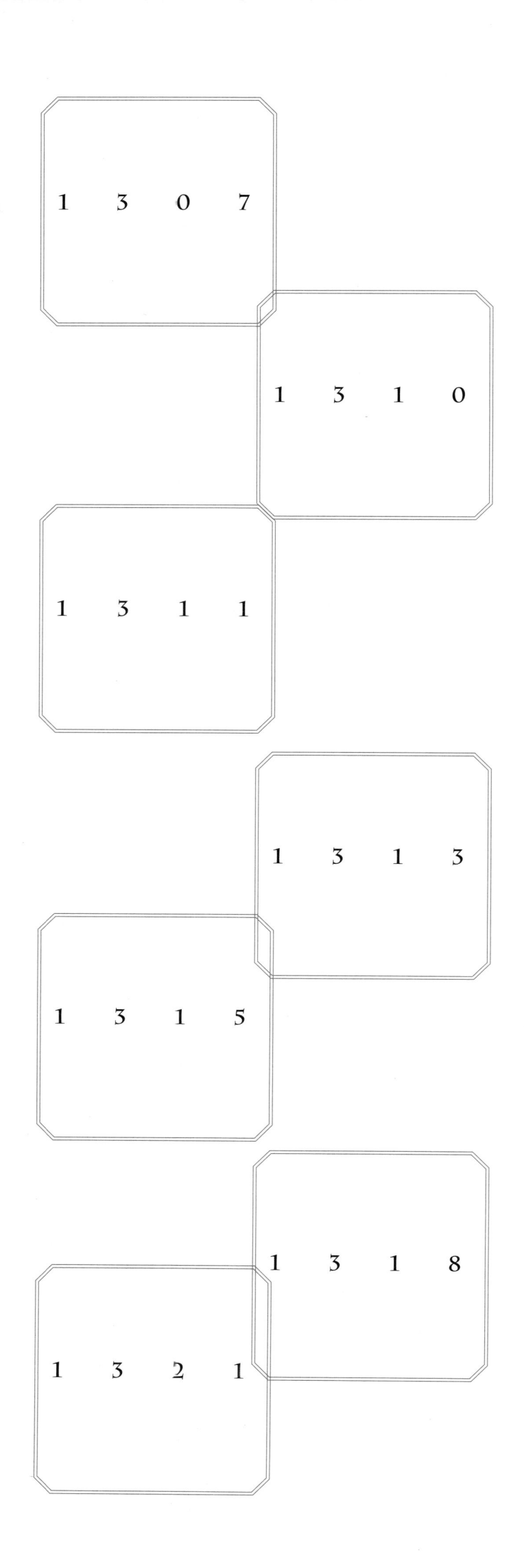

约一三〇七年

中断《筵席》和《论俗语》的写作，开始创作《神曲》（*Divina Commedia*）。

一三一〇年至一三一二年

创作《帝制论》（*Monarchia*），阐明政教分离、教皇无权干涉政治的观点。

一三一一年

三月三十一日

写下《致穷凶极恶的佛罗伦萨人的信》，拥护新当选的意大利皇帝亨利七世，声讨反对者。

约一三一三年

完成《神曲·地狱篇》与《神曲·炼狱篇》。

一三一五年

那不勒斯国王驻佛罗伦萨的代表宣布，以叛逆罪判处但丁和他的儿子们死刑，自十一月六日起，任何人都可以随意侵犯他们的人身和财产而不受惩罚。

约一三一八年

受邀定居于腊万纳，与儿女团聚。

一三二一年

完成《神曲·天国篇》。

九月十三日至十四日之间的夜里

因患疟疾，逝世于腊万纳。

DANTE ALIGHIERI
DIVINA COMMEDIA

据 Umberto Bosco 与 Giovanni Reggio
合注本，参考 Sapegno 等的注释本译出。

图书在版编目(CIP)数据

神曲：插图纪念版／（意）但丁著；（法）多雷绘；田德望译．—北京：人民文学出版社，2021
ISBN 978-7-02-010514-4

Ⅰ．①神… Ⅱ．①但…②多…③田… Ⅲ．①诗歌—意大利—中世纪 Ⅳ．①I546.23

中国版本图书馆 CIP 数据核字（2021）第 162663 号

责任编辑	张欣宜　陶　雷　陈　旻
装帧设计	陶　雷
责任印制	宋佳月
出版发行	人民文学出版社
社　　址	北京市朝内大街 166 号
邮政编码	100705
印　　刷	北京雅昌艺术印刷有限公司
经　　销	全国新华书店等
字　　数	30 千字
开　　本	710 毫米×1000 毫米　1/8
印　　张	39.75
版　　次	2002 年 12 月北京第 1 版
印　　次	2021 年 11 月第 2 次印刷
书　　号	978-7-02-010514-4
定　　价	228.00 元

如有印装质量问题，请与本社图书销售中心调换。电话：010-65233595